Die Zeit des Schnitters

Gherbod Fleming

Der Blutfluch • Buch Zwei
Die Zeit des Schnitters

Übertragung aus dem Amerikanischen: Birte Lilienthal

Lektorat: Severin Rast

Satz und Gestaltung: Oliver Graute

Korrektorat: Tanja Vetesnik

1. Auflage 1999

ISBN 3-931612-75-9

Originaltitel:

The Winnowing

Feder & Schwert im Internet: http://www.feder-und-schwert.com

WHITE WOLF GAME STUDIO

WELT DER DUNKELHEIT

FEDER & SCHWERT

EINS

Rasende Wut trieb Nicholas durch die Nacht. Nur Blut konnte seinen Durst nach Vergeltung stillen, und nur der Gedanke an dieses Blut nährte seine Wut und hielt sie am Leben. Das Blut, das vor eintausend Jahren auf der anderen Seite des Ozeans durch die untoten Adern seines Vorfahren geflossen war. Das Blut, das Blaidd, dem ermordeten Gangrel, gestohlen worden war. Das Blut, das Nicholas für seine Blutlinie, für seinen Clan, zurückfordern würde.

Aber es würde eine andere Nacht sein, in der Nicholas Rache ihre Erfüllung finden würde, denn der Mond hatte seinen Weg über den tiefblauen Himmel schon fast vollendet. Auch Orion, der mächtige Jäger, hatte seine Bahn gezogen, und die schwachen Spuren von Rosa und Orange am östlichen Horizont gewannen an Leuchtkraft.

Doch Nicholas trieb sich gnadenlos an die Grenzen seiner Leistungsfähigkeit. Als großer Wolf ließ er Meile um Meile hinter sich zurück. Schon bald waren die offenen Ebenen des Mittleren Westen, wo es außer den Weiten der Winterweizenfelder nur den Wind gab, der die Ähren zum Tanzen brachte, nicht mehr als eine Erinnerung. In diesen Ebenen war die Wahrheit zu ihm gekommen. Es war noch keinen Tag her. In einem jener Wachträume, die ihn in den letzten Wochen gequält hatten, hatte Nicholas durch die Augen seines Großahnen gesehen. Er hatte gesehen wie Blaidd zum Opfer des schrecklichsten Verbrechens geworden war, das die Kainskinder kannten. Und obwohl die Tat fast ein Jahrtausend zurücklag, hatte Nicholas den Täter vor nicht einmal zwei Wochen gesehen. Und jeder Schritt, jede Meile, die er hinter sich zurückließ, brachte ihn näher an den Schuldigen. Näher zur Gerechtigkeit.

Fast ohne es zu bemerken, durchquerte er leicht hügeliges Weideland. Das ideale Land für Pferde. Nicholas hatte nur einmal kurz angehalten, um von einem alten Braunen zu trinken. In vergangenen Zeiten mochte dieses Geschöpf ein stolzes Wesen gewesen sein, das frei die Ebenen durchstreifte, heute jedoch war es das gebrochene Arbeitstier eines Farmers, der um sein Existenzminimum kämpfte. Bei einem so großen Tier fiel es Nicholas leicht, sich satt zu trinken, ohne seiner Beute zu viel Schaden zuzufügen. Während er trank, trauerte Nicholas um das Tier, das unter so erbärmlichen Umständen eingepfercht existieren mußte. Hätte Nicholas es weniger eilig gehabt, oder hätte das Pferd Zeichen von Mißhandlungen getragen, wäre Nicholas in die Hütte des Farmers gestürmt und hätte seine Nahrung bei ihm und seiner Familie gesucht. Aber was hätte das genützt? Die Kreatur war vollständig domestiziert und hätte das Geschenk der Freiheit nicht mehr zu schätzen gewußt. Selbst ohne Zaun und Zaumzeug würde es nur umherwandern, bis andere Sterbliche wieder einen Strick um seinen Hals legten. Es schmerzte Nicholas, den Geist eines so kraftvollen Tieres von den Sterblichen völlig gebrochen zu sehen.

Aber auch auf andere Weise war die Nahrungsaufnahme nun schmerzhaft für Nicholas. Schon seit Wochen, seit die Träume ihn bestürmten, brachte ihm das Trinken nicht das erlösende Ende seines Hungers, sondern nur immer stärkere Schmerzen. Es verbrannte ihn von innen, als wenn sein Blut flüssiges Feuer wäre. Auch heute nacht hatte ihn nur die Raserei seines Laufes aufrecht gehalten und verhindert, daß er vor Schmerz den Verstand verlor.

Der Blutfluch. Nicholas hatte seine Auswirkungen in der Stadt gesehen und Geschichten von Edward Blackfeather gehört. Nicholas hatte gehofft, daß ihn die Rückkehr in die Mutter Wildnis heilen würde, doch obwohl es ihm in den offenen Weiten leichter fiel, den Hunger und den Wahnsinn unter Kontrolle zu halten, haftete der Fluch an ihm wie der Gestank der Stadt, den er nicht abwaschen konnte.

Vor ihm ragten die Smoky Mountains in den Himmel. Für Nicholas waren sie mehr ein Orientierungspunkt als ein Hindernis. Er bedauerte, daß die Dämmerung heute so kalt und klar war. In den Nebel und den Dunst eingehüllt, der ihnen ihren Namen gegeben hatte, boten die Berge einen wirklich überwältigenden Anblick. Und wäre es einer der dunklen und stark bewölkten Morgen gewesen, hätte Nicholas dem Sonnenaufgang eine weitere Stunde abgetrotzt. Aber so war seine Zeit für diese Nacht fast zu Ende. Schon bald würde er keine andere Wahl haben, als in die Erde zu sinken. In die Erde, die ihn stets willkommen hieß und vor dem Tageslicht schützte.

Morgen nacht würde er in die verfluchte Stadt zurückkehren und Rache üben. Er würde das Fleisch des Gangrel-Schlächters zerreißen. Owain Evans. Der Ventrue Ahn spielte seine Rolle als zivilisierter

Angehöriger der Oberschicht gut. Er war umgänglich und höflich, er bot seinen Gästen Erfrischungen an. Aber in seiner Vergangenheit waren Geheimnisse verborgen, die ihn ohne jeden Zweifel verdammten. Irgendwann in den Tiefen der Zeit hatte dieser moderne Geschäftsmann sich die Hände schmutzig gemacht. Nicholas hatte in seinem durch den Fluch hervorgerufenen Traum die grausame Befriedigung gesehen, die Evans bei der Vernichtung seines Großahnen empfunden hatte. Wie viele Kainskinder hatte Evans in den vergangenen Jahren auf die gleiche Weise ermordet? Wie viele, seien es Gangrel oder andere, waren diesem angesehenen Ahn zum Opfer gefallen? Die anderen Clans spotteten über die Gangrel, machten sich über ihre "tierische" Art lustig. Aber wer war das eigentliche Tier – der, der offen und ehrlich mit seinen Brüdern umging und an keinen Ort gebunden war, oder der, der sich verängstigt an die Stadt klammerte, und sich von seinen eigenen Leuten ernährte, während er vorgab, sich an edlere, kultiviertere Prinzipien zu halten?

Nicholas knurrte. Er dachte zu viel. Er hatte sich in letzter Zeit zu häufig bei den Kainskindern der Städte aufgehalten. Tief in seinem Inneren begann er ein Brennen zu spüren. Er war von zwei Nächten Laufen so erschöpft, daß er nicht mehr unterscheiden konnte, ob der Schmerz in ihm ein Protestschrei seiner bis über ihre Grenzen beanspruchten Muskeln oder die feinen Nadelstiche der ersten Sonnenstrahlen waren, die auf seiner Haut brutzelten wie die Speckscheiben, die seine Mutter vor so vielen Jahren in Kiew über dem Feuer gebraten hatte. Oder vielleicht war der Schmerz auch der Hunger, der wieder seine Aufmerksamkeit forderte. Ein Verlangen, das mit jedem Versuch, es zu stillen, nur immer größer wurde, ein Symptom des Fluches, der Nicholas befallen hatte, als er das letzte Mal in der Stadt gewesen war. Wie sollte er es schon wieder ertragen, sich unter all die Sethskinder zu mischen, zwischen ihren Häusern und Autos durch ihre Straßen zu gehen?

Aber das war nur ein nebensächliches Problem, rief Nicholas sich in Erinnerung, während er in der fruchtbaren Erde versank. Es gab jahrhundertealte Vergehen zu ahnden. Verbrechen, begangen lange bevor Nicholas existierte, mußten vergolten werden.

Owain Evans würde für seine Verbrechen bezahlen. Das schwor sich Nicholas. Schwor es bei dem Blut seiner Vorfahren, das er genußvoll aus Evans zermalmtem Körper trinken würde. Als er unter den Strahlen der aufgehenden Sonne eins mit der Erde wurde, verließ ihn für einen kurzen Augenblick der Schmerz. Die Wut blieb.

Owain hatte sich auf der Suche nach tröstlicher Einsamkeit in sein Arbeitszimmer zurückgezogen. Er wollte nichts wissen von seinem ungeladenen Gast oder dem tobenden Sturm, der die Gesellschaft der Kainskinder in Atlanta beutelte und in den er zweifelsohne tiefer hineingezogen werden würde. Und da waren auch noch die Pflichten des täglichen Lebens, die er in den letzten Wochen, in denen andere, dringendere Angelegenheiten Vorrang hatten, vernachlässigt hatte. Und in Abwesenheit seines Ghuls und Dieners Randal, der sich sonst um diese Dinge gekümmert hatte, fiel ein großer Teil dieser Aufgaben wieder auf Owain zurück.

Verdammt! dachte er. *Und ausgerechnet jetzt soll ich nach Spanien kommen.*

Nachdem Prinz Benison in der vergangenen Nacht mit seinen Anordnungen die Freiheiten der Anarchen empfindlich beschnitten hatte, würde es ganz sicher Ärger geben. Als Ahn und Primogen, auch ohne offiziellen Titel hatte er dieses Amt inne, konnte Owain durchaus zur Hilfe gerufen werden, um die Ordnung aufrecht zu erhalten. Außerdem gab es immer die Möglichkeit, daß er durch den voraussichtlichen Aufruhr einen Vorteil gewinnen konnte. Eleanor, Benisons Frau und wie Owain eine Ventrue, befand sich in einer schwierigen Position. Sie mußte sich entscheiden, wem ihre Loyalität galt, ihrem Ehemann Benison oder Justikar Baylor, ihrem Erzeuger, der Benisons Anordnungen ganz sicher nicht gutheißen würde. Die Feindseligkeiten mit den Anarchen zu schüren, stand zur Zeit sicher nicht gerade weit oben auf der Liste mit den Zielen der Camarilla. Alles, was von ihrem Versuch, den Fluch zu überleben, ablenkte, konnte nur als unnötige Belastung angesehen werden. Eine Lösung für Eleanors Problem wäre, sich von Benison trennen. Es war jedoch wahrscheinlicher, daß Benison selbst von der Camarilla für seine vorschnelle Handlung zur Rechenschaft gezogen werden würde. Der Prinz konnte getadelt oder sogar seines Amtes enthoben werden. Aber wer würde seine Nachfolge antreten? Sicherlich nicht die geistlose Marlene, oder der Brujah Thelonious. Tante Bedelia hatte sich schon zu weit von der Realität entfernt, obwohl Owain vermutete, daß es noch nicht so weit war, wie sie die anderen gerne glauben machte. Aurelius würde sich nie lange genug aus der Kanalisation herauswagen, um von größerem Nutzen zu sein, und obwohl Hannah eine bewundernswerte Fähigkeit in Verwaltungsaufgaben an den Tag legte, so war sie doch unfähig, andere mitzureißen. Es war ohnehin zweifelhaft, ob die Camarilla einer Tremere erlauben würde, die erste Position in der Stadt einzunehmen. Es gab einfach zu viel Mißtrauen von Seiten der anderen Clans.

Bei dem Gedanken, daß sich in der ganzen Stadt kein passender Nachfolger für Benison finden ließ, hoben sich Owains Augenbrauen. Kein passender Nachfolger, außer vielleicht... Owain selbst?

Er schlug sich mehrmals leicht selbst auf die Wange. *Welcher geistig normale Vampir würde freiwillig Prinz werden?* fragte sich Owain. *Geistig normal. Das erklärte, wieso Benison zu dem Job gekommen war.* Owain konnte es nicht glauben, daß er diese absurde Idee auch nur vage ins Auge gefaßt hatte. Seine Stellung innerhalb der Camarilla war nicht bedeutend genug, um eine so herausragende Stellung einzunehmen. Er war zu sehr der Außenseiter, zu sehr die unbekannte Größe. Und so sollte es auch bleiben. Owain hatte seinen Platz an der Sonne gehabt, könnte man im übertragenen Sinne sagen. Zweihundert Jahre lang war er die kontrollierende Macht hinter dem kleinen walisischen Königreich Rhufoniog gewesen. Doch schließlich war ihm klar geworden, daß es fruchtbarer war, sich noch tiefer in die Kulissen zurückzuziehen, und an diese Strategie hatte er sich die letzten siebenhundert Jahre gehalten.

Solange etwas funktioniert, ändere nichts daran, hatte er beschlossen.

Aber funktionierte es? Er hatte länger als die meisten seiner Art überlebt, aber nach den letzten Wochen schien nichts mehr sicher an seiner untoten Existenz. Die festgelegte Routine, die Owains Nächte, Monate und Jahre ausgemacht hatte, war zu Staub zerfallen. Dafür hatte die Sirene gesorgt. Owain lehnte sich in seinem Sessel zurück. Er preßte seine Hände gegen den großen verzierten Schreibtisch, an dem er saß. Die massive Größe des Möbelstückes, die feine Maserung seines schwarzen Walnußholzes verliehen ihm ein tröstliches Gefühl der Sicherheit. Es war ein sehr hartes Holz, und der Tischler hatte große Schwierigkeiten bei der Bearbeitung gehabt, die Owain mit viel Geld bezahlt hatte. Viel Geld, selbst für das Jahrhundert, in dem der Tisch entstanden war. Spätere Umarbeitungen, wie etwa die Installation einer Gegensprechanlage, waren bedauerliche Konzessionen an die modernen Zeiten, die ihn im Laufe der Zeit mehr und mehr störten. Jetzt wünschte er sich, er hätte die ursprüngliche Schönheit des Stückes nicht verunstaltet, aber er schreckte vor einer neuerlichen Umarbeitung zurück, und sei es zu dem Zweck den Originalzustand wieder herzustellen, da er befürchtete die komplexe Einheit des Stükkes nur noch weiter zu zerstören. Was geschehen war, war geschehen. Der Schreibtisch war eine Art bitteres Erinnerungsstück an so viele unglückliche Entscheidungen.

Das Kollektaneenbuch, das vor Owain auf dem Schreibtisch lag, war eine andere Art Erinnerungsstück. Der Einband des Buches war um mehrere Nuancen heller als das Walnußholz auf dem es lag. Es gab weder Schrift noch andere Zeichen auf dem glatten Leder. Es war erschreckend genug gewesen, den unaufhaltsamen Verfall des ursprünglichen, bestickten Einbands zu sehen, bis jeder Versuch einer Reparatur scheitern mußte. Owain hatte noch immer das Motiv vor Augen, das den Einband geziert hatte, als der ursprüngliche Besitzer ihm das Buch gegeben hatte: Ein walisisches Moorhuhn, aus dem Wappen des Hauses Rhufoniog. *Angharad.* Sie war vom Hause Rhufoniog so schlecht behandelt worden, und doch hatte sie an ihrer Loyalität festgehalten. Genauso wie Owain es noch jahrelang getan hatte.

Es war furchtbar gewesen, den Einband ersetzen zu müssen, aber dennoch hatte das Buch weiterhin eine besondere Bedeutung für ihn. Owain wußte, daß er es selbst ohne Zeichen nie mit einem anderen verwechseln könnte oder ein anderes mit ihm. Selbst versteckt inmitten einer Bibliothek mit tausenden identischen Büchern, würde er es doch auf den ersten Blick finden können. Anders als für viele andere Ahnen der Kainskinder, gab es für Owain nur wenige Erinnerungsstücke, die ihm etwas bedeuteten. Aber jene, die dazu gehörten, dieses Buch etwa oder sein Schwert, waren unersetzlich, unabhängig davon, wie immens sein Vermögen war. Der Inhalt des Buches war zum großen Teil bedeutungslos: handgeschriebene Zitate aus der Bibel, Sprichwörter, unzählige Kritzeleien in zwei Handschriften und einer Handvoll Sprachen. Aber dennoch konnte Owain sich nicht dazu durchringen, es in eine Glasvitrine zu verbannen, auch wenn es das Leben des Buches möglicherweise verlängern würde.

Was für ein Leben würde das sein? fragte er sich. Ein Buch wie dieses mußte benutzt, mußte in die Hand genommen werden. Außerdem brauchte Owain das Buch - es war die letzte Erinnerung, das letzte Band an seine Menschlichkeit, das ihn in den vergangenen Jahrhunderten gehalten hatte. Sonst hatte das Buch kaum einen praktischen Nutzen. Der Hinweis auf den Absinth, den er vor einigen Monaten gefunden hatte, war das erste Mal seit Jahren gewesen, daß er eine Information aus dem Buch gebrauchen konnte. Und wann hatte er zum letzten Mal hineingeschrieben? Neugierig nahm er das Buch vom Schreibtisch und blätterte in den steifen Pergamentseiten, bis er den letzten Eintrag gefunden hatte, wobei er vorsichtig bemüht war, die Seiten nicht zu zerbrechen und die betagte Bindung nicht zu belasten. Die lesbare, aber technisch kaum perfekt zu nennende Handschrift war unverwechselbar seine eigene, obwohl die Worte in Spanisch geschrieben waren. Schließlich hatte er, als er die Worte schrieb, schon über hundert Jahre in Toledo gelebt, wie er sich beim Anblick des Textes in Erinnerung rief.

Heute Nacht saß ich auf der Mauer bei Bad Yehudin. Das Judentor. Im jüdischen Viertel hinter mir brannten Feuer. In späteren Tagen wird man die Juden für die Feuer verantwortlich machen. "Verbrecher, die die Beweise ihrer Taten vernichten wollen", werden die Leute sagen oder "sie legen Todesfallen für fromme Christen". Aber es waren diese "frommen" Christen, die mit ihren Plünderungen nicht einmal warten konnten, bis die Juden aus ihren Häusern vertrieben wurden. Ich habe kein religiöses Empfinden mehr, das mich dazu bringen könnte, sie zu verfolgen.

Als ich dort auf der Mauer saß, strömte vor meinen Augen eine endlose Prozession von Juden in die Nacht. Bis zur Basilika de Santa Leocadia, bis an das Ende sogar meines Blickfeldes. Ferdinands und Isabellas Wunsch wurde erfüllt. Die Juden sind aus Spanien vertrieben, und sowohl ihr stolzes Volk als auch dieses Königreich werden darunter leiden. Die Juden selbst, die Menschen jedoch werden am meisten leiden. Wohin werden sie gehen? Portugal? Frankreich? Werden sie dort etwas besseres finden, als sie hier zurückließen? Das bezweifle ich. Mit ihren Besitztümern auf Karren, auf Pferden, auf ihren eigenen Rücken sind die Nachkom-

men des Don Samuel so tief gesunken wie sonst keiner. Und weshalb? Aus demselben Grund, aus dem ich aus meinem verlorenen Wales gejagt wurde. Wenigstens hatte ich den Luxus, zu meinem eigenen Unglück beigetragen zu haben.

Der letzte Satz überraschte Owain. Als er die Worte las, kam die Erinnerung an diese Nacht zurück, als er auf der Mauer saß und die Juden die Stadt verließen, aus der sie verbannt worden waren, genauso wie sie aus ganz Spanien verbannt worden waren. Aber wie konnte er gedacht haben, daß er zu einer eigenen Verbannung aus Wales beigetragen hatte? Offensichtlich hatte er kaum zweihundert Jahre nach seiner Vertreibung noch nicht die richtige Perspektive, noch nicht den breiteren geschichtlichen Überblick, um zu erkennen, daß die Schuld ganz bei den Normannen und den Ventrue Eroberern, die sie begleiteten, lag. Nur durch sie wurden die einheimischen, britischen Ventrue aus ihren Gebieten vertrieben.

Wie auch immer, rief Owain sich in Erinnerung, diese seine früheren Fehleinschätzungen waren nun kaum noch von Bedeutung. Dieser letzte Eintrag war vor etwas über fünfhundert Jahren geschrieben worden. Und obwohl er das Kollektaneenbuch nicht in ein Museum oder eine hermetisch verschlossene Truhe gelegt hatte, so hatte er doch seit mehr als fünfhundert Jahren nichts neues hinzugefügt. *Warum also mache ich mir die Mühe, es aufzubewahren?* fragte er sich. *Sentimentalität? Selbstmitleid?*

Owains Stimmung verdunkelte sich. *Was habe ich denn schon seit meinem letzten Erwachen getan?* Es war nun schon fast dreihundert Jahre her, seit er das letzte Mal aus einer Starre erwacht war, und obwohl er über den Atlantik gekommen war und ein recht ausgedehntes finanzielles Imperium geschaffen hatte, waren all diese Anstrengungen im großen und ganzen fast mechanisch geschehen. Owain hatte aus dem Erreichten nur wenig Vergnügen oder Befriedigung gezogen. Dieses Buch und der Tisch, auf dem es lag - die Dinge, die ihm etwas bedeuteten, waren nur Visionen der Vergangenheit. In dieser modernen Zeit hatten sie an sich weder Bedeutung noch Wert. Und plötzlich, als er das Buch betrachtete, fühlte Owain, daß genauso gut er selbst die Jahrhunderte in einem hermetisch versiegelten Kiefernholzkasten hätte verbringen können, daß er selbst nur ein Relikt aus vergangener Zeit war. Er war zwar von der Gegenwart umgeben, aber dennoch kein Teil von ihr.

Dies war die übliche Routine seiner Nächte, die die Sirene zerstört hatte. Während diese Dinge Owains Erinnerungen an die Vergangenheit wach hielten, hatte die Sirene vergangene Gefühle geweckt. Gefühle, die er schon seit Jahrhunderten nicht mehr in dieser Intensität empfunden hatte. Er war wahrhaftig einer der lebenden Toten gewesen.

Aber nicht länger!

Mit dem Kollektaneenbuch vor ihm griff Owain nach seinem goldenen, gravierten Füllfederhalter. Er zögerte für einen kurzen Moment, die Feder nur Millimeter über dem Pergament. Dann senkte sich die Feder, und er schrieb:

Was würde Angharad denken?

Diese Worte, die letzten die Albert gesprochen hatte, bevor Benison einen Pflock durch das Herz des verurteilten Malkavianers gestoßen hatte, hallten seit der letzten Nacht durch Owains Kopf. Es entbehrte nicht einer gewissen Ironie, dachte Owain, daß sie nun ausgerechnet hier Gestalt fanden, in dem Buch, das Angharad ihm vor so langer Zeit gegeben hatte. Vielleicht würden sie ihn nun, da er sie auf das Pergament gebannt hatte, nicht mehr durch endlose Nächte verfolgen. Vielleicht.

Owain verschloß seinen Füllfederhalter. Er griff nach dem Löschpapier, wartete dann jedoch und beobachtete, wie die Tinte auf dem Pergament trocknete. Die neuen Worte waren so viel dunkler als die, die schon seit Hunderten von Jahren auf der Seite waren. Der Gegensatz, diese Verbindung von altem und neuem, war irgendwie beunruhigend, aber Owain würde sich daran gewöhnen müssen. In den letzten Wochen war die Vergangenheit machtvoll in die Gegenwart eingedrungen. Es waren zu viele Zufälle, wie Owain im Rückblick nur allzu bewußt wurde. Erinnerungen an Angharad – im Lied der Sirene, in Alberts letzten Worten. Und das alles zu der selben Zeit, in der sich der Fluch ausbreitete.

Owain war während seiner Zeit in Frankreich Zeuge des Schwarzen Todes geworden. Viele hatten es für ein Urteil Gottes gehalten, die Ankunft der Apokalypse. Dieser Fluch hatte einen ähnlichen todbringenden Einfluß auf die Kainskinder, wie damals der Schwarze Tod auf die Sterblichen. Die Kainiten betrachteten einander mit Mißtrauen, zumindest jene, die nicht ohnehin dem Fluch zum Opfer gefallen waren. Manche sprachen schon vom Beginn der Endzeit, von Gehenna. Selbst Prinz Benison hielt den Fluch für göttliche Vergeltung gegen die starrsinnigen Bewohner der Nacht. Seine Anordnungen, die hauptsächlich die Anarchen niederhalten sollten, waren dazu gedacht, die Situation irgendwie wieder zurechtzurücken und die himmlische Gnade zurückzugewinnen. Owain hielt es jedoch für viel wahrscheinlicher, daß die Anordnungen des Prinzen die zerbrechliche, konstruierte Gesellschaftsordnung der Kainskinder, die durch den Fluch ohnehin schon geschwächt war, nur weiter zersetzen würden.

Auch die seltsamen Visionen, die Owain quälten, hatten kurz nach der Ausbreitung des Fluches begonnen. Stand tatsächlich alles miteinander in einem Zusammenhang, oder bildete Owain sich kausale Verbindungen ein, wie ein übereifriger Historiker?

Ich bin nicht dein Bruder. Die Bemerkung kam Owain instinktiv auf die Lippen, aber er hielt sich zurück. Es wäre unklug, sich diesen lästigen aber gefährlichen Vampir grundlos zum Feind zu machen.

"Es wird spät", fuhr Miguel, den Owains Schweigen offensichtlich wenig beeindruckt hatte, fort. "Wir müssen bald aufbrechen. Haben Sie gepackt?"

Owain zwang sich nach außen hin ruhig zu bleiben und lächelte wie der wohlwollendste aller Gastgeber. "Ich fürchte, es ist mir unmöglich heute Nacht aufzubrechen."

Miguel, der in der Tür stehenblieb, legte den Kopf zur Seite und führte mit einer übertrieben deutlichen Bewegung eine Hand an sein Ohr. "*Que?*"

Das starre Lächeln blieb auf Owains Gesicht. "Ich muß verschiedene Angelegenheiten ordnen, bevor ich mich irgendwo hin begeben kann. Aber lassen Sie sich von mir nicht aufhalten. Ich komme später nach."

Miguel lachte. Es war ein lautes, rauhes Geräusch. "Mi hermano, ich habe Vorbereitungen für unser *beider* Abreise getroffen."

Das Ticken der Uhr auf dem Regal schien in der Stille des Zimmers immer lauter zu werden. Owain versuchte, seinen Gast mit einem

Blick abzuschätzen. Es war offensichtlich, daß Miguel seine Anweisungen hatte, von denen er auch nicht abweichen würde, und letztendlich würde Owain kaum ein Wahl haben, als die Einladung El Grecos anzunehmen. Höchstwahrscheinlich war es sein Stolz, der ihn dazu trieb, aber Owain konnte es einfach nicht über sich bringen, sich dem widerlichen kleinen Spanier geschlagen zu geben. Noch nicht.

"Nun, *mi hermano*", beharrte Owain mit zusammengebissenen Zähnen auf seiner Position, "Dann werden Sie eben andere Arrangements treffen müssen."

Miguels Geduld war offensichtlich fast zu ihrem Ende gekommen. Er erreichte den Schreibtisch mit großen Schritten und funkelte Owain wütend an. "Sie widersetzen sich El Grecos Wunsch?"

Langsam richtete Owain sich hinter seinem Schreibtisch zu seiner vollen Größe auf, so daß nun er auf Miguel herabblickte. Sein Blick war finster. "Sie mißverstehen mich, mein kleiner *amigo*", sagte Owain. "Unser gemeinsamer Freund bat mich in seiner Nachricht, die Sie nur allzu gut zu kennen scheinen, darum, mit *aller gebotenen Eile* nach Toledo zu kommen. Aber heute nacht ist es mir bei aller gebotenen Eile nicht möglich, die Stadt zu verlassen."

Die beiden Männer starrten sich über den Schreibtisch hinweg an. Owain wußte, daß er seine Position behauptet hatte, aber es war nur ein Sieg des Stils. Er hatte keine wirkliche Bedeutung. Schon bald würde er mit diesem verabscheuungswürdigen Mann reisen müssen.

Miguel trat einen Schritt von dem Schreibtisch zurück. "Also gut", räumte er ein. "Und wann wird es Ihnen möglich sein, mich in unsere schöne Stadt Toledo zurückzubegleiten?" Sein Ton war noch immer fordernd.

Da Owain sich für den Moment in der stärkeren Position befand, ließ er sich bei der Beantwortung dieser Frage bewußt Zeit. "Normalerweise würde ich mindestens einige Wochen benötigen." Fast hätte Owain aufgelacht, als er sah, wie sich Miguels Muskeln spannten und er seine Augen aufriß. "Aber für El Greco", fuhr Owain fort, bevor Miguel protestieren konnte, "werde ich es morgen möglich machen."

Für einen Moment konnte Miguel nicht glauben, was er soeben gehört hatte. Er erwartete einen Trick oder irgendeine Herausforderung, aber als Owains Antwort langsam zu ihm durchdrang, breitete sich ein echtes Lächeln auf seinem Gesicht aus. Schnell versuchte er, seine

Erleichterung zu verbergen, als wenn es nie eine Frage gewesen wäre, daß sie morgen abreisen würden. "Sehr gut", sagte Miguel in geschäftsmäßigem Ton. "Morgen. Ich werde alle nötigen Vorbereitungen treffen."

"Tun Sie das, Miguel", sagte Owain. Er blieb stehen, bis Miguel aus dem Raum gehastet und die Tür wieder geschlossen war.

Es war sinnlos, wurde Owain klar, er konnte seine Abneigung gegen Miguel nicht verbergen. *Dieses kleine Wiesel fällt in mein Arbeitszimmer ein, als wenn es sein eigenes wäre. Was nützt es schon, wenn er anklopft, wenn er die Antwort nicht abwartet?* Aber wenn Miguel auf eine Antwort gewartet hätte, hätte Owain ihn vermutlich die ganze Nacht vor der Tür stehen lassen. Miguel hatte schon immer ein reizbares Temperament gehabt, und da Owain die meisten Jahrhunderte schlecht gelaunt gewesen war, hatten die beiden sich nie wirklich gut verstanden. Es bereitete Owain zumindest eine kleine Freude, daß er ihre Abreise verzögert hatte; denn egal, was Owain gesagt haben mochte, die Frage war immer nur gewesen *wann* und nicht *ob* sie nach Toledo reisen würden.

Als sich seine Gedanken Toledo und El Greco zuwandten, fiel Owains Blick auf das Schachbrett in dem Alkoven vor dem Fenstersitz. El Greco und er maßen nun schon seit Jahrhunderten ihre Meisterschaft im Spiel gegeneinander, und bis auf dieses letzte Spiel hatte meist Owain die Oberhand behalten. Zerstreut stand Owain auf und ging zum Brett hinüber. Nun da seine Energie sich auf wesentlichere Dinge konzentrieren mußte, konnte er das Spiel etwas sachlicher beurteilen. Trotzdem überraschte es ihn noch immer, wie es El Greco gelungen war, daß Spiel mit einem einzigen Zug von einem Triumph Owains in einen sicheren Sieg für sich selbst zu verwandeln. Dieser präzise ausgeführte Schlag war ungewöhnlich für El Greco. Zwar strebte er solche Präzision stets an, doch meist fehlte ihm zur Ausführung am Ende die notwendige Geduld. *Ein Anarch, der weit über seine Zeit hinaus überlebt hatte*, das war das Bild, das Owain von El Greco hatte, doch in diesem Spiel hatte der alte Anarch Owain ganz sicher ausgespielt. Obwohl die Wut nun kontrollierbarer war, erregte schon ein einziger Blick auf das Brett wieder Owains Zorn und verdüsterte auch in dieser Nacht, die schon durch Miguels Auftauchen verdorben worden war, seine Stimmung noch weiter.

Owain trat zurück an seinen Schreibtisch. Es gab tatsächlich Angelegenheiten, um die er sich kümmern mußte. Er hatte Miguel nicht nur aus reiner Böswilligkeit hingehalten, obwohl das der Hauptgrund war. Owain hatte sich noch immer nicht um Lorenzo Giovannis Anfrage um Informationen über verschiedene Kainskinder in Atlanta gekümmert. Es handelte sich um eine leicht zu erfüllende Bitte und würde die guten Beziehungen mit dem örtlichen Repräsentanten des Clans Giovanni untermauern. Außerdem hatte Owain noch nicht entschieden, ob seine Fahrerin und zuverlässigster Ghul, Kendall Jackson, ihn nach Spanien begleiten sollte, oder ob sie hier bleiben und sich um das Anwesen kümmern sollte. Owain ging allerdings davon aus, daß sie noch nicht genug Einblick in seine finanziellen Angelegenheiten hatte, um von großem Nutzen in Atlanta zu sein, also konnte er sie genauso gut mitnehmen. Außerdem hatte sie sich schon in verschiedenen kritischen Situationen als hilfreich erwiesen, und Owain hatte wenig Verlangen danach, sich ohne ein Paar Augen, die des Tags über ihn wachten, in die Nähe seiner Sabbat-"Alliierten" zu begeben.

Es gab noch andere Kleinigkeiten, um die er sich kümmern mußte, und für einen Moment gefiel Owain die Idee, Miguel zum Spaß weiter hinzuhalten und die Abreise noch um ein oder zwei Nächte zu verzögern.

Blackfeather hatte ein Bein unter sich, das andere zog er näher an seine Brust, so daß er sich noch mehr zusammenkauern konnte. Sein einer Fuß klopfte rhythmisch auf den Boden, während er die Wolken beobachtete, die vor dem Mond vorbeizogen.

Wa-Kan-Kan Ya-Wa-On-We

Heilig ist die Art, auf die ich lebe.

Schon zum dritten Mal in dieser Nacht hatte sich ihm seine Beute knapp entzogen. Sie schien vom Erdboden verschluckt worden zu sein. Doch das Tier konnte noch nicht weit sein und Blackfeather war ein unvergleichlich guter Jäger.

Ein weniger guter Jäger hätte bei Einbruch der Dunkelheit die Jagd aufgegeben. Die Nacht machte die kaum erkennbaren Zeichen, die den

Pfad des Tieres markierten - ein umgeknickter Grashalm, ein zerdrücktes Blatt, der Kiesel, der nicht an seinem Platz lag, ein Fellbüschel, daß sich in einem Strauch verfangen hatte - noch unscheinbarer. Ein sterblicher Jäger suchte die Spur, die seine Beute zurückließ. Sein Blick ist stets nach unten gerichtet, er prüft den Boden und versucht, ihm seine Geheimnisse zu entreißen.

Blackfeather hatte sich erst lange nach Sonnenaufgang erhoben. Die Schatten störten ihn genauso wenig wie die Stille, die undurchdringlich über dem Land lag. Im Gegenteil. Es war vielmehr die Intensität des Lichtes und die Hektik des Tages, die ihn ablenkten und störten, die ihn von seiner Spur abbrachten.

Seine übernatürlichen Sinne waren genau auf das Dämmerlicht der Sterne und des abnehmenden Mondes abgestimmt. Er konnte schneller als ein Pferd über den trügerischen Boden laufen, ohne auch nur ein einziges der kleinen verräterischen Zeichen, die seine Beute hinterließ, zu übersehen.

Aber nun war die Spur kalt geworden, und Blackfeather hatte eine Pause eingelegt. Er saß sorgfältig zusammengekauert in der Mitte der Spur und klopfte mit einem Fuß. Er hatte keine Sorge, daß er eines der verborgenen Zeichen, die das Tier hinterlassen hatte, zerstören könnte. Er wußte nur allzu genau, daß es keine solche Spuren gab. Seine Beute hinterließ keine Pfotenabdrücke auf ihrem Weg.

Blackfeather schenkte dem Boden keinerlei Beachtung. Sein Kopf war zurückgeworfen, seine ganz Aufmerksamkeit war nach oben gerichtet. Seine Augen blickten entspannt in die Ferne. Sein Blick wirkte fast getrübt, als ob er nach etwas suchte, daß sich gerade außerhalb seines Blickfeldes befand.

Nichts.

Keine Spur der Bestie. Seinem Gegenstück. Seiner Nemesis. Keine Zeichen seiner Anwesenheit.

Sein Fuß wurde langsamer. Die Zeit schien sich vor ihm auszudehnen und sich dem Rhythmus seines Fußes anzupassen.

Die Veränderung kam fast unmerklich. Als erstes bemerkte er, daß die Wolke, die vor dem Mond zog, in ihrem Weg innezuhalten schien. Sie stand bewegungslos am Himmel, so als ob sie auf die nächste Bewegung seines Fußes wartete.

Dann schien sich der Mond selbst zu strecken, länger zu werden. Er wurde oval und wuchs zu einem schimmernden Ei, das hoch über ihm in einem Nest aus milchigweißen Wolken ruhte. Ein Schatten fiel über Blackfeathers Gesicht, und er dachte an den Donnervogel, den Herrn des Himmels, dessen Klauen funkelnde Blitze von den Bergspitzen an den vier Ecken der Welt schlugen. Blackfeather sprach ein stilles Gebet, daß die Bestie heute nacht nicht die Form des Donnervogels annehmen würde. Er beobachtete das Ei so sorgfältig, wie eine Adlermutter, die über ihr Nest wachte.

Sein Ängste erwiesen sich bald als grundlos. Der Mond wandelte sich weiter, und Blackfeather stieß einen kleinen Seufzer der Erleichterung aus. Als er seine rituelle Atmung fortsetzte, streckte sich der Mond zu einem Bogen, der sich wie eine breite Lichtstraße über den nächtlichen Himmel zog. Blackfeather sah, daß auch die Sterne sich streckten und ausdehnten. Sie hielten Schritt mit dem eigensinnigen Mond und folgten ihm auf seinem Weg von Ost nach West.

Für Blackfeather war es, als wenn er ihren ganzen Weg durch die Nacht auf einen Blick erfassen konnte. Die Zeit bot sich ihm in ihrer Gesamtheit dar. Aufs Geratewohl wählte er einen einzelnen sich biegenden Stern aus dem Fest des Lichtes und studierte ihn aufmerksam. Rigel, entschied er nach einem Moment, die strahlende Ferse Orions, des Jägers. Ein gutes Omen.

Bald fand er Beteigeuze, und nachdem er so das Auge des Jägers gefunden hatte, fiel es ihm nicht schwer, die drei Juwelen seines Gürtels zu entdecken. Die Konstellation rollte sich in sich selbst zusammen, während sie sich auf der Jagd nach ihrer schwerfaßbaren Beute über den Nachthimmel streckte. Jeder Stern der Konstellation überspannte das gesamte Himmelsgewölbe, in derselben Sekunde rasend schnell und doch bewegungslos.

Im Fluchtpunkt darunter saß Blackfeather und beobachtete aufmerksam das Spiel des Lichts über sich. Seine Sinne streckten sich bis in die dunklen Tiefen des Nachthimmels. Er hatte das Gefühl, sein innerstes Wesen würde sich immer weiter ausdehnen, immer dünner werden. Die Schatten fielen schwer über ihn, bis er selbst mehr ein Schatten denn als ein körperliches Wesen war – ein rastloser Schatten, der als Zeuge dieses seltsamen bewegungslosen Tanzes der Gestirne aus den Tiefen der Erde heraufbeschworen worden war.

Ja, dachte er, ein Schatten. Ein Todeshauch haftete ihm an. Die Spur eines Schattens, der nicht von oben auf ihn geworfen wurde, sondern aus ihm selbst entstammte, und der im heller werdenden Schein des erleuchteten Nachthimmels immer deutlicher wurde.

Die Streifen des Lichts malten Blackfeathers Gesichtszüge in einem dunkleren Licht. Sie erhellten ein verzweigtes Geflecht von Falten auf seinem Gesicht. Es war so tief gezeichnet, daß es an ein altes Fischernetz erinnerte – durchkreuzt, verwittert, in der Sonne rissig geworden. Ein Mensch konnte sich in den Linien dieses Gesichtes verlieren und ein Opfer des hypnotischen Musters dieses Labyrinthes werden. Blackfeather schaute durch eine ausgetrocknete, gegerbte Landschaft der Verzweiflung auf die Welt. Ein Gewirr von Schluchten, Abgründen, Wasserläufen grub sich durch die Ebenen seiner verwitterten Züge.

Über seinem Kopf formten sich immer seltsamere Muster – ein fiebriger Traum aus Feuer und Nacht. Wie rückwärts stürzenden Sternschnuppen schienen die Bögen aus Licht in der dämmrigen Ferne auszubrennen und sich in der Milchstraße zu verlieren.

Blackfeather hob eine geisterhafte Hand in stummem Gruß und ließ sie wieder sinken. Er wiederholte die Bewegung und beobachtete, wie seine andere Hand gemächlich zur Erde driftete. Plötzlich hatte er eine Vision seiner selbst, als wenn er hinter sich stehen und sich selbst über die Schulter sehen würde. Die seltsame Gestalt dort vor ihm auf dem Pfad erschien ihm wie der Schatten eines einsamen Jongleurs.

Arme, unwirklich und nebelhaft, durchscheinend wie Wolken, woben sich langsam gen Himmel und wieder zur Erde, aufwärts, abwärts. Die Glieder waren jenseits seines Willens und bewegten sich in einer sanften Brise oder durch den kaum wahrnehmbaren Zug einer unsichtbaren Leine.

Über seinem Kopf durchschnitten tausend glitzernde Silberbälle in einem Bogen den Himmel. Auf dem Höhepunkt stieg der siegreiche Mond und stürzte herab.

Blackfeather zuckte zusammen und sprang vorwärts, um den fallenden Mond zu fangen. Aber seine Hand hatte keine Substanz. Er hatte keine Möglichkeit das flammende Gestirn in seinem Flug aufzuhalten. Es schlug in die Erde und das Geräusch des Aufschlages fuhr in Blackfeathers Rückgrat, und ließ es peitschengleich in die Höhe schnellen. Die Erschütterung, die einen Moment später folgte, schleuderte ihn in die Luft und warf ihn auf alle viere. Verzweifelt kämpfte er um seine Balance.

Ein große Staubwolke erhob sich im Süden und markierte den Einschlagpunkt. Einer nach dem anderen verloschen die Sterne und fielen mit dem Geräusch klirrenden Glases vom Himmel. Und der Himmel war wieder voller Dunkelheit. Reingewaschen von Licht. Ursprünglich und unverdorben.

Blackfeather war schon auf den Beinen und rannte gen Süden. Auf seiner stürmischen Flucht nahm er den Weg unter sich kaum wahr. Seine Füße waren sicher, fanden den Weg ohne sein Aufmerksamkeit. Seine Schritte klangen jetzt anders: das unverwechselbare Geräusch von Leder auf Holz. Der Pfad hatte sich plötzlich und unerwartet geändert, nicht in der Richtung, sondern in der Beschaffenheit. Blackfeather lief nun über lange nicht mehr genutzte Bahnschienen, die ihn an ein unbekanntes Ziel tief im Süden führen sollten.

Schon als der Gedanke sein Gehirn erreichte, wußte er, daß es nicht stimmte. Sein Ziel war nicht unbekannt. Ein Teil von ihm erkannte instinktiv den Punkt, an den ihn die Schienen unweigerlich führen würden.

Alle Wege, heißt es, führen nach Rom. Wenn Eisenbahner vom Ende der Strecke sprechen, haben sie jedoch ein anderes Ziel vor Augen – einen Ort, den sie einst Terminus nannten.

Vor sich konnte Blackfeather nun durch die sich ausbreitende Aschewolke den ersten Widerschein des Infernos ausmachen, von hier aus wirkte es mehr wie eine schwache Kohlenglut, die sich als rötliches Band den ganzen Horizont entlang zog. Irgendwo vor ihm brannten die Felder. Und so wie es aussah auch Häuser, dachte er. Viele Häuser. Und zwischen den Häusern waren berittene Männer mit Fakkeln.

Blackfeather versuchte, seinen Kopf mit einem Schütteln zu klären. Selbst er mit seiner ungewöhnlichen Sehkraft konnte auf diese Entfernung unmöglich solche Details erkennen. Ein reiterloses Pferd strich an ihm vorbei und warf ihn fast zu Boden. Es stampfte, bäumte sich in Panik auf und stürmte dann weiter.

Er konnte verwirrte Rufe hören und spürte wie seine Haut sich in der Hitze spannte. Ein Mann in blauer Uniform und mit einem Gewehr in der Hand fluchte und stieß ihn vorwärts. Als Blackfeather nicht darauf reagierte, schrie er ihn an.

"Der verdammte Wind hat aufgefrischt und bläst die Flammen in die andere Richtung! Sehen Sie zu, daß Sie aus dem Feld raus kommen, sonst werden Sie General Shermans Armee auf die harte Tour verlassen, Soldat!"

Dann war der Mann verschwunden, untergegangen in einem Strudel aus Hitze und Lärm. Blackfeather hörte, wie das tiefe Grollen näher kam, und wandte sich wieder der Quelle der lodernden Flammen zu. Aus der Aschewolke, die die Stadt umhüllte, erhob sich eine tausendzüngige Feuersäule, loderte um sich selbst und erhob sich gen Himmel.

Jede Zunge war ein schrecklicher Schrei. Der kreischende Mißklang steigerte sich. Es war kein Heulen der Verzweiflung, sondern der Geburtsschrei des Tieres, der Bestie, des Phönix, der Stadt, die sich aus ihrer eigenen Asche erhob. Atlanta.

Die große Bestie, der Feuervogel, erhob sich vor ihm und enthüllte seine ganze Herrlichkeit.

Blackfeather sah sein Opfer in seiner vollkommenen strahlenden Erhabenheit, in der es sich wie ein neugeborener Stern in den Himmel erhob. Er ließ die schreckliche Schönheit der Bestie, seines Totemtieres, über sich hinweg strömen. Er fühlte wie sich ein Gefühl der Entschlossenheit und Zielstrebigkeit in seiner Brust regte, wie es immer stärker wurde. Die uralte Jagd hatte wieder begonnen.

Doch in dieser Nacht konnte er seine Beute nicht mehr zur Strecke bringen. Blackfeather lehnte sich auf seinen Fersen zurück. Für heute gab er sich damit zufrieden der Unterlegene zu sein. Seine Gedanken eilten schon voraus und planten die kommenden Stunden, in denen er den Weg seines eigenen Sterns über den Himmel verfolgen würde.

Schon bald würde die Dämmerung ihn sanft zurück in die Erde zwingen. Ohne Zweifel würde er mit den ersten Spuren des Sonnenaufgangs die Außenbezirke von Atlanta erreichen. Es war unwahrscheinlich, daß er die Spur nun wieder verlieren würden. Aber noch lag die Nacht vor ihm wie das Versprechen einer Geliebten. Heute nacht gab es die Pirsch, die Suche, die Jagd.

Die Bestie warf ihren Kopf in den Nacken und ließ ihre gewaltige Stimme wie hundert anschlagende Hunde erklingen. Blackfeather, der große Jäger, folgte ihr pflichtgetreu.

Die Versammlung der Kainskinder von Atlanta lag jetzt schon zwei Nächte zurück, und Eleanor hatte noch immer nichts von Benjamin gehört. Sie wußte, daß sie sich vorsichtig verhalten mußten, wenn sich die Kainiten versammelten. Es war unnötig irgendwelchen Gerüchten Vorschub zu leisten, besonders wenn sie der Wahrheit so nah kamen, aber gegen einen kleinen gemeinsamen Spaziergang oder ein Abendessen konnte man doch kaum etwas einwenden.

Eleanor lief unruhig in ihrem Salon hin und her. Er war ihr Reich, ihre Zuflucht, in der sie nachdenken konnte. Genauso wie sie Benison die Bibliothek zugestand, die sie nur betrat, wenn sie bestimmte Bücher brauchte, überließ er den Salon ganz ihr. Nur weil sie sich bis in die Ewigkeit aneinander gebunden hatten, was für Kainskinder ungewöhnlich genug war, bedeutete das nicht, daß sie nicht beide ihre Privatsphäre brauchten. Auch wenn sie die Gesellschaft des anderen genossen, so verbrachten sie doch die meiste Zeit allein. *Das macht die Zeit, die wir gemeinsam verbringen, nur noch intensiver*, argumentierte Eleanor.

Zur Zeit war es jedoch Benjamin und nicht Benison, der Eleanors Gedanken beschäftigte, und es war nicht Einsamkeit, die sie suchte. Ihre Beziehung bestand auf geistiger Ebene und war unverdorben durch die Leidenschaften der Sterblichen, obwohl sie nicht ohne Leidenschaft war. Eleanor sehnte sich nach Benjamins Gesellschaft, seiner Klugheit, seinem scharfen Verstand. Er war so intellektuell, während Benison es ... weniger war. Was hielt Benjamin von Benisons Verordnungen? Würden die Anarchen die Erlasse anerkennen und sich ihren Platz unter den angesehenen Clans suchen, oder würde Unruhe folgen? Glaubte Benjamin, daß die Camarilla eingreifen würde?

Eigentlich sollte Eleanor als ehemaliger Archont und durch die Verbindung mit ihrem Erzeuger mehr über diese Frage wissen. Doch auch sie konnte nur spekulieren. Es war möglich, daß der Innere Kreis eingriff, aber es konnte genauso gut sein, daß er sich um wichtigere Dinge kümmern mußte, etwa die Verwüstungen durch den Fluch. Chicago, Miami, Washington D.C., London, Berlin – in all diesen Städten waren die Machtverhältnisse viel stärker aus dem Gleichgewicht gekommen als hier in Atlanta. Benison war bekannt für seine Stabilität, wenn auch mehr für die seiner Stadt als für die seines Temperaments. Er hatte einen gewissen Spielraum, in dem er die Kontrolle behalten mußte. Nur konnte niemand vorhersagen, wie groß dieser Spielraum war.

Dies waren die Gedanken, die sie mit Benjamin teilen wollte! Eleanor bemerkte plötzlich, wie sich ihre Finger um das Spitzendeckchen auf dem Sekretär verkrampften. Vorsichtig glättete sie die Spitze wieder und setzte sich. Auf diesem Tisch, wenn auch nicht an diesem Ort, waren einige der wichtigsten Briefe der Kainskinder geschrieben worden. Eleanor hatte nicht das Gefühl, daß diese Aussage ihr schmeichelte. Aber sie hatte die große Welt der Politik der Kainiten für Benison hinter sich gelassen. Manchmal fragte sie sich, ob ihm das noch bewußt war. Heute nacht war er wieder in der Stadt unterwegs, um nach Unruheherden Ausschau zu halten. Sicherlich eine wichtige Aufgabe, aber wenn der Prinz sich um alles selbst kümmerte, warum hatten sie dann all die bezahlten Untergebenen? Der Prinz selbst auf Kontrollgang – das konnte leicht als Schwäche ausgelegt werden, und das hatte sie Benison auch gesagt. Und was hatte es genutzt? Sie war hier allein. Kein Benison. Kein Benjamin.

Warum hatte sie nichts von ihrem Kind gehört? Das war ein Geheimnis, von dem ihr Mann nie etwas erfahren durfte. Sie hatte den Kuß an Benjamin weitergegeben, nachdem ihr geistiges Verlangen nach ihm ihr kaum eine Wahl mehr ließ, als ihn zu vernichten, und *das* war ganz sicher keine akzeptable Alternative gewesen.

Eleanor starrte mit gerunzelter Stirn auf das leere Briefpapier vor ihr. Warum hatte er auf keine ihrer vorigen Botschaften reagiert? Ihr Ghul Sally hatte gesagt, daß sie den Brief überbracht hatte. Wieder ergriff Eleanor die Feder. Benjamin hatte ihr schon oft versichert, daß er, obwohl es ihm jedesmal das Herz zerriß, jeden ihrer Briefe an ihn der Schicklichkeit wegen vernichtete. Dennoch versuchte Eleanor stets ihre Sätze so vage zu formulieren, daß ein auf Abwege geratenes

Schreiben nicht ihr Verderben sein würde. Sie wußte jedoch, daß dieser Brief weniger vieldeutig als die anderen sein würde, da ihr Ärger auf Benjamin immer größer wurde.

Wie lange war es her, daß sie ein zärtliches Wort von ihm gehört hatte? Wie lange war es her, daß sie außer den flüchtigsten aller Grußworte bei den gesellschaftlichen Ereignissen *überhaupt* ein Wort von ihm gehört hatte? Das letzte Mal waren sie bei der katastrophalen Ausstellung der sogenannten Kunstwerke von Marlene, dieser unfähigen Schlampe, im High Museum zusammen gewesen, richtig zusammen gewesen. Und das war nun schon Monate her!

Die Feder biß sich in das Briefpapier. Sie war bereit gewesen, für eine gewisse Zeit Zurückhaltung zu üben, aber genug war genug. Sie teilte Benjamin unmißverständlich mit, was sie davon hielt, ignoriert zu werden. *Das undankbare Kind*, schäumte sie. Eleanor war der festen Überzeugung, daß in Angelegenheiten des Herzens, anders als in der Ehe, die ebenso eine politische wie eine emotionale Vereinbarung war, brutale Offenheit manchmal unvermeidlich war, und sie hielt sich gegenüber Benjamin in keiner Weise zurück. Sie konnte zwar verstehen, daß Benjamin nach Owain Evans Drohungen einen noch dichteren Schleier der Diskretion über ihre Beziehung ziehen wollte, aber sie würde es nicht zulassen, daß er dies als eine Entschuldigung benutzen würde, sich davonzuschleichen und sie intellektuell unstimuliert zurückzulassen. Denn das war es, was wirklich wichtig war. Die Zusammenkünfte zwischen ihnen, in denen sie ein Negligé – und später dann auch kein Negligé– trug, waren eigentlich nur eine kleine Abwechslung, damit die Dinge interessant blieben.

Letztendlich kam sie doch immer wieder auf Owain Evans zurück. Wenn er nicht versucht hätte, Benjamin unangemessen zu beeinflussen, müßte sie sich jetzt nicht mit diesem inneren Aufruhr herumschlagen. Wie viel wußte Evans? fragte sie sich. Außer ihr und Benjamin wußte niemand, daß er ihr Nachkomme war, also war es praktisch unmöglich, daß Evans von diesem pikanten Detail erfahren hatte. Andererseits hatte er auch von ihrer und Benjamins ... Beziehung erfahren, obwohl sie alle nur möglichen Vorsichtsmaßnahmen getroffen hatten. Ein fast unerträglicher Gedanke blitzte durch Eleanors Gehirn. Hatte Evans vielleicht nur auf eine vage Vermutung hin ins Blaue geschossen, und Benjamin war in Panik geraten und hatte Owains Vermutungen bestätigt? Falls Benjamin so ungeschickt gewesen sein konnte, wäre es dann auch möglich, daß er seine Blutlinie mit jemandem diskutiert hatte? Vielleicht. Denn obwohl ihr geheimes Kind überlegene geistige Fähigkeiten besaß, so fehlte es ihm doch an einer gewissen Raffinesse.

Eleanor beendete ihren Brief an Benjamin. Sie hoffte stark, daß eine deutliche Formulierung ihres Mißfallens ihn zur Vernunft bringen würde. Ganz sicher konnte er weder in intellektueller noch in gesellschaftlicher Hinsicht auf eine bessere Verbindung hoffen, während ihre Position auch ohne ihn sehr sicher war. Sogar sicherer. Und, wie sie sich in Erinnerung rief, auch mit J. Benison konnte man eine angeregte Diskussion führen. Was seinen Argumenten an Feinsinn fehlte, machte er durch Überzeugungskraft wieder wett. Ganz sicher konnte sie auch ohne ihr starrsinniges Kind glücklich werden. *Ja, der liebe Benjamin sollte besser vorsichtig sein, oder er könnte sich schon bald ganz allein in der großen dunklen Stadt wiederfinden*, entschied sie.

Während sie den Brief zusammenfaltete und ihn mit Wachs versiegelte, kehrten ihre Gedanken zu Owain Evans zurück. Sie mußte herausfinden, wieviel er wußte. Und was noch viel wichtiger war: Sie mußte ihn dafür bezahlen lassen, daß er ihren Namen in seine kleinen Spielchen hineingezogen hatte – mochten seine Behauptungen so wahr sein, wie sie wollten. Sie würde ihre Augen offenhalten, und sie würde einen Weg finden. Da war sich Eleanor ganz sicher.

Wasser perlte von Kli Kodeshs Körper, als er dem Meer entstieg. Die Fluten rollten von seinen Schultern und fielen unbeachtet hinter ihm zurück. Eine Masse weißen Haars, in dem sich Strähnen von Seegras verfangen hatten, breitete sich wie ein auf dem Wasser treibendes Fischernetz hinter ihm aus. Sein einfaches weißes Leinengewand klebte eng an seinem Körper. Durch das Wasser und das Salz hatte es einen deutlich grauen Schimmer angenommen, was die unverkennbar bläuliche Färbung seiner Haut hervorhob.

Sein Gesicht wäre mit seinen scharf geschnittenen, klassischen Zügen, die an eine griechische Skulptur erinnerten, überall aufgefallen.

Sand und Muschelsplitter klebten an seiner Haut und fingen glitzernd das Mondlicht. Durch den Effekt wirkte er insgesamt mehr wie ein Kunstwerk aus Marmor als wie ein Wesen aus Fleisch und Blut. Selbst seine Haltung war königlich, statuenhaft. Er entstieg dem Wasser gleitend, in einer fließenden Bewegung, wie der Bug eines Schiffes, das auf den Strand aufläuft.

Kli Kodesh fühlte, wie das Wasser von seinen gemeißelten Zügen floß. Er blinzelte versuchsweise. Einmal, zweimal. Er hatte das verwirrende Gefühl, aus einem Traum zu erwachen. Und es war ein so schöner Traum gewesen.

In seinem Traum hatte er eine endlose Wüste durchquert. Der Sand unter seinen Füßen war, selbst als die Sonne am höchsten stand und die Schatten die verlassenen Weiten flohen, kühl und beruhigend. Das Blau über ihm war von unendlicher Tiefe, immer in Bewegung. Es füllte das Gewölbe des Himmels von Horizont zu Horizont. Kli Kodesh durchwanderte diese Wüste seit vierzig Jahren mit der schwebenden Anmut eines Schläfers.

Aber die See hatte ihn wieder ausgespuckt. In all den Jahren seiner Wanderschaft hatte er gelernt, daß die Meere bei weitem die größte Geduld hatten. Ein Ozean konnte den größten Teil eines Jahrhunderts mit dem Aushöhlen eines Dammes oder dem Abschleifen der Messingreling eines gesunkenen Schiffes verbringen. Doch selbst die geduldigen Ozeane duldeten seine Anwesenheit nur für eine sehr begrenzte Zeit.

Kli Kodesh fühlte den Nachtwind kalt und schneidend auf seinem Gesicht. Er lächelte, und Linien gruben sich in die dicke Schicht aus Salz und Sand auf seinem Gesicht. Eine Seite der Maske wurde rissig, zerbrach und fiel zu Boden. Es war gut, wieder in die Welt zurückgekehrt zu sein.

Aber wo, auf dieser unruhigen Welt, befand er sich? Langsam, doch sicheren Schrittes fand er seinen Weg auf die Spitze der nächstgelegenen Düne. Sein Gewand hing schwer um seinen Körper. Selbst das Gewicht seiner Haut war ihm eine ungewohnte Last. Als er die Spitze der Düne erreicht hatte, erstrahlte vor ihm eine Flut von Licht, entlud sich gen Himmel und füllte das Gewölbe des Firmaments.

Weiß, rot, gelb. Eine Stadt aus Licht loderte auf. Sie grub ihr Bild in die Unterseite der Wolkendecke, die gelb und dicht über der Stadt der

Menschen hin, sich scheinbar unendlich weit in alle Richtungen erstreckte. Der ölige Widerschein der Stadt glänzte auf den Wolken wie ein Heiligenschein.

Kli Kodesh schloß seine Augen und wirbelte die düsteren Wolken herum wie Teeblätter, drehte und wendete sie vor seinem inneren Auge, immer auf der Suche nach einem vage erinnerten Fetzen einer Geschichte, eines Liedes oder einer Prophezeiung.

Er hatte Jahrhunderte damit verbracht, Städte wachsen, wuchern, verfallen und verschwinden zu sehen. Er war geübt darin, den Sand der Zeit nach den spröden Scherben der Zivilisationen zu durchkämmen. Er war ein Meister der Möglichkeiten und Alternativen.

Als er das Spiel des Lichtes betrachtete, konnte er lang vergessene Städte Seite an Seite mit noch nicht einmal gedachten sehen. Er verfolgte ihr Wachstum und ihren Zerfall mit einem Finger, als folgte er einem unsicheren Weg auf einer Karte. Sein Geist raste über die Äste der Vergangenheit und Zukunft, die sich offen vor seinem prüfenden Blick ausbreiteten.

Ah. Genau...dort.

Ein Leuchtfeuer an den Ufern der westlichen Nacht.

Eine Stadt der Engel.

Es hat begonnen.

Voller Erwartung stieg Kli Kodesh zur Stadt hinab. Und um ihn herum war Zähneknirschen und Wehklagen.

ZWEI

In dem Moment, wo er Thu durch die Tür kommen sah, wußte John Rotty, daß es Ärger geben würde. Sie knackte mit ihren Fingerknöcheln, und die Kette, die aus ihrer Jacke hervorschaute, war sicher nicht nur Schmuck.

Atlanta war tot in diesen Tagen, oder genauer gesagt, jeder, der im Kreis der Anarchen etwas darstellte, war tot. Tobias, Aaron, Eddie Cocke, Liza, Jolanda, Matt – die Liste konnte beliebig fortgesetzt werden. Alle tot. Abgekratzt und verrottet. Die wenigen, die Rotty gesehen hatte, waren kein schöner Anblick gewesen. Blut war ihnen aus Augen, Ohren, Nase und anderen, weniger alltäglichen Körperöffnungen gelaufen. Als wenn sie zuviel Blut in ihren Körper gehabt hätten. *Dabei sagen alle, daß du verhungerst, wenn dich der Fluch erwischt*, erinnerte sich Rotty. *Das macht einfach keinen Sinn.*

Da es ihn bis jetzt nicht erwischt hatte, dachte sich Rotty, daß er vielleicht nicht der Typ für Flüche war. Vielleicht aber hatte er auch einfach nur Glück gehabt. Wie auch immer, er würde ganz sicher nicht die ganze Nacht in seinem Zimmer herumsitzen und Däumchen drehen. Er war jetzt seit etwa zehn Jahren ein Vampir, und er hatte schon vor langer Zeit entschieden, daß er in Bewegung bleiben mußte. Es lag ihm einfach nicht, den Rest der Ewigkeit herumzusitzen und sich zu Untode zu langweilen. Also hatte er sich im Underground umgesehen. Tot. Einige Sethskinder waren da, aber keine Kainiten. Wie oft konnte man schon Spaß dabei haben, irgendeine sterbliche Tussi zu hypnotisieren und sie dann auszutrinken? Für die Art von Aufregung, die er suchte, brauchte er andere Vampire. Also war er ins Little Five Points weitergezogen. Aber auch da war nichts los gewesen. Schließlich war er im Nine Tails gelandet. Auch hier das gleiche. Laute Dark Wave Musik – Stöhnen und Maschinen. *Kann denn keiner mehr richtig Gitarre spielen?* Fragte Rotty sich. Nur mehr sterbliches Fleisch. Keine Kainskinder.

Das heißt, jedenfalls bis Thu durch die Tür kam. Aber Rotty war schon im ersten Moment klar, daß sie nicht zu den Kainskindern gehörte, die er gerne treffen wollte. *Das einzige, was noch schlimmer ist als 'ne Braut mit mieser Laune, ist 'ne Braut mit mieser Laune, die dir echt weh tun kann.* Rotty hatte sie schon in voller Aktion gesehen, und einmal war mehr als genug gewesen.

Es waren genug schwarz gekleidete Gothics und beinahe zu Tode gepiercte Typen im S/M Club, daß Rotty sich unauffällig von der Tür entfernen konnte. Er glaubte nicht, daß Thu ihn gesehen hatte. Noch nicht. Vielleicht war sie nur auf der Jagd und checkte das Fleisch hier ab. Aber da sie nun mal ein total kaputtes Miststück war, war sie vielleicht auch auf der Suche nach Ärger. Er behielt den Kopf unten und blieb in der Nähe der Bar, was normalerweise nicht gerade der Lieblingsplatz der Kainiten war. Während er sich vorsichtig in Richtung Hinterzimmer und Toiletten vortastete, hielt er bewußt Abstand zu den Tänzern, die sich in den auffälligsten und wildesten Zuckungen über die Tanzfläche quälten. Er wollte nicht durch sie Aufmerksamkeit auf sich ziehen. Eine Tussi stieß mit ihm zusammen und verschüttete ihren Drink über ihn, aber er ignorierte es. Auch eine Szene konnte er jetzt nicht gebrauchen.

Rotty entschied sich gegen den Seitenausgang. Nachdem vor zwei Monaten Lizas und Aarons blutverschmierte Körper in der Seitengasse gefunden worden waren, schien es, als ob alle diesem Ausgang besondere Aufmerksamkeit schenkten. Am anderen Ende des Hinterzimmers schlüpfte Rotty durch die Hintertür und in Sicherheit. Er atmete erleichtert auf.

Dann krachte ein Brett gegen seinen Hinterkopf und schleuderte ihn mit dem Gesicht nach unten zu Boden. Seine Nase wurde auf das ölige, gesprungene Pflaster gepreßt. Von den meisten Leuten ausgeführt, selbst den meisten Kainskindern, wäre ein Schlag mit einem Brett auf den Hinterkopf keine große Sache gewesen. Aber wer auch immer das hier gewesen war, es war keiner von diesen Leuten. Dieses Brett war mit Wucht geführt worden.

Noch bevor Rotty wieder klar sehen konnte oder das Klingeln in seinen Ohren aufgehört hatte, hoben ihn starke Hände an seinem Shirt in die Höhe. "Danke für's Aufhelfen", murmelte er und fragte sich, ob die Worte einigermaßen verständlich aus seinem Mund gekommen waren.

"Was war das?" knurrte eine Stimme nah an Rottys Ohr.

Langsam konnte er wieder etwas erkennen und machte nur wenige Zentimeter von seinem eigenen entfernt ein Gesicht aus. Weit auseinanderstehende Augen, Augenbrauenwülste wie bei einem Neandertaler, den Mund zu einem Fauchen verzogen. Xavier Kline, erkannte Rotty. *Scheiße.*

Kline hielt Rotty so hoch in der Luft, daß seine Füße mehrere Zentimeter über dem Boden baumelten. "Was hast du gesagt?" fragte Kline nochmals.

"Nix."

"Hmpf." Der große muskulöse Brujah schien Rotty nicht zu glauben, begnügte sich aber damit, den kleineren Vampir in der Luft zu schütteln. Die rauhe Bewegung sandte schmerzende Blitze von Rottys Hinterkopf zu seinen Schläfen. "Hältst dich wohl für besonders schlau, Gothboy", forderte Kline ihn heraus.

Gothboy? Trotz seiner mißlichen Situation konnte Rotty das nicht so stehen lassen. "Nur weil ich hier rumhänge, wo man leicht was zu trinken findet, heißt das nicht – *Arrrh!*"

Eine Kette krachte von hinten gegen Rottys Kopf, und brachte seine Anwort zu einem abrupten Ende. Er konnte fühlen, wie sich hinter seinem linken Ohr Blut aus einer Platzwunde rann.

"Du bist, was du ißt", sagte eine Stimme mit starkem vietnamesischem Akzent. Viele asiatische Akzente klangen in Rottys Ohren melodisch. Sie hatten meist einen ungewöhnlichen Rhythmus, der sie wie Lyrik erscheinen ließ. Nicht so dieser Akzent. Rotty erkannte Thus Stimme, und sie kratzte wie ein rostiges Messer auf dem Schleifstein.

Kline schüttelte ihn noch mal - wieder schoß Schmerz durch Rottys Kopf. "Und was hast du heute nacht noch vor?" wollte Kline wissen.

"Ich dachte, ich mach' ein paar Brujah fertig", entgegnete Rotty. Wieder schnitt die Kette in sein Fleisch, dieses Mal in seinen Nakken. *Okay, Schlaukopf,* sagte er sich, *halt einfach das Maul. Hast schon immer etwas länger gebraucht, bis du es kapierst.*

Kline grinste. "Mach weiter so, Gothboy, und von dir bleibt nur ein blutiger Klumpen übrig."

Daran zweifelte Rotty keine Sekunde. Selbst bei den Kainskindern waren Kline und Thu für ihre Grausamkeit bekannt. Sie kamen nicht gerade aus der sensiblen und zärtlichen Abteilung.

"Du warst am Dienstag nicht bei der Versammlung, oder, Gothboy?" Diesmal schüttelte er Rotty offensichtlich, weil er eine Antwort wollte. Rotty nickte, aber entweder bemerkte Kline es nicht, oder es reichte ihm nicht. Er schüttelte ihn härter. "Was hast du gesagt?"

"Ich hab's gehört. Ich hab's gehört!" Jeder hatte es gehört, ob er nun bei der Versammlung gewesen war oder nicht. Der Prinz wollte nicht nur die Traditionen bis zum letzten Buchstaben befolgt sehen, er verlangte auch, daß jeder Kainit der Stadt, der keinem Clan angehörte, sich einem anschloß, sonst mußte er die Stadt verlassen – oder Schlimmeres. In Rottys Hinterkopf pulsierte es. Er wußte, daß er aus mehreren Wunden blutete. Er wünschte sich, sein Kopf würde einfach abfallen, aber dann entschied er, daß er in der Wahl seiner Wünsche vielleicht etwas vorsichtiger sein sollte, jedenfalls solange die beiden anderen noch da waren.

"Gut", sagte Kline. "Ich bin froh, daß du auf dem Laufenden bist, was die Ereignisse der letzten Zeit betrifft." Es machte nicht den Eindruck, daß er in irgendeiner Weise müde wurde oder vorhatte, Rotty in der nächsten Zeit herunterzulassen. "Und – hast du dich schon entschieden, welchem Clan du dich anschließen möchtest?"

"Ich hatte an den Klu-Klux-Klan gedacht", sagte Rotty, bevor er es verhindern konnte. Diesmal traf die Kette die rechte Seite seines Kopfes hart genug, daß sein Kopf nach links schnellte. Das Bild vor seinen Augen verschwamm vor Schmerz, vielleicht aber auch vor Blut, das ihm in die Augen lief. Mittlerweile war er so benommen, daß er sich nicht sicher sein konnte. Die Schläge auf seinen Kopf forderten ihren Preis. Von Thu kam bis auf das Klirren ihrer Kette kein Laut.

"Über die Brujah habe ich gute Dinge gehört", schlug Kline vor. "Es ist sogar so, daß ich sie nur wärmstens empfehlen kann. Würdest du nicht gerne für mich arbeiten?" Rotty glaubte Thu im Hintergrund leise lachen zu hören.

Für Kline arbeiten. Das entsprach in etwa Rottys persönlicher Vorstellung von der Hölle. Und was nützte es schon, daß Thelonious der Primogen der Brujah war. Er bewegte sich fast ausschließlich in der Oberschicht, auf der Straße repräsentierte Kline die Brujah. Unterdessen hatte die Vernunft oder vielleicht auch nur der Schmerz Rotty klüger gemacht, und er behielt diese Gedanken für sich. Jetzt näher auf die feinen Details der Brujah Hierarchie einzugehen, würde ihm nur weitere Schläge einbringen.

Auch Kline konnte dieser Sinneswandel nicht entgehen. "Kein kluger Spruch, Gothboy?" Als er immer noch keine Antwort bekam, warf er Rotty zu Boden. "Nicht vergessen. Clan Brujah. Du willst in dieser Sache ganz bestimmt keinen Fehler machen." Kline lachte, als er sich entfernte. Thu trat Rotty noch ein letztes Mal in den Magen, dann stapfte sie hinter Kline her.

Rotty lag bewegungslos an der Erde. Er war einfach nur froh, keine Bretter oder Ketten mehr übergezogen zu bekommen. Er hörte den dröhnenden Baß aus dem Nine Tails, oder war es das Dröhnen in seinem Kopf? Er versuchte vergeblich, die Sterne über sich zu erkennen. Doch wie verletzt er auch war, ihm war doch klar, daß er noch Glück gehabt hatte. Kline und Thu hätten ihm noch ganz andere Dinge antun können. Sie hätten sein Blut trinken, oder ihn einfach vernichten können. Sie hätten seinen Körper hier zurücklassen können, nur wenige Schritte von dem Ort entfernt, an dem Liza und Aaron gefunden worden waren. Wen hätte es gekümmert, jetzt, wo der Fluch wütete? Dennoch war das ein schwacher Trost für Kopfwunden, die bei einem Sterblichen mit fünfzig bis sechzig Stichen genäht hätten werden müssen. Rotty würde für die Wunden ein bis zwei Sterbliche brauchen. Das Blut würde ihn heilen.

Er würde sich erholen, aber Rotty wurde klar, daß er in Zukunft vorsichtiger sein mußte. Jetzt, wo nur noch so wenige Kainskinder unterwegs waren, zogen die, die sich noch in der Öffentlichkeit bewegten, viel größere Aufmerksamkeit auf sich. Würde er sich einem Clan anschließen? Er wußte es noch nicht. Er würde sich lieber von Kline fernhalten, als sich den Brujah anzuschließen. Das stand schon mal fest. Aber falls der Prinz wirklich vorhatte, seine Verordnungen durchzusetzen, wollte Rotty sich auch nicht unnötig Ärger aussetzen. Er würde sich bei den Anarchen, die der Fluch noch nicht erwischt hatte, umhören müssen. Sich den Anordnungen des Prinzen fügen, versuchen, sie zu umgehen oder sich zur Wehr setzen? *Schwere Entscheidung.*

Im Moment fühlte Rotty sich nicht in der Lage, sich gegen irgendwen zur Wehr zu setzen. Er versuchte, sich aufzurichten, aber der schneidenden Schmerz überzeugte ihn schnell davon, daß es das Beste sei, hier einfach noch ein wenig liegenzubleiben. Dann bemerkte er etwas unter seinem Ellenbogen. Er griff unter seinen Arm, wobei er sich weiterhin bemühte, möglichst seinen Kopf nicht zu bewegen. Seine Finger berührten die eine Hälfte des zersplitterten Brettes. Er begann zu lachen, doch es tat zu sehr weh. *Du wolltest Aufregung,* rief er sich in Erinnerung. *Und du hast sie bekommen.*

Benison kauerte auf dem Dach eines Geschäftsgebäudes hinter dem Nine Tails. Dies war der beste Platz, den er hatte finden konnte, um Klines Eskapaden zu beobachten. *Ein geistloses Stück Vieh.* Das war es, was der Prinz über Kline dachte. *Nein, nicht geistlos*, korrigierte er sich. *Berechenbar. Berechenbar, aber verschlagen.*

Der Prinz hatte Kline damit beauftragt, das halbe Dutzend Anarchen, das der Versammlung der Kainskinder vor zwei Nächten, auf der er seine Verordnungen verkündet hatte, ferngeblieben war, zu finden und sicherzustellen, daß seine Botschaft ankam und verstanden wurde. Mochte die Abstimmung auch knapp ausgegangen sein, nachdem der Rat der Erstgeborenen zugestimmt hatte, waren die Verordnungen Gesetz. Die erste Verordnung brachte wieder Ruhe auf die Straße. Er würde dafür sorgen, daß die Traditionen ohne Ausnahme gewahrt werden würden. Die Maskerade war auch ohne amoklaufende Kainskinder, deren Spuren Benison verwischen mußte, damit die sterbliche Bevölkerung nichts von den Raubtieren direkt unter ihnen herausfand, genug Gefahren ausgesetzt. Auch die Rechte der Domäne, der Nachkommenschaft und des sicheren Aufenthalts wurden viel zu oft mißbraucht. Das würde jetzt ein Ende haben.

Die zweite Verordnung würde die Kainskinder von Atlanta wieder auf den Weg der uralten Lehren bringen, die ausgehend von den Schreibern der Ersten Stadt durch alle Epochen weitergegeben worden waren. Das Blut der Kainiten war dünn geworden. Es gab unter den Neugeborenen einige, in denen die Kraft des Schwarzen Vaters so schwach war, daß sie keine Nachkommen zeugen konnten. Die Fragmente des Buches Nod, die Benison über die Jahre erworben hatte, hatten so eine Verdünnung des Blutes vorhergesagt. Auch andere Vorhersagen hatten sich als richtig erwiesen: der Amoklauf der Clanlosen, das darauf folgende Chaos. Wenn die Kainskinder der Camarilla jetzt nicht eingriffen, würde die Endzeit sie überrollen. Auch davon sprachen die Lehren. Körperlicher und spiritueller Aufruhr, die Zerstörung der Welt sowohl der Seths- als auch der Kainskinder, wenn die Ältesten der Alten, die Vorsintflutlichen, sich aus ihrer ewigen Ruhe erheben und jene einfordern würden, die sie direkt oder indirekt gezeugt hatten.

Benison würde nicht dabeisitzen und tatenlos zusehen. Die Kirche, in der die nicht offiziell anerkannte Tochter der Kakophonie sich mit Dämonen verbündet und damit den göttlichen Zorn auf die Stadt gezogen und alle Kainskinder auf den Weg zur Apokalypse geschickt hatte, hatte er schon mit Feuer reingewaschen. Benison würde eine weitere Entwicklung in diese Richtung nicht zulassen. Er würde mit aller Kraft seines Willens gegen die Gehenna ankämpfen, und soviel Unterstützung zusammenziehen, daß er das Ende verhindern konnte. Sein Atlanta würde dem Rest der Welt als leuchtendes Vorbild auf dem Weg zur Erlösung voranschreiten. Dies war sein messianischer Kreuzzug: Eine Stadt, die als Terminus angefangen hatte, in einen Primus zu verwandeln, in die neue Erste Stadt, deren Verbindung zu Gott durch Gedanken und Taten geheiligt war, zu Ihm, der dem Dunklen Vater und all seinem Volk eine solch hervorstehende Position gegeben hatte. Benison war der festen Überzeugung, daß die Erneuerung der Stadt ein ebensolches Wunder sein würde wie die Verwandlung von Brot und Wein in Fleisch und Blut.

Er bemerkte, daß er sich erhoben hatte und nicht länger auf dem Dach des Gebäudes kauerte. Sein Körper war dem hohen und erhabenen Weg seiner Gedanken in Richtung Erlösung gefolgt. *Sollen sie mich doch sehen, wenn sie zum Himmel blicken*, dachte er. *Ein Leitbild rechtschaffener Gesinnung.*

Doch Kline und Thu bemerkten ihn nicht. Sie schlugen den Anarchen zusammen und ließen ihn dann blutend in der Gasse zurück. Der Angriff auf den Anarchen beunruhigte Benison nicht übermäßig. *Buße tut der Seele gut*, dachte er, und ohne Frage hatte der Anarch genug zu bereuen, auch wenn Benison bezweifelte, daß spirituelle Läuterung Klines Hauptmotivation gewesen war. Der Brujah, der direkt aus dem Neandertal zu stammen schien, war etwas übereifrig bei der Erfüllung seiner zweiten Aufgabe, die darin bestand, alle Anarchen daran zu erinnern, daß ihr unbestimmter Status, der sie auf gewisse Weise außerhalb des Gesetzes der Camarilla stellte, ein Ding der Vergangenheit war. Kline verband mit dieser Aufgabe noch seine ganz eigene Art der Rekrutierung, von der er sich einen Statusgewinn sowohl innerhalb des Brujah Clans als auch in der Gesellschaft der Kainskinder allgemein erhoffte. *Man kann ihm seine Initiative wohl kaum vorwerfen*, räumte der Prinz ein. Eine Stadt voll mit jungen Brujah war nicht gerade das, was Benison sich wünschte. Er konnte im Gegenteil ganz gut ohne den Clan auskommen. Aber er vermutete ohnehin, daß Klines Vorgehen eher einen gegenteiligen Effekt erzielen würde. Denn während Einschüchterung in den meisten Fällen dazu benutzt werden konnte, andere kurzzeitig zu den gewünschten Dingen zu zwingen, so förderte es in der Regel selten ein Gefühl besonderer Loyalität. Jedes Kainskind würde sagen, was Kline hören wollte, um nicht zu Brei geschlagen zu werden. Aber es würde sich hinterher an sein brutales Verhalten erinnern. Der gequälte Kainit würde möglicherweise die Anordnungen des Prinzen fürchten und respektieren, aber er würde ganz sicher Kline hassen.

Benison war nicht im Geringsten überrascht, daß Kline seine offiziellen Aufgaben mit eigener Politik und Gewalt würzte. Der Prinz bediente sich nun schon seit geraumer Zeit auf die eine oder andere Weise der Dienste Klines, und es hatte sich herausgestellt, daß es nicht gerade Klines Stärke war, Aufträge, in denen er freie Hand hatte, mit Zurückhaltung zu erledigen. Aber es war besser, ihn im eigenen Lager zu haben, wo man ein Auge auf ihn haben konnte. Besser ein Ochse unterm Joch als ein Bulle auf dem Feld. Benison kannte dieses Sprichwort noch gut aus seinen Tagen als Mensch.

Der Prinz kauerte sich wieder nieder und beobachtete von seinem verborgenen Beobachtungspunkt aus den bewegungslosen Anarchen auf dem Pflaster. Es gab mindestens ein Dutzend nicht offiziell anerkannte Kainskinder in Atlanta. Vor dem Fluch hatte es noch viel mehr gegeben, möglicherweise sogar drei- bis viermal so viele, aber es war schwierig, sie im Auge zu behalten. Benisons Muskeln spannten sich. Allein der Gedanke an das Übel, das seine Stadt so schwer getroffen hatte, reichte aus, um seine Wut zu schüren, aber er zwang sich, die Kontrolle zu bewahren. *Aus jeder Tragödie kann man etwas lernen*, rief sich Benison in Erinnerung. *Gott hat meine Stadt mit dem verdammten Fluch belegt, um mich herauszufordern, um mich zu größeren Triumphen anzuspornen. Primus*. Das war sein neues Mantra. "Primus".

Eleanor hatte ihm geraten, heute nicht auszugehen. Sie machte sich Sorgen, daß es ihm als Schwäche ausgelegt werden könnte. *Denkt sie denn, ich würde herumirren und die Anarchen anflehen, meinen Wünschen zu folgen?* fragte sich Benison. Ganz sicher traute sie ihm mehr zu. *Sie ist geschickt in den politischen Spielchen der Camarilla, aber das ist nicht das, was von einem Anführer verlangt wird. Politiker manipulieren. Ich erschaffe. Ich verstärke die Fundamente meiner Stadt.* Wie konnte sie nur glauben, daß er zu Hause bleiben konnte? Wie konnte sie glauben, daß er tatenlos zusah, während seine Stadt zerfiel? Benison wußte, daß er eine höhere Aufgabe zu erfüllen hatte.

Es war diese neue Vision von Unsterblichkeit, die Benison vorwärts trieb, eine Vision von Ruhm und Inspiration, die aus der Mitte der durch den Fluch geschaffenen Verzweiflung herausragte. Er war sich so sicher, daß seine ganz private Tragödie, die Stadt zerfallen zu sehen, die er über hundert Jahre mit aufgebaut hatte, der Preis war, der für das neu entstehende Bessere zu zahlen war. Sein eigenes Kind war dem Fluch zum Opfer gefallen. Wahnsinn, Schmerz, Tod. Doch das hatte Benison tief in seiner Seele vergraben. Er wußte um die Tragödie, doch er fühlte sie nicht. Die Stadt war nun sein Kind, und er hatte keine Zeit, um zu trauern. Er mußte weitermachen.

☥

Wenn das nicht seltsam ist, dachte Dr. William Nen. *Wie hatte man die Körper dort finden können?* Er legte die Akte zurück auf seinen Schreibtisch und begann, an einer Spitze seines dichten Schnurrbarts zu zupfen. Es war eine Angewohnheit, die er sich vor vielen Jahren als junger Student angewöhnt hatte, lange bevor sein Schnurrbart und sein volles Haar von grauen Strähnen durchzogen wurden.

Die Akten, in denen er gerade las, waren die letzten, die er von den Leichenbeschauern bekommen hatte. Niemand im Zentrum zur Kontrolle und Vermeidung von Seuchen wußte etwas damit anzufangen, und so waren die rätselhaften Berichte auf Nens Schreibtisch gelandet. Aber auch er wußte nichts damit anzufangen. Jedenfalls jetzt noch nicht.

Er griff nach seinem Kaffeebecher, aber statt einen Schluck zu nehmen, ließ er seine Zunge über seinen Rand laufen. Das war eine weitere Angewohnheit aus seinem späteren Medizinstudium. Jede Station seiner Karriere schien ihre eigene unauslöschliche Spur hinterlassen zu haben, sei es eine besondere Eigenart seines Wesens oder eine bestimmte Geste. *Symptome des Fortschritts,* nannte Nen sie. Seine Frau Leigh, eine Psychologin, hatte jede Menge Vorschläge zur Deutung seines "Kaffeebecher-Fetischismus'", wie sie es nannte, aber William selbst hatte nie viel von Freudscher Analyse gehalten.

Früh in seiner Karriere, vor jetzt beinahe zwanzig Jahren, hatte er, nachdem er bei der Isolierung einer Ebola-Epidemie im Sudan geholfen hatte, angefangen, sich vor und nach jeder Mahlzeit so zwanghaft die Hände zu waschen, daß manchmal sogar Blut floß. Seine Arbeit im Sudan hatte die Ausbreitung der Seuche verhindert. Es hatte nur vierunddreißig Erkrankungen und zweiundzwanzig Todesfälle gegeben. Drei Jahre vorher hatten ähnliche Epidemien dort und in Zaire über dreihundert Tote gefordert.

Man hatte ihn auch 1995 wieder zur Hilfe gerufen, als die zairische Linie des Virus in Kikwit wieder auftauchte. Selbst in dieser Stadt mit einer Bevölkerung von vierhunderttausend, die nur auf eine Epidemie gewartet zu haben schien, konnten die Todesfälle durch frühzeitige Quarantäne und eine aggressive Informationspolitik auf ein Minimum beschränkt werden. Nen war von dieser Reise nach Afrika mit einem Nervenzucken am linken Auge zurückgekehrt. Er konnte fühlen, wenn es begann, aber außer sich mit einem nassen, kochendheißen Waschlappen auf dem Gesicht aufs Bett zu legen, gab es wenig, was er dagegen tun konnte.

Diese neuesten Fälle, die die Leichenbeschauer so verwirrt hatten, waren nicht Ebola. Oder jedenfalls keine Art des Virus, der Nen schon einmal begegnet wäre. Es gab einige oberflächliche Ähnlichkeiten, die möglicherweise in Richtung eines hemorrhagischen Fiebers deuteten, wie das unkontrollierte innerliche wie äußerliche Bluten, das Fehlen der Blutgerinnung, der Zerfall von Leber und Nieren, aber die Blutanalyse bestätigte diese Symptome nicht, jedenfalls nicht nach den Berichten. Nen wollte das jedoch selbst überprüfen. Nicht, daß er seinen Kollegen im Labor nicht vertraute, aber wenn er sich mit widersprüchlichen Daten konfrontiert sah, war es stets sein erster Schritt, die Ausgangsdaten selbst zu überprüfen. Es waren schon früher Fehler vorgekommen, und wenn man bedachte, daß es sich möglicherweise um eine hemorrhagische Fieberepidemie mit einer Sterblichkeitsrate von fünfzig bis neunzig Prozent handelte, war eine erneute Überprüfung der Laborergebnisse ein kleiner Preis.

Nen stellte seinen Kaffeebecher zurück auf seinen Schreibtisch. Daß die Testergebnisse nicht mit den Ergebnissen der Autopsie übereinstimmten, war verwirrend genug, aber noch viel beunruhigender waren die Daten, die die Leichen selbst lieferten. Nens Blick wanderte nach unten, und er stellte fest, daß er sich in einer sanften doch beständigen Bewegung die Hände rieb, so als wenn er sich mit Wasser und Seife die Seuchen, die er untersuchte, von den Händen wusch. Er zwang sich, damit aufzuhören, und griff nach den Berichten.

Man hatte diese Leichen hier in der Stadt, in Atlanta, in einer Gasse hinter einem belebten Nachtclub gefunden. Die Blutproben, die man ihnen entnommen hatte, waren relativ frisch, nur wenige Stunden nach ihrem Tod abgenommen worden. Der Zustand der Gewebeproben ließ hingegen keinen anderen Schluß zu, als daß die Individuen schon vor einigen *Wochen* verstorben waren. Diese Information war in der Akte, die Nen jetzt vor sich liegen hatte, rot umrandet. Schon jemand anderes, *wahrscheinlich sogar mehrere andere*, dachte Nen, waren durch dieselben Unstimmigkeiten verwirrt worden. Doch egal, wie häufig Nen den Bericht las, die Worte blieben genau wie seine Schlußfolgerung immer dieselben. Unmöglich.

Es gab natürlich einige absurde Möglichkeiten. Aus irgendeinem Grund hätte frisches Blut auf den schon lange toten Leichen sein können. Aber einige der Blutproben oder, wie Nen feststellte, sogar die meisten der Proben, waren im Leichenschauhaus und nicht auf der Straße entnommen worden. War es möglich, daß jemand die Körper mit frischem Blut gefüllt hatte? *Unwahrscheinlich.* Und außerdem hatte einer der Körper fast überhaupt kein Blut enthalten. Nen warf die Akten zurück auf seinen Schreibtisch und begann wieder, an seinem Bart zu ziehen. Er hatte eine Menge Arbeit vor sich.

Für einen kurzen Moment begann es, an seinem Auge zu zucken. Der Gestank der Verwesung und des Todes, wie er ihn im Sudan kennengelernt hatte, schien undeutlich in der Luft zu hängen. Aber dies waren die sterilen Büros und Gänge des Zentrums für Seuchenkontrolle. Es mußte der abgestandene Kaffee gewesen sein, den er gerochen hatte, entschied er. Wahrscheinlich sollte er mal seinen Becher ausspülen. William Nen zuckte die Achseln und griff wieder nach dem Bericht.

Nicholas war noch Meilen von der Stadt entfernt, als er sie schon roch. Die Schnellstraßen wanden sich wie Arterien, die das Gift des menschlichen Fortschritts aus ihrem schwarzen Herzen in alle Richtungen bis in die letzten Enklaven der Wildnis trugen. Asphalt, Abgase, Mietshäuser – jedesmal, wenn er die Stadt verließ, versuchte er zu vergessen, wie weit sie sich schon ausgebreitet hatte und wieviel ihr schon zum Opfer gefallen war. Und dabei war Atlanta im Gegensatz zu Chicago, Detroit oder Indianapolis eine relativ grüne Stadt.

Vor Monaten war er nur in die Stadt gekommen, um eine Nachricht zu überbringen. Es war ein Gefallen für den Freund eines Freundes gewesen, für den im Austausch ein ganz netter Gefallen für ihn selbst herausgesprungen war. Hätte er damals geahnt, daß er durch die Reise einen Fluch auf sich ziehen würde, hätte er niemals eingewilligt. Kein Gefallen war soviel wert. Wenn es nur möglich wäre, die Zeit zurückzudrehen und einen anderen Weg zu wählen. Aber die Stadt hatte ihr Mal auf ihm hinterlassen, und nun fraß der Fluch an seinem Körper und seiner Seele. Genau wie die Städte und Menschen die letzten Überreste der Wildnis zerstörten.

Nicholas würde nicht lange in der Stadt bleiben. Sobald er seinen Zorn gestillt und Rache geübt hatte, würde er in die heilenden Wälder und nährenden Ebenen zurückkehren. Doch eines dieser Stadtkainskinder hatte Nicholas Blutlinie vor langer Zeit Unrecht getan. Aber was hieß schon *vor langer Zeit* bei den Verdammten? Das war ein Konzept aus den Köpfen der Sterblichen. Was war ein *langes* sterbliches Leben für die Wälder, die wuchsen und brannten und wuchsen und verschwanden und wieder wuchsen? Und was war es für Nicholas?

Er hielt sich so weit wie möglich auf den Grünflächen und überquerte die schwarz geteerten Wege der Autos nur wenn es sich nicht vermeiden ließ. Er war geübt darin, sich in Wolfsform einen Weg zu suchen, der ihn am weitesten an den Sterblichen und ihren Straßen vorbei führte. Er hatte den größten Teil von zwei Kontinenten bereist, und nie war es die Faszination der von Menschenhand geschaffenen Wunder gewesen, die seine Schritte geleitet hatte. Doch je mehr er sich der Stadt näherte, desto schwieriger wurde seine Aufgabe. Immer häufiger ragten Zäune und Absperrungen vor ihm in die Höhe. Unbebaute Felder und Grundstücke wurden immer seltener.

Mit jeder Meile, die er hinter sich ließ, nahm seine Wahrnehmungsfähigkeit ab und wurde durch Wut ersetzt, die immer heller in ihm brannte. Jedes Hindernis verzögerte um Sekunden oder Minuten den Moment, an dem er das umzäunte Anwesen, diese falsche grüne Oase inmitten der verfluchten Stadt, erreichen würde. Jede Richtungsänderung schob den Moment hinaus, indem sich seine Klauen und Fänge in Owain Evans' Fleisch graben und Nicholas die den Gangrel gestohlene Vitae zurückfordern würde.

Während sich die Ausläufer der Stadt um ihn herum verdichteten, wich Nicholas weniger und weniger vom direkten Weg auf sein Ziel ab. Die wenigen Sterblichen, denen er zu dieser Nachtzeit begegnete, würden seine Anwesenheit höchstwahrscheinlich nicht bemerken. Für einen vorbeifahrenden Autofahrer wäre er nicht mehr als ein verschwommener Eindruck am Rande seines Blickfeldes. Ein Reh, das über die Straße huschte? Ein Windstoß, der aus dem Nichts durch die Gräser strich? Als Reihenhäuser und Supermärkte die Farmen und unberührten Wälder ablösten, verschwand auch der letzte Rest der Ruhe, die Nicholas in der Wildnis gefunden hatte. Er gab sich immer weniger Mühe, sich von den verunstalteten Plätzen fernzuhalten oder seine Anwesenheit zu verbergen. Seine Aufmerksamkeit war nun ganz darauf gerichtet, sein Ziel zu erreichen und seine Bestimmung zu erfüllen.

Blut. Er konnte Blut riechen. Er konnte es schon schmecken, das Blut seiner Vorfahren. Seine Wolfsohren preßten sich an seinen Kopf, und er bleckte die Fänge, während ihn seine kraftvollen Muskeln in unerbittlichen Sprüngen vorwärts trugen. Die verfallenden Vororte blieben unberührt von seiner Anwesenheit hinter ihm zurück.

Nicholas hatte in dieser Nacht noch nicht getrunken. Er hatte keine Pause einlegen wollen, um keine Zeit auf seinem Weg zu verlieren. Außerdem hatte er den Hunger fühlen wollen, nicht den Schmerz des Fluches, der ihn jedesmal überfiel, wenn er Nahrung zu sich nahm. Die Leere wurde von Haß gefüllt, der nur von einer einzigen Quelle gestillt werden konnte.

Die Stunden der Dunkelheit schienen wie im Flug zu vergehen, doch Nicholas war sich sicher, daß ihm noch genug Zeit blieb. Die Skyline der Stadt ragte jetzt weithin sichtbar vor ihm in den Himmel. In manchen Nächten gelang es ihm zu vergessen, daß die Silhouette nur aus beleuchteten Gebäuden bestand, daß auch sie Zeichen der zerstörenden Hand der Sterblichen war, das sich in den einst unbefleckten Himmel erhob, der nur noch ein fiktives Paradies angesichts der Zerstörung und Korruption war. Nicholas wandte sich nach Süden. Bald umgaben ihn große Villen, Monumente des menschlichen Reichtums, die so nahe der vorherrschenden städtischen Trostlosigkeit existierten, und dennoch eine ganz andere Welt waren. Die Wege hier, waren ihm vertraut. Schon einmal war er sie gegangen. Sie hatten sich in sein Gedächtnis eingebrannt, wie vielleicht jeder Schritt, den er in den Jahrzehnten seiner Wanderschaft getan hatte. Jedes Haus war von riesigen Flächen mit Efeu und Büschen und Bäumen umgeben, die Nicholas ein angenehmes Fortkommen ermöglichten, das nur hin und wieder von einer Steinmauer oder einem schmiedeeisernen Zaun unterbrochen wurde, die Nicholas ohne Mühe überwand. Hier wohnten die zivilisiertesten der Sterblichen, doch Nicholas wußte, daß es ihr Geld war, das das immer weiter wuchernde Geschwür aus Bulldozern und Beton regierte. Und er wußte, daß Owain Evans unerkannt unter diesen Parasiten lebte und daß er irgendwie den Fluch auf Nicholas gelegt hatte. Die Nacht, in der er die Nachricht überbracht hatte, war der Anfang der Verseuchung seines Blutes gewesen, der Anfang des Hungers und des Schmerzes. Eine weitere Schuld, für die Evans sich verantworten mußte, für die Nicholas einen Preis von ihm fordern würde. Einen Preis, der in Fleisch und Blut zu entrichten war.

Eine letzte Mauer und eine Allee lagen vor ihm, und dann hatte Nicholas sein Ziel erreicht. Er stand vor dem Anwesen des Ventrue Ahn, der ihn und seinen Clan so bitter betrogen hatte. Nicholas zwang sich zu einer Pause, um eine menschlichere Form anzunehmen, die ihm in der vor ihm liegenden Konfrontation am meisten nützen würde. Selbst in dieser Gestalt behielt Nicholas die spitzen Ohren und den Wolfsglanz in seinen Augen. Er ballte die Hände mit den Klauen, an denen er schon bald Blut sehen wollte. Ein Knurren kam tief aus seiner Kehle. Kein Mensch sollte solche Laute von sich geben können.

Langsam näherte sich Nicholas den äußeren Mauern des Anwesens. Er war schon mehrere Male hier gewesen. Das erste Mal, um die Nachricht zu überbringen, dann später, als er auf Evans wartete, um ihn dann bis zu der zerfallenen Kirche, aus der die verstörende Musik gekommen war, zu folgen. Doch dieses Mal würde es keine freundliche Begrüßung und kein Austausch von Höflichkeiten geben. Nicholas würde Evans finden und ihn dann zerreißen.

Als er über die Mauer sprang, fühlte Nicholas wie seine Vorfahren erwachten. Ihre Erinnerungen gewannen Substanz und übernahmen die Kontrolle. Er wußte von seinen vorherigen Besuchen, wo sich die Überwachungskameras und Bewegungsmelder befanden und worauf er achten mußte, doch es war ihm egal, und er gab sich keine Mühe, ihnen auszuweichen. Sein Durst nach Blut und Rache trieb ihn voran. Bald wurde die Stille der Nacht von Hundegebell zerrissen. Doch Nicholas ließ sich dadurch nicht abschrecken. Er erwartete ihren Angriff, begrüßte ihn sogar. Er wollte Blut.

Blackfeather erwachte in den Armen der Erde. Seine Augen, in denen noch immer die Bilder des Sternenlaufs der letzten Nacht brannten, blieben fest geschlossen, als wenn er so die letzten Reste der Vision länger halten könnte.

Er streckte sich, und der Boden hob sich über seinen Armen, die die Erde durchfurchten. Seine Hände fanden instinktiv die lose, feuchte Oberschicht des Bodens. Scharrende Finger fanden wie Kompaßnadeln die einzig wesentliche Richtung in dieser unterirdischen Welt – aufwärts.

Da.

Blackfeather streckte sich zur Oberfläche. Während er sich aus der Erde erhob, versuchte er, die Verspannungen in seinem Rücken und den Schultern zu lockern. Er unterdrückte ein Gähnen, eine Angewohnheit, die er sich selbst in Jahrzehnten des Unlebens nicht hatte abgewöhnen können.

Der Widerstand über seinen Händen gab plötzlich nach, und er durchstieß den Erdboden. Dies war immer der kritischste Moment.

Blackfeather konnte sich nie ganz sicher sein, wohin ihn die Jagd geführt hatte. Er war einfach gerannt, bis ihn der Sonnenaufgang wieder in die Umarmung der Erde gezwungen hatte. Er kannte nur allzu gut das Chaos, das folgen würde, wenn er sich erhob und feststellen mußte, daß er nicht allein war.

Nun, da konnte man nichts machen. Er verbannte die beunruhigenden Erinnerungen an auf ihn zu rasende Scheinwerfer, die Hufe einer in Panik geratenen Rinderherde oder den bedauerlichen Zwischenfall im Zeltlager eines dieser Revivalfestivals in die hinterste Ecke seines Gehirns, stemmte die Handflächen fest gegen den Erdboden und zog sich über die Erde.

Stille.

Er schien in einem Park zu sein. Auf den zweiten Blick war es eher ein gut gepflegtes Anwesen. Ja, er konnte zu seiner rechten die Umrisse einer Steinmauer erkennen, und der dunklere Schatten am Ende der mit Magnolien überwachsenen Säulenreihe glich auffällig einem Herrenhaus.

Er strich sich die letzten Reste von Erde aus Gesicht und Augen. Es war beruhigend, daß sich zumindest in der unmittelbaren Umgebung niemand aufzuhalten schien. Aber da war eine gewissen Aktivität, ein undeutlicher Wirbel von Bewegung, in der Nähe des Hauses. Ein unbestimmtes Gefühl der Besorgnis erfaßte ihn.

Irgend etwas stimmte hier nicht. Blackfeather spürte ein Hämmern in seiner Brust. Er brauchte nur einen Moment, um zu begreifen, daß es sich unmöglich um seinen Herzschlag handeln konnte. Sein Blut folgte schon lange einem anderen Rhythmus.

Nein, die Vibration in seiner Brust mußte der Widerhall einer anderen Störung sein. Blackfeather legte die Hände an die Ohren, wobei sich Schichten von getrockneter Erde von der einen und sich windendes Gewürm von der anderen löste.

Der Lärm, der aus der Nähe des Hauses kam, war nun deutlicher und unmißverständlich. Rufe, laufende Füße, der Schrei eines Tieres, splitterndes Glas, brechendes Holz - ein Schuß.

Blackfeather war in Bewegung, noch bevor der Widerhall von der Steinmauer reflektierte.

Er hatte den Säulengang schon fast durchquert, als der zweite Schuß fiel. Gerade als er aus den Bäumen herausstürzte, hörte er im Unterholz hinter sich ein Geräusch und unterbrach seinen kopflosen Lauf. Während er sich umdrehte, erblickte er eine riesige schwarze Sau mit blutroten Augen. Das riesige Tier erwiderte kurz seinen Blick und wandte sich dann verächtlich wieder seiner Beschäftigung zu, die darin bestand, zwischen den Wurzeln eines Wäldchens nach Eicheln zu suchen.

Blackfeather schüttelte wild seinen Kopf, und plötzlich standen wieder die Magnolien an Stelle des Eichenwäldchens. Der Schleier zwischen dieser Welt und der nächsten war hier nur dünn. Das war zumindest eine unangenehme Situation, und er hoffte inständig, daß es sich nicht bald als viel mehr als nur eine kleine Ablenkung erweisen möge. Er sprach ein stummes Gebet, daß das Stöhnen der Sterbenden, das er nicht weit vor sich hörte, nicht ungewollte Aufmerksamkeit von der anderen Seite des Schleiers auf sich ziehen würde.

Während er um die letzte Ecke rannte, kehrten seine Gedanken zu der schwarzen Sau zurück. Auch wenn sie über achthundert Pfund gewogen haben mußte, so war sie doch keine direkte Bedrohung. Nein, sie war kein Jäger, eher ein Aasfresser, lediglich ein Bote des Todes, ein Omen.

Der dritte Schuß hallte wie die Stimme eines Propheten durch die Nacht.

Blackfeather trat aus dem Schutz der Magnolien heraus. Er war in voller Alarmbereitschaft, doch nichts hatte ihn auf das Schlachtfeld vorbereitet, das sich vor ihm ausbreitete.

Direkt vor seinen Füßen lag ein nachtschwarzer Mastiff. Sein Gebiß glänzte feucht in der Dunkelheit. Sein Hals war unnatürlich verdreht. Das grauenvolle Winseln, das die Kreatur zwischen den zusammengebissenen Kiefern hervorpreßte, machte deutlich, daß sie noch lebte.

Blackfeathers erster Gedanke war es, das Geschöpf von seinen Leiden zu erlösen. Nein, gestand er sich dann ein, sein erster Gedanke war ein Gefühl des Abscheus, gefolgt von einem undeutlichen Unbehagen, die verstörende Geometrie des gebrochenen Rückgrates der Kreatur zu verändern. Erst dann kam ihm der Gedanke, daß jemand dem Tier helfen sollte.

Blackfeather war sich jedoch überhaupt nicht über die angemessene Vorgehensweise im Klaren. Der Mastiff hatte schon Schlimmeres als jeden *coup de grâce*, den Blackfeather mit bloßen Händen ausführen konnte, überlebt. Er vermutete stark, daß nichts außer dem Sonnenaufgang die ungebrochenen Loyalität des Tieres beenden konnte.

Er machte einen weiten Bogen um die Kreatur, um sich nicht unnötig in die Nähe der übernatürlich starken Kiefer zu begeben. Gerade als er um den Mastiff herumging, brach das Nebengebäude vor ihm plötzlich in sich zusammen.

Blackfeather warf sich zur Seite und rollte sich instinktiv von der Explosion zurück. Er kam auf die Füße, blieb jedoch dicht am Boden, kampfbereit.

Das Gebäude war wie eine Papierschachtel nach innen zusammengeklappt. Ein großer gußeiserner Herd stand unberührt inmitten des Trümmerhaufens. Das Gebäude war früher offensichtlich die Küche des Anwesens gewesen. Das geschwärzte Ofenrohr ragte verbogen wie ein anklagender Finger in den Himmel.

Aber in dem Tumult der eingestürzten Mauern bewegte sich ein noch schwärzerer Schatten. Mehr als daß er etwas sah, fühlte Blackfeather die Wut, die in Wellen von ihm ausging. Mit der ganzen Gewalt seiner Erbitterung löste der Dunkle das überhängende Ofenrohr mit dem kreischenden Geräusch von Metall auf Metall. Seine Frustration zerrte an dem Rohr und verwandelte es in ein Mittel der Zerstörung, in einen großen ungeschlachten Knüppel.

Sein Zorn ist ein Hammer, ein roher Knüppel. Donner und Blitz sind seine Begleiter.

Über der brüllenden Wut hörte Blackfeather die leisen, aber unmißverständlichen Laute der sich versammelnden Schatten. Angezogen durch das Spiel von Licht und Farbe, das durch den Riß in ihre Welt des Zwielichts fiel, näherten sich vorsichtig die Bewohner der Sphäre jenseits des Schleiers.

Schon bald würde der Geruch menschlicher Emotionen und vergossenen Lebensblutes durch den zerrissenen Schleier dringen, und dann würde sie nichts mehr zurückhalten können.

Das Rohr schnitt einen pfeifenden Bogen durch die Luft. Blackfeather hatte den Bruchteil einer Sekunde, bevor es auf ihn herabsausen würde. Er warf sich zur Seite. Sein Körper erzitterte unter der Erschütterung, als sich der eiserne Knüppel fast mannstief in den Erdboden bohrte.

Der provisorische Prügel veränderte die Richtung in Sekundenschnelle. Fetzen des sorgsam gepflegten Rasens wurden in alle Richtungen gewirbelt. Blackfeather preßte sich gegen die Erde, als das Metall nur Millimeter über seinem Kopf die Luft zerschnitt. Dann war er wieder auf den Beinen und zog sich vorsichtig in Richtung des zerstörten Nebengebäudes zurück.

Fast stolperte er über die sterblichen Überreste einer Wache. Nur der intensive süße Geruch des Blutes, der seine Aufmerksamkeit erregte, verhinderte, daß er in der Dunkelheit über die Leiche fiel. Die Uniform der Wache war bis zur Taille mit Blut getränkt, das immer noch aus den zerschmetterten Knochen seines Schädels floß. Der Griff einer Armeepistole ragte aus der gezackten Wunde in der Stirn, ihr Lauf tief in den Schädel getrieben.

Und da war dieser starke unverwechselbare Geruch. Mit dem Blut der Wache war der berauschende tierhafte Duft von vampirischer Vitae vermischt. Blackfeather erinnerte sich an die Pistolenschüsse, die er gehört hatte, und wußte, daß wenigstens einer von ihnen sein Ziel gefunden hatte.

Das eine Ende des Rohres traf Blackfeather direkt in den Magen. Er krümmte sich zusammen, und die Wucht des Aufpralls trieb in rückwärts in die Überreste des zerstörten Nebengebäudes. Sein Fall wurde unsanft durch den gußeisernen Ofen gestoppt, und er fühlte wie ihm das Blut warm über den Hinterkopf lief. Farben schwammen vor seinen Augen, und die viel erschreckenderen greifbaren schwarz-grauen Schatten, die ihm sagten, daß die Jenseitigen sich um ihn scharten.

Ihre zärtliche Sorge war erstickend. Dutzende von hingebungsvollen Händen stießen und schoben ihn. Die Nähe ihrer Körper umhüllte ihn, hielten ihn vom Licht und den Farben seiner eigenen Welt fern und schlossen sich über ihm wie ein sich senkender Sargdeckel.

Mit übermenschlicher Willenskraft bahnte sich Blackfeather seinen Weg aus der erstickenden Masse. Er klammerte sich an das Gefühl des kalten Metalls gegen seinen zerfetzten Rücken und hangelte sich an ihm Hand für Hand wieder zurück in die wache Welt.

Die Reue folgte auf dem Fuße. Der Schmerz und das Gefühl des Blutverlustes hatten seine Rückkehr geduldig erwartet. Nun überfielen sie ihn mit voller Macht, blockten jede andere Empfindung ab. Nur ganz entfernt nahm er ein hohes pfeifendes Geräusch wahr, das durch den Nebel seiner körperlichen Bedürfnisse schnitt.

Der Aufschrei seiner Sinne brach im letztmöglichen Moment zu ihm durch, und irgendwie gelang es seinem Körper noch, auf diese Warnung zu reagieren.

Blackfeather wich dem Schlag nicht wirklich aus, er ließ sich einfach zur Seite fallen. Der hallende Klang mit dem der metallene Knüppel gegen die Seite des eisernen Ofens krachte, ließ die Scheiben des nahegelegenen Herrenhauses zersplittern. Blackfeather hatte den Eindruck, daß die Erschütterung allein ihm möglicherweise einige Zähne aus dem Mund geschlagen hatte. Blut lief ihm ungehindert aus Mund und Ohren, doch er hatte weder die Zeit noch Interesse, eine genauere Inventur vorzunehmen.

Ein Wirbel von Klauen und Fängen warf sich auf ihn. Das Gesicht einer Bestie preßte sich drohend gegen sein eigenes. Eine Erkenntnis, ein Schock des Erkennens, versuchte sich durch den Nebel des Schmerzes in Blackfeathers Gedanken zu brennen. Aber das herunterrinnende Blut legte sich wie ein Schleier über seine Augen.

Das Tier in ihm zerrte an seinen Zügeln. Der Überlebensinstinkt übernahm die Kontrolle über Blackfeather und drängte das Schreien seiner Nerven und die Verwirrung, die der Blutverlust mit sich brachte, in den Hintergrund. Er verteidigte sich mit der Wildheit eines in die Ecke gedrängten Tieres.

Die zwei Kämpfer rollten dicht ineinander verschlungen durch die Überreste des zusammengestürzten Gebäudes. Spitze Trümmer preßten sich in Blackfeathers Rücken. In irgendeinem hinteren Teil seines Gehirns empfand Blackfeather Erleichterung über jeden rostigen Nagel und jedes Metallteil, das sich in seinen Körper bohrte. Erleichterung und Dankbarkeit, daß es nicht statt dessen ein gezacktes Überbleibsel der Wände oder der Holzdecke war. Jeden Moment konnte dieser Kampf beendet werden. Nicht durch die heiße Ekstase der Fänge seines Gegners, sondern durch die eisige Starre eines zweckentfremdeten Trümmers, der sich als Pflock durch sein Herz bohrte.

Trotz seiner Verletzungen konnte sich Blackfeather behaupten. Er handelte jetzt nur noch instinktiv. Jede neue Attacke seines Gegners schien ihm seltsam vertraut. Blackfeather überlebte, weil er jede der Bewegungen seines Kontrahenten vorhersah. Sein Schutzschild war stets nur den Bruchteil einer Sekunde dick, aber er brachte ihn, ohne jemals zu zögern, zwischen sich und die Klauen seines Angreifers.

Mit jeder der zunehmend vertrauter werdenden Attacken, mit jedem Ablenkungsmanöver, jeder Parade kämpfte sich ein Wort immer näher an die Oberfläche von Blackfeathers Bewußtsein. Ein Name. Er hatte ihn fast erreicht. Er mußte nur noch durch die Kiefer des Tieres in ihm, das wie ein dreiköpfiger Zerberus als Wächter an den Toren des Bewußtseins und des Vergessens stand, schlüpfen.

"Nicholas."

Der geflüsterte Name traf seinen Gegner wie ein Schlag. Der Schatten des Biests, der sein Gesicht verdeckte, flackerte und fiel beinahe.

Es ist Nicholas, dachte Blackfeather. Aber sein Blut brodelt unter der Oberfläche, und das Tier beherrscht ihn. Blackfeather entfernte sich rückwärts auf allen Vieren von Nicholas. Er kam auf die Beine, wobei er seinen Gegner nicht aus den Augen ließ. Er erinnerte sich an ihr erstes Treffen, das nur wenige Wochen zurücklag.

Er war in den Wäldern vor der Stadt auf Nicholas gestoßen, der fest in den Klauen der blutigen Ekstase zwischen den Bäumen wütete. Der jüngere Gangrel hatte in seiner Verwirrung, und ohne zu wissen, wo er sich befand, alles in seiner unmittelbaren Umgebung in Schutt und Asche gelegt und dabei sogar jahrealte Bäume entwurzelt und zerfetzt.

"Baumschlächter", sagte Blackfeather laut. In seiner Stimme war keine Spur von Geringschätzung oder Spott zu finden. Er sprach ganz natürlich, als wenn er den anderen mit seinem Familiennamen anreden würde. Doch seine Augen verließen niemals die seines Gegners. Er sah den inneren Kampf, dann die ersten Spuren des Verständnisses. Nicholas kam näher.

Blackfeather erinnerte sich, daß sie auch beim vorigen Zusammentreffen gekämpft hatten. Nicholas, der sich tief in den Klauen des Tieres befunden hatte, war ohne Zögern über ihn hergefallen. Aber Blackfeather hatte ihn besiegt, in dem er Nicholas blinde Wut gegen ihn verwendet hatte.

Doch in dieser Nacht war sich Blackfeather seines Sieges nicht so sicher. Da war etwas in Nicholas Gesicht, dem Blackfeather sich nur ungern direkt stellen wollte. Der große Jäger kannte diesen Ausdruck.

Er hatte ihn schon viele Male in dem gefährlichsten Moment der Jagd gesehen, dann, wenn sich die Beute gegen den Jäger wendet. Es war jene gewisse hemmungslose Hingabe, die die innere Bestie herausfordert, die sie genauso sicher herbeiruft, wie menschliches Blut die Schatten ruft. Ihretwegen hielt Blackfeather lieber einen Sicherheitsabstand.

Nicholas knurrte ihm etwas entgegen, das Blackfeather nicht genau verstehen konnte. Aber in den Worte schwangen Alter, Distanz und Bedeutung wider. Sie hallten wieder in einem Tonfall voller Ehrerbietung, wie er gewöhnlich nur dem Lesen aus der Bibel vorbehalten war.

Blackfeather erkannte die Sprache nicht, aber es schien ihm ein guter Plan, seinen Gegner am Reden zu halten.

"Du erinnerst dich also an deinen Kampf mit den Bäumen?"

Nicholas höhnisches Lachen zerschnitt die Nacht. Dann antwortete er in derselben fremden melodischen Sprache. Seine Worte waren Poesie, Ritual und uralte Herausforderung.

Ein Wort erregte Blackfeathers Aufmerksamkeit: Blaidd. Und Erinnerung überflutete ihn.

Blaidd. Nicholas Worte kamen durch die vergangenen Nächte zu ihm zurück. *Blaidd*, der in der Sprache des Hügellandes *Der Wolf* genannt wurde.

"Blaidd. Ja, ich kenne dich, Nicholas, Kind des Jebediah, Kind des Beauvais, Kind des Ragnar, Kind des Blaidd."

Nicholas zog sich zurück. Der Kampf um die Selbstbeherrschung zeichnete sich nun deutlich auf seinem Gesicht ab. Blackfeather stieß weiter vor. Seine Worte waren formell, so wie es die jahrhundertealte Tradition vorschrieb.

"Als wir das letzte Mal aufeinandertrafen, unterwarfst du dich mir. Ich habe meine Spur auf dir hinterlassen. Mit welchem Recht forderst du mich heute Nacht wieder heraus?" Blackfeather machte einen Schritt vorwärts. "Hast du die Köpfe unserer im Kampf besiegten Feinde gebracht? Hast du Nahrung für unsere hungernden Kinder gebracht? Hast du die Worte der Macht von unseren Führern gebracht?"

Blackfeather breitete seine Arme aus und entblößte dem Himmel seine Kehle. Wie aus weiter Entfernung drangen seine Worte durch die Dunkelheit:

"Ich bin der Siebenender;
Ich bin die Flut über der Ebene."

Aus dem Augenwinkel konnte Blackfeather erkennen, wie sich die Schatten erwartungsvoll näherten. Das Aufzählen der Taten war die heiligste aller Gangrel Traditionen. Der Ritus der Herausforderung war älter und auch wichtiger für die Erhaltung des Clans, als die Sechs Traditionen der Camarilla. Es war ein Kampf um Dominanz, eine ritualisierte Auseinandersetzung. Seine Konsequenzen waren darum nicht weniger endgültig oder tödlich.

Blackfeather hoffte, daß Nicholas sich nicht so weit im Griff der blutigen Ekstase befand, das er ihn nicht mehr erreichen würde. Wenn er den Lauf von Nicholas Wut durchbrechen konnte, gab es noch eine Chance, daß ihrer beider Ehre Genüge getan werden konnte, ohne daß eine oder zwei Leichen die Sonne begrüßen mußten.

Nicholas setzte zu einer Erwiderung an, hielt inne und begann dann noch einmal, diesmal überlegter. Er preßte die Worte mit größtem Widerwillen in die unangemessenen Formen der englischen Sprache.

"Beim Kampf gegen die Bäume war ich da. Bei jeder Wunde, die Nicholas dir zufügte, war ich da. Bei Blaidds endgültiger Tötung durch den Herrn dieses Hauses war ich da.

Ich bin der Sturm auf der tiefen See;
Ich bin die Träne der Sonne."

Die Schatten drängten sich um Nicholas und entzogen ihn fast Blackfeathers Blick. Sie tranken sich an seinem Stolz, seiner Wut, seiner jahrhundertealten Rache satt. Sie wurden mutiger, prüften vorsichtig die unsicheren Wasser der wachen Welt. Einer hatte sich schon von der Gruppe entfernt und näherte sich der Leiche der Wache.

"Mein Blut entzieht sich dem Griff deiner Klauen", antwortete er, ohne dem prüfenden Blick seines Gegenüber auszuweichen. "Es war in diesem Land, als der Mond noch jung war. Es war in diesem Land, als dein Blut die Meere überquerte. Was bedeutet es mir, wenn mein Blut in das Land zurückkehrt? Aber du solltest darauf achtgeben, daß deines nicht in den Wassern vergossen wird und damit verloren ist.

Ich bin der Dorn im Fleisch,
Ich bin der Habicht in der Klamm."

Ein fast hörbares Heulen kam von den Schatten, und sie machten sich gierig über Nicholas Wunden her, als wenn sie fürchteten, daß ihnen auch nur ein Tropfen der kostbaren Vitae entgehen könnte. Ihre Hände färbten sich rot vom Blut und gewannen an Substanz.

Nicholas, der sich ihrer Anwesenheit überhaupt nicht bewußt war, fuhr mit seiner Herausforderung fort:

"Ich reite nicht auf den Wellen, sondern bereise einen Fluß aus Blut. Was bedeutet mir dein Land. Nicht mehr als dein Blut. Wenn ich eines von beiden wollte, würde ich es mir nehmen. Manche nennen mich Heimatloser, weil ich nicht von ihrem Stamm bin. Manche nennen mich Feind, weil ich nicht von ihrem Blut bin. Aber ich bin in ihrem Land und in ihrem Blut. Sie jagen mich, und sie verfolgen mich. Aber ich, ich treibe sie vor mir her.

Ich bin der Schrecken auf der Ebene;
Wer, wenn nicht ich, läßt den kühlen Kopf in heißen Flammen brennen?”

Der Schatten, der über die Wache hergefallen war, stolperte zwei Schritte vorwärts. Er taumelte unsicher, während er versuchte, sein Gleichgewicht zu finden und sich an das ungewohnte Gewicht von Fleisch und Blut zu gewöhnen. Durch seinen Erfolg ermutigt, wollten sich mehr Schatten der Wache nähern und hangelten sich langsam an dem fragilen Band seines vergossenen Bluts entlang.

Blackfeather bewegte sich vorsichtig vorwärts, wobei er versuchte, sowohl Nicholas als auch den Riß im Schleier im Blickfeld zu behalten. Der Riß schien größer geworden zu sein. Unzählige Hände streckten sich durch seine grauen gezackten Ränder, als wenn sie alle auf einmal ihren Weg auf die andere Seite finden wollten.

Aus der Erregung der die Öffnung verstopfenden Wesen konnte man erkennen, daß sie mehr als nur der Hunger trieb. Angst zeichnete ihre Gesichter. Etwas auf der anderen Seite des Schleiers nährte diese Angst und trieb sie damit vor sich her.

”Du bist vielleicht ein Jäger in dieser Welt”, erwiderte Blackfeather. ”Aber ich habe weder dich oder auch nur deine Spuren auf den Pfaden der dunkelsten Nacht gesehen. Hast du die suchende Bestie gejagt, die mit der Stimme von hundert Hunden spricht? Hast du den weißen Hirsch zu den Stillen Wassern verfolgt?

Ich bin der blutgetränkte Speer;
Ich bin der Lachs in einem stillen Teich.”

Blackfeather hatte die Erscheinung, die sich vom Festmahl an der Wache entfernt hatte, schon aus den Augen verloren. Der Körper selbst war nun unter einer Masse flackernder Schatten verschwunden. Es gab ein lautes Geräusch, als die Pistole aus dem zertrümmerten Schädel gerissen wurde. Blackfeather sah das Licht auf dem erhobenen Lauf glänzen, als einer der murmelnden Toten die tropfende Waffe triumphierend in die Luft streckte.

Aus dem Riß strahlte ein zunehmend heller werdendes Licht. Die Schatten, die die Öffnung verstopften, versuchten zu fliehen. Doch sie konnten sich nur strecken wie Schatten in der Abendsonne, bis sie schreiend in der dunklen Ferne verschwanden.

Nicholas richtete sich zu seiner vollen Größe auf. Die Geister umhüllten ihn wie ein Mantel. Obwohl kein Hauch die Luft bewegte, schien er sich im Wind zu blähen, als die Schatten versuchten, sich von dem Licht fortzustrecken, das dem Riß entströmte.

"Der Weg, den du beschreibst, ist nur ein Spiel der Gedanken, ein Labyrinth der Imagination. Deine Augen sitzen falsch herum in deinem Kopf. Du siehst nur die inneren Landschaften, Phantasmata, Illusionen. Wie kannst du das Volk führen, du, der durch die Schatten stolpert?

Ich bin der Eber, erbarmungslos und rot;
Ich bin die Sturzwelle, die Verderben bringt."

Die Masse der flackernden Schatten, die sich um die Wache drängte, nahm Gestalt an. Unterdessen konnte man deutlich einzelne blutdurchströmte Hände und breit grinsende Münder in der Menge unterscheiden. Ein Haufen der Erscheinungen schlurfte trunken auf das Herrenhaus zu. Ihr Anführer, der immer noch die Pistole über seinem Kopf schwenkte, feuerte wahllos in die Luft. Ihr brüllendes Gelächter wehte leise wie das Geräusch des Windes in trockenen Blättern zu Blackfeather hinüber.

Der Riß selbst schien jetzt zu strahlen. Das Licht war so hell, daß Blackfeather es nicht direkt ansehen konnte und die Augen zusammenkneifen mußte, um Nicholas Silhouette noch auszumachen.

Die Schatten, denen es nicht mehr gelungen war, aus der Öffnung zu entkommen, schienen in der Zeit eingefroren zu sein. Sie waren bewegungslos, wie in einem Foto gefangen. Das Licht strömte durch sie hindurch und spielte mit ihren schmerz- und angstverzerrten Zügen.

Die Zeit wurde knapp. Blackfeather machte sich keine Illusionen über seine Möglichkeiten, den Riß zu schließen. Genauso wenig hatte er irgendwelche heroischen Anwandlungen, die marodierenden Schatten in ihre Welt zurückzujagen. Und er hatte ganz sicher nicht vor, sich dem Wesen, das auf der anderen Seite der Öffnung lauerte, zu stellen. Die Aufgabe, die er sich gestellt hatte, war eine viel bescheidenere. Er wollte sich und Nicholas von hier weg haben, bevor das *Andere* durch den Schleier trat.

Blackfeather ging noch vorsichtiger vor. Er wählte jedes seiner Worte mit besonderer Umsicht. Er balancierte auf einem schmalen Grat. Er mußte den Ritus der Herausforderung ohne Fehler zu Ende bringen und gleichzeitig verhindern, daß Nicholas sich soweit provoziert fühlte, daß es zu einem erneuten Gewaltausbruch kam. Er hatte es schon fast geschafft.

Blackfeather begann vorsichtig, Zugeständnisse zu machen.

"Vielleicht gibt es keine Landschaften außer den inneren. Vielleicht jagt unser Volk nur auf den Ebenen des Geistes, führt nur mit dem eigenen feindlichen Selbst Krieg und spricht nur mit der Gedankenzunge.

Vielleicht ist unsere Familie nur ein Schatten von jenseits des Schleiers des Todes, die sich von der Wärme und Leidenschaft der Lebenden ernährt. Willst du mir sagen, daß du realer oder lebendiger als unsere Ahnen bist? Oder bist du weniger? Ist dein Blut durch die Generationen dünner geworden? Bist du nur der Schatten eines Schatten?

Ich bin das Licht von jenseits des Schleiers;
Ich bin der Grabhügel, auf dem Dichter wandern."

Das Licht war nun zu einem blendenden Gleißen geworden. Blackfeather konnte Nicholas' Silhouette nicht länger erkennen. Er konnte auch die taumelnden Formen der ausgelassenen Toten nicht mehr ausmachen. Er konnte nicht einmal einen Blick in die Richtung des Risses werfen. Er bewegte sich auf Nicholas zu, oder zumindest in die Richtung, in der er Nicholas aufgrund des Klangs seiner Stimme vermutete.

Doch statt Schutz zu suchen, gewann diese Stimme nun, da sie ihren Sieg vermutete, an Kraft. "Mein Blut ist wirklich. Mein Zorn ist wirklich. Wenn wir tatsächlich nur Schatten sind, gib dich in meine Klauen. Sie strecken sich durch die Jahrhunderte und durch die Generationen zu dir, und wenn sie dir mein Zeichen einbrennen, wirst du es wissen. Und dein Schmerz, auch er wird wirklich sein.

Schon jetzt taumelst du wie ein Halbtoter. Komm, laß es mich zu Ende bringen.

Ich bin die todbringende Flut;
Wer, wenn nicht ich, steht auf dem Gipfel des Dolmen?"

Blackfeather stolperte blind voran. Er fühlte mehr das Licht aus dem Riß, als daß er es sah. Pulsierend. Es drängte verzerrte Bilder durch seine fest geschlossenen Augenlider und projizierte sie direkt auf die Innenseite seines Schädels.

"Ja", flüsterte er durch zusammengepreßte Zähne. "Es gibt zwei Welten. Eine des Lichts und eine des Dunkels. Die, die du wirklich nennst, und die, die du als Traum abtust. Sie sind zwei Seiten einer Münze. Wachen und Schlafen. Sie drehen sich umeinander und fangen das Licht.

Doch wisse dies: die Grenze zwischen den zwei Welten ist nicht so stark, wie jede von ihnen es hofft. Die große Mauer ist nur ein Augenlid dick. Und manchmal blinzelt das Auge.

Wie wirst du das Volk führen, wenn der feurige Blick des Jenseits uns in seinem Zorn ergreift? Wie willst du sie auch nur vor der Gefahr warnen? Wie wirst du sie lebend und unversehrt von der anderen Seite des schrecklichen Dolmen zurückholen?

Ich bin das Feuer auf jedem Berg;
Ich bin der Schoß jeden Hügels."

Blackfeather griff nach Nicholas. Seine Hände schlossen sich dicht über Nicholas' Ellenbogen. Es war eine Umarmung, eine Bitte, ein Aufruf.

Er fühlte, wie sich Nicholas Klauen in seinen Bizeps gruben, als dieser die Geste erwiderte. Der Griff wurde fester, als Nicholas ihn zu Boden drückte und auf die Knie zwang.

"Du mußt dir um mein Volk nicht länger Gedanken machen. Mein Arm wird sie im Kampf führen. Meine Stimme wird sie auf der Jagd leiten. Auf mein Wort werden sie die dunkle Schwelle zum schrecklichen Königreich des Endgültigen Todes überqueren. Aber ich werde sie in den geheimen Plätzen meines Herzens verbergen, so daß sie kein Unheil treffen kann, solange ich existiere.

Ich bin der Schild in jeder Hand;
Ich bin die Gruft für jede Hoffnung."

Blackfeather fühlte eine Faust, die sein Haar ergriff, fühlte, wie sein Kopf langsam nach hinten gepreßt wurde und den Bogen seines Halses enthüllte.

Er leistete keinen Widerstand. Er sprach kein Wort. Er verschwendete die ihm verbleibende Energie nicht in einem sinnlosen Kampf.

Konzentration.

Ganz bewußt zwang sich Blackfeather zu einem rasselnden Atemzug.

Es war nicht etwas, was er häufig tat. Atmen war nicht mehr besonders einfach oder auch nur angenehm für ihn. Die Muskeln waren in den Jahrzehnten der Ruhe verkümmert. Dennoch war dies alles viel angenehmer, als das, was noch vor ihm lag.

Blackfeather konzentrierte sich und nahm einen weiteren schmerzvollen Atemzug, dann einen dritten. Er war sich der Umgebung nicht mehr bewußt. Sein ganzes Sein konzentrierte sich auf diese einfache Handlung – einatmen, ausatmen – eine Aufgabe, die selbst ein neugeborenes Baby mühelos bewältigt. Blackfeather brauchte jedes einzelne bißchen seiner Willenskraft, um diese einfachste und natürlichste aller Lebensfunktionen aufrechtzuerhalten.

Blackfeather war jetzt nur noch schwacher, unregelmäßiger Atem. Dieser Atem war sich nur undeutlich der Anwesenheit Nicholas' bewußt, der über ihm aufragte. Diese Anwesenheit lastete schwer auf ihm wie ein Laken, das eine Flamme erstickt. Es drückte ihn nieder.

Es muß jetzt sein.

Blackfeathers nächster Atemzug war so tief wie es ihm nur möglich war. Dann hielt er die Luft an. Ein Herzschlag. Zwei. Drei.

Er fühlte, wie Fangzähne wie glühende Nadeln seine Haut durchstießen.

Jetzt.

Sein Seufzer glich einer Lawine, die eine Bergwand herabstürzt. Und dann fing sein Herz an zu schlagen.

Er fühlte wie Nicholas in Panik zurückzuckte. Die Zähne lösten sich schneidend aus seinem Fleisch. Ein Schauer von Blut. Schwerer Atem. Herzschlag.

Mit einer abrupten Handbewegung fing Blackfeather diese drei Lebensfäden: Blut, Atem, Herzschlag. Seine Fingernägel gruben sich in die Handfläche, hielten die Lebenskraft in einem Todesgriff fest. Mit derselben Bewegung trieb er mit all seiner Kraft die Unterseite seiner Handfläche nach oben und traf seinen Gegner direkt im Zentrum seines Chis.

Der Schlag traf Nicholas unmittelbar unter dem Brustbein. Wenn es ein körperlicher Schlag gewesen wäre, hätte er ganz sicher seinen Brustkorb zerschmettert und Knochensplitter durch sein Herz und die Lungen getrieben.

Aber es war nichts körperliches an diesem Schlag. Nicholas fühlte nicht mehr als ein leichtes Zucken des Zwerchfells, als Blackfeather die Lebensenergie tief in seine Brust hämmerte. Die gesamte Wucht des Schlages traf direkt Nicholas Chi, seine spirituelle Energie.

Es gab ein hörbares Knacken, wie das Brechen eines Riegels.

Blackfeathers Hand ruhte noch immer leicht auf Nicholas Brust. Er fühlte, wie der jüngere Gangrel starr wurde, zuckte und dann nach vorne kippte. Blackfeather stütze ihn.

Nicholas kämpfte um sein Gleichgewicht. Seine Augen waren weit und strahlend im Mondlicht. Sie waren auf einen Punkt knapp hinter Blackfeathers Schulter fixiert. Ein chaotischer Reigen von Bildern floß von Nicholas zu Blackfeather und über dessen Schulter hinweg, als wenn die überspringenden sinnlichen Eindrücke nicht wußten, wo das eine Individuum endete und das andere begann.

Nicholas Blick irrte hin und her. Es schien, daß sein Geist keinen Ruhepunkt in der unbekannten Traumlandschaft finden konnte. Der Boden war mit tanzenden Toten übersäht. Eine schimmernde Erscheinung streckte den abgetrennten Kopf des Mastiffs in die Höhe. Mit einem entzückten Heulen stülpte es ihn wie eine Maske über sein eigenes Gesicht. Die tödlichen Kiefer schnappten versuchsweise auf und zu, als wenn sie ausprobieren wollten, ob sie noch funktionierten.

Drei taumelnde Gestalten umtanzten den gußeisernen Herd und

schürten mit Schaufel, Feuerhaken und Blasebalg das Feuer bis es einem Scheiterhaufen glich. Ein anderer Schatten arbeitete angestrengt in der Nähe, um weitere Arbeitsgeräte zusammenzuschustern. Als Ausgangsmaterial benutzte er die herumliegenden menschlichen Überreste.

Kreischende Leichen warfen sich aus den Fenstern des Obergeschosses, kamen so gut wie möglich wieder auf die Beine und schlurften zum Haus zurück, um es erneut zu versuchen.

Blackfeather fühlte, wie Nicholas ihm entglitt, wie er sich unter den überwältigenden Eindrücken in sich selbst zurückzog. Er durfte ihn nicht verlieren.

"Nicholas." Sein Stimme war hart, drängend. "Du wirst jetzt nicht aufgeben. Dein Tod gehört nicht länger dir. Du mußt leben, um unser Volk zu führen. Du hast es geschworen und kannst es nun nicht mehr zurücknehmen."

Nicholas' Blick senkte sich, traf auf Blackfeathers Augen und fand wieder Halt. Langsam zog sich der junge Gangrel aus der Tiefe empor. Er ergriff Blackfeathers Arme und zog den Seher auf die Füße. "Und du wirst leben, um sie zu leiten." Nicholas' Stimme war erhaben. Jede Spur der Bedrohung war aus seinem Gesicht gewichen. "Ich war..."

Plötzlich verstummte seine Stimme. Seine Hände lösten sich.

Blackfeather fühlte, wie die Verbindung abriß. Es war, als wäre er plötzlich auf einem Auge blind geworden. Die Hälfte seines Blickfeldes war plötzlich und unwiederbringlich verloren. Er sollte nie erfahren, was es war, was Nicholas aus dem Riß treten sah.

Der Schrei, der von Nicholas Lippen brach, hatte nichts Menschliches an sich. Es war ein animalischer Laut des Schreckens, der Angst und des Unverständnisses. Der Gefühlsausbruch zog unweigerlich die Aufmerksamkeit des *Anderen* auf sich.

Blackfeather drehte sich nicht um. Er hörte ein knisterndes Geräusch, wie von einem starken Elektrizitätsfeld, und dann erbebte die Erde unter dem Tritt eines gewaltigen Fußes.

Er warf sich mit seinem ganzen Gewicht gegen Nicholas, aber dieser brauchte keine weitere Aufforderung. Blind und kopflos flohen sie gemeinsam in den unmittelbar bevorstehenden Sonnenaufgang.

DREI

Owain lehnte sich in seinem Sessel zurück und versuchte, es sich gemütlich zu machen. Das hätte ihm leicht fallen sollen, denn die kleine Kabine strahlte nicht nur Behaglichkeit, sondern geradezu Opulenz aus.

Die Giovanni hatten keine Kosten gescheut, um diesen Jet, den besten ihrer ganzen Gesellschaft, auszustatten. Es erfüllte sie mit tiefer Befriedigung, daß ihre außergewöhnliche Klientel nichts außer dem allerbesten akzeptieren würde.

Owain hatte jedoch das Gefühl, daß sie in ihrem Bemühen, es ihren Gästen behaglich zu machen, vielleicht etwas zu weit gegangen waren. Die intime, verdunkelte Kabine, die zudem mit rotem Samt verhangen war, erinnerte für seinen Geschmack zu sehr an einen Sarg.

Jedes andere Detail war jedoch perfekt. Der Effekt des Ganzen war der einer herrschaftlichen Bibliothek. An den Wände zu seiner rechten und linken standen dicke, in Leder gebundene Bücher. Die Wand gegenüber wurde fast zur Gänze von einer antiken Weltkarte bedeckt, die sich von den Rückenlehnen der Stühle bis zur gewölbten Decke erstreckte. Owains Hände glitten leicht über die Schalter, die in die Oberfläche des Mahagonischreibtisches vor ihm eingelassen waren. Die Karte verschwand und verwandelte sich in eine große Videoleinwand.

Das einzige Licht des Raumes kam von einer mattblauen Bankerlampe auf dem Tisch zu Owains Linken. Mit einem Zug an der zierlichen Goldkette löschte er das Licht und schaltete den Fernseher auf einen Kanal, von dem er wußte, daß er zu dieser Zeit nicht mehr sendete. Leises statisches Rauschen füllte die Kabine.

Es war ein beruhigendes Geräusch, von absolut beiläufiger Zufälligkeit. Es hatte keinen Anflug von Künstlichkeit, keine Spur einer bewußten Bemühung. Es gab keinen Hinweis, daß es allein für seine Bequemlichkeit arrangiert worden war.

Es war ein Geräusch, das es schon gegeben haben mochte, bevor es Menschen auf der Erde gab. Eine Schwingung so alt wie die Zeit. Eine sich endlos ausdehnende Welle, die den Klang kreisender Sterne verbreitete. Die Musik der Sphären.

Owain ließ die verwirrenden Gedanken über das, was vor ihm liegen mochte, über Toledo, El Greco, den Sabbat, von sich abgleiten, und sie verloren sich in dem komplizierten Gewebe dieser großen, formlosen Musik. Und schließlich schloß er die Augen und ergab sich den Träumen.

Doch es waren nicht Träume, die ihn fanden, sondern Visionen.

Ein Schatten nahm gegenüber von Owain hinter dem Mahagonischreibtisch platz. Die Oberfläche des Tisches hatte sich in sich abwechselnde Quadrate von Licht und Schatten verwandelt. Ein Schachbrett. Der Schatten beugte sich über die Spielfiguren. Owain konnte den verborgenen Bewegungen, mit denen er die Figuren hin und her schob, ihre Ausgangsposition auf subtile Weise veränderte, nicht folgen.

Die Seite des Brettes, die Owain zugewandt war, war leer. Vor ihm standen dreizehn schwarze Figuren, von ihren Kameraden fehlte jede Spur. Owain hatte nicht vor, ein Spiel mit einem so offensichtlichen Nachteil zu beginnen.

Doch sein Gegner schien völlig unbeeindruckt. Er begann mit seinen Figuren in geordneten Reihen vorzurücken, und sich immer weiter Owains eigener Ausgangsaufstellung zu nähern.

Owain begann hastig, seine Figuren auf dem Brett zu positionieren und eine Verteidigungslinie aufzubauen. Plötzlich fiel ihm ein verstörendes Detail an einer der reich geschnitzten Figuren auf, und er hielt inne. Der schwarze König hielt einen erhobenen Knüppel. Er war gerade dabei, ihn in das erhobenen Gesicht einer Gestalt, die sich an den unteren Rand der Figur drückte, zu schmettern.

Kain, der Erstgeborene, der Dunkle Vater.

Owain stellte die Figur vorsichtig auf den Tisch zurück. Voller dunkler Vorahnungen nahm er eine andere zur Hand und studierte sie. Der schwarze Springer war kniend dargestellt. Er war gerade dabei, sich selbst die Augen auszustechen.

Ohne Zweifel Ödipus. Aber warum...?

Der Schatten sprach zu ihm, forderte ihn heraus. Es war eine Stimme, die Owain trotz all der inzwischen vergangenen Jahrhunderte nicht vergessen hatte. Es war die Stimme seines Bruders. *"Stimmt etwas nicht, Brudermörder?"* Die Worte tropften ätzend wie Vitriol von seinen Lippen. Sie trafen Owain wie ein Schlag. *"Dies ist die Endzeit. Dies ist die Zeit des dünnen Blutes."*

Owain fühlte, wie ihm warm das Blut über sein Handgelenk lief. Er starrte erschreckt auf die Figur des Ödipus, die er noch immer fest in seiner geballten Faust hielt. Er hatte das untrügliche Gefühl, daß der Figur das Blut unter den schwarzen Mamorhänden hervorlief. Owain öffnete seine Hand, und die Figur fiel schwer auf den Tisch. Erst dann bemerkte er, daß sich die Figur in seinem eisenharten Griff so tief in seine Handfläche gebohrt hatte, daß Blut floß.

Sein Gegenspieler nutzte seinen Vorteil. *"Der Schatten der Zeit ist nicht so groß, daß du dich unter ihm verbergen könntest. Und mit diesen Zeichen erkennst du, daß ich die Wahrheit spreche, die keine Dunkelheit zuläßt. Ich habe die Insel der Engel wie unter einem großen Schlag erzittern sehen. Michael, der höchste der Glorreichen Gemeinschaft, er, der den Dunklen herabgeschmettert hat, wird selbst zur Erde geworfen. Die Menschen sehen ohne Verstehen zu dem verdunkelten Himmel auf, und die Kinder Kains erwachen am Sonnenaufgang."*

Die schattenhafte Gestalt betonte ihre Worte mit dem Zug eines fein gearbeiteten weißen Turms. Jede Falte seiner Toga war genau zu erkennen. Die Figur war gerade dabei, einen verborgenen Dolch zu ziehen.

Brutus.

Owain versuchte, einen Blick auf den weißen König zu erhaschen, um sich so Klarheit über seinen Gegner zu verschaffen, aber sein Gegenspieler hielt die Figur tief in den Schatten seiner sich bauschenden Ärmel verborgen. Owain zog einen Läufer auf eine gefährdete Position.

Sein Gegner schlug zu. *"Ich habe ein Kreuz gesehen, getränkt mit dem Blut unseres Herrn, das zu neuem Leben erwachte. Ich habe gesehen, wie es sich mit einer Mauer aus Heiligen Dornen umgab, damit sich die Unreinen nicht nähern und von der verbotenen Frucht kosten könnten. Ich habe einen großen weißen Adler gesehen, der in seinen Ästen ruhte. Er öffnete seinen Schnabel, und siehe, er spricht mit der verborgenen Stimme der Berge. Worte des Verderbens spricht er für die Kinder Kains."*

Mit einem verächtlichen Lachen fiel der Schatten über den exponierten Läufer her, aber als er über den Tisch hinweg griff, konnte Owain einen Blick auf den vergessenen weißen König erhaschen.

Sein Kopf war in einem unnatürlichen Winkel verdreht. Eine Schlinge lag um seinen Hals und ein Beutel mit Münzen zu seinen Füßen.

Dreißig Silbertaler, dachte Owain. *Verrat.*

Er zog seine Königin auf eine geschütztere Position zurück.

Der Schatten hielt inne und legte den Kopf zur Seite, als wenn er dem Geräusch der Ankunft eines anderen lauschte. *"Und zu seinen Füßen liegt ein Leu, der Feuer und Gift speit, sein Fell die Farbe von Blut. Er hebt die Pranke und es ist wie der Widerhall, wenn alle Gräber der Welt aufbrechen. Unter der schrecklichen Pranke, dort liegt das Buch. Und ich, Josef, der Geringere, sah was auf dem Buch des Leu geschrieben stand und erstarrte in Furcht. Ich erhob meine Stimme zum Herrn, doch sie war verloren im Klagen der Gequälten. Und vor meinen Augen gewannen die Klagen an Gestalt, krümmten sich um sich selbst, und ich sah, daß sie eine große und schreckliche Straße waren, die sich vor mir bis in die dunkelsten Enden der Nacht erstreckte. Und der Name der Straße war Gehenna, und sie war mit sterbenden Träumen gepflastert."*

Owain war unterdessen in echter Bedrängnis. Er erwägte einen Turm, als wenn er dadurch diese seltsamen Enthüllungen aufhalten konnte. Als er jedoch nach der Figur greifen wollte, stellte er fest, daß er es nicht konnte. Als er seine Hand zurück zog, sah er nicht den kühlen Ebenholzglanz seiner Burg, sondern tiefrot geäderten Marmor.

Alle Figuren, die entlang der linken Seite des Brettes standen, hatten plötzlich dieses Aussehen angenommen, als wenn sich ein dritter Spieler zu ihnen gesellt hätte. Bestürzt über diese neuen Ereignisse, zögerte der Schatten. Die roten Figuren bedrohten jede der beiden vorsichtig erkämpften Positionen.

Die Stimme des Schatten kam zögernd und unsicher. *"Ich verbarg mein Antlitz, und wieder sprach der Adler. Seine Stimme erfüllte Himmel und Erde. Er sagte: ‚So soll es sein. Dein Wille geschehe.'"*

Die langen fließenden Ärmel des Schatten wischten über den Tisch und warfen die schwarzen, weißen und roten Figuren zu Boden. Owain griff nach ihnen, versuchte, irgendeine Ordnung zu erkennen, oder in ihrem gewölbten Flug ein schwer faßbares Muster zu erahnen. Doch die Figuren waren hoffnungslos verstreut und entglitten Owain, während er wieder in die Welt aus Fleisch und Blut zurückkehrte.

Er hörte das Dröhnen des ausfahrenden Fahrgestells, und er fühlte die Erschütterungen des Flugzeugs, als es durch die Wolken stieß und in den Landeanflug auf Madrid ging.

Bücher umgaben Eleanor. Reihe auf Reihe, Bord auf Bord. Sie war eine schlanke Frau und hätte in dieser Sammlung menschlichen Wissens leicht verloren gehen können. Wie viel sie durch die Jahrhunderte entdeckt hatten, und wie wenig sie doch wußten. Eleanor wußte, daß es einige Kainskinder gab, die es als ihre Aufgabe ansahen, das Wissen der Welt zu sammeln, jedes Buch, das je geschrieben wurde, egal in welcher Sprache, zu besitzen. Eleanor war bisher noch keinem dieser Don Quichottes persönlich begegnet, aber sie hatte von einigen, die es waren, Berichte aus erster Hand erhalten. Diese Sammler hatten ihre Aufgabe schon vor vielen Jahrhunderten begonnen, und möglicherweise bis kurz vor die Vollendung gebracht, bevor Johannes Gutenberg mit seinem kleinen Spielzeug ihre Unleben zur Hölle gemacht hatte. Manche weigerten sich, ihre Niederlage anzuerkennen, und machten weiter. Sie hatten die Ewigkeit für ihre Aufgabe, eine Ewigkeit, die sie verschwenden konnten, indem sie sich in der Dunkelheit mit nur einer flackernden Kerzenflamme und nur dem staubigen Geruch von schimmelndem Papier als ihre Begleiter abmühten.

Vermutlich braucht jeder ein Hobby, dachte sich Eleanor.

Für sie bedeuteten Bücher etwas ganz anderes. Sie waren nicht das geheime Wissen der Jahrhunderte, sondern vielmehr ein Schlüssel zur Befreiung. Sie fühlte sich stark, als sie die Bücher der Morris Brown Bibliothek durchstöberte, ein Gefühl, das mit einer gewissen Erregung vermischt war, denn sie erwartete ihren Liebhaber. Benjamin hatte ihren Brief mit einer kurzen Notiz seinerseits beantwortet, und seine Worte hatten sie ein weiteres Mal an diesen Ort geführt. Wieder hatte das geschriebene Wort ihr gut gedient, wie schon viele Male vorher.

Bücher waren die nächsten Freunde, die Eleanor je gehabt hatte, Gefährten, denen sie ihre Gedanken anvertraute, Verbündete, die sie dazu benutzen konnte, das zu bekommen, was sie wollte. Schon in ihrer Kindheit, noch als Sterbliche, hatte sie sich im Lesen und Schreiben hervorgetan. Obwohl ihr sowohl Romane als auch die Geschichtsbücher und politischen Texte der Männerwelt um sie herum aufgrund ihres angeblich schädlichen Einflusses verwehrt gewesen waren, hatte sie doch selbst in den Abhandlungen über vorbildliches Benehmen oder über Naturgeschichte, die ihr erlaubt waren, eine Anziehungskraft gespürt. Als ein reicher Plantagenbesitzer sein Auge auf sie geworfen hatte, machten die wortgewandten Briefe, die sie ihm schrieb und die trotz ihrer vollkommenen Korrektheit doch so verführerisch waren, eine reine Formalität aus der Werbungszeit. Als ihr Mann, zu dem Zeitpunkt Colonel in der Konföderiertenarmee, zehn Jahre später in den frühen Jahren des Bürgerkrieges starb, hatte Eleanor die Plantage mit sicherer Hand geführt.

All das war geschehen, bevor Baylor den Kuß an sie weitergegeben hatte, bevor er sie zu seinem Protegé auf dem rutschigen Parkett der Camarillapolitik gemachte hatte, und bevor er sie, als sie Benison heiratete, praktisch verstoßen hatte. Es war auch gewesen, bevor sie Benjamin, ihren Liebhaber, dessen Ankunft sie jetzt erwartete, zum ersten Mal getroffen hatte.

Vor drei Nächten hatte Eleanor ihre zierliche, blasse Dienerin Sally mit dem erzürnten Brief zu Benjamin geschickt. Eine Nacht war ohne Antwort verstrichen, und auch die nächste. Eleanor hatte sich gefragt, ob ihre Worte zu harsch gewesen waren. Schließlich hatte sie sich in ihrer Wut dazu hinreißen lassen, ihre übliche Zurückhaltung und ihr Taktgefühl zu vergessen. Hatte sie Benjamin so verärgert, daß er nicht antworten würde? Aber genauso stark wie ihre Angst war ihre Verärgerung, ignoriert zu werden, ihr Zorn, als selbstverständlich hingenommen zu werden. So schwankte sie zwischen Angst und Wut, und das einzige, was sie tröstete, war die Tatsache, daß Benison oft außer Haus war und keine zusätzliche Belastung zu ihren Stimmungsschwankungen darstellte.

In der dritten Nacht war zu ihrer großen Erleichterung eine Antwort von Benjamin gekommen. Sally, die von Besorgungen zurückkehrte, hatte ihr den Brief überbracht: *E, ich habe Edgar angewiesen, diese Nachricht dir oder einem deiner Untergebenen bei der ersten sich bietenden Gelegenheit zu übergeben. Triff mich bitte, in der Nacht, nach der du sie erhältst, in der Bibliothek. Wie immer, ganz der deine.*

Edgar, Benjamins Ghul und Chefsekretär, obwohl Eleanor bezweifelte, daß dies die richtige Berufsbezeichnung für ihn war, mußte Sally gefolgt sein, als sie das Haus verließ, und hatte ihr den Brief auf der Straße zugesteckt, als er sicher sein konnte, daß sie nicht beobachtet wurden. In der Botschaft selbst erkannte Eleanor nur allzu gut Benjamin. Sie bestand zu gleichen Teilen aus Vorsicht und Zärtlichkeit. Das "E" der Anrede signalisierte ihre tiefe Vertrautheit und schützte doch Eleanors Identität. Er erwähnte ganz formell ihre Untergebenen, bat sie aber ihn "bitte" zu treffen, und seine übliche Abschiedsformel, die Eleanor so liebte, war äußerst intim, ohne auffällig leidenschaftlich zu sein. Allein der Anblick der Worte hob Eleanors Stimmung. Dies war nicht das erste Mal, daß sie sich in der Bibliothek trafen.

Vor etwa dreißig Jahren hatte Eleanor aus der Ferne beobachtet, wie der sterbliche Benjamin seine außergewöhnlichen juristischen Kenntnisse benutzt hatte, um eine erfolgreiche Anwaltskanzlei aufzubauen. Sie hatte auch mitangesehen, wie er diese Kanzlei verlassen hatte, um seine Dienste statt dessen den Aktivisten der Bürgerrechtsbewegung zur Verfügung zu stellen. Von Anfang an hatte sich Eleanor von seinem scharfen Verstand angezogen gefühlt. Seinem Verstand und dem Idealismus, der ihn beherrschte. Solche prinzipientreuen Handlungen waren Eleanor, die tief in die Politik der Camarilla verstrickt war, neu. Sie war ihm gefolgt, als er die langen Reihen von Büchern entlang ging. Damals, wie auch heute nacht, war sie eine der wenigen Nicht-Afroamerikaner in der Morris Brown Bibliothek gewesen, aber wenn sie wollte, konnte Eleanor sich hervorragend in ihre Umgebung einfügen, jedenfalls soweit es Sterbliche betraf.

Nachdem sie Benjamin stundenlang beobachtet hatte, hatte Eleanor ihn angesprochen, und mit der körperlichen Nähe waren die Dinge außer Kontrolle geraten. Sie war unfähig gewesen, ihr Verlangen länger zu unterdrücken, und hatte dort zwischen den Büchern von ihm getrunken. Es wäre eine unschöne Sache gewesen, eine Leiche in der Bibliothek zurückzulassen, und außerdem hätte sie es vermutlich ohnehin nicht über sich gebracht, dieses Objekt ihrer Begierde zu vernichten. Aber als Eleanor versuchte, die Erinnerung an ihre Tat aus Benjamins Gedächtnis zu löschen, mußte sie feststellen, daß sie es nicht konnte. Sein Wille war zu stark. Die Erinnerung würde bleiben. Da es ihr nicht reichte, so einen brillanten Kopf als Ghul zu halten, hatte sie den Kuß an ihn weitergegeben. In den letzten dreißig Jahren hatte sich ihr heimliches Kind als ihr intellektuell ebenbürtig erwiesen, und in den seltenen Momenten, in denen es sie, mehr auf Grund einer nostalgische Erinnerung an sterbliche Tage als aus einem wirklichen physischen Begehren ihres Vampirkörpers, nach einer greifbareren Stimulation verlangte, hatte er auch dieses Bedürfnis gestillt.

Für Eleanor gab es keinen Zweifel, daß ihre Schicksale miteinander verknüpft waren, und seine Wahl des Treffpunktes sagte ihr, daß er ähnlich empfand. Sie hatte Benjamin in die Welt der Kainskinder gebracht, und er hatte ihr Unleben unermeßlich reicher gemacht.

Aber wo war er? Eleanor wartete schon seit drei Stunden, seit zehn Uhr, und obwohl das Wandern durch die Buchreihen Erinnerungen an angenehmere Zeiten hervorgerufen hatte, wurde doch ihre Erleichterung von ihm gehört zu haben, langsam von der Verärgerung, schon wieder warten gelassen zu werden, abgelöst. Es wäre nicht schwierig für ihn gewesen, eine genaue Zeit auszumachen, stellte Eleanor verärgert fest.

Doch gerade als sie sich diesen unerfreulichen Gedanken hingeben wollte, war er plötzlich da. Eleanor fühlte seine Anwesenheit, bevor sie ihn sah. Er stand regungslos vor den gesammelten Werken der Jurisprudenz. Die Knöpfe seines Cardigans waren offen, seine Krawatte gelockert. Wieder fühlte Eleanor wie ihr das Herz aufging. Alle Angst oder Verärgerung waren sofort verschwunden. Als sie auf ihn zuging, raschelte ihr langes Kleid, das nach der neuesten Mode von 1893 geschnitten war, um ihre Knöchel.

"Benjamin."

Es schien schon Ewigkeiten her zu sein, daß sie so mit ihm hatte sprechen, ihm die ganze Tiefe ihrer Gefühle hatte enthüllen können.

Benjamin rührte sich nicht von der Stelle. Er nahm Eleanors Hand mechanisch in die seine, und lehnte sich zu ihr, damit sie ihn küssen konnte. Seine Lippen lagen kalt an den ihren, und Eleanor spürte kaum eine Erwiderung von seiner Seite. Ihre Ängste kehrten zurück und begruben sie wie eine Lawine aus Zweifel und Furcht unter sich. Sie trat einen Schritt zurück und fragte sich, was dort in der Gestalt ihres Kindes und Liebhabers vor ihr stand.

"Eleanor." Die Art, wie er ihren Namen aussprach, bereitete ihr fast körperliche Schmerzen. Kein Spur der früheren Freude oder Erregung war zu hören. Das, was die Worte, die seine toten Lippen verließen, vermittelten, war höchstens pflichtbewußte Toleranz, doch niemals Leidenschaft. "Eleanor." Der Name war wie ein Angriff gegen sie.

Sie zog ihre Hand aus der seinen, da sie die Leblosigkeit seiner Berührung nicht länger ertragen konnte. "Du hast mich warten lassen."

Trauer und Schmerz spiegelten sich in Benjamins Augen. Die Erkenntnis, daß sie immer noch eine gewisse Macht über ihn hatte, gab Eleanor Hoffnung, aber es schürte auch ihre dunkelsten Ängste. Sie wandte ihre Augen von seinem Gesicht ab.

"Es tut mir leid", sagte er.

Meinte er damit seine verspätete Ankunft, fragte sich Eleanor, oder bezog er sich auf viel schwerwiegendere Dinge. Sie wandte ihm den Rücken zu. "Wir können so nicht weiter machen", flüsterte sie.

"Ich weiß", kam seine Stimme hinter ihrem Rücken.

Eleanor fühlte, wie sich ihr Innerstes unter dem Ton der Resignation in seiner Stimme zusammenzog. In seiner ruhigen Art brachte er Zerstörung über sie. Mit einem halben Dutzend scheinbar harmloser Worte hatte er das Schicksal einer über dreißig Jahre dauernden Beziehung besiegelt. Sie versuchte, sich zu sammeln. Er hatte seine Entscheidung getroffen. Das war offensichtlich. Aber zu ihrer Zeit hatte Eleanor über Prinzen und Archonten geherrscht. Sie würde es ihm ganz sicher nicht leicht machen. "Erinnerst du dich noch an das erste Mal, als wir uns hier trafen?" fragte sie.

"Wie könnte ich es vergessen?"

"Was hast du gefühlt, als ich das erste Mal von dir trank? In jenen letzten Stunden deiner sterblichen Existenz?" fragte sie ohne sich umzudrehen.

"Eleanor, du weißt..."

"Was hast du gefühlt?" wiederholte sie und drehte sich zu ihm um. "Was erfüllte deine Gedanken, was erfüllte dein Herz?"

Benjamin senkte den Kopf und seufzte. "Ich habe mein Blut gefühlt, das Leben, das mich verließ." Seine Stimme klang müde. Dieses waren die Worte, die er schon vor vielen Jahren gesprochen hatte. Eleanors Wut wuchs, als sie sie hörte, da sie wußte, daß er, obwohl er ihr Wort für Wort gehorchte, es doch nur tat, um ihr ihren Willen zu lassen. Aber es gab noch eine Chance, daß sie ihn zu sich zurückholen konnte, und sie würde diese Chance nutzen. "Aber ich hatte keine Angst", fuhr er fort. "ich war neugierig. Ich wußte, daß sich mir eine Gelegenheit bot, mehr zu lernen, als ich es mir je erträumt hatte. Ich wußte, du würdest mich nicht töten."

"Wie konntest du das wissen?" fragte sie.

Benjamin zögerte. Seine Augen trafen Eleanors, dann blickte er in eine andere Richtung. "Ich weiß es nicht."

"Und was ist mit den darauf folgenden Jahren, Benjamin?"

"Seit damals...", antwortete er, während er ganz genau seine Schuhe studierte, "seit damals hast du mich in die Gesellschaft der Kainskinder eingeführt. Du hast mir die Personen gezeigt, die ich kennen mußte, und die, die ich fürchten sollte."

Eleanor gestattete sich ein zufriedenes Lächeln. Ganz sicher erkannte Benjamin, daß er ohne sie ein Nichts wäre. Nur ein mittelloser, alternder Anwalt, der sich für soziale Gerechtigkeit einsetzte, und dessen Zukunft nichts außer dem Gespenst des Ruhestandes und einem langsamen Tod bereithielt. Wieviel hatte sie ihm gegeben! Sie hatte ihm die Welt geschenkt, indem sie ihm zu seinen natürlichen Fähigkeiten noch die Möglichkeiten seines Einflusses und seiner Macht als Vampir gegeben hatte, um seinem Volk zu helfen. Sie hoffte, er würde nicht vor ihr zu Kreuze kriechen. Sie zog es vor, eine gewisse Würde in ihrer Beziehung zu wahren.

Aber Benjamin war noch nicht am Ende angekommen. "Seit damals war ich gezwungen mich von Menschenblut zu ernähren, um zu überleben. Ich bin die größte Karikatur eines Juristen geworden, die man sich nur vorstellen kann." Benjamin sah ihr nun in die Augen. Seine Stimme nahm eine Entschlossenheit an, die ihr bisher gefehlt hatte. "Seit damals habe ich schon zehnmal, hundertmal selbst alles gelernt, was du mir beigebracht hast. Obwohl du es vorgezogen hättest, mich für immer an deinem Rockzipfel hängen zu haben, habe ich das genommen, was du mir gezeigt hast, und mich selbst neu geschaffen."

Eleanor lauscht sprachlos Benjamins Worten. Nur langsam drangen seine Worte zu ihr durch, und selbst dann fiel es ihr schwer die Unermeßlichkeit seiner Undankbarkeit zu erfassen. Konnte er wirklich das sagen, was sie da hörte? "Ohne mich wärst du nichts, Benjamin." Sie sagte das nicht nur, um ihn zu treffen, sie meinte es ganz ehrlich.

Seine Augen funkelten hinter den Gläsern seiner Brille. "Auch ohne dich wäre ich ich selbst. Ein anderer Mann, das stimmt, aber ich wäre ich selbst. Mein Welt hat sich in den letzten dreißig Jahren nie nur um dich gedreht, auch wenn du das zu glauben scheinst. Es gab Nächte, in denen ich dich nicht gesehen habe, Nächte, in denen ich nicht einmal an dich gedacht habe. Ohne dich wäre ich menschlicher, aber ich wäre immer noch ich selbst."

Eleanor konnte es nicht glauben, daß er so weit gehen würde, nur um sie zu verletzten. Als ihr die Ausmaße seiner Rebellion bewußt wurden, ergriff sie ein tiefes Gefühl der Wut. Sie entblößte ihre Fänge und fauchte Benjamin an. Nur ihre gute Herkunft und ihre Erziehung konnten es gerade noch verhindern, daß sie sich auf ihn stürzte und ihm den Hals aufriß, um sich ihr Geschenk, das so offensichtlich mißachtet wurde, zurückzuholen. "Du vergißt, Benjamin, daß *ich* deine Herrin bin. Und *du* das Kind!"

"Ja, ich bin das Kind", antwortete er, "Aber ich bin mein eigener Herr. Wie ich es schon immer war, Eleanor. Du willst wissen, wie ich mir so sicher sein konnte, daß du mich in jener ersten Nacht nicht töten würdest. Ich wußte es, weil ich deine Leidenschaft spüren konnte. Erst später wurde mir bewußt, daß die Leidenschaft nicht mir galt, sondern der Idee, mich zu *besitzen*." Seine Stimme wurde lauter. Er war zu erregt, um sich noch Gedanken darüber zu machen, ob Sterbliche das Gespräch mit anhören konnten. "Ich war dein Kind. Ich war dein Junge. Wenigstens dachtest du das." Auch Benjamins Fänge waren jetzt sichtbar. "*Und dafür habe ich dich gehaßt.*"

Eleanor preßte ihre Hände über ihre Augen. Diese Impertinenz war unerträglich. Sie würde Benison von diesem Verrat berichten. Sie würde dafür sorgen, daß Benjamin vernichtet wurde, daß dieses Fleisch, das einst ihr gehört hatte, gepfählt der Sonne dargeboten wurde. Aber als sie die Hände senkte, um ihm dieses mitzuteilen, war er verschwunden. Zitternd vor Wut stand sie zwischen den Regalen. Hunderte, Tausende von Büchern umgaben sie, starrten sie an und verspotteten ihre Ohnmacht im Angesicht ihres Kindes.

Die zwei Autos rasten aus entgegengesetzten Richtungen auf das Gebäude mitten im Ghetto zu. Nachdem sie kreischend zum Stehen gekommen waren, waren die Stoßstangen nur noch wenige Zentimeter voneinander entfernt. Der Geruch von verbranntem Gummi füllte die Luft. Aus einem der Wagen kam Mohammed al-Muthlim und trat in die Nacht. "Ist es hier?"

Sein Ghul Rodney stieg aus demselben Auto. Aus dem anderen Auto stieg Marvin, das Gewehr im Anschlag, doch bevor er die Frage seines Domitor beantworten konnte, wurden die Autos und der Boden um sie herum von den Kugeln eines Maschinengewehrs zerrissen. Mohammed ging hinter seinem Wagen in Deckung. Marvin und Rodney sprangen über die Motorhaube, um es ihm gleichzutun.

"Ich glaube, hier ist es", sagte Rodney.

Marvin verzog das Gesicht und bewegte versuchsweise seine linke Hand, in die eine Kugel ein Loch gerissen hatte. "Verdammt! So was macht mich echt wütend!"

Mehr Kugeln schlugen in die Wagen ein. Die Windschutzscheiben splitterten. Luft entwich zischend aus den zerschossenen Reifen.

"Wo ist Kenny?" fragte Mohammed.

"Auf der anderen Seite", antwortete Marvin, der immer noch seine Hand anstarrte. "Mit Pancho und den anderen. Wir sind hier. Wer raus will, muß an ihnen vorbei. Nur daß hier keiner mehr raus kommt."

Mohammed nickte. Er hatte eigentlich nie viel von Marvin gehalten, jedenfalls nicht, bevor der Bandenkrieg ausgebrochen war. Doch wegen all der Verluste durch den Fluch und die blutigen Kämpfe der letzten Zeit, hatte er Marvin erst zu einem Ghul gemacht und ihm dann eine Führungsposition innerhalb der Söhne der Gruft gegeben. Und er hatte sich als guter Taktiker erwiesen. Tatsächlich war er so gut, daß Mohammed darüber nachdachte, den Kuß an den riesigen Ghul weiterzugeben, und ihn für seinen geheimen Inneren Zirkel von Sabbatanhängern anzuwerben, der durch den Fluch beinahe ausgerottet worden war. "Okay. Auf geht's."

Marvin grinste. Der Schmerz in seiner Hand war vergessen. Er nahm ein Handy aus einer seiner voluminösen Taschen und wählte eine Nummer. "Ja, Pancho. Ihr könnt loslegen. Und zwar genau jetzt." Er steckte das Handy zurück in seine Tasche und kontrollierte sein Gewehr. Zufrieden mit dem, was er sah, wandte er sich an Mohammed und Rodney. "Gebt mir Feuerschutz."

Sie nickten und entsicherten ihre Waffen, zwei halbautomatische Pistolen. Auf drei kamen sie hoch und erwiderten das Feuer aus dem Apartment, aus dem der Heckenschütze auf sie gefeuert hatte. Ohne eine Sekunde zu zögern, kam Marvin hinter den Autos hervor und rannte ebenfalls feuernd auf die Vordertür zu.

Mohammed und Rodney gingen zurück in Deckung, als mehr Kugeln in die Wagen einschlugen. "Glaubst du, er hat es geschafft?" fragte Rodney.

"Wir werden's bald herausfinden." Mohammed wußte, daß es noch eine ganze Menge gab, was sie bald herausfinden würden. Die Territorialkämpfe zwischen den Söhnen der Gruft und La Hermandad waren schon immer eine Unlebensart in LA gewesen, aber seit der Krieg vor ein paar Wochen offen ausgebrochen war, hatten sich die Kainiten von Whittier und Covina mit La Hermandad verbündet. Und obwohl Mohammed sich bis jetzt hatte behaupten können, vielleicht sogar Terrain gewonnen hatte, war der Preis dafür hoch gewesen. Seine Gefolgschaft war schon durch den Fluch dezimiert, und nun verlor er einen der Ghule und sterblichen Handlanger nach dem anderen. Jeder Hinterhalt, jeder Vergeltungsschlag kostete ihn einen oder zwei seiner Leute. Es gab immer jemanden, um die Lücke zu füllen. Das war nicht das Problem. Aber neue Anführer waren schwer zu finden, und schon jetzt waren die meisten von Mohammeds besten Leuten aus dem Spiel. La Hermandad war ohne Zweifel in denselben Schwierigkeiten, aber was Mohammed am meisten Sorgen bereitete, war, daß seine Gegner selbst ohne ihren charismatischen Anführer so lange durchhielten. Falls Salvador auftauchen würde, würden vermutlich mehr der Kainiten von LA auf den Wagen von La Hermandad aufspringen, und das konnte sich für ihn durchaus als fatal erweisen. Das war der Grund, warum Mohammed seinen Vorteil so schnell und gründlich wie möglich nutzen wollte. Er wollte entweder gewinnen oder wenigstens einige vorteilhafte Abmachungen mit Jesus Ramirez, der La Hermandad während Salvadors Abwesenheit anführte, treffen.

Aus dem schäbigen Mietshaus drangen mehr Schüsse. Querschläger peitschten durch die Nacht. Mohammed wollte diese Sache so schnell wie möglich hinter sich bringen. Auch wenn in Compton kaum mit dem Eingreifen der Behörden zu rechnen war, war doch ein ausgedehntes Feuergefecht auf offener Straße nie eine kluge Entscheidung. Außerdem war es Ramirez schon gelungen, einige der Bullen, die auf Mohammeds Gehaltsliste gestanden hatten, zu überzeugen, in sein Lager zu wechseln. Aber das Exempel, das Mohammed an einem der Beamten und seiner Familie statuiert hatte, sollte andere davon abhalten, es ihnen nachzutun.

Mohammed wagte einen kurzen Blick um die Motorhaube des Autos herum. Falls Marvin am Boden lag, konnte er ihn nicht sehen. Der Ghul mußte es also bis in das Gebäude geschafft haben. Genau als dieser Gedanke das Gehirn des Anführers der Söhne der Gruft erreichte, explodierte Glas und ein Teil der Verkleidung riß von der Fassade des Gebäudes. Auf der vierten Etage flog ein Körper durch die Scheibe. Mohammed erkannte auf den ersten Blick, daß es nicht Marvin war. Zu klein. Der harte Aufschlag des Körpers auf dem Beton hallte durch den Hof. Aus dem zerbrochenen Fenster oben strahlte Marvins grinsendes Gesicht. Er hatte das Problem mit dem Scharfschützen auf seine Weise erledigt. Dann verschwand sein Grinsen.

Mohammed wurde schlagartig klar, daß ein weiterer Wagen auf ihn zu kam. *Polizei?* war sein erster Gedanke, aber was er sah, als er sich umdrehte, war viel schlimmer. Ein kleiner Pickup-Truck raste auf ihn zu. Auf dem Rücksitz saßen zwei Hispanos mit einem Maschinengewehr, das genau auf ihn gerichtet war.

Noch während Mohammed über das Auto sprang, schlugen Kugeln in die bisher weniger durchlöcherte Seite des Fahrzeugs. Marvin erwiderte das Feuer vom Fenster aus, aber der Truck raste die Straße hinunter und war verschwunden.

Mohammed kam auf die Füße und wischte sich den Staub von der Kleidung. Was ihn am meisten verärgerte, war die Erniedrigung in seinem eigenen Territorium angegriffen worden zu sein. Er hoffte, daß eine seiner Patrouillen den Truck aufhalten würde, und daß wenigsten eines der Mitglieder von La Hermandad lebend gefangen genommen werden würde. *Nur eines.*

Dann bemerkte Mohammed, daß Rodney am Boden lag. Er hatte es nicht mehr in Deckung geschafft, und mindestens eine der Kugeln hatte ihn mitten ins Gesicht getroffen. Sein Hinterkopf war fünf Meter im Umkreis über den Asphalt verteilt. Mohammed starrte dem Truck nach.

☥

Von dem Dach auf der anderen Seite der Straße sah die Gewalt fast choreographiert aus – improvisiertes Theater für nur einen Zuschauer. Kli Kodesh betrachtete ungerührt das Blutbad zu seinen Füßen.

Obwohl man ihm äußerlich kein größeres Interesse anmerken konnte, tobten in seinem Kopf die Berechnungen. Mit großer Bedachtsamkeit berechnete er die Flugbahn jeder einzelnen Kugel. Er kannte genau die Entfernung, die ein Körper zurücklegen mußte, bevor er auf das Pflaster unten aufschlagen würde, genauso wie den genauen Zeitpunkt. Er erfaßte den exakten Flug eines jeden Knochensplitters des explodierten Schädels.

Es war immer dasselbe. Die einzelnen Akte der Gewalt, die individuellen Todesfälle waren unbedeutend. Was ihn interessierte, war das Ganze.

Der Wind strich vergeblich um Kli Kodesh. Keine einzige Strähne seines langen weißen Haares regte sich, keine noch so kleine Falte seines Gewandes veränderte sich. Er glich einer Säule, einer Statue aus Marmor. Er war ein Koloß, der seinen unsicheren Platz direkt an der Schwelle der Welt gefunden hatte.

Jene unter ihm konnten ihn nicht sehen. Nicht weil er seine Anwesenheit in irgendeiner Form verborgen hätte, denn das tat er nicht. Sie konnten ihn nicht sehen, weil in ihrer Welt kein Platz für Wesen wie ihn war. Ihre Gedanken konnten ihn nicht erfassen. Ihr Geist konnten niemals hoffen, die Tausende von Meilen, die er zurückgelegt hatte, die Hunderttausende von Gewaltakten, die er durch die Jahrhunderte ertragen hatte, zu begreifen.

Die Worte der alten Prophezeiung waren nur ein geringer Trost im Angesicht dieser langen Reihe von Tod und Verrat: *Auch jene, die stehen und warten, dienen.*

Aber sein Warten näherte sich seinem Ende. Der Tag der Vergeltung war gekommen. Er sah auf die Stadt der Engel herab. Sein Blick glitt ein letztes Mal über die riesige Fläche aus Asphalt und Neon.

Schon hatte sie begonnen sich zurückzuziehen. Kli Kodesh behielt das entfernte Echo der Schreie der Stadt, das mechanische Klagen einer großen immer langsamer laufenden, sich selbst verzehrenden Maschine noch lange in den Ohren. Das gequälte Geräusch tröstete ihn, flüsterte ihm zu, daß die Erlösung nahe war.

Und er erkannte in dem Abschiedsversprechen der Stadt das Schreien eines Neugeborenen, das die Nacht nicht überleben würde.

Sally klopfte an die Tür des Salons. "Miss Eleanor, ich habe den Gentleman, den ich finden sollte, mitgebracht."

Eleanor schaute von ihrem Tagebuch auf. "Wo ist er?"

"Ich habe ihn ins Wohnzimmer geführt." Sally war ein schmales Mädchen, obwohl sie fünf bis zehn Zentimeter größer als ihre Herrin war, so wirkte sie doch viel hagerer und zerbrechlicher. Sie hatte dieselbe blasse Haut wie Eleanor und trug wie sie ihr langes, dunkles Haar zu einem Knoten geschlungen. Der Ghul entsprach genau Eleanors Vorstellungen eines Dienstmädchens. Sie war ehrerbietig und zuverlässig, und obwohl Sally so zart erschien, war sie doch die einzige von Benisons und Eleanors fünf Ghulen, die nicht dem Fluch zum Opfer gefallen war.

"Sehr gut", sagte Eleanor. "Sag ihm, daß ich sofort bei ihm sein werde."

"Ja, Herrin."

Eleanor hörte, wie sich Sallys leichte Schritte die Treppe herunter entfernten. Eleanors Tagebuch lag noch immer offen vor ihr auf dem Schreibtisch. Sie hatte die letzten drei Nächte fast vollständig damit verbracht, ihre Gedanken nach dem verstörenden Treffen mit Benjamin zu sammeln und zu ordnen. Sie hatte über seine Worte nachgedacht, hatte versucht, einen Sinn in ihnen zu erkennen, und die Vergangenheit aus seiner Perspektive zu betrachten. Sie hatte es versucht, und es war ihr nicht gelungen. Je öfter sie ihre Auseinandersetzung rekonstruierte, desto überzeugter war sie, daß er den sinnverwirrenden Trugbildern des Fluches erlegen war. Sie hatte mit ihren eigenen Augen gesehen, wie Benisons Kind Roger dem Wahnsinn verfallen und kurz danach endgültig vergangen war. Das schien der Lauf der Dinge zu sein. Im ganzen Land, wenn man den Gerüchten glauben konnte sogar auf der ganzen Welt, erlitten Kainskinder das gleiche Schicksal. Ganz offensichtlich waren auch Benjamins sonst so makellose geistigen Fähigkeiten dem Wahnsinn anheim gefallen. Würde sein Tod schon bald folgen?

Mit einem Gefühl des Bedauerns hatte sie sich in den letzten Nächten an die Unvermeidlichkeit dieser Entwicklung gewöhnt. Dennoch hatte sie Schwierigkeiten ihr Wunderkind einfach kaltblütig zu verlassen. Es bestand jedoch die Möglichkeit, so vage sie auch sein mochte, daß er nicht von dem bösartigen Fluch befallen war, sondern ganz von selbst zu seinen abwegigen Schlußfolgerungen gekommen war.

Eleanor schloß ihr Tagebuch. Sie hatte es nicht so fest zuschlagen wollen, doch die Öllampe auf dem Tisch klirrte beunruhigend laut. *Falls ihn nicht der Fluch in den Wahnsinn getrieben hatte*, fragte sie sich, *wie hatte er dann nur auf solche abstrusen Ideen verfallen können?* Eleanor war sich sicher, daß die Gedankengänge, die ihn dazu gebracht hatten, ihre Liebe zurückzuweisen, nicht das Ergebnis seines normalerweise so präzisen Verstandes sein konnten. Das mußte ihm jemand eingeredet haben, und Eleanor war sich nur allzu klar darüber, wer dieser jemand war.

Owain Evans.

Diese Gewißheit war eigentlich nur die Bestätigung von Befürchtungen, die sie schon seit einiger Zeit hegte. Es paßte alles viel zu gut zusammen, um nur ein Zufall zu sein. Evans hatte Benjamin vor einigen Monaten in einer völlig unwesentlichen juristischen Sache erpreßt. Und die Information, die Benjamin so geschadet hätte, wäre sie bekannt geworden, war seine Beziehung zu Eleanor, der Frau des Prinzen. Es gab natürlich auch noch die Möglichkeit, obwohl Eleanor das für sehr unwahrscheinlich hielt, daß Evans von der besonderen Art von Eleanors und Benjamins Beziehung wußte, also daß Benjamin insgeheim sowohl ihr Kind als auch ihr Liebhaber war.

Eleanor konnte Benjamins Gedankengang nur allzu leicht nachvollziehen. Der einzige Weg, sicherzustellen, daß nichts über ihre Beziehung bekannt würde, wäre, sie zu beenden. Sie waren so vorsichtig gewesen, daß man rückblickend kaum etwas über sie entdecken würde. Wenn es also kein weiteres Rendezvous geben würde, könnte man ihnen nichts anhaben. Das gäbe Benjamin die Sicherheit, jeden zukünftigen Erpressungsversuch mit vollkommenem Selbstvertrauen ohne verborgene Geheimnisse abzuwehren.

In diesem Lichte besehen, wurde Eleanor bewußt, daß Benjamin das alles nur für sie getan hatte. Er versuchte nur, sie zu beschützen und sie gegen eine mögliche Gefahr abzuschirmen. Ihm war wohl bewußt, daß, wenn man ihre recht wichtige gesellschaftliche Stellung betrachtete, jede Verleumdung, die in der Öffentlichkeit gegen sie erhoben werden konnte und für die es auch nur den geringsten Beweis gab, ihr viel mehr schaden würde. So idealistisch war seine Motivation und sein Verlangen, sie zu beschützen, daß er lieber vorgab, ihre Beziehung abzubrechen, als es zu riskieren, zusammen mit ihr daran zu arbeiten, diese gefährlichen Untiefen zu umschiffen. *Er war so ein Schatz.* Nachdem sie darüber nachgedacht hatte, war ihr nun alles klar.

Natürlich würde er es nie riskieren, ihre Gefühle zu verletzen, außer um die Dauerhaftigkeit und Stabilität ihrer Liebe zu bewahren. Doch da konnte sie helfen. Owain Evans war der einzige, der sein Wissen um Dinge, von denen er eigentlich nichts wissen sollte, enthüllt hatte. Wahrscheinlich erhielt er seine Informationen, seien es Gerüchte oder Tatsachen, von Spionen. Es wäre sehr nützlich, wenn Eleanor herausfinden könnte, wer diese Spione waren, so daß man angemessen mit ihnen verfahren konnte. Das wäre die ideale Lösung - das Leck an der Quelle zu stopfen. Eins stand auf jeden Fall fest: Wenn man Owain Evans aus der Gleichung nahm, gab es keinen anderen, der einflußreich genug war, um sie und Benjamin zu bedrohen.

Also war diese letzte Nacht der Besinnung doch nicht erfolglos gewesen. Eleanor hatte drei verschiedene Szenarien entwickelt, um die unangenehme Situation, in der sie sich gerade befand, zu erklären. Erstens, daß Benjamin dem Fluch zum Opfer gefallen war und daß sein Wahnsinn und seine Zurückweisung daraus resultierte. In diesem Fall würde er bald tot sein. Zweitens, daß Benjamin unnötigerweise versuchte, sie vor Owain Evans‘ Erpressung zu schützen. In diesem Fall würde sie Evans verschwinden lassen, das Problem wäre erledigt und Benjamin würde wieder ihr gehören. Und drittens, daß Benjamin tatsächlich durch eine verrückte Fehleinschätzung seiner Position ihre Beziehung beenden wollte. Wenn dieses der Fall sein sollte, würde es sich bald genug herausstellen, wenn sie Owain Evans beseitigt hatte, und Benjamin sich immer noch weigerte den Kontakt mit Eleanor wieder aufzunehmen. Falls es dazu kommen sollte, würde Eleanor dafür sorgen, daß Benjamin sich tatsächlich wünschen würde, lieber dem Fluch zum Opfer gefallen zu sein, als sich der Rache zu stellen, die sie für ihn arrangieren würde.

Doch sie wußte, daß nichts von all dem geschehen würde, wenn sie Nacht für Nacht nur schreibend in ihrem Salon sitzen würde. Methodisch rückte Eleanor erst das Tagebuch, dann ihre Feder, das Tintenfaß und die Lampe vor sich zurecht. Sie achtete darauf, keine Tinte auf die Spitzendecke zu tropfen. Sie hatte schon vor langer Zeit gelernt, daß sich eine Dame, selbst wenn sie verstimmt war, immer auf angemessen ruhige und besonnen Art benahm. Es war ein Ziel, das Eleanor nicht immer erreichte, aber nach dem in diesen modernen Zeiten wenige auch nur strebten. Bevor sie also auch nur einen Schritt aus dem Salon tat, glättete sie ihr Haar und strich ihr Kleid zurecht.

In der ersten Nacht nach ihrer Auseinandersetzung mit Benjamin war Eleanor so verzweifelt gewesen, daß sie ihr Zimmer kaum verlassen hatte. Ihr fester Wille weiterzumachen, war nur in den Reflektionen und Selbsterkundungen der folgenden Abende begründet. Vor zwei Nächten, am Dienstag, hatte sie Sally losgeschickt, um mit Robert Gilles, einem jungen Ventrue, den Eleanor stets freundlich behandelt hatte, Kontakt aufzunehmen. Unglücklicherweise war Gilles schon vor mehrere Wochen wahnsinnig geworden und schließlich gestorben. Noch zwei weitere Male hatte Eleanor Sally auf die Suche nach jüngeren Ventrue geschickt, die aber auch alle dem Fluch zum Opfer gefallen waren. Erst dann erkannte Eleanor, wie tiefe Lücken der Fluch in den Rängen selbst der anerkannten Kainskinder der Stadt gerissen hatte. Es war kein Übel, das nur Anarchen und Clanlose befiel, auch wenn sie anfangs die volle Wucht des Angriffs hatten abfangen müssen.

Und so begab sich Eleanor ins Wohnzimmer und begrüßte Pierre, einen Toreador, an den sie sich aus Mangel an realisierbaren Alternativen gewandt hatte. "Eleanor!" Er war erfreut, sie zu sehen und erhob sich, als sie den Raum betrat. Er trat vor, als wolle er ihre Hand ergreifen, machte dann aber schnell einen Schritt zurück, als wenn er Angst hatte, sich zu familiär gegenüber einer Person von Eleanors Rang verhalten zu haben. Pierres dürre Gestalt wurde von strähnigem schwarzen Haar gekrönt, das an den Seiten in langen, schmalen Koteletten endete. Als Eleanor mit einem Lächeln seine Hand ergriff, konnte sie deutlich die Knochen in seiner Hand, dem Knöchel und Unterarm erkennen. Sie hatte das Gefühl, wenn sie zu fest schüttelte, würde sie seinen Arm aus dem Gelenk reißen, aber scheinbar zerbrechliche Kainskinder wie Pierre waren in diesen verzweifelten Zeiten die einzigen greifbaren Handlanger.

"Pierre, wie freundlich von Ihnen sich so kurzfristig mit mir zu treffen", sagte sie wohlwollend.

Der Toreador legte seine andere Hand über die ihre, wie es eine Großmutter bei einem Kind tun würde. "Es macht mir gar keine Mühe, Eleanor. Gar keine Mühe für unsere Freundin, die Frau des Prinzen."

Eleanor nickte. "Sie sind zu freundlich." Sie nahm in einem Sessel platz und beobachtete, wie Pierre sich behutsam auf dem äußersten Rand des Sofas niederließ. "Ich hoffe, es geht Ihnen gut?"

"So gut, wie es zur Zeit denn möglich ist", seufzte Pierre. "Solch eine Unsicherheit in diesen... nun ja...unsicheren Zeiten." Er sah sie ernst an, als hätte er gerade eine unschätzbare Weisheit von sich gegeben. Er sprach mit den Händen, die bei jedem Wort gestikulierten. Aber es gab stets eine kleine Verzögerung, so daß, wenn er fertig gesprochen hatte, seine Hände noch eine Weile die Luft durchschnitten, bis sie bemerkten, daß da keine Worte mehr waren, die sie begleiten konnten.

"Sie haben ja so recht", sagte Eleanor. Der Toreador Clan hatte ihrem Herzen nie nahe gestanden. Klatschbasen und kunstbesessene Dandys allesamt. Als Einzelpersonen mochte sie sie normalerweise noch weniger. Marlene, die Anführerin des Clans in Atlanta, war ein Musterexemplar. Sie maßte sich an eine Bildhauerin zu sein, wo sie doch ihre meiste Zeit damit verbrachte, die Stripschuppen auf der Cheshire Bridge Road am Laufen zu halten. Und außerdem hatte sie sich letzten Samstag auch noch mit Unwohlsein entschuldigt, und war genauso wie Hannah, dem wöchentlichen Bridgespiel ferngeblieben, so daß Eleanor sich ganz alleine um Tante Bedelia, Benisons senile Erzeugerin, hatte kümmern müssen.

Eleanor betrachtete Pierre mit seinen schwarzen Stiefeln und seinem Renaissance-Hemd, und wog die Aufgabe ab, die sie im Sinn hatte. Aber es gab in diesen Nächten nur noch so wenige erreichbare Kainskinder. Die meisten, die dem Fluch noch nicht erlegen waren, mieden aus Angst vor Ansteckung die Gesellschaft der anderen Kainiten wie die Pest. Eleanor wußte, daß ihre eigene moralische Stärke sie beschütze.

"Pierre", sagte sie. "Ich muß sie um einen wichtigen Gefallen bitten." Plötzlich saß er hoch aufgerichtet auf dem Sofa. Er war aufmerksam wie ein kleiner Soldat, der seine Befehle erwartet. "Es ist eine Angelegenheit, die ein wenig Diskretion erfordert."

"Ich verstehe." Er nickte heftig. Eleanor befürchtete, er würde sich den Nacken verrenken.

"Es ist eine Angelegenheit, mit der ich den Prinzen nicht belästigen möchte", erklärte sie, "also bitte ich Sie, nur mir persönlich Bericht zu erstatten." Der Grad des Eifers, mit dem Pierre an seine Aufgabe heranging, beunruhigte Eleanor etwas, da er doch noch nicht einmal wußte, was seine Aufgabe sein würde. Die Toreador waren einer wie der andere Intriganten. Nicht so verschlagen wie die Tremere oder so unberechenbar wie die Malkavianer, aber dennoch gerissen. Ein Toreador von so geringem Ansehen wie Pierre könnte schon aufrichtig darüber in Aufregung geraten, der Frau des Prinzen und damit vermutlich implizit dem Prinzen selbst zu Diensten zu sein. Aber es war genauso gut möglich, daß Pierre nur daran interessiert war, seinen Status innerhalb des Clans zu verbessern, möglicherweise indem er Eleanor irgendwie hinterging. Doch dann wäre sein Enthusiasmus geradezu stümperhaft. Es war unwahrscheinlich, daß er so leicht durchschaubar wäre, aber Eleanor war noch nicht bereit, völlige Unfähigkeit komplett auszuschließen. Eine weitere Möglichkeit war, daß Pierre ein geübter Spion war, und seine entwaffnende Dummheit nur eine bewußt eingesetzte Maske darstellte. Das bezweifelte Eleanor jedoch ernsthaft, auch wenn sie nur wenig von ihm wußte.

"Ich möchte, daß sie hier in der Stadt einen gewissen Vampir im Auge behalten", erklärte sie. "Es ist keine besonders schwierige Aufgabe. Folgen Sie ihm. Achten Sie darauf, wen er trifft. Ich würde es vorziehen, wenn er nicht bemerkt, daß er beobachtet wird, aber sollten Sie doch entdeckt werden, dürfen weder ich selbst noch der Prinz in die Sache hineingezogen werden. Haben ich mich klar ausgedrückt?"

Eine gewissen Nervosität hatte sich in Pierres Lächeln gemischt. Seine Hände bewegten sich schon, bevor er sprach. "Es stimmt, daß es ‚keine besonders schwierige' Aufgabe an sich ist, aber die Schwierigkeiten könnten sich aus der Identität der zu verfolgenden Person ergeben."

"Sie haben Recht", stimmte Eleanor ihm zu. "Darum muß ich Sie als Erstes bitten, daß diese Unterredung ganz unter uns bleibt, selbst wenn sie sich dazu entschließen, den Auftrag nicht anzunehmen. Natürlich wären der Prinz und ich sehr enttäuscht darüber, aber die Entscheidung liegt selbstverständlich ganz bei Ihnen. Können Sie mir also bitte Ihr Wort darauf geben?"

Pierre schluckte. Er hatte das Gefühl, tiefer und tiefer in die Sache hineingezogen zu werden, ohne genau zu wissen, worum es eigentlich ging. Aber Eleanors Bitte schien ihm nicht gefährlich. "Ich gebe Ihnen mein Wort."

"Vielen Dank." Eleanor bedachte ihn mit einem warmen Lächeln. "Das Kainskind, um das es sich handelt, ist Owain Evans. Kennen Sie ihn?"

Pierre dachte einen Moment lang nach. "Ventrue?" Eleanor nickte. "Sieht ziemlich jung aus, und irgendwie langweilig?" Eleanor nickte wieder. "Ich habe von ihm gehört," sagte Pierre, "aber wir sind einander nie vorgestellt worden."

Eleanor wartete, bis Pierres Hände ihre wirbelnden Bewegungen beendet hatten. "Ich fürchte, ich kann Ihnen nicht viel Zeit geben, um über Ihre Antwort nachzudenken", setzte sie ihn leicht unter Druck. "Ich dachte mir, daß ich im Gegenzug vielleicht eine Ausstellung Ihrer Werke arrangieren könnte. Sie sind doch..."

"Maler", soufflierte er ihr.

"Ja genau, Maler. Vielleicht im High Museum?" Dann zuckte Eleanor mit den Schultern. "Aber wenn Sie mir nicht helfen können, muß ich mir natürlich jemand anderen suchen..."

"Ich glaube nicht, daß das nötig sein wird", fiel ihr Pierre ins Wort, bevor er überhaupt wußte, was er da sagte. Selbst seine eigenen Hände waren auf diese Antwort nicht vorbereitet, und eilten seinen Worten nun hilflos hinterher. "Ich bin mir sicher, daß ich Ihnen helfen kann."

Eleanor lächelte wohlwollend. "Wunderbar." Ihr war klar gewesen, daß der junge Toreador unabhängig von irgendwelchen anderen Motivationen einer Ausstellung im Museum nur schwer würde widerstehen können. Dennoch traute sie ihm nicht. Es bestand auch immer die Möglichkeit, daß er mit den Informationen direkt zu Marlene gehen würde, aber Eleanor empfand das nicht als besonders große Bedrohung. Was könnte Marlene, die Toreador-Hure, schon mit dem Wissen anfangen? Und sollte Pierre Eleanor wirklich hintergehen, würde sie sich eine Geschichte für Benison einfallen lassen, und er würde den kleinen Toreador durch Kline beseitigen lassen.

Pierre schien nun, da er seine Entscheidung getroffen hatte, kaum weniger nervös. Seine Finger verknoteten sich in seinem Schoß.

"Wunderbar, Pierre", wiederholte Eleanor. "Ich bin mir sicher, daß Sie die richtige Entscheidung getroffen haben."

Die Spraydose klapperte wie eine Handvoll alter Knochen in Blackfeathers Hand. Er warf die Verschlußkappe beiseite und sprühte ein paar kurze Linien an die Unterseite der Brücke. Zufrieden, daß die Düse gut funktioniert hatte, kehrte er zu Nicholas zurück, der mit untergeschlagenen Beinen auf dem Beton saß.

Noch bevor Blackfeather dem schnell hingeworfenen Symbol den Rücken zukehrte, begann er rational über die Sache nachzudenken. Er bezweifelte, daß in dem Gewirr der Graffiti irgend jemand die arkanen Zeichen erkennen würde. Und selbst wenn es jemand entdecken würde, so gab es doch nur ein Dutzend Personen auf diesem Kontinent, die die spinnenbeinige Rune als ein Symbol der (glücklicherweise) lange vergessenen Sprache der Heulenden Priester von Mu erkennen würde. Und auf der ganzen Welt gab es vielleicht drei Wesen, die eine ungefähre Übersetzung der kryptischen Rune versuchen würden, die man in dieser Sprache am ehesten mit "Guck nicht hin, aber da ist eine Älterer Gott in deinem Bier" wiedergeben konnte.

Blackfeather wurde immer wieder bewußt, daß seine besten Einfälle nicht die richtige Würdigung empfingen.

Nicholas beobachtete ihn erwartungsvoll. Als Blackfeather zu ihm hinüber ging, fielen ihm wieder einmal die sichtbaren Veränderungen an dem jungen Gangrel auf. Ihre Begegnung am Schleier lag erst eine Woche zurück, und obwohl jeder von ihnen sich von den körperlichen Verletzungen erholt hatte, waren die Spuren des Kampfes noch allzu deutlich in Nicholas Haltung und auf seinem Gesicht abzulesen.

Sein Körper war wie unter dem großen Gewicht von Alter oder Verantwortung gebeugt. Blackfeather hatte noch immer das Bild vor Augen, als Nicholas, von der Horde der Schatten umbrandet, herausfordernd vor ihm gestanden hatte. Obwohl Nicholas der Last niemals nachgegeben hatte, war es doch offensichtlich, daß die Geister eine bleibende Spur auf ihm hinterlassen hatten.

Es kam Blackfeather so vor, als begebe man sich bei jeder Begegnung mit Mächten von der anderen Seite des Schleiers in die Hände eines ungeschickten Bildhauers. Die Former des Geistes sind es nicht gewöhnt mit so kurzlebigen Materialien wie Fleisch und Blut zu arbeiten.

Nicholas hatte sich, schon lange bevor Blackfeather ihn auf dem Anwesen getroffen hatte, in den Fängen irgendeiner Macht befunden. Und wenn er an das Blutbad dachte, so war es ganz sicher keine sanfte oder freundliche Macht. Blackfeather wußte nur allzu gut, daß der dunkle Geist, der von Nicholas Besitz ergriffen hatte, ihn nicht aus eigenem Antrieb hätte gehen lassen.

Blackfeather hatte über die Jahre hinweg schon ähnliche Geister in jenen am Werk gesehen, die dem Wüten des Tieres unwiderruflich verfallen waren. Und in letzter Zeit hatte Blackfeather diese unheilvollen Geister auch auf den Schultern derer beobachtet, auf denen der Blutfluch sein Mal hinterlassen hatte. Selbst den Klageweibern des Stammes war es nicht gelungen, diese räuberischen Geister zu vertreiben.

Die Zeit des Dünnen Blutes, würden die Frauen flüstern und ein Zeichen gegen das Böse machen. *Dunkle Krähen zwischen dem reifenden Korn.*

Blackfeather hatte zu viel Zeit auf dem Geisterpfad verbracht, um so offensichtliche Zeichen nicht zu beachten. Ganz sicher stand der Tag der Abrechnung nicht nur für seinen Clan, sondern für jeden seiner Art bevor. *Die Zeit des Schnitters*, dachte er. *Die Spreu wird vom Weizen getrennt.*

Blackfeather fand diese Gedanken ganz und gar nicht beruhigend. Aber sie gaben ihm stabilen Halt und einen Punkt, auf den er seinen Willen konzentrieren konnte. Wenn das Jüngste Gericht bevorstand, wußte er, was seine Mission war. Er würde unter die Gefallenen treten und jene suchen, die immer noch an das Wahre, Schöne und Gute glaubten, und ihnen Mut geben.

Blackfeather drehte sich dreimal im Kreis, wobei er einen großen terracotta-farbenen Ring aus Farbe um sich zog. Einen perfekten Kreis.

Er ging kein Risiko ein. Das Chaos der letzten Woche stand ihm noch lebhaft vor Augen. Es war nicht abzuschätzen, welche Kreaturen aus dem Jenseits, die die Tage im Weinkeller oder der Familiengruft des Anwesens überstanden haben mochten, noch immer unterwegs waren. Manche der Erscheinungen mochten vielleicht sogar soweit durch das Blut und das Leid gestärkt worden sein, daß sie sich mitten unter den Wachenden bewegen konnten.

Aber Blackfeather und Nicholas würden hier sicher sein. Der Kreis war vollkommen. Der Trick bestand nicht in der perfekten Ausführung der platonischen Form, auch wenn einige das vermuteten. Und auch nicht in den gnostischen Wundern von wahrgewordenen euklidischen Träumen. Blackfeathers Kreis zog seine Kraft aus einem viel bescheideneren Zauber: dem alltäglichen Wunder der perfekten Handwerkskunst, der makellosen Ausführung einer Arbeit. Der Kreis selbst war nur die körperliche Manifestation dieses profanen Zaubers. Blackfeather wäre in seinem kleinen Haus, das er mit eigenen Händen gebaut hatte, dem Auto, das er vor der Verschrottung gerettet und von Grund auf restauriert hatte oder dem Garten voller Nachtblumen, um den er sich kümmerte, ebenso sicher vor Schaden.

In jenem Garten war Nicholas von den Wurzelwebern des Stammes gesund gepflegt worden. Als die beiden vor den Ereignissen auf dem Anwesen geflohen waren, war Nicholas sich weder der Umgebung noch seiner selbst bewußt gewesen. Die dunkle Macht hatte ihn benutzt und dann fallengelassen. Er war kaum mehr als überflüssiger Ton, der von einer Töpferscheibe fällt.

Blackfeather hatte es gerade noch geschafft, ihn bis zum Piedmont Park hinter sich herzuziehen, wobei Nicholas unabsichtlich immer wieder bis zu den Knöcheln in der Erde versunken war, da sein Körper instinktiv vor den ersten Anzeichen der aufgehenden Sonne Schutz gesucht hatte. Blackfeather hatte jedoch so viel Distanz wie möglich zwischen sie und irgendwelche möglichen Verfolger bringen wollen.

Die Traumjäger fanden sie bei Sonnenuntergang. Die Schicht Erde, die zwischen ihnen und den tödlichen Sonnenstrahlen lag, war kaum mehr als fünfzehn Zentimeter tief. Beide Körper zeigten sowohl die Wunden ihres Kampfes als auch schwere Verbrennungen. Die Traumjäger trugen sie zurück zum Rest des Stammes in den Bergen im Norden.

Erst nach drei Tagen kehrte Nicholas' Bewußtsein langsam zurück. Jeden Tag ging er mit schlurfenden Schritten im Garten spazieren, die

Augen auf nichts bestimmtes irgendwo zwischen ihm und dem Horizont gerichtet. Blackfeathers einzige Antwort auf die drängenden Fragen der Traumjäger nach dem Fremden war immer nur: "Wir müssen ihn zurückholen."

Am dritten Tag kam einer der Wurzelweber zu Blackfeather gelaufen und hatte ihm mitgeteilt, daß ihr junger Schützling kurz erwacht sei. Er hätte sich jedoch immer noch im Delirium befunden und sei kurze Zeit später auch wieder in sein Schlafwandeln verfallen.

"Was hat der junge Herr gesagt?" hatte Blackfeather gefragt.

Der Wurzelweber hatte mit der Frage nicht viel anfangen können. "Er hat nur phantasiert, Hüter."

"Weißt du noch, was er genau gesagt hat?"

"Ja, Hüter. Er befahl, sein Volk zusammenzurufen. Wißt Ihr, wer sein Volk ist? Ich glaube, er hatte Angst. Er sagte etwas von einem Alptraum. Ein Alptraum aus Marmor geschnitten, der sich aus dem Meer erhebt."

"Laßt ihn nicht allein", hatte Blackfeather geantwortet, "weder bei Tag noch bei Nacht. Ihr seid für sein Blut verantwortlich. Ihr seid sein Volk."

Blackfeather nahm innerhalb des Schutzkreises gegenüber von Nicholas Platz. Zwischen ihnen war der kleine Haufen mit Abfall, den sie gesammelt hatten. Als sie sorgfältig das Gebiet, auf den sich der Kreis befinden sollte, gesäubert hatten, hatte Blackfeather darauf bestanden, daß all die rottenden Blätter, Cola-Dosen, Fetzen von Kleidungsstücken, Einwickelpapier von Burgern und anderem Fastfood und alles andere, was sie fanden, in der Mitte gesammelt wurde. Keine einzige Kippe war ihnen entgangen.

Blackfeather griff in seine Hosentasche und zog ein silbernes mit Türkisen besetztes Zippo heraus.

"*Wa-Kan-Kan Ya-Wa-On-We*", intonierte er. Er sprach die traditionellen Worte in demselben ehrerbietigen Tonfall, den ein Fallschirmjäger für sein "Geronimo" reservierte. Das Zippo schnappte auf und zündete. Eine sechzig Zentimeter lange türkisbläuliche Flamme sprang hervor.

Nicholas zuckte vor dem Feind zurück. Feuer und Sonnenlicht sind die zwei ältesten und gefürchtetsten Feinde der Gangrel. Aber er hatte sich schnell wieder unter Kontrolle. Er hoffte, daß Blackfeather es nicht bemerkt hatte.

Der Haufen nassen Abfalls fing unerklärlicherweise sofort Feuer. Nicholas fühlte wie die plötzliche Hitze des Aufloderns die Haut auf seinem Gesicht spannte. Er spürte, daß die Haut auf seinem Gesicht, seinem Nacken und seinen Armen noch immer aufgesprungen war von seiner panischen Flucht in den Sonnenaufgang.

Es war seltsam zurück in der Stadt zu sein. Die Einzelheiten aus der Nacht auf dem Anwesen waren ihm immer noch nur sehr verschwommen bewußt. Es war wieder das Fieber – der Blutfluch, der diese gottverlassene Stadt in seinen Klauen hatte. Nicht zum ersten Mal verfluchte Nicholas die Stadt, Evans und den verdammten Nosferatu Ellison, der ihn überhaupt erst mit der Nachricht nach Atlanta geschickt hatte.

Aber die Rachegedanken konnten keinen Halt finden und fielen von ihm ab. Nicholas mußte sich resigniert eingestehen, daß er vermutlich nicht lange genug leben würde, um Vergeltung zu üben. Die Anfälle kamen jetzt immer häufiger.

Jedesmal, wenn die Erinnerungen der Vorfahren zu ihm kamen, war ihr Zugriff stärker und sie ließen immer unwilliger von ihm ab. Anfangs waren es bloße Erinnerungen – Geisterbilder, flüchtige Gedanken, Fetzen einer Unterhaltung. Doch bald begannen die Szenen detaillierter zu werden und gewannen an Substanz.

Immer häufiger erinnerte Nicholas sich nicht einfach an Ereignisse, er erlebte sie. Wieder und wieder spielte er die uralten Szenarien der Gewalt durch, die das Erbe und Vermächtnis seiner Blutlinie waren. Und immer war da der Hunger. Die stechenden Schmerzen des Verlangens nach Blut waren so überwältigend, daß sie jeden Gedanken vertrieben und das rasende Tier in ihm weckten.

Von Fieber und Hunger verwirrt, überquerte Nicholas wieder und wieder die schmale Grenze zwischen den beiden Welten. Der Übergang war so einfach und nahtlos für ihn wie der Wechsel der Perspektive, wenn er abwechselnd das rechte und das linke Auge schloß.

Letzte Woche auf dem Anwesen hatte die Situation sich dramatisch verschlechtert. Er fühlte sich wie ein Schlafwandler, der gleichzeitig die beiden Realitäten der Vergangenheit und der Gegenwart, wahrnimmt. Nicholas war von den Eindrücken überwältigt, die wie von zwei verschiedenen Ausführungen derselben Sinnesorgane auf ihn einströmten. Es war, als blicke er gleichzeitig nach vorne und hinten.

Er war vollständig und fast unwiderruflich zwischen den Welten gefangen. Nicholas hatte in den Klauen der Vergangenheit jedes Gefühl seiner selbst verloren. Er war sich nicht sicher, ob er ohne die Hilfe Blackfeathers wieder hätte zurückkommen können. Nicholas wußte, daß er seinen Freund beinahe getötet hätte.

Nicholas sah über das Feuer, vermied jedoch jeden direkten Blickkontakt. Es war schon das zweite Mal gewesen, daß Blackfeather Nicholas dabei überrascht hatte, wie er gegen Phantome wütete, gegen Windmühlen kämpfte. Und beide Male hatte sein Freund ihn unter großem persönlichen Risiko von der Grenze zum Berserkerlauf zurückgeholt.

Nicholas wußte, daß der Fluch, den er in seinen Adern trug, nicht nur für ihn selbst, sondern auch für alle in seiner Umgebung eine große Gefahr darstellte. Er beschloß, daß er Blackfeather bei der ersten sich bietenden Gelegenheit verlassen würde.

Falls Blackfeather etwas von dem Kampf, der in Nicholas tobte, ahnte, so ließ er es sich nicht anmerken. Geduldig beobachtete er den jüngeren Gangrel und wartete.

Schließlich brach Nicholas das Schweigen. "Ich kriege ihn."

Blackfeather verzog keine Miene.

"Ich werde zum Anwesen zurückkehren", fuhr Nicholas hastig fort. "Ich werde diesen Evans, oder wie auch immer er sich jetzt nennt, finden. Er schuldet mir ein paar Antworten."

Blackfeather schüttelte den Kopf. "Das wird dir nichts nützen. Er ist fort."

"Dann werde ich ihn finden. Ich kenne ihn, und ich kenne seine Art."

"Nicholas, diese Vendetta wird..." Er verstummte.

"Mein Tod sein?" Nicholas konnte die Bitterkeit nicht aus seiner Stimme heraushalten. "Nein, mein Freund, du siehst die Zeichen mit deinen eigenen Augen und kannst sie nicht abstreiten. Ich sterbe. Du hast die Opfer der Seuche in der Stadt gesehen. Verhungert liegen sie mit dem Gesicht in ihrem eigenen Blut."

"Und du willst dieses Ende beschleunigen?" Blackfeathers Tonfall war vorsichtig. "Hier ist das Feuer. Gib mir deine Hand."

Ohne eine Antwort abzuwarten, griff Blackfeather nach ihm und umfaßte Nicholas Handgelenk. Nicholas wehrte sich nicht. Blackfeather zog Nicholas‘ geballte Faust in das Feuer. Nicholas erstarrte, schloß seine Kiefer über einem aufsteigenden Schmerzensschrei und bewegte sich nicht.

Seine Augen fanden Blackfeathers und bohrten sich in ihn. Blackfeather konnte in ihnen die zunehmende Agonie und Wut lesen. Nicholas‘ Gesicht verzog sich zu einem animalischen Fauchen.

In einer Explosion weißen Lichts fing Blackfeathers Hand Feuer. Sie brannte wie eine Fackel in einem sie umgebenden Meer aus Flammen. Langsam hob er seine Hand aus dem Feuer, hielt Nicholas Faust zwischen ihnen in die Höhe.

Flüssige Schatten tropften von der Hand. Sie liefen schwarz und zähflüssig über seinen Unterarm. Unter diesen Schatten schimmerte das unverbrannte, makellose Fleisch seiner Hand.

Blackfeather lockerte seinen Griff und löschte schnell seine eigene brennende Hand. Nicholas starrte seine Faust in sprachlosem Erstaunen an. Er preßte sie an seine Brust. Er streichelte sie abwesend mit seiner anderen Hand. Für einige Zeit fehlten ihm die Worte.

"Du hast jene Nacht *gesehen*", sagte Blackfeather, während er vorsichtig einen Verband um seine eigene schwer verbrannte Hand wikkelte. "Ich weiß nicht, ob du dich daran erinnerst, und an einige Dinge sollte man sich vielleicht besser auch gar nicht erinnern. Aber was hast du gesehen, als du deine Hand aus der Flamme zogst?"

Nicholas brauchte einige Zeit für seine Antwort. "Sie war in Schatten gehüllt, lebende Schatten. Der Schatten legte sich zwischen mich und die Flammen."

Blackfeather war plötzlich sehr aufmerksam. "Aber wo kam der Schatten her?"

Nicholas war verwirrt. Natürlich war im Herzen des Feuers kein Schatten gewesen. Das war lächerlich. Er wußte nicht, warum er so etwas gesagt hatte. Es war bestimmt nur ein weiterer durch den Schmerz hervorgerufener Fieberanfall.

"Ich weiß es nicht", stotterte Nicholas. "Es tut mir leid. Es geht bestimmt gleich wieder vorbei. Das Delirium, der Hunger. Ich...ich bin nicht ich selbst."

"Aber wo kam der Schatten her?"

Nicholas hatte das unwiderstehliche Bedürfnis wegzulaufen. Er fühlte, wie der alberne Kreis aus Sprühfarbe sich wie die Mauern der Stadt, die ihn auf allen Seiten umgaben, um ihn schloß.

Seine verzweifelten Blicke entgingen Blackfeather nicht. Er griff mit seiner unversehrten Hand in seinen Gürtel und zog ein langes Jagdmesser mit einem Griff aus Bein hervor. Er hielt es an seiner gefährlich aussehenden Klinge fest und streckte Nicholas den Griff entgegen.

"Möchtest du die Quelle der Schatten sehen? Nimm das Messer."

Nicholas sah zu Boden. Er griff nicht nach dem Messer.

Blackfeathers Stimme schien plötzlich sehr nah zu sein, als ob sein Freund sich von hinten über ihn beugte und ihm ins Ohr flüsterte.

"Nicholas, der Fluch ist in deinem Blut. Der Schatten läuft durch deine Venen. Die Wut rast durch deine Blutlinie. Der Zorn pulsiert unter deiner Haut. Wenn ich diese Klinge nach unten führen würde", Nicholas fühlte das Flüstern kalten Stahls unter seinem Ohr, "würden sich Blut und Schatten gemeinsam ergießen. Deine Rache, deine alten Haßgefühle, sie fressen dich auf."

Nicholas hob den Kopf und wandte sich ohne einen weiteren Gedanken in das Messer. Die Schneide war in die Falten seines Halses gebettet, doch sie stieß nicht zu. Er sah Blackfeather an.

"Ich werde erfahren, warum ich über Kontinente und Ozeane hierher geführt wurde, um einem Mann eine Nachricht zu bringen, der mein Vorfahren-Selbst getötet hat. Falls ich durch diesen Trick in meinen Tod gelockt wurde, werde ich dieser verseuchten Blutlinie ein Ende setzen, bevor der Fluch mich vernichtet."

Das Messer verschwand, und sein Tonfall wurde weicher. "Fürchte nicht für mich, alter Freund. Warte hier, und ich werde morgen abend zu dir zurückkehren."

Damit erhob Nicholas sich, klopfte seinem Freund auf den Rücken und verließ ohne einen Blick zurück die Sicherheit des schützenden Kreises.

VIER

Antoinette lächelte Maxwell Ldescu an, der ihr gegenüber am Tisch saß. Sie warteten nun schon fast eine ganze Stunde im Konferenzsaal der Akademie der schönen Künste, aber sowohl von Wilhelm als auch von Gustav fehlte jede Spur. Maxwell nickte Antoinette freundlich zu, bevor er sich wieder seinen eigenen Gedanken widmete. Er war als Repräsentant des westlichen Rats der Erstgeborenen hier und, was noch viel wichtiger war, weil er eines der wenigen Kainskinder war, dem sowohl Wilhelm als auch Gustav zumindest etwas Respekt entgegenbrachten.

Antoinette war zu einem gewissen Maß als Vermittlerin tätig. Sie hatte diesen Treffpunkt im Tiergarten-Viertel auf Wilhelms Wunsch hin abgesichert. Obwohl der Clan Toreador sich in dem Konflikt zwischen Wilhelm und Gustav offiziell neutral verhielt, war Antoinettes Vorliebe für Wilhelm ein offenes Geheimnis. Dennoch hatte Gustav den Treffpunkt nicht abgelehnt.

Das Geräusch von Schritten im Korridor sandte eine Welle der Erleichterung durch Antoinette. Denn obwohl sie Ldescu bewunderte und seine Gegenwart ihr nicht unangenehm war, stand sie doch unter großem Druck, da sie dieses Treffen arrangiert hatte, und sie wollte es so schnell wie möglich hinter sich bringen.

Wilhelms Leibwächter Peter Kleist öffnete die Tür und ließ seinen Blick durch den Raum schweifen. Er verschwand für kurze Zeit wieder im Korridor und öffnete dann die Tür für Wilhelm, der hereintrat. Er, Maxwell und Antoinette begrüßten sich höflich. Antoinette war überrascht, was für einen ruhigen und entspannten Eindruck Wilhelm machte. Gustav hatte schon des öfteren geschworen, Wilhelm zu vernichten und selbst wieder die unangefochtene Kontrolle über die Stadt zu übernehmen, während Wilhelm sein Unleben darauf geschworen hatte, dieses zu verhindern. Dieses persönliche Treffen der beiden war das erste seit vielen Jahren. Falls Gustav erscheinen würde. Es gab immer noch die nicht ganz unwahrscheinliche Möglichkeit, daß er sein Wissen um Wilhelms Aufenthaltsort ausnutzen würde, um einen Angriff zu wagen. Doch darauf war Kleist vorbereitet. Er hatte das ganze Gebäude der Akademie schon vor Stunden durchsucht, und prüfte auch jetzt wieder jede Ecke des Konferenzraums. Antoinette wurde klar, daß Peter und Wilhelm ohne Zweifel deswegen zu spät gekommen waren, um Gustav nicht länger als nötig ein stationäres Ziel zu bieten. Doch sollte das tatsächlich ihr Plan gewesen sein, so hatte Gustav ihn dadurch durchkreuzt, daß er sogar noch später erschien.

Kleist beendete seine Inspektion des Konferenzzimmers. "Ich warte im Korridor, Wilhelm." Der anerkannte Prinz des westlichen Teils des Stadt nickte zustimmend.

Ldescu setzte sich wieder. Sein sonst jugendliches Gesicht wurde von tiefen Falten durchzogen. Wilhelm lächelte Antoinette freundlich an, während er langsam um den Tisch herumging. Seine blauen Augen strahlten Liebenswürdigkeit und Ruhe aus. "Vielen Dank, daß Sie dieses Treffen arrangiert haben."

"Ich freue mich, Euch eine Hilfe gewesen sein zu können", antwortete sie formell.

Wilhelm bot keine weiteren Austausch von Höflichkeiten an, und Maxwell schien seinerseits auch nicht in der Stimmung dafür zu sein, also warteten sie schweigend. Antoinette blieb geduldig stehen, während Wilhelm den Raum durchschritt und Ldescu das Kinn in die Hand gestützt dasaß, wobei sein Zeigefinger an seinem Mund ruhte.

Antoinette war erleichtert, daß sie nicht lange auf Kleists Rückkehr warten mußten. "Gustav ist hier. Und de Lutrius. Niemand sonst."

Er schien sich so sicher zu sein, daß Gustav und de Lutrius allein waren. Wie konnte er wissen, daß sie ohne Rückendeckung gekommen waren?

Ldescu erhob sich, als Gustav und Thomas de Lutrius den Raum betraten. Gustav blieb kurz hinter der Tür stehen. Er funkelte Wilhelm an. Antoinette fragte sich, wie lange es wohl her war, daß sich die beiden Kontrahenten so nahe gegenübergestanden hatten. Sie starrten sich über den Tisch hinweg an. Keiner von ihnen bot seine Hand zum Gruß oder sagte ein Wort. Mit seinem kompakten massigen Körper und seinen extrem kurzen grauen Haaren hinterließ Gustav den Eindruck eines unverrückbaren Fels, einer Naturgewalt. Antoinette bemerkte aber auch, daß Wilhelm sich nicht einschüchtern ließ. Obwohl er deutlich schmaler war, wußte er doch seine Position im Angesicht seines ehemaligen Freundes zu wahren.

Neben Gustav stand Thomas de Lutrius, er trug einen schwarzen Rollkragenpullover und dazu passende Hosen. Sein festes Kinn schien eine jüngere, attraktivere Version von Gustavs imposanten Hängebakken zu sein. Im Gegensatz zu allen anderen Anwesenden hatte de Lutrius ein breites Grinsen auf dem Gesicht.

Eigentlich genügte allein der Anblick ihres Clanbruders und Rivalen, um an Antoinettes schon gespannten Nerven zu zerren, aber sie versuchte, ihr Unbehagen zu ignorieren und mit ihrer Aufgabe, bei diesem ungewöhnlichen Treffen zu vermitteln, fortzufahren. Es war offensichtlich, daß es all ihrer Bemühungen bedurfte, denn keiner der Anwärter auf den Titel "Prinz von Berlin" hatte sich bewegt oder auch nur gesprochen, seit Gustav den Raum betreten hatte. Sie standen reglos da und starrten sich gegenseitig an. Kaum ein Meter trennte sie. So nah waren sie sich vermutlich schon seit Jahrzehnten nicht mehr gewesen. Der Haß, der den Raum erfüllte, war so greifbar, daß Antoinette nicht überrascht gewesen wäre, wenn einer dem anderen, oder sie sich gegenseitig, an die Kehle gesprungen wären. *Und so wollen sie zu einer Einigung kommen?* Sie war verwirrt. Aber Wilhelm hatte es als persönlichen Gefallen von ihr erbeten, dieses Treffen zu arrangieren, und sie würde ihre Aufgabe erfüllen.

"Meine Herren." Im Angesicht der vehementen Abneigung zwischen dem Prinzen von Ost-Berlin und dem Prinzen von West-Berlin gingen ihre Worte fast unter. "Wir haben uns heute nacht hier eingefunden, um auf zivilisierte Weise miteinander zu sprechen. Ich glaube nicht, daß Vorstellungen nötig sind."

Keiner der Prinzen antwortete.

"Frau Vermittlerin", fiel ihr Thomas de Lutrius noch immer mit dem spöttischen Lächeln auf seinen Lippen ins Wort, "vielleicht könnten Sie sich selbst vorstellen und dann erklären, wie es einem so offensichtlich parteiischen Partner gelingen sollte, einen neutraler Treffpunkt bereitzustellen."

Für einen Moment wußte Antoinette nicht mehr, was sie eigentlich hatte sagen wollen. Es war nicht nur die Nervosität, sie war verärgert, daß dieser dahergelaufene Emporkömmling sie so leicht aus der Fassung bringen konnte. Offensichtlich hatte Gustav Thomas nur mitgebracht, um sie aus dem Gleichgewicht zu bringen, damit sie Wilhelm nicht helfen konnte. Wie bei den beiden Thronanwärtern aus dem Clan Ventrue hatte die Rivalität zwischen Thomas und Antoinette eine lange Tradition. Antoinette war dem Titel nach die Anführerin der Toreador von Berlin, aber Thomas betrachtete es als seine Aufgabe, sie und ihre Kunst, den Film, bei jeder sich bietenden Gelegenheit zu diffamieren. Sie ihrerseits fiel ohne zu Zögern über Thomas' "Versuche" mit Kreide her.

Seltsamerweise war es Maxwell Ldescu, der Antoinette zu Hilfe kam. "Thomas, ich bin mir sicher, daß es auch so schon genug Streitpunkte zu diskutieren gibt", kam die Zurechtweisung des normalerweise zurückhaltenden Tremeres.

De Lutrius wandte sein verschlagenes Grinsen in seine Richtung. "Wie kann *sie*", er gestikulierte abschätzig in Antoinettes Richtung, "irgendeine andere Position, als die der Partisanin für sich in Anspruch nehmen?"

"Dieses Treffen wurde nicht angesetzt, um Antoinettes Einstellung einzuordnen oder zu bewerten", erinnerte Ldescu. Sein Tonfall war sanft, doch für einen Moment glühten seine Augen in einem zornigen Rot. "Sie und ich sind hier, um Empfehlungen auszusprechen. Nicht um die Sache noch komplizierter zu machen."

Die unausgesprochene Herausforderung ließ Thomas' Arroganz dahinschmelzen. Er wollte antworten, doch da ihm nichts Passendes einfiel, begnügte er sich damit, sich über das Kinn zu streichen.

Statt dessen war es Gustav, der endlich das Wort ergriff. "Ja, genau das, Maxwell." Der drohende Ton des früheren Anführers der Berliner Kainskinder stand in krassem Gegensatz zu seinen zustimmenden Worten. Weder seine Haltung noch sein Blick hatten sich verändert. Ohne die anderen im Raum wirklich zur Kenntnis zu nehmen, blieb sein Blick die ganze Zeit bei Wilhelm. "Warum wurde dieses Treffen angesetzt? Ich bin ein vernünftiger Mann. Ich bin hier, um zu reden."

Auch Wilhelms Augen hatten seinen Gegner für keine Sekunde verlassen. Ein schmales, diplomatisches Lächeln ersetzte seinen Ausdruck angestrengter Konzentration. "Ich danke Euch, daß Ihr diesem Treffen zugestimmt habt, Gustav. Ich wußte immer, daß Ihr ein weiser Mann seid, und Weisheit ist es, was unsere Stadt nun braucht." Wilhelm entspannte sich etwas, während er sprach. Gustavs Haltung blieb weiterhin abweisend.

"Ich danke Ihnen, Antoinette", Wilhelm nickte ihr zu und wandte sogar seinen Blick für einen Augenblick von Gustav ab, "daß Sie dieses Treffen arrangiert haben, und ich danke Ihnen, Maxwell und Thomas, daß sie ebenfalls daran teilnehmen." Maxwell nickte ihm zu. Thomas ließ seinen Blick in die Ferne schweifen.

"Und der Grund für dieses Treffen?" fragte Gustav wieder, obwohl Antoinette ihm diese Information schon mehrmals mitgeteilt hatte, bevor er sich überhaupt bereit erklärt hatte zu kommen.

Nachdem er dem Diktat des Protokolls genüge getan hatte, wandte sich Wilhelm wieder Gustav zu. "Berlin wird, wie auch das restliche Europa und die ganze Welt, von einem Fluch unbekannten Ursprungs heimgesucht. Wir müssen unbedingt kooperieren, wenn wir wollen, daß auch nur irgendeiner unserer Art überlebt. Maxwell und seine Brüder haben sich große Mühe bei der Bekämpfung dieser Bedrohung gemacht, aber es kommt noch viel mehr Arbeit auf uns zu. Wir können uns nicht länger von...", er winkte abschätzig mit der Hand, "von persönlichen Streitereien ablenken lassen. Wir müssen die politischen Meinungsverschiedenheiten, die nur für Uneinigkeit sorgen, für den Moment vergessen. Wenn irgend jemand von uns überleben will, müssen wir unsere Energien und Mittel vereinen und die Tremere in ihren Bemühungen unterstützen."

Gustav, der geduldig zugehört hatte, zuckte mit den Schultern. "Ich bin ein kooperativer Mann. Was schlagt Ihr vor?"

Wilhelms Antwort kam sofort. "Ich schlage einen Waffenstillstand vor."

Antoinette spürte die Intensität, mit der er sprach. Sie wußte, wie er sich, als die Todesfälle in den letzten Monaten zugenommen hatten, auf der Suche nach einem Hinweis auf den Ursprung des Fluchs das Gehirn zermartert und die Stadt durchsucht hatte. Und immer, egal wie die Kainskinder Berlins hinweg gerafft wurden, mußte er sich um Gustav kümmern, konnte ihn nicht aus den Augen lassen oder seine Wachsamkeit keine Sekunde von ihm abwenden. Wilhelm war zu keinem Zeitpunkt in der Lage gewesen, Ldescu seine ungeteilte Aufmerksamkeit und Hilfe zukommen zu lassen.

"Ein Waffenstillstand", wiederholte Gustav unverbindlich. Die Worte standen voll der Möglichkeiten im Raum.

"Ich schlage vor", fuhr Wilhelm eindringlich fort, "daß wir beide unsere Aufmerksamkeit darauf konzentrieren, den Tremere zu helfen. Ich bin der festen Überzeugung, daß sie unsere beste Chance sind, die Ursache dieses Fluches herauszufinden und ihn zu stoppen. Laßt mich offen reden."

"Oh, ich bitte darum", sagte Gustav.

"Der Kalte Krieg der Sterblichen ist beendet. Aber zwischen Euch und mir dauert er immer noch an. Zur Zeit gibt es dringendere Aufgaben als unser beider persönliche Ziele. Der Fluch ist akuter und tödlicher als irgendeine unserer Zwistigkeiten. Wir müssen eine Möglichkeit finden, ihn zu beenden. Wir werden eine Möglichkeit finden, und dann werden der Osten und der Westen unserer Stadt geheilt sein." Ein Feuer brannte in Wilhelms strahlenden blauen Augen. Er war von dieser ihm als einzige logisch erscheinenden Vorgehensweise voll überzeugt.

Von Gustav kam weiterhin kein Wort. Er verschränkte die Arme vor der Brust.

Antoinette bemerkte, daß sie, ohne sich auch nur hinzusetzen, mit den Verhandlungen begonnen hatten. Maxwell beobachtete die Vorgänge interessiert. Thomas hätschelte noch immer seinen verletzten Stolz. Peter Kleist stand weiterhin nahe bei Wilhelm, falls es Probleme geben sollte.

"Ihr setzt großes Vertrauen in die Tremere", sagte Gustav. "Ich bin mir nicht sicher, daß ich Eure Überzeugungen teile, daß das, was im Interesse der Tremere ist auch im Interesse aller Kainskinder ist. Nichts persönliches", fügte er in Richtung Maxwell Ldescus hinzu.

Wilhelm war auf diesen Einwand vorbereitet. "Ich habe Maxwell und seinen Vorgesetzten deutlich zu verstehen gegeben, daß jeder Versuch, diese Notsituation der Kainskinder auszunutzen, um politischen Einfluß zu gewinnen, ganz sicher zu einer Entfremdung der Tremere von allen anderen Clans führen und ihre Gildehäuser in allen Teilen der Welt in Flammen aufgehen lassen würde. Obwohl ich mir sicher bin, daß sie nie zu solch Hinterlist und Opportunismus fähig wären, habe ich ihnen versichert, daß, wenn sie es doch tun würden, ich selbst den Angriff gegen sie leiten würde. Ich werde mit den Tremere zusammen arbeiten. Aber ich werde ihnen nicht die Stadt übergeben. Dies ist Berlin, nicht Wien."

Gustav schien immer noch Zweifel zu haben.

"Es stimmt", bestätigte Ldescu.

Gustav, dessen Zorn plötzlich wieder aufgeflammt war, ignorierte den Tremere und sagte zu Wilhelm: "Ihr habt mit seinen Vorgesetzten gesprochen? Mit Schrekt? Ich werde ihn nicht in meiner Stadt dulden!"

Antoinette zuckte bei Gustavs Wutausbruch zusammen. Sie hatte das Gefühl, daß er stets am Rande eines solchen Ausbruchs stand und irgendwann jemanden in seiner Umgebung anfallen würde. Außerdem hatte sie Gerüchte über die schicksalhafte Auseinandersetzung zwischen Gustav und Schrekt vor einigen Jahrhunderten gehört. Auch Kleist war wachsamer geworden und verringerte unauffällig die Distanz zu Wilhelm.

Die plötzliche Wendung der Unterhaltung hatte Wilhelm überrascht, doch er fing sich schnell wieder. "Wir können dem Justikar der Tremere wohl kaum wie einem Dienstmädchen Befehle erteilen." Wilhelm lächelte und verlieh seiner Stimme einen gelassen, vernünftigen Klang. "Aber Maxwell und ich können versuchen, dafür zu sorgen, daß er die Stadt nicht betritt."

Gustav warf erst Wilhelm, dann Maxwell einen Blick von der Seite zu. "Schrekt wird die Stadt nicht betreten?"

Ldescu nickte. "Wir werden unser Bestes tun."

Gustav schnaubte verächtlich. Doch das Zugeständnis schien ihn zufriedenzustellen. "Also gut. Wir haben einen Waffenstillstand, und ich werde Eure Zusammenarbeit mit den Tremere, um diesen Fluch zu beenden, nicht stören."

Es folgte ein Moment überraschten Schweigens. Antoinette traute ihren Ohren kaum. Gustav und Wilhelm hatten sich geeinigt. Wilhelm und Maxwell sahen überrascht aus. Thomas de Lutrius und Peter Kleist waren offensichtlich schockiert.

"Und im Austausch für diesen Waffenstillstand", fuhr Gustav fort, "werdet Ihr mich als Prinz von Berlin anerkennen. Ihr werdet Euren Anspruch widerrufen, und Ihr werdet die Stadt verlassen und niemals wiederkehren. Ich will kein schlechter Gewinner sein, Wilhelm. Ich schenke Euch Euer Leben."

Wilhelms Optimismus war schlagartig vernichtet. Seine kurze Hoffnung auf eine vernünftige Lösung kam zu einem jähen Ende, während Thomas' überhebliches Grinsen, wie Antoinette bemerkte, wieder auf seinem Gesicht saß. *Wie konnte auch nur einer von uns annehmen, daß man mit Gustav vernünftig würde reden können*, fragte sie sich.

"Gustav", sagte Wilhelm, der noch nicht bereit war, aufzugeben. "Ich habe nicht vorgeschlagen, die Situation ein für alle mal zu klären. Die Differenzen zwischen uns sind zu groß. Es ist möglich, daß es niemals zu einer Aussöhnung kommt, aber wir sollten sie wenigstens für den Moment vergessen, so daß wir den Fluch effektiver bekämpfen können."

"Ihr kennt meinen Preis", fauchte Gustav. "Wenn er zu hoch ist, dann ist Euer Verlangen, die Stadt zu retten, wohl doch nicht so groß."

Wilhelm unterdrückte ein verächtliches Lachen. "Kommt zur Vernunft, Gustav."

Die Implikation der Unvernunft seinerseits brachte Farbe auf Gustavs Wangen. Seine grauen Augen überzogen sich. "Vernunft? Vernunft! Ihr!" Ein zitternder Finger stieß in Wilhelms Richtung. "Ihr manipuliert. Ihr schmeichelt. Ihr betrügt. Und Ihr tut es, weil Ihr herrschen wollt, weil es eben die Art ist, wie Ihr Dinge regelt. Ich...", er schlug sich mit der flachen Hand auf die Brust, "ich empfinde etwas für diese Stadt. Für Euch ist sie ein *Besitz*, etwas, über das man herrschen kann. Für mich ist sie mein *Kind*. Ich habe sie zu dem gemacht, was sie ist! Und ich mußte mit ansehen, wie sie mir gestohlen, an Fremde weitergereicht und geschändet wurde." Gustav spie Gift und Galle. "Und Ihr erwartet, daß ich Euch helfe? Ihr, der Ihr Euch gegen mich und meine geliebte Stadt gewendet habt? Warum? Damit Ihr sie an die Fremden, an die Tremere, übergeben könnt? Ihr Wort ist fast ebenso wenig wert wie das Eure!"

Während Gustavs wütendem Monolog sah Antoinette die Hoffnung auf eine Einigung schwinden, doch Wilhelm wurde immer ruhiger. Er hatte all diese Anschuldigungen und verschleierten Drohungen schon früher gehört. Er konnte diesen Krieg nicht allein beenden. Kleist, der damit rechnete, daß die Tirade jeden Moment in offene Gewalt ausarten würde, hatte ein wachsames Auge auf Gustav und Thomas.

Gustav stand mit gerötetem Gesicht vor ihnen, die Zähne gebleckt. "*Das* ist mein Angebot." Dann standen sie sich schweigend gegenüber. Gustavs Augen brannten vor Haß, doch Wilhelms Gesicht zeigte nur Mitleid und Resignation. "Genau wie ich es mir gedacht habe", sagte Gustav schließlich. "Es geht Euch darum, daß Berlin Euer ist. Es geht Euch nicht um Berlin." Und mit diesen Worten drehte er sich um und ging mit großen Schritten zur Tür. Er hielt jedoch inne, bevor er den Raum verließ. "Ach, und Wilhelm..." Gustavs Züge verzogen sich wie im Mitgefühl, "mein Beileid zu den jüngsten Schwierigkeiten Eures Kindes."

Wilhelm erstarrte. Seine sonst leicht fahlen Wangen färbten sich kalkweiß. Antoinette hielt den Atem an. Vor einigen Wochen hatte Wilhelm sein schönes, junges Kind Henriette mit der Bitte um ebenso ein Treffen wie diesem zu Gustav geschickt. Er hatte sie bewußt als Boten gewählt, als Beweis seines guten Willens und um so eine Basis zur Kooperation zu schaffen. Und auch die Art, auf die Gustav mit ihr verfahren war, war sehr bewußt gewählt gewesen. Über die körperlichen Verletzungen hinaus hatte er sie blutsgebunden und dann zurückgeschickt, damit sie ihren Erzeuger angreife. Antoinette vermutete, daß Gustav seine Spuren mit der Hilfe eines abtrünnigen östlichen Tremeres verwischt hatte. Sie wußte, daß es keine definitiven Beweise gab, die Gustav mit dem Angriff auf Wilhelm in Verbindung brachten, aber es konnte keine andere Erklärung geben.

Daß Gustav hier in dieser diplomatischen Umgebung auf die Affäre anspielte, daß er sich so offen an Wilhelms Situation weidete, war ein Zeichen höchster Grausamkeit. Funken von Gelächter tanzten in Gustavs Augen als er den Raum verließ. „Ich würde jeden vernichten, der *meinem* Kind etwas antun würde“ sagte er mit einem Nicken.

Kind? Antoinette fragte sich, was genau er damit meinte. Seine Nachkommen oder die Stadt, die er selbst als sein Kind bezeichnete. Für Gustav gab es da vermutlich keinen Unterschied.

Wilhelm war erstarrt. Er bewegte sich nicht; er sprach nicht. Antoinette konnte das Ausmaß der Wut, die er zu unterdrücken versuchte, nur erahnen. Thomas, der sich nicht länger bemühte, sein breites Grinsen zu verbergen, blinzelte Antoinette zu, als er dicht hinter Gustav den Raum verließ und die Tür hinter sich schloß.

Pierre klopfte an die Tür von Rhodes Hall. Eleanor hatte ihn erst vor zwei Nächten mit seinem Auftag betraut, doch er war der Meinung, daß sie von Owain Evans‘ seltsamem Besucher wissen sollte. Peachtree Street lag fast völlig verlassen da. Einige Sterbliche fuhren ab und zu mit dem Auto vorbei, aber es gab keine Spur eines anderen Kainskinds. Pierre war einer von vier anerkannten Toreador in der Stadt, und es gab Gerüchte, daß ihre Erstgeborene Marlene nicht bei bester Gesundheit war. In so unsicheren Zeiten waren das unheilvolle Nachrichten.

Die Tür wurde schließlich von Eleanors Ghul Sally geöffnet. Sie bat Pierre nicht herein und sah über ihre Schulter zurück, bevor sie ihn begrüßte. "Pierre. Was wollen Sie hier?"

Pierre war überrascht, nicht hineingebeten zu werden und durch diesen Affront etwas verärgert. "Ich muß Miss Eleanor sprechen", teilte er Sally kühl mit.

Sally blickte wieder über die Schulter zurück. Sie war sich offensichtlich nicht sicher, was sie tun sollte. "Ich fürchte, Miss Eleanor hat zur Zeit Besuch", sagte sie. "Kann ich etwas ausrichten?"

Das war überhaupt nicht, was Pierre erwartete hatte. Er tat der Frau des Prinzen in einer delikaten Sache einen persönlichen Gefallen. An der Tür, und zudem von einem Dienstboten, abgewiesen zu werden, war ganz und gar nicht akzeptabel. "Ich fürchte, ich muß diese Nachricht persönlich überbringen." Sally war von der Situation ganz offensichtlich überfordert. Einerseits wollte sie nicht in der Tür stehen und mit Pierre diskutieren, andererseits wollte sie ihn aber auch nicht hereinbitten. Er beschloß dieses zu seinem Vorteil zu nutzen. "Wenn Sie Miss Eleanor nicht sagen, daß ich hier bin, werde ich hier auf der Schwelle stehenbleiben und an die Tür hämmern, bis sie kommt."

Dieser Gedanke schien Sally fast in Panik zu versetzen. Sie starrte Pierre fassungslos an, als wenn sie erwartete, daß er jeden Moment an ihr vorbei stürmen und sich den Zutritt zu Rhodes Hall erzwingen würde. Sie sah gerade ein drittes Mal über ihre Schulter, als ein hohes, zwitscherndes Lachen aus dem Wohnzimmer drang. Sie sah Pierre an und runzelte die Stirn. "Bitte warten Sie hier." Dann schloß sie leise die Tür vor ihm, aber Pierre war sich sicher, daß sie es nicht riskieren würde, daß er tatsächlich an die Tür hämmern würde.

Wie erwartet, öffnete sich die Tür nach wenigen Momenten wieder, und diesmal stand Pierre Eleanor gegenüber. Sie begrüßte ihn mit einem Lächeln, das so höflich war, daß es Eisschauer über seinen Rükken laufen ließ. "Ja, Pierre? Sie sind schon zurück?"

Das entsprach schon eher Pierres Erwartungen. Vielleicht würde sie ihm eine Erfrischung anbieten. Zwei anstrengende Nächte lagen hinter ihm, in denen er auf Evans' Anwesen herumgeschlichen und heimlich den Gangrel, der dort aufgetaucht war, beobachtet hatte. Vielleicht könnte er sogar mit ihr diskutieren, welche seiner Arbeiten denn am ehesten für eine Ausstellung im High Museum geeignet waren. "Es tut mir schrecklich leid, Sie zu stören, Miss Eleanor, aber ich habe wichtige Neuigkeiten."

"Wichtige Neuigkeiten über Evans? Nach nur zwei Nächten?"

Natürlich war sie beeindruckt, doch dann fiel ihm ein, daß er Evans selbst eigentlich gar nicht gesehen hatte. Aber das war jetzt unwichtig. "Nicht über Evans selbst. Jedenfalls nicht direkt", erklärte Pierre. "Aber dennoch wichtige Neuigkeiten. Wenn ich einen Augenblick Eurer Zeit in Anspruch nehmen dürfte. Nicht mehr als ein halbe Stunde vielleicht..."

"Ich fürchte, daß das im Moment nicht möglich ist", unterbrach ihn Eleanor. "Ich habe Besuch."

Aus dem Wohnzimmer kam eine Stimme, die Pierre sofort als die von Tante Bedelia, der Erzeugerin des Prinzen, identifizierte. "Eleanor? Eleanor, wo sind Sie? Und wer ist an der Tür?" Hier handelte es sich wirklich um ein Treffen der allerhöchsten Gesellschaft, wurde Pierre klar. Wenn er nur die Gelegenheit hätte, einige seiner Bilder zu zeigen...

"Nur eine Nachricht von Marlene", rief Eleanor Bedelia zu. "Ich fürchte, sie wird sich uns auch heute abend nicht anschließen können." Ungeduldig wandte sie sich wieder Pierre zu. "Was wollen Sie mir also mitteilen?" fragte sie in leisem, aber eindringlichem Tonfall.

Pierre war von der Würdelosigkeit der Situation entsetzt - aber was konnte er tun. Er mußte antworten. "Ein Gangrel – und nicht aus Atlanta – hat das Anwesen von Evans unbefugt betreten."

"Warum?" fragte Eleanor.

"Entschuldigung?"

"Warum?" wiederholte sie. "Was will der Gangrel hier? Und wo ist er hinterher hingegangen?"

"Ich...ich..." Pierre hatte sich diese Fragen natürlich auch selbst gestellt, aber er war ihnen nicht weiter nachgegangen. "Ich weiß es nicht."

Eleanor stützte die Hände in die Hüften. "Warum bringen Sie mir unvollständige Informationen?" fragte sie, wobei sie jedes einzelne Wort betonte. "Warum vergeuden Sie meine Zeit mit wertlosen Neuigkeiten?" Pierre war sprachlos. Dies war ganz und gar nicht der freundliche und respektvolle Empfang, den er erwartet hatte. "Sie haben noch viel Arbeit vor sich", stellte Eleanor fest. "Und folgen Sie dem

Gangrel, wenn er zurückkommt. Finden Sie heraus, was in aller Welt sein Interesse an Evans ist."

Dieser Befehl traf Pierre unvorbereitet. "Ein Gangrel?" fragte er, da er annahm, daß er sie falsch verstanden hatte. „Sie wollen, daß ich einem Gangrel folge?"

Eleanors Blick glitt über ihn, als wenn sie eine Einkaufsliste überprüfen würde. "Natürlich", sagte sie. "Und nun machen Sie sich auf den Weg und belästigen Sie mich nicht weiter mit nichtssagenden Teilinformationen."

Bevor dem sprachlosen Pierre eine Antwort einfallen konnte, schloß sich die Tür, und er stand wieder allein auf der Straße. *Einem Gangrel folgen.* Warum nicht gleich den Prinzen anspucken, oder ein Sonnenbad nehmen? *Einem Gangrel folgen.* In was war er denn nun wieder hineingeschlittert. Also wirklich!

☥

Der Hunger fraß an Rebecca. Es war schon zwei Nächte her, seit sie das letzte Mal getrunken hatte, aber die Zweifel tauchten jedesmal wieder auf, wenn der Hunger kam... besonders, nachdem sie gesehen hatte, was mit Tonya passiert war. Rebecca schüttelte sich und versuchte, nicht daran zu denken. *Ein Mädchen muß sich schließlich ernähren.* Fluch oder nicht. "Komm, Greg. Wir ziehen los."

Gregory war genau da, wo sie ihn vermutet hatte. Er lag auf der Couch im Wohnzimmer des kleinen Apartments, rauchte eine Zigarette nach der anderen und guckte fern. "America's Funniest Home Videos". Rebecca haßte die Sendung. "Guck dir das an, Süße", rief Gregory. Gegen besseres Wissen sah Rebecca zu, wie der Mann auf dem Bildschirm sich über die Reling eines Schiffes lehnte. Er lehnte sich etwas weiter vor, und noch etwas weiter. Dann kippte er über die Reling und fiel ins Wasser. Gregory brüllte vor lachen.

"Wie kannst du dir diesen Scheiß nur ansehen?" fragte Rebecca. Gregorys Gelächter war noch nicht verstummt, als ein kleines Kind seinem Vater mit einem Plastikschläger in die Weichteile schlug. Gregory zeigte auf den Bildschirm und krümmte sich vor Lachen. "Dreh wenigstens den Ton weg. Dann müssen wir nicht diesem Idioten von Moderator zuhören. Wie heißt der noch?" sagte Rebecca. Angewidert ging sie ins Badezimmer und begann, ihre dunklen Haare zu bürsten.

Sie würde gehen, ob Gregory nun mitkam oder nicht. Er konnte ja bleiben und rauchen und fernsehen, wenn er wollte. *Geschieht ihm recht, wenn er vor Lachen umkippt, den Aschenbecher umwirft und die Couch und sich selbst in Brand steckt*, dachte sie. *Das wäre vielleicht ein tolles Video.*

Trotz des Lärms aus dem Fernseher hörte Rebecca das Klopfen an der Tür. Sie hörte auch, wie Gregory, statt aufzumachen, die Lautstärke des Fernsehers hochdrehte und so tat, als wenn er das Klopfen nicht bemerkt hatte. *Großartig! Wahrscheinlich waren es wieder die Nachbarn, die sich über den Lärm beschweren wollten.* Es wäre allerdings nicht das erste Mal, daß sie von den Nachbarn trinken und dann ihre Erinnerung auslöschen würden. Vielleicht war Gregorys Lärm viel einfacher, als jagen zu gehen. *Aber wenigstens könnte er mal seinen faulen Hintern hochkriegen und selbst zur Tür gehen.*

Es wurde wieder geklopft, diesmal lauter, so daß man es über den Lärm des Fernsehers hören konnte. Rebecca stapfte zur Tür. "Nein, nein. Laß man. Ich geh schon hin." Gregory ignorierte sie. "Und zieh dir was an. Wir gehen aus. Ich habe Hunger."

"Bestell doch Pizza", schlug Gregory vor. "Du magst doch den Pizza-Jungen."

Während sie die Tür aufschloß, wog Rebecca die Vorteile von Essen, das zu ihr kam, gegen den umgekehrten Fall ab. Sie hatte kaum den Schlüssel umgedreht, als ihr die Tür auch schon ins Gesicht knallte. Sie stolperte zurück und fiel hin. Ihre Nase war gebrochen und blutete.

Xavier Kline trat in das Apartment. Er hatte eine Axt in der Hand. Sein Kumpel Ron war nur wenige Schritte hinter ihm. Ohne einen Moment des Zögern stürzte Gregory in Richtung der Schiebetür zum Balkon los. Er riß sie auf und stieß mit Thu, Klines zweiter Brujah Hilfskraft, zusammen. Sie schlug Gregory eine Kette durchs Gesicht und schubste ihn in die Wohnung zurück. Er landete unsanft auf dem Sofa, wobei er den überquellenden Aschenbecher umwarf.

"Wie nett, daß du nach deiner Freundin siehst, bevor du abhaust, Greg", sagte Kline. Er schloß die Tür hinter sich. Rebecca saß auf dem Boden und hielt ihr blutendes Gesicht in beiden Händen. Gregory sah ängstlich zwischen Kline und Thu hin und her. "Ihr wißt doch, daß ihr euch einen Clan aussuchen sollt, damit ihr so angesehene Kainskinder wie ich und meine Freunde werdet." Ron verbeugte sich. "Und eigentlich hätte das schon lange passiert sein sollen." Kline schüttelte den Kopf wie ein von seinen Kindern enttäuschter Vater. "Wir werden das wohl noch einmal durchsprechen müssen." Er griff nach einer der glühenden Zigaretten, die auf dem Sofa lagen. Die Spitze glühte rot. Einen Moment lang grinste Kline zufrieden, dann wurde sein Gesicht ausdruckslos, als er sich Gregory näherte. "Thu, mach den Fernseher lauter. Wir wollen doch die Nachbarn nicht stören."

Pierre versuchte mit den Schatten zu verschmelzen, während der Gangrel, dem er gefolgt war, in der Nacht verschwand. Vielleicht hätte er ihm folgen sollen, aber er wollte herausfinden, was der Gangrel so interessantes in den Ruinen der ausgebrannten Kirche gefunden hatte. Außerdem war Pierre noch in keinster Weise davon überzeugt, daß es die klügste aller Aktivitäten wäre, einem Gangrel zu folgen. Genauer gesagt war er von dem genauen Gegenteil überzeugt. Es gab nur wenig, was dümmer wäre. Oder selbstmörderischer. Wenn ihm der Gangrel also entkommen sollte, während er den offensichtlich wichtigen Ort hier untersuchte, so tat ihm das ja wirklich leid, aber wenn Eleanor den Gangrel für so wichtig hielt, konnte sie ihn selbst verfolgen. *Und genau das hätte ich ihr auch sagen sollen*, sagte er sich. "Und nun machen Sie sich auf den Weg", kopierte er ihren Tonfall. "So werden meine Bemühungen also anerkannt."

Nach seiner Erniedrigung auf Eleanors Türschwelle war Pierre in sein Versteck gegenüber von Owain Evans' Anwesen zurückgekehrt. Er hatte auf einen ruhigen Abend und insbesondere auf die Abwesenheit irgendwelcher Gangrel gehofft, und so war er besonders verärgert, als die wolfsähnliche Gestalt vor dem Anwesen auftauchte und geschmeidig über die Mauer sprang. Nur kurze Zeit später war der Gangrel wieder erschienen. Jetzt war er in menschlicherer Form und hätte unter den Uneingeweihten als ein Sethskind durchgehen können. Doch für Pierre oder jeden, der auch nur das geringste Wissen über die Welt der Kainskinder hatte, war die wahre Natur des Gangrel nicht zu übersehen. Die Wölbung und die verborgene Spitze der Ohren und die leichte Andeutung einer Wolfsschnauze gaben sein Geheimnis preis.

Der Gangrel schien aufgeregt. Immer wieder hielt er inne, um an der Erde zu kratzen oder zu wittern. Als der Vampir sich schließlich von dem Anwesen entfernte, war Pierre ihm gegen besseres Wissen, doch immer noch mit Eleanors Tadel in den Ohren, gefolgt. Es überraschte ihn, wie leicht es ihm fiel. Das Tempo des Gangrel war gleichmäßig aber nicht sehr hoch, als Pierre ihm durch einen Teil der Stadt nach dem anderen folgte. Schließlich waren sie nach Reynoldstown gekommen, wo der Gangrel die Trümmer einer ausgebrannten Kirche untersucht hatte. Pierre hatte ihn aus dem Schutz der Schatten beobachtet und vor allem die Stelle des Schutts im Auge behalten, die den Gangrel besonders zu interessieren schien. Als die Kreatur schließlich weiterziehen wollte, war Pierre mehr als genug durch die Stadt gerannt. Außerdem sagte er sich, daß jeder Schritt, den er dem Gangrel weiter folgte, die Chancen seiner Entdeckung erhöhten, und er hielt es für das beste, sein Glück nicht herauszufordern.

Von der alten Kirche war nicht mehr viel übrig. Pierre schien es, als wenn der Brand noch nicht lange, möglicherweise nur wenige Wochen, zurück lag. Er suchte sich seinen Weg durch die Trümmer, wobei er die dreckigeren Stellen sorgfältig mied. *Es ist ganz und gar unnötig, den Rest der Nacht eine Spur aus Ruß und Asche zu hinterlassen.* Der Kirchturm war nicht ganz heruntergebrannt. Ein Teil war mit etwas Phantasie sogar fast intakt zu nennen. Pierre kletterte vorsichtig über die Trümmer bis zu dem Fleck, an dem der Gangrel die meiste Zeit verbracht hatte. Immer auf der Suche nach einer sauberen Stelle, die ihm sicheren Halt bot, brauchte er dafür mehrere Minuten.

Was würde ein Gangrel hier Faszinierendes finden können? fragte sich Pierre. Er sah sich aufmerksam um. *Schmutz! Für einen Gangrel nichts Ungewöhnliches.* Ansonsten fiel ihm nichts auf. Vielleicht war der Gangrel neugierig gewesen, was das Feuer ausgelöst hatte, oder vielleicht hatte er etwas Seltsames gerochen, auch wenn Pierre selbst nichts außer der Asche riechen konnte. Gangrel waren in dieser Beziehung etwas komisch. *Oder vielleicht hat er auch nur im Dreck gewühlt.* Gangrel waren auch in dieser Beziehung etwas komisch. Nichts. Nichts, was irgendwie bemerkenswert wäre.

Gerade als Pierre sich umdrehte, um sich von dem ekelhaften Müllhaufen zu entfernen, fiel ihm das Schimmern von Metall in einer Spalte zwischen Stücken gesplitterter Bodenbretter ins Auge. Was auch immer es sein mochte, es war fast völlig mit Asche und Ruß bedeckt.

Überraschung! Pierre zog ein seidenes Taschentuch hervor. Er sah sich nach irgend etwas anderem um, was er statt dessen benutzen konnte, konnte aber zu seiner großen Verärgerung nichts entdecken. Schließlich griff er nach seiner Entdeckung, wobei er versuchte, seine Haut mit dem Taschentuch gegen den größten Schmutz zu schützen. Zu seiner großen Überraschung zog er einen Dolch aus den Schatten. Er hielt ihn an der äußersten Spitze der Klinge, um sein Taschentuch so gut wie möglich vor Verschmutzungen zu schützen. Er konnte einen kleinen Flecken Stahl erkennen und auf dem Griff glänzte ein bißchen Gold. Da sein Taschentuch unterdessen ohnehin eine Wäsche nötig hatte, wischte er den Dolch etwas weiter ab. Es schien sich nicht um eine größere Menge Gold, sondern nur um eine Vergoldung zu handeln, aber auch so und mit dem wenigen, was Pierre durch den Ruß erkennen konnte, war die Handwerkskunst beeindruckend.

Pierre war so auf den Dolch konzentriert, daß er beinahe die Balance verlor. Bei dem Versuch sich abzufangen, kam er gegen eine besonders rußige Stelle der Wand. Dieses Überbleibsel des Kirchturms war zur Seite geneigt, so daß man keinen ebenen Boden unter den Füßen finden konnte, und seine schwarzen Plateaustiefel waren nach modischen Aspekten und nicht nach ihrer guten Bodenhaftung ausgesucht worden. Pierre beschloß deshalb, daß es keinen Grund gab, daß er seinen Fund hier, gefährlich zwischen Trümmern und Schutt balancierend, untersuchen mußte. Er wickelte den Dolch so gut es ging in das ruinierte Taschentuch und steckte ihn in seine Jackentasche.

Vorsichtig drehte er sich um und sah sich Angesicht in Angesicht mit dem am Boden kauernden Gangrel.

Pierre schrie auf und sprang zurück. Er verlor auf dem unebenen Grund seine Balance, stolperte und landete als ungeordneter Haufen von Gliedmaßen am Boden. Für einen Moment blieb er so mit geschlossenen Augen liegen, wobei der die Arme schützend über seinem Kopf verschränkte, und wartete darauf, daß der Gangrel über ihn herfallen würde. Aber nichts passierte. Schließlich wagte Pierre es, einen vorsichtigen Blick zu riskieren.

Der Gangrel kauerte noch immer vor ihm, zum Sprung bereit, vermutete Pierre. Seine Nase zuckte, als er die Aschewolke, die Pierres Fall hervorgerufen hatte, erschnüffelte. Langes, ungebändigtes Haar umrahmte ein Gesicht, das in die Wälder der Urzeit und nicht in das zivilisierte Atlanta gehörte. Der Gangrel zog die Lefzen hoch und fauchte. Schnell bedeckte Pierre wieder sein Gesicht, aber der Angriff ließ noch immer auf sich warten.

"Du bist mit gefolgt", knurrte der Gangrel. Es war eine Tatsache, keine Frage. Er fragte nicht, warum. Pierre vermutete, daß es ihm egal war. Es war genug zu wissen, daß das Lamm dem Wolf folgte, man mußte nicht nach dem Warum fragen.

Der Gangrel kauerte weiterhin ruhig auf den Trümmern, und Pierre erholte sich langsam, wenn schon nicht von seiner Angst, so doch von dem Schock. Hunderte von Gedanken rasten durch sein Gehirn und schrien alle gleichzeitig nach sofortiger Aufmerksamkeit. Er konnte sich auf den Schutz des Prinzen berufen. Schließlich kam dieser Auftrag praktisch von Benison selbst. Aber hatte Eleanor nicht gesagt, daß er darüber auf keinen Fall sprechen durfte? In seiner Angst konnte er sich nicht mehr so genau an die Einzelheiten erinnern. Alles, was diese Bestie davon abhielt, ihm die Kehle herauszureißen, schien ihm durchaus angemessen.

"Sie haben sich nicht Prinz Benison vorgestellt", sagte Pierre und wünschte sich, seine Stimme sei nicht in der Mitte des Satzes gesprungen. Seine Gedanken kreisten nur um den Schutz, den er vom Prinzen erhoffte. Oder wenigstens erhoffte durch die Nennung des Prinzen heraufzubeschwören. Pierre wußte nicht, ob es überhaupt stimmte, aber vielleicht würde die Anschuldigung den Gangrel verwirren und ihm ein paar Momente der Planung geben.

Der Gangrel antwortete nicht. Der Toreador war sich nicht sicher, ob er über die Worte nachdachte oder ob er sie überhaupt nicht gehört hatte. Der Gangrel blieb vollkommen regungslos. All seine Aufmerksamkeit und Wachsamkeit war auf Pierre konzentriert, der sich unter dem intensiven Blick des Raubtiers wand. Schließlich sprach der Gangrel: "Folge mir nicht noch einmal." Und dann sprang er. Genau auf Pierre zu.

Als Pierre es wieder wagte, seine Augen aufzuschlagen, war der Gangrel verschwunden. Er hatte nicht einmal einen Luftzug gespürt, aber er mußte nur Zentimeter an ihm vorbei gesprungen sein. Als der Gedanke langsam zu ihm durchdrang, daß er unverletzt war, sah Pierre sich hektisch um. Der Gangrel war tatsächlich verschwunden.

Er kam unsicher auf die Beine und stolperte, so schnell er konnte, durch den Schutt und auf die Straße. Er hielt nicht einmal inne, um sich den Ruß von Händen, Gesicht oder Kleidung zu wischen. Er regte sich nicht über den Riß in seiner Hose auf, er bemerkte ihn nicht einmal. Er rannte nur. Er rannte immer weiter. Weg von den Ruinen der Kirche, und was noch viel wichtiger war, weg von dem Gangrel.

William Nen wusch sich zum fünften Mal die Hände. Er ging dabei so gründlich zu Werke, als käme er nicht gerade aus der Cafeteria des Zentrums für Seuchenkontrolle, sondern aus einem epidemieverseuchten, sudanesischen Dorf. Manche seiner Kollegen vertraten zwar die Meinung, daß zwischen den beiden kein großer Unterschied bestand, aber es war wohl zu erwarten, daß eine Cafeteria in einem Zentrum zum Studium infektiöser Krankheiten ein gewisses Maß an ungerechtfertigter Kritik über sich ergehen lassen mußte. Er trocknete sich die Hände mit einem neuen weißen Handtuch ab. Er benutzte immer ein neues weißes Handtuch. Dann cremte er sich die Hände mit einer Lotion ein, die sie vor dem Austrocknen schützen sollte. Gerade im Winter neigte sie dazu, von all dem Waschen aufzureißen.

Als er an seinen Schreibtisch zurückkam, fiel ihm ein, daß er irgend etwas unbedingt hatte tun wollen. Er begann, an einer Spitze seines Schnurrbarts zu ziehen. Das half ihm normalerweise beim Denken, oder vielleicht brachte ihn auch das Denken dazu, überhaupt erst mit dem Ziehen anzufangen. Er war sich nicht sicher. Während er dieses grundlegende, der Frage nach dem Huhn und dem Ei verwandte, Problem überdachte, fiel sein Blick auf die Akte, die ganz oben auf dem Stapel auf seinem Schreibtisch lag. Er könnte genausogut ein riesiges Fragezeichen auf den Ordner stempeln. In den letzten zwei Tagen hatte er persönlich die Laborergebnisse der Fälle JKL 14337 und JKL 14338 überprüft. Er hatte alle Tests an Blut- und Gewebeproben wiederholt, und was er herausgefunden hatte, hatte ihm in keiner Weise weitergeholfen.

Nicht nur, daß seine Untersuchungen die widersprüchlichen Ergebnisse der früheren Berichte, daß sich frisches Blut in den mehrere Wochen alten Körpern befunden hatte, bestätigt hatten, er war auch auf eine andere Ungereimtheit gestoßen. Das Blut von JKL 14337 war als 0-positiv klassifiziert worden. Bei seiner ersten Testreihe hatte Nens Ergebnis jedoch A-positiv gelautet. Das war zwar nicht unmöglich, aber doch sehr seltsam. Er hatte den Test noch einmal durchgeführt. Das Ergebnis: A-negativ. Zwei weitere Untersuchungen brachten die Ergebnisse A-negativ und 0-positiv. Es schien drei verschiedenen Blutgruppen in dieser Leiche zu geben, was Nen zu der Vermutung veranlaßte, daß es einen Fehler bei der Probenentnahme gegeben haben mußte. Entweder das, oder es hatte hier ein merkwürdiges Ritual stattgefunden, in dem größere Mengen Bluts verschiedener Menschen in eine Person injiziert wurden. In JKL 14338, der Leiche, die fast völlig blutleer gewesen war, hatte Nen zwei verschiedene Blutgruppen gefunden.

Er rieb sich das Gesicht und zog dann wieder an seinem Schnurrbart.

Du wolltest Leigh anrufen! schoß es ihm plötzlich durch den Kopf. Das war es, was er hatte tun wollen. Er mußte ihr sagen, daß er heute spät nach Hause kommen würde. Später als sonst. Er mußte diese Fälle noch genauer untersuchen. Immerhin bestand die Möglichkeit eines Kultrituals. Oder aber es war ein Fall von unglaublich schlechter Probenentnahme. Auch das kam manchmal vor.

Was auch immer der Grund war, Nen hatte noch mehr Arbeit vor sich, und er wußte, daß es sich bis spät in die Nacht hinziehen würde. Das machte ihn nicht gerade glücklich, und seine Frau würde mindestens genauso begeistert sein. Er kämpfte darum, die Augen offen zu halten. Er hatte in der letzten Zeit nicht gut geschlafen. Auch heute morgen war er ganz und gar nicht erfrischt aufgewacht. Seine Träume waren von all jenen bevölkert, die er nicht hatte retten können: die Sudanesen, die Zairer und nun zahllose Amerikaner, die sterben würden, wenn er versagen sollte. Sie klagten ihn an, es nicht genug versucht zu haben, sich nicht für ihre kranken und weinenden Kinder zu interessieren, deren Körper im Fieber brannten. William versuchte, sich zu verteidigen, aber sie verstanden ihn nicht oder sie hörten gar nicht erst zu. Die Einzelheiten variierten von Traum zu Traum, aber das einzige, was er mit seinen verzweifelten Worten erreichte, war, daß Leigh aufwachte, die neben ihm schlief. Er machte sich Sorgen darüber, daß er ihren Schlaf so oft störte.

Aber vielleicht konnte er hier mit seinen Untersuchungen Tausende von Leben retten. Vielleicht würden ihn die Schatten dann in Ruhe lassen, und dann könnte Nens geprüfte Frau wieder in Ruhe schlafen. Genauso wie Nen selbst.

Thelonious, in dunklem Anzug und Krawatte, schlenderte gemächlich die Euclid Avenue hinunter, mitten durch das Nachtleben von Little Five Point. Einige der New Age Läden waren geschlossen. Aber alle Tatoostudios und Sexshops öffneten ihre Türen für die Menschenmassen, die sich von Club zu Club drängten. Normalerweise mischte sich eine nicht unbeträchtliche Anzahl von Kainskindern unter die Sterblichen. Normalerweise war dies auch keine Aufgabe, die Thelonious persönlich erledigen würde. Doch seit dem Auftauchen des Blutfluchs waren die Kainiten, und ganz besonders die Anarchen, die sich sonst in diesem Teil der Stadt aufhielten, dünn gesät.

Für sehr lange Zeit war Thelonious der einzige anerkannte Brujah in Atlanta gewesen. Weder Prinz Benison noch Eleanor schätzten den Clan, und obwohl es andere, im Verborgenen lebende Brujah in der Stadt gab, war doch Thelonious allein die Aufgabe zugefallen, sich für soziale Veränderungen einzusetzen, möglichst ohne dabei die anti-brujah Vorurteile der herrschenden Ventrue Elite zu vergrößern. Geheime verschlüsselte Nachrichten in den Kleinanzeigen im *Journal-Constitution* und *Creative Loafing*, zwei Zeitschriften, die er kontrollierte, hatten seinen Brujahs und den Anarchen, die sich mit ihnen zusammengetan hatten, mitgeteilt, was sie zu tun hatten.

Aber der Fluch hatte die Anarchen empfindlich getroffen. Sie waren die, die in der ersten Welle ausgelöscht worden waren, obwohl es jede Woche deutlicher wurde, daß der Fluch sein Werk noch lange nicht getan hatte. Mehr und mehr waren es nun auch die oberen Schichten der Kainitengesellschaft, die ihm zum Opfer fielen. Vielleicht erschien das aber auch nur so, weil jetzt nur noch relativ wenige Anarchen übrig waren. Vor dem Fluch hatte es beinahe fünfzig nicht anerkannte Kainiten in der Stadt gegeben, was zusammen mit den etwa vierzig anerkannten Kainskinder eine immense Überpopulation dargestellt hatte. Thelonious vermutete, daß die meisten gar nicht gewußt hatten, wie viele Anarchen genau es eigentlich gegeben hatte. Benison und seinesgleichen machten sich um solche Dinge sicher keine Gedanken. Aber Thelonious hatte jeden einzelnen kleinen Anarchen und jeden Ancillae, auf den die Mächtigen herabschauten, den sie höchstens anspuckten, mit Namen gekannt. Viele hatten ihm vertraut, und viele von ihnen waren von dem Fluch vernichtet worden.

Vielleicht war es tatsächlich so, wie Benison gesagt hatte, und der Fluch war eine Art göttlicher Rache, aber Thelonious war nicht davon überzeugt. Er kannte Benison schon zu lange, um noch zu glauben, daß der Prinz die Exklusivrechte auf die Erkenntnis des göttlichen Willens hatte. Es war doch zu praktisch, daß sowohl der Allmächtige wie der Dunkle Vater ihren Zorn über die schickten, die sich nicht an die Regeln des Prinzen hielten.

Als sich Thelonious der Moreland Avenue näherte, hielt er nach den Anarchen Ausschau, mit denen er sich vor dem Little Five Point Pub treffen wollte. Es war ein sehr öffentlicher Ort, und eigentlich hätte Thelonious in seinem Anzug in der Menge der Punks und Gothics auffallen müssen, aber niemand schien ihn auch nur zu bemerken. Nach einem kurzen Moment sah er Elliott und ging auf ihn zu.

Der dünne Gothic mit gepiercter Nase und Augenbraue und grünem Haar zuckte zusammen, als Thelonious ihm die Hand auf die Schulter legte, war aber sofort beruhigt, als er den Erstgeborenen der Brujah erkannte. "Sie haben mich fast zu Tode erschreckt", sagte er. "Ich hätte nicht gedacht, daß sich noch jemand so an mich 'ranschleichen könnte."

"Ich wollte dich nicht erschrecken." Thelonious ruhige, leise Stimme paßte so überhaupt nicht zu der lärmende Menge um sie herum, aber Elliott konnte ihn ohne Schwierigkeiten verstehen, und immer noch schien niemand sie zu bemerken. "Wo ist Didi?"

Elliott schien unter der Frage zusammenzuschrumpfen. Er nahm einen tiefen Atemzug, konnte aber nichts sagen.

Das war alles, was Thelonious als Antwort brauchte. Es war eine Geschichte, die sich in den letzten Monaten wieder und wieder in der ganzen Stadt wiederholt hatte. Er legte eine Hand auf Elliotts Schulter. "Es tut mir leid."

Elliott nickte.

Thelonious zog ein Stück Papier aus seiner Tasche und gab es Elliott. "Hier ist der Name und die Adresse eines Freundes in Athens. Bleib' bei ihm. Ich werde dir Bescheid sagen, wenn sich irgend etwas ändert."

Elliott nickte wieder und nahm das Stück Papier. Auch wenn der Fluch viel Schaden angerichtet hatte, so waren es doch Benisons Verordnungen und seine Verfolgung der Anarchen, die sie aus der Stadt vertrieben. Thelonious war versucht gewesen, eine Welle des passiven Widerstands gegen die Neujahrsverordnungen anzuführen, aber während die Welt der Sterblichen durch die Medien und die öffentliche Meinung beeinflußt werden konnte, waren die Kainskinder in jedem Sinne des Wortes ein ausgesprochen blutrünstiger Haufen. Es konnte natürlich sein, daß offener Widerstand und eine extrem brutale Reaktion des Prinzen die Aufmerksamkeit der Camarilla auf sich ziehen würde, aber jetzt, wo der Fluch durch Amerika und die ganze Welt wütete, war das doch deutlich unwahrscheinlicher, als es sonst gewesen wäre. Überall in der Welt der Kainiten gab es Probleme. Der Innere Kreis der Camarilla würde auf Anzeichen eines Bürgeraufstandes in Atlanta vermutlich nicht reagieren können, und so würde Thelonious seine Anhänger ohne die geringste Aussicht auf Veränderungen in unnötige Auseinandersetzungen und den Endgültigen Tod schicken.

Vielleicht war es ein Mangel an Mut, der ihn davon abhielt. Er stellte sich in dieser Beziehung stets selbst in Frage. Aber im Moment schien es das Beste zu sein zu warten und so vielen wie er konnte, zur Flucht zu verhelfen.

Elliott war in der Dunkelheit verschwunden. Es gab keine Gewißheit, daß er es zu Thelonious‘ Freund in Athens schaffen würde. Außerhalb der Stadt herrschten die Werwölfe, und sie schienen es wittern zu können, wenn ein Kainit ihr Territorium durchquerte, selbst wenn er es in einem Auto auf dem Highway tat. Es war schon mehr als einmal vorgekommen, daß das zerstörte Auto eines Kainskinds gefunden wurde und daß vom Fahrer oder einem Passagier jede Spur fehlte. Nur die Gangrel und die Reichen, die es sich leisten konnten zu fliegen, reisten mit einem gewissen Maß an Sicherheit.

Thelonious wünschte Elliott Glück. Für den Moment hatte er alles getan, was er tun konnte.

FÜNF

Das Flugzeug setzte hart auf der Landebahn auf. Von einem Moment auf den anderen hatte es in der Dunkelheit die nächtliche Wolkendekke durchstoßen und tauchte in die gleißenden Lichter des Runways ein. Die Räder des Fahrgestells setzten auf dem Asphalt auf und machten wieder ihren Besitzanspruch auf den Boden geltend. Sie schienen genauso froh wie Owain zu sein, wieder festen Boden unter sich zu haben. Flugreisen waren ein Konzept, mit dem er sich nie wirklich angefreundet hatte. In seinen sterblichen Tagen war das Fliegen Vögeln, Pfeilen und Göttern vorbehalten gewesen. Er fand es beunruhigend, daß nun auch einfache Sterbliche diese Magie gemeistert hatten. Und dazu in solchen riesigen glänzenden Monstrositäten aus Stahl.

Owain hatte vor Jahrzehnten eine ähnliche Skepsis gegenüber der Konstruktion von Schiffen gehegt. Die Schiffe aus Holz, die seit seiner Kindheit ein Teil seines Lebens waren, machten Sinn. Aber Schiffe aus Metall? Er nahm an, daß der Schritt von einer Metallrüstung zu einem komplett aus Metall hergestellten Schiff nur klein war, und obwohl er schließlich einige Zeit mit dem Studium der Dynamik von Wasserverdrängung und Gewichtsverteilung verbracht hatte, konnte er doch die Überzeugung, daß nur Holz und nicht Metall schwimmen sollte, nicht abschütteln.

Die ersten Flugzeuge waren grob zusammengebastelte Gefüge aus Leinwand und Metallstäben gewesen, in denen die Piloten, immer in der Hoffnung, nicht die Aufmerksamkeit der alles beherrschenden Elemente auf sich zu ziehen, dem Wind und dem Himmel ihren Willen aufzwangen. Owain hatte es mehrere Jahrzehnte lang nicht wahrgenommen, daß wieder einmal der Fortschritt sein wildes Chaos durchgesetzt hatte, und plötzlich die Metallmonster den Himmel beherrschten. Obwohl er es mit der Zeit akzeptiert hatte, konnte er es doch nie wirklich glauben. Und jedes Mal wenn ihn die Nachricht eines abgestürzten Flugzeugs erreichte, das in einer kilometerlangen Kaskade aus Leichen und Trümmern auf der Erde zerschellt war, sei es mit einigen wenigen oder auch Hunderten von Passagieren, stellte er für sich fest, daß die Beherrschung der Elemente durch die Sterblichen doch nie vollkommen sein konnte.

Das waren nicht gerade beruhigende Gedanken, wenn man in einem privaten Jet der Giovanni den Atlantik überquerte. Außerdem trugen diese verstörenden Visionen auch nicht dazu bei, seine Laune zu verbessern. Die Träume, die er bis jetzt immer mit der grausam ermordeten Sirene in Verbindung gebracht hatte, hatten sich mit seinem Unvermögen als Schachstratege vermischt und Bilder voller wahrhaft unheilvoller Vorahnungen erzeugt. Die Bilder des lebenden Baumes, der nach seinem Blut lechzte, und der Kapelle auf der Spitze des Hügels, die um ihn herum zusammenbrach, waren verschwunden und von dem verhüllten Schachmeister und dem unsichtbaren Eindringling ersetzt worden, unter dessen Hand sich weiße wie schwarze Figuren in blutrote verwandelten. *Der Schatten der Zeit ist nicht so lang, daß du unter ihm Schutz suchen könntest.* Owain drängte die Worte und Bilder in den hintersten Winkel seines Gehirns zurück. Hinter ihnen verbarg sich etwas vage bekanntes, aber so genau wollte er es gar nicht wissen. Er hatte im Moment dringendere Probleme, um die er sich kümmern mußte: Spanien, El Greco, der Sabbat. Ablenkungen konnten sich jetzt als tödlich erweisen. Als das Flugzeug in das gleißende Licht des Madrider Flughafens tauchte, war Owain fest im Griff einer dunklen, brütenden Stimmung. Die Tatsache, daß er, Jonah gleich, seinem Aufenthalt im Bauch dieses riesigen mechanischen Wesens genauso machtlos gegenüber stand, wie den Ereignissen der letzten Wochen, schürte seinen Fatalismus nur.

Der Landeanflug hatte ihn an die Fahrt auf einem Schiff erinnert, das auf dem höchsten Wellenkamm ritt und nun keine andere Wahl hatte, als in dem sich unter ihm auftuenden Tal zu zerschellen. Selbst als die Räder schon den Boden berührt hatten, erwartete er, daß sich die riesige Maschine doch noch in einen Feuerball verwandeln würde und sein Fleisch und Blut über die Erde verteilte, die auch schon seine Freunde und Vorfahren eingefordert hatte.

Owain ging zu Kendall Jackson hinüber, die in der hinteren Kabine ungerührt Kreuzworträtsel löste. Sie trug einen modischen grauen Anzug, der ihr Schulterholster und ihre Waffe verbarg, die Dank der Giovanni und ihres Transportnetzwerkes nicht durch den Zoll gebracht werden mußte.

Miguel hatte sich, als sie sich Madrid näherten, ins Cockpit begeben, zweifellos um dem Piloten noch einige unerläßliche Informationen zu geben oder wenigstens auf ähnliche Weise zu demonstrieren, daß er die volle Kontrolle über die Situation hatte. Owain war ganz und gar nicht unglücklich, daß er Miguel nicht mehr sehen mußte. Von dem Tag, an dem sie sich zum ersten Mal begegnet waren, hatten sie sich gehaßt, und Owain bedauerte nur, daß er nicht schon früher damit hatte anfangen können.

Das Schlingern auf der Rollbahn schien noch einige Minuten anzudauern, doch zu Owains Überraschung kam die Maschine schließlich zum Stillstand, ohne daß seine oder die Struktur des Flugzeuges größeren Schaden genommen hatten. Miguel betrat die Kabine, noch bevor das Flugzeug vollkommen zum Stillstand gekommen war. "Das andere Flugzeug wartet schon. Wir können in einer Minute umsteigen."

"Das andere Flugzeug?" fragte Owain. "So weit ist Toledo nicht von Madrid entfernt."

"Wir werden nicht sofort nach Toledo weiterreisen", erklärte Miguel.

"Und wohin *werden* wir weiterreisen?"

Miguels Lächeln enthüllte seine krummen Zähne. Er genoß es, die Kontrolle zu haben und nur die Informationen weiterzugeben, die er weitergeben wollte. "Wir werden nach Toledo reisen, *mi hermano*, aber nicht auf direktem Weg. Es gibt hier zu viele Augen, die Sie hier wie da sehen und dann zwei und zwei zusammenzählen könnten. Wir werden ein kleines Ablenkungsmanöver inszenieren."

"Wann werden wir in Toledo ankommen?" fragte Owain knapp.

"In einigen Nächten."

"Moment." Owain seufzte. Wenigstens war das idiotische Grinsen von Miguels Gesicht verschwunden. "Erst ist es dringend erforderlich, daß ich so schnell wie möglich nach Toledo komme, und nun sollen wir hier erst Tage in der Gegend herum tanzen?"

"Es ist dringend erforderlich, daß Sie Toledo *unentdeckt* erreichen", erklärte Miguel. "Es war von höchster Wichtigkeit, daß wir die Staaten so schnell wie möglich verließen, weil wir die Zeit hier noch brauchen." Das Lächeln war wieder auf Miguels Gesicht zurückgekehrt und signalisierte Owain nur allzu deutlich sein "Ich habe es Ihnen doch gesagt".

Owain diskutierte nicht weiter. Ganz offensichtlich hatte Miguel diese Vorgehensweise mit El Greco abgesprochen, und Owain wollte Miguel nicht die Gelegenheit geben, ihm zu beweisen, wie schlau er war, indem er ihm seinen Plan erklärte. So verließ er ohne ein weiteres Wort die Maschine, nachdem sie zum vollständigen Stillstand gekommen war und Miguel ihm mitgeteilt hatte, daß das andere Flugzeug bereit stand. Kendall blieb einen oder zwei Schritte hinter ihm, als sie das kurze Stück Asphalt zwischen den beiden Flugzeugen überquerten. Ihre Augen strichen prüfend über die Umgebung, immer auf der Suche nach Anzeichen einer Bedrohung. Auch Miguel, der vor Owain ging, war wachsam. Owain wußte, daß es dem Sabbatlakaien wichtig war, seinen Schützling sicher in Toledo abzuliefern. Trotz all seiner Fehler war er doch ein guter Diener seines Herrn.

Innerhalb weniger Minuten waren die drei an Bord des zweiten Flugzeugs. Miguel überprüfte die Identität des Piloten, und noch nicht einmal zwanzig Minuten nach der Landung waren sie wieder in der Luft. Erst dann fragte Owain nach ihrem Ziel.

"Barcelona", antwortete Miguel.

Owain war extrem überrascht. Sie waren kaum fünfzig Meilen von Toledo entfernt, aber schon in sehr kurzer Zeit würden es mehrere hundert Kilometer sein. Und das alles nur um der Geheimhaltung willen. Die Situation in Spanien mußte tatsächlich hochexplosiv sein. In seiner Lethargie hatte Owain in den letzten Jahrzehnten die Angelegenheiten der Kainiten auf der anderen Seite des Atlantiks nicht weiter verfolgt. Bis auf die Weiterleitung von Informationen über Tätigkeiten der Camarilla, die meist das umkämpfte Gebiet von Miami betrafen, hatte er in den letzten Jahren kaum Kontakt zum Sabbat gehabt. Und genau so mochte er es. In der Camarilla konnte er sich besser um seine eigenen Angelegenheiten kümmern und sich aus Allianzen heraushalten, die ihn in Auseinandersetzungen hineinzogen, die mit ihm nichts zu tun hatten. Im Sabbat war alles stets in Bewegung, es fehlte einfach an Subtilität. Es entbehrte nicht einer gewissen Ironie, fand er, daß eine Sekte, die sich auf dem Prinzip der absoluten Freiheit gegründet hatte, nun die lästigere der beiden Fraktionen der Kainiten war. Oder es wenigstens gewesen war. Im Moment stimmte das nicht ganz, da ihm nun sowohl der Sabbat wie die Camarilla die Rechnung präsentierten.

"Miguel." Owain hatte sich entschlossen, der Sache genauer auf den Grund zu gehen. "Ich finde es ja sehr schmeichelhaft, daß meine Sicherheit als so wichtig eingeschätzt wird, aber vor was genau muß ich denn beschützt werden?"

Miguel lachte. "Sie waren schon immer sehr gerissen, *mi hermano*. Halten Sie denn nicht Geheimhaltung für angebracht, wenn ein Ahn der Camarilla einen Priscus des Sabbat besucht?"

"Aber Spanien ist zum größten Teil fest in der Hand des Sabbat. Haben wir denn soviel zu befürchten? Müssen wir so extreme Maßnahmen ergreifen, das ganze Land zu durchfliegen?"

Miguel schüttelte den Kopf, aber er lachte nicht mehr. "Ich habe Anweisungen, Sie nach Toledo zu bringen, ohne daß es jemand bemerkt. Alles weitere werden Sie von El Greco erfahren."

Das war alles, was Miguel zu der Sache zu sagen hatte, egal, wie entschieden Owain nachfragte. Und zu seiner großen Verärgerung hatte er genügend Gelegenheit dazu, denn er fand bald genug heraus, wie extrem die Maßnahmen waren, die Miguel ergriffen hatte. Nach wenigen Stunden landete das Flugzeug in Barcelona. Dort wartete ein schwarzer Mercedes auf sie, in dem sie schnell von El Trat de Llobregat weggebracht wurden. Als der Flughafen hinter ihnen zurückblieb, konnte Owain im Westen die graue Silhouette der Berge sehen, aber auch der Geruch des nahen Mittelmeers war sehr deutlich. Er und Ms. Jackson saßen auf dem Rücksitz. Miguel, der sich in dem Maß, in dem sie sich von Barcelona entfernten, wohler zu fühlen schien, saß auf dem Beifahrersitz.

Sie fuhren ohne Pause bis tief in die Nacht hinein weiter die Küste entlang nach Süden, bis sie noch mehrere Stunden vor Sonnenaufgang nördlich von Tortosa eine *rancho* erreichten. Nachdem er kurz mit Miguel gesprochen hatte, zog sich der *ranchero* in einen hinteren Teil des Hauses zurück und tauchte nicht wieder auf. Es war vollkommen unnötig, daß er seinen Gast sah. Es war im Gegenteil sogar sicherer für alle, wenn das nicht geschah. Owain, Kendall und Miguel verbrachten den Tag in einem bequemen unterirdischen Raum, der auffällig fensterlos war. Miguel erklärte, daß der Fahrer oben warten und sicherstellen würde, daß weder der *ranchero* noch seine Frau das Anwesen verließen. Als sich die Dämmerung zur vollen Nacht entwikkelt hatte, waren die Reisenden schon wieder unterwegs.

Die nächsten Tage und Nächte vergingen auf die gleiche Weise. Den größten Teil der Nacht verbrachten sie auf der Straße, jedoch nicht auf direktem Weg nach Toledo, denn sonst wäre die Reise nicht so exzessiv lang gewesen. Statt dessen wählte der Fahrer eine Route, die sich für Owain ohne Muster durch die Landschaft wand und sie sogar in die Richtung zurückführte, aus der sie gekommen waren. Sie verbrachten sowohl Zeit auf den Ebenen der Küste wie im bergigeren Binnenland und hielten nur, wenn sie tanken mußten.

Die Orte, an denen sie während des Tages Schutz suchten, schienen genauso zufällig gewählt wie ihr Weg durch das Land. Einen Tag verbrachten sie in einer verlassenen Hütte in den Hügeln, den anderen in einem eleganten Hotelzimmer in Valencia. Auf die eine oder andere Art waren es alles sichere Häuser, die Miguel und El Greco genau für diesen Zweck erworben hatten.

Da Owain noch immer nicht klar war, vor welcher Gefahr genau Miguel ihn beschützte, nahm er eine Haltung verärgerter Indignation an. Die Unbequemlichkeit und Dauer der Reise waren, zusammen mit seiner Abneigung gegen Miguel, mehr als genug, um seine schlechte Laune zu rechtfertigen, falls er eine solche Rechtfertigung gebraucht hätte. Er überließ Ms. Jackson die Verständigung mit Miguel, und alles, was er zu El Grecos Boten zu sagen hatte, erschöpfte sich in kurzem Knurren.

Spanien war Owain wohl vertraut, auch wenn sich in den gut siebzig Jahren, die er jetzt schon in der Neuen Welt verbrachte, viel verändert hatte. Die Menschen und die Zivilisation hatten sich bis in die unzugänglichsten Flecken über die Halbinsel verbreitet. Es gab immer noch kleine ärmliche Dörfer, die sich seit dem ersten Weltkrieg kaum verändert hatten, aber selbst hier erinnerten die aufdringlichen Coca-Cola Automaten oder einzelne Satellitenschüsseln daran, daß moderne Zeiten angebrochen waren. Während die Reisen durch die Nacht immer länger wurden, wanderte Owains Blick weniger und weniger aus den Fenstern des Mercedes. Er hatte die meiste Zeit seines Daseins damit verbracht, seiner Vergangenheit entweder nachzulaufen oder sie zu vergessen. Dieses Land war Teil seiner Vergangenheit, und er wollte sich nicht daran erinnern. Er war 1375 nach Spanien, genauer nach Toledo, gekommen, nachdem die Debakel in Wales und Frankreich ihn davon überzeugt hatten, daß es an der Zeit sei, weiterzuziehen. Die Hügel Spaniens waren sein Aufenthaltsort, doch nie seine Heimat geworden. Doch als er Jahre später aus einer ausgedehnten Zeit der Starre erwachte, wurde ihm bewußt, daß er mehr Zeit in Spanien als in seinem heimatlichen Wales verbracht hatte. In dieser Nacht war ein weiterer Teil von ihm gestorben.

Er verdrängte die Nostalgie und die Erinnerungen. Dies mochte dasselbe Land sein, doch die sterblichen Einwohner waren andere. Selbst Señor und Señora Rodriguez, die Owain vor weniger als einem Jahrhundert mit nach Atlanta genommen hatte, waren Menschen aus einem anderen Zeitalter. Die Welt veränderte sich. Sie veränderte sich schneller als er selbst, und er konnte sich nicht den Luxus erlauben, etwas anderes zu glauben.

Doch seine Aufmerksamkeit wurde von wichtigeren Problemen in Anspruch genommen, und Owain wandte ihnen gerne seine Gedanken zu. In der Vergangenheit war El Greco ein Freund gewesen. Sein Idealismus und sein Enthusiasmus hatten Owain dazu gebracht sich dem Sabbat anzuschließen, kurz nachdem er im achtzehnten Jahrhundert aus der Starre erwacht war. El Greco hatte eine Doktrin der völligen Freiheit gepredigt, und seine Worte schienen Owain ein Echo seiner eigenen innersten Überzeugungen gewesen zu sein. *Libertad. Lealtad. Inmortal para siempre.* Aber Owain mußte herausfinden, daß der Sabbat, wie jede Gruppe, der man Treue schwor, ungerechtfertigte Ansprüche an ihn stellte. Es gab keinen Unterschied zwischen einem König, einem Erzbischof oder einem Prinzen. Vor mehr als einem Jahrhundert hatte El Greco Owain geholfen, doch was konnte er nun erwarten? Freundschaft war über die Jahre hinweg oft starken Veränderungen ausgesetzt. Zuneigung folgte oft das Verlangen nach Kontrolle, und die konnte und wollte Owain nicht akzeptieren. Er war gegen seinen Willen nach Toledo bestellt worden. Erkannte El Greco nicht die Ungeheuerlichkeit seiner Forderung, oder waren seine Schwierigkeiten tatsächlich so groß? Für den Moment enthielt sich Owain eines Urteils.

Doch gegenüber dem Camarilla-Prinzen von Atlanta, Benison, enthielt sich Owain nicht des Urteils. Es kam Owain seltsam vor, daß er schon so distanziert über Benison nachdenken konnte. Da er schon seit Jahren keinen Kontakt mehr zum Sabbat gehabt hatte, hatte Owain sich daran gewöhnt, sich für einen Camarilla-Vampir zu halten. Er war nie ein glühender Anhänger der Sekte gewesen, aber er hatte sich dennoch mit ihr identifiziert. Nun, da er die alten Verbindungen zum Sabbat wieder aufgenommen hatte, dachte er an Benison schon als einen von *ihnen*. Es war eine andere Art von Gewalt, die der Sabbat über ihn hatte, und eine Art von Gewalt, von der Owain egal von welcher Seite frei sein wollte.

Doch Owain war klar, wo auch immer die Vor- oder Nachteile von Camarilla oder Sabbat liegen mochten, Benison war ein Schwachstelle, um die man sich kümmern mußte. In der Vergangenheit war Benison ein unaufdringlicher, wenn auch temperamentvoller Prinz gewesen. Wie jeder Prinz stellte er Forderungen. Doch abgesehen davon, daß er von seinen Untertanen - ein Wort, daß Owain ungern auf sich angewandt sah - erwartete, die unregelmäßigen Gebete, Ausstellungen oder ähnliches zu besuchen, hatte er sich durchaus wohlwollend verhalten. Doch Benison hatte in seinem Versuch, dem Blutfluch entgegenzutreten, Owain unendlich getroffen. Einen großen Teil der Zeit, in der der Mercedes durch Spaniens Hügel und Küstenebenen, durch Städte und Dörfer glitt, verbrachte Owain in Träumerei. In seinen Ohren war nicht das Geräusch des Motors, sondern das magische Lied der Sirene. Es trug ihn nach Wales in seine Tage als Sterblicher zurück. Zurück zu seiner Familie. Zurück zu seiner einen wahren Liebe. Und wie bei seinem vorherigen Leben war die Erinnerung an das Lied alles, was ihm blieb. Und das hatte er Benison und seinem reaktionären Verhalten zu verdanken! Er ging mit Marlenes unerträglicher "Kunst" im High Museum hausieren, und dann zerstörte er ohne einen weiteren Gedanken das Schönste, das Owain seit Jahrhunderten entdeckt hatte. Owain hatte eine kleine Verbindung zu seiner verlorenen Menschlichkeit gefunden, und dann war sie ihm entrissen worden.

Benison hatte diese Freude zerstört, genauso wie eine andere. Er hatte den armen, harmlosen Albert getötet. Albert, der kein größeres Verbrechen als Owain begangen hatte. Jedenfalls nicht bis zu seinen letzten Worten. *Was würde Angharad denken?* Owain kochte vor Wut, daß der Name seiner einzigen Liebe auf dem Richtplatz ausgesprochen und, wie Perlen vor die Säue, in die Masse geworfen worden war. Es war weniger der Verlust eines Malkavianers, den Owain bedauerte, als die Tatsache, daß Albert mit seinem letzten Satz ihren Namen untrennbar mit der Tragödie seines Todes verbunden hatte, in der Owain ein Komplize war. In einem kurzen Moment war es Albert gelungen, den Namen, den Owain in all den Jahrhunderten näher als jeden anderen an seinem Herzen getragen hatte, zu beschmutzen. Das war in Owains Augen Alberts wahres Verbrechen, und eines, das niemals getilgt werden konnte, weder durch die Exekution des Malkavianers, noch durch die Zeit. Albert und Benison, die Kinder des Wahnsinns, waren beide schuldig, und bis jetzt hatte nur Albert die Strafe bezahlt.

Owain tauchte aus seiner Welt des emotionalen Bankrotts auf in ein Unleben voller Haß. Das war der Nachlaß, den ihm sowohl die Sirene als auch Albert vermacht hatten, und in beiden Fällen hatte auch Benison seinen Teil dazu beigetragen. Owain beschloß, daß diese Verbrechen nach seiner Rückkehr nach Atlanta nicht ungestraft bleiben würden. Er würde Benison am Boden sehen, er würde den Prinzen entehrt und gedemütigt sehen. Seine Stadt würde ihn verstoßen. Ob Owain dann selbst seinen Platz einnehmen würde, mußte noch genauer durchdacht werden. Owain hatte schon vom Geschmack der Anführerschaft gekostet. Und er hatte den Preis dafür gezahlt und für zu hoch befunden. Könnte er diesen Weg noch einmal gehen? Er wußte es nicht.

Obwohl er in den Nächten der Reise kaum ein Wort sprach, war sein Geist voller Rachegedanken, und sein Herz schrie nach Vergeltung. Und in dieser Stimmung erreichte er Toledo, fast achtzig Jahre nachdem er es verlassen hatte. Wegen der umständlichen Route, die der Fahrer genommen hatte, erreichten sie die Stadt von Norden. Sie fuhren durch die Puerta di Bisagra, und dann waren sie im Bereich, der von der alten Stadtmauer umschlossen wurde. Die Gebäude aus Stein und sonnengetrockneten Ziegeln, die die schmalen, gewundenen Straßen säumten, hatten sich in den letzten Jahrhunderten kaum verändert. Maurische Pfeiler und gotische Strebebögen standen in friedlicher Harmonie nebeneinander. Sie waren stumme Zeugen des religiösen und sozialen Aufruhrs, den die Stadt erlebt hatte. Die Straßen waren mehr schlecht als recht den modernen Verhältnissen angepaßt worden, aber sie waren ganz eindeutig nicht für Autos gebaut worden. Als Owain die Stadt verlassen hatte, hatte man hier noch viele Pferde und Karren gesehen, und selbst damals waren die zusammengewürfelten Straßen mit ihren schiefen Winkeln tückisch gewesen.

Doch der Fahrer des Mercedes nahm weder auf andere Fahrzeuge noch auf Fußgänger besondere Rücksicht. Er jagte den Wagen genauso schnell durch die engen Straßen, wie er es auf dem offenen Land getan hatte. Außer dem gelegentlichen Aufheulen des Motors war auf den Straßen kein Laut zu hören. Die strengen Fassaden der Gebäude enthüllten nichts über ihre Bewohner, und Owain befiel das gewohnte Gefühl, daß irgendwo im Inneren, hinter geschlossenen Türen seinen Blicken entzogen, die Stadt von Leben und Aktivität pulsierte.

Der Wagen raste über Kreuzungen und an Sackgassen vorbei. Vor ihnen ragte das El Alcazar auf. Die große Festung war schon öfter zerstört und wieder aufgebaut worden, als Owain zählen konnte. Das letzte Mal war es während des Spanischen Bürgerkrieges gewesen. Das Gebäude dominierte mit seinen mächtigen Ecktürmen die Silhouette der Stadt.

Owain und Kendall wurden auf dem Rücksitz unsanft zur Seite geworfen, als der Fahrer das Steuer herum riß und der Wagen Richtung Süden weiter schoß. Vor ihnen lag jetzt die Kathedrale. Für europäische Verhältnisse war sie eher bescheiden. Der einzige vollendete Turm schien sich mit seinem Schieferdach und seinem spitzen Dachkranz fast hinter den ihn umgebenden hohen Gebäuden zu verstecken. Glücklicherweise war die Kathedrale nicht der Zielort des Mercedes. Owains Bedarf an Kirchen war für die nächste Zeit gedeckt. Statt dessen raste der Wagen durch ein Gewirr von Gassen und das mit einer Geschwindigkeit, die eher einer sechsspurigen Autobahn angemessen war. Hier mußte man sich hingegen die Frage stellen, ob zwischen den dichtgedrängten Häusern auch nur für ein Auto genug Platz war. Wie durch ein Wunder passierte der Fahrer die engen Straßen, ohne auch nur eine Mülltonne umzuschmeißen oder einen streunenden Hund aus seiner Ruhe zu reißen. Dann schoß der Wagen unvermutet in eine Öffnung in einem Gebäude, das Owain, als sich die Tür hinter ihnen schloß, unschwer als Garage identifizierte.

Als er aus dem klimatisierten Auto stieg, umfing ihn der intensive Geruch der Stadt. Nicht weit von hier war die Plaza de Zocodover, und der Geruch der Tiere, die dort tagsüber auf dem Markt verkauft wurden, hing schwer in der Luft. Genauso deutlich, wenn auch auf andere Weise, waren die schweren Gerüche der Speisen, die früher am Tag in den Läden und Küchen rundherum zubereitet worden waren. Pfeffer, Safran, Artischocken, Meeresfrüchte und Marzipan. Die Umgebung war aufdringlicher, forderte mehr Aufmerksamkeit als in Atlanta, wo es Owain leicht gefallen war, sich der Welt zu entziehen. Alles, was er sah und roch, war ihm so vertraut. *Ich bin nicht einmal ein Jahrhundert fort gewesen*, versuchte Owain die Sache zu abzutun. Wenn er je in sein geliebtes Wales zurückkehren würde, würde ihm auch dort alles so vertraut erscheinen? Würde es dann auch wie eine Reise in die Vergangenheit sein, zurück zu seinen Tagen als Sterblicher, zu seiner Familie und zu seiner Geliebten?

"Hier entlang." Miguel öffnete eine Tür, die ins Haus führte, und unterbrach damit Owains schmerzvollen Gedankengang.

Er und Kendall wurden in einen Salon geführt, wo sie warteten, während Miguel im Nachbarzimmer mit den Bediensteten redete. Das Haus an sich war eher bescheiden und ganz ohne die Pracht, die Owain von El Greco, seinem Freund aus alten Tagen, dessen Geschmack stets in Richtung erlesener Bequemlichkeit tendiert hatte, erwartet hätte. Wahrscheinlich war auch dies nur ein weiteres in der Reihe der sicheren Häuser, vermutete Owain. Nachdem er fast eine Woche von Madrid nach Toledo gereist war, würde ihn kaum noch etwas überraschen.

Miguel kehrte nach kurzer Zeit in den Salon zurück. Er war sichtlich verärgert. "Er ist nicht hier", sagte er knapp.

Ms. Jackson, die sich unterdessen an die Rolle der Vermittlerin zwischen ihrem Herrn und Miguel gewöhnt hatte, antwortete, auch wenn sie sich alle in diesem engen Raum befanden. "El Greco? Sollte er hier sein?" Auch sie hatte vermutete, daß es sich hier nur um ein weiteres in der Reihe der sicheren Häuser handelte.

"Natürlich sollte er hier sein", fuhr Miguel sie an. "Dies ist seine Zuflucht." Sein herablassender Ton machte deutlich, daß Kendall das hätte wissen müssen. "Er ist letzte Nacht weggerufen worden. Wir haben ihn um eine Nacht verpaßt. Nun sehen Sie, was uns Ihr Herumgetrödel in Atlanta gebracht hat, *mi hermano*." Er funkelte Owain wütend an.

Owain unterdrückte den Impuls aufzustehen und Miguel zu schlagen. Kendall hielt ihre Zunge nicht so gut im Zaum. "Es hätte auch genügt, eine Nacht weniger durch die spanische Landschaft zu kurven."

Bei der Andeutung, das es ein Planungsfehler seinerseits gewesen sein könnte, der diese mißliche Situation herbeigeführt hätte, erstarrte Miguel. "Ich möchte Sie daran erinnern", sagte er zu Kendall, "daß Ghule dem Sabbat nicht viel bedeuten."

Kaum daß die Worte seine Lippen verlassen hatten, war Owain auf den Beinen. Er trat sehr nah an Miguel heran und sprach zum ersten Mal seit mehreren Nächten zu El Grecos Hauptmann. Seine Stimme war auffallend leise und kontrolliert. "Und ich möchte *Sie* daran erinnern, daß Ms. Jackson meine persönliche Vertraute ist und daß sie wie ich ein Gast im Haus meines Freundes ist. Wer sie beleidigt, beleidigt mich."

Für mehrere Minuten standen sich Owain und Miguel schweigend Auge in Auge gegenüber. Schließlich wandte sich Miguel ohne ein weiteres Wort ab und verließ den Raum.

Das Klopfen an der Tür wollte nicht aufhören. Eleanor konnte es selbst im Salon deutlich vernehmen. Es erinnerte sie an die schicksalsträchtige Nacht, in der Benisons einziges Kind Roger, mit seiner toten sterblichen Mutter in den Armen auf der Schwelle von Rhodes Hall stand. Roger, der sich fest in den Klauen des Fluchs befunden hatte, war der Überzeugung gewesen, Benison zu sein, und war nach einer kurzen Auseinandersetzung mit dem Prinz zusammengebrochen und schließlich dem Fluch erlegen.

Diese Nacht hatte Benison verändert. Obwohl er kaum Gefühle über den Verlust Rogers gezeigt hatte, hatte er ihn doch bewegt. Eleanor kannte ihn gut genug, um es zu sehen. Für sie war Rogers Tod ein Symbol für den großen persönlichen Schmerz, den ihr Ehemann erlitt, während seine Stadt um ihn herum im Chaos versank. Es war nur kurze Zeit nach Rogers endgültigem Tod gewesen, daß Benison auf seine derzeitige Strategie verfallen war, die göttliche Gnade wiederzugewinnen und Atlanta in ein Vorbild spiritueller Rechtschaffenheit zu verwandeln, um den Fluch zu besiegen. Seit damals hatte er kaum ein Wort mit ihr gewechselt. Sie hatte ihn leise von Transzendenz murmeln hören. Er wiederholte wieder und wieder und mit großem Nachdruck den Namen *Primus*, was auch immer das heißen mochte. In den Nächten durchstreifte er die Stadt. Nur wenige Abende verbrachte er noch mit ihr zu Hause. Obwohl sie verstand, daß er als Prinz Verantwortung zu tragen hatte und daß er sich seiner Stadt verpflichtet fühlte, wünschte sie doch, daß er ihr erlauben würde, ihm zu helfen und ihm etwas von seiner Last abzunehmen. Aber das war nicht seine Art. Also verbrachte sie die Nächte allein. Ohne Benison, ohne Benjamin. Aber das würde nicht ewig so weitergehen.

Das Hämmern an der Tür wollte nicht aufhören. Benison war nicht da, und er hatte Vermeil mitgenommen. So waren nur noch Eleanor und Sally im Haus. Vor Eleanors Auge entstand das Bild eines weiteren wahnsinnigen Kainiten, der versuchte, ins Haus einzudringen. Wahrscheinlich sollte sie der kleinen Sally zur Seite stehen, die sich von Ereignissen, die außerhalb des gewöhnlichen Rahmens lagen, leicht aus der Fassung bringen ließ.

Eleanor kam gerade die Treppe herunter, als Sally die Tür öffnete. Ins Foyer drang eine wohlbekannte, sehr ungeduldige und anmaßende Stimme. "Ich *muß* unbedingt mit deiner Herrin sprechen. Es ist von *höchster* Wichtigkeit."

"Bitte ihn herein, Sally", kam Eleanors Anweisung, als sie die letzte Stufe erreicht hatte. Sally war offensichtlich erleichtert, daß sie nicht allein mit dem aufdringlichen Kainiten fertig werden mußte. Sie öffnete die Tür ganz, und Pierre trat herein. Es schien ihn zu überraschen, sofort Eleanor vor sich zu haben. Er war auf eine längere Auseinandersetzung mit Sally gefaßt gewesen. "Bitte treten Sie doch ein, Pierre." Eleanor machte eine einladende Geste in Richtung Salon. "Das ist alles, Sally."

Pierre nahm im Salon nicht Platz. Statt dessen lief er unruhig hin und her, bis Eleanor sich gesetzt hatte. Er wartete nicht, bis sie ihn zum Sprechen aufforderte. "Ich fürchte, ich habe alles in meiner Macht stehende getan. Ich kann nicht mehr." Er rang die Hände und wagte es nicht, Eleanors Blick zu begegnen. Dann schien ihm plötzlich bewußt zu werden, wie unhöflich er sich gegenüber der Frau des Prinzen verhielt. Der Gedanke war ihm sichtbar unangenehm, aber jetzt gab es kein zurück mehr. "Ich habe meine Aufgabe bis jetzt pflichtbewußt erfüllt, aber ich kann unmöglich weitermachen. Bitte verstehen Sie das nicht als Zeichen von Respektlosigkeit." Er blickte nervös zu ihr hinüber.

Eleanors Blick war eher neugierig als streng. Er war auf etwas gestoßen. Das stand fest. Denn wenn dieser speichelleckende Aufsteiger es wagte, angesichts einer Person von Eleanors Ansehen dermaßen respektlos aufzutreten, mußte er wirklich sehr aufgebracht sein. Sie fühlte vage so etwas wie Mitleid mit ihm. Immerhin hatte sie einen Toreador geschickt, um die Arbeit eines Mannes zu erledigen. "Ich verstehe", sagte sie. In ihrer Stimme schwangen jedoch weder Enttäuschung noch Verständnis mit.

Plötzlich schien Pierre etwas einzufallen. Er griff in seine Jackentasche und zog etwas heraus, das in ein schmutziges Seidentaschentuch gewickelt war. "Hier." Er legte das Bündel auf den niedrigen Tisch vor Eleanor, wobei er sich große Mühe gab, es mit der saubersten Seite auf die Tischplatte zu legen. "Ich bin dem Gangrel gefolgt", er versuchte vergeblich ein Schaudern zu unterdrücken, "und habe dies in einer niedergebrannten Kirche in Reynoldstown gefunden." Das war offensichtlich alles, was er dazu zu sagen hatte. Als wenn das alles erklären würde. Er machte einen Schritt auf die Tür zu, erinnerte sich dann aber seiner guten Erziehung und hielt inne.

"Ich verstehe", wiederholte Eleanor. Weiter konnte ihr Pierre wohl nicht von Nutzen sein. "Ich danke Ihnen für Ihre Hilfe."

Ohne weiteren Kommentar oder auch nur einer Frage betreffs seiner Belohnung nickte Pierre ihr zu und ließ sich selbst aus dem Haus.

Sehr seltsam, dachte Eleanor. Es war ihm wichtiger gewesen, ihr kleines Arrangement möglichst schnell zu beenden, als irgendeine Bezahlung zu fordern. *Hatte er plötzlich kein Interesse mehr an einer Ausstellung? Wie ungewöhnlich für einen Toreador.* Aber Pierres Handlungen, inklusive seines flegelhaften Verhaltens heute abend, waren unwichtig. Einzig was Eleanor aus ihnen folgern konnte war von Interesse. Irgendetwas hatte Pierre angst gemacht. Das war offensichtlich. Nur Angst konnte ein solches Maß an Grobheit in jemandem wie ihm hervorrufen. Die Erklärung konnte ganz einfach sein: Er könnte von dem Gangrel vertrieben worden sein. Das war schon mutigeren Kainiten passiert. Wenn das der Fall war, war der Gangrel dann einer von Owain Evans' Männern? Eleanor hatte ihre Fühler ausgestreckt und versucht, so viel wie möglich über ihren Clansbruder zu erfahren, der sich seit vielen Jahren so absolut ruhig verhalten hatte und in keiner Weise Aufsehen in der Gesellschaft der Kainskinder erregt hatte. Da sie normalerweise mit wichtigeren Dingen befaßt war, hatte Eleanor sich nicht weiter um ihn gekümmert. Bis jetzt. Bis jetzt, wo er ihr ihren geliebten Benjamin entzogen hatte.

Aber niemand schien viel über Owain Evans zu wissen, und seit dem Treffen vor über einer Woche, an dem Benison seine Verordnungen verkündet hatte, hatte ihn auch niemand mehr gesehen. Evans' Abwesenheit war eher frustrierend als ungewöhnlich. Die Zahl der Fragen stieg schneller als die der Antworten. Welche Verbindung bestand zwischen Evans und dem Gangrel, und wie kam die niedergebrannte Kirche in Reynoldstown ins Spiel? Zweifellos handelte es sich um die entweihte Kirche, in der Benison den Eindringling ausgerottet hatte, und die der fromme Prinz später niedergebrannt hatte.

Eleanors Blick fiel auf das Bündel, das Pierre auf dem Tisch zurückgelassen hatte. Vorsichtig schlug sie die Falten des beschmutzten Taschentuchs auseinander. Vor ihr lag ein Dolch, teilweise bedeckt mit... konnte das Ruß sein? Von der verbrannten Kirche. Das machte Sinn. Durch die Reibung des Taschentuchs war ein großer Teil der Waffe saubergewischt worden. Griff und Knauf waren vergoldet, aber dennoch war der Dolch eindeutig zum Gebrauch bestimmt und keine reine Schmuckwaffe.

Eleanor dachte über ihre Entdeckung nach. Im Moment blieb ihr die Bedeutung noch verborgen. Aber sie fühlte, daß die Anwesenheit des Dolches und des Gangrel in der Kirche irgendwie miteinander im Zusammenhang standen. Aber da eine Befragung des Gangrel ohne Benisons Hilfe praktisch unmöglich war, und dieses ihn möglicherweise auf ihren Feldzug gegen Evans und die dahinterstehenden Motive aufmerksam machen würde, blieb ihr nichts anderes übrig, als ihre Untersuchungen auf den Dolch zu beschränken. Aber wenn ein Pfad der Ermittlung verschlossen war, konnte ein paralleler Weg dennoch ans Ziel führen.

Fünf weitere Nächte vergingen ohne ein Zeichen oder auch nur ein Wort von El Greco. Owain befragte mehrere Male Miguel, der jedoch unerschütterlich stumm blieb. Er wollte nicht enthüllen, warum oder wohin El Greco weggerufen worden war, obwohl Owain das Gefühl hatte, daß Miguel von der Abreise seines Vorgesetzten unangenehm überrascht worden war. Die zwei menschlichen Diener, Maria und Ferdinand, waren gleichermaßen unzugänglich, und Miguel warnte sowohl Owain als auch Kendall davor, die beiden weiter zu befragen.

El Grecos Abwesenheit zwang Miguel dazu, die Pflichten des Gastgebers zu übernehmen, eine Rolle, die er nur allzugerne umgangen hätte. Er kümmerte sich nur um die notwendigsten Bedürfnisse seiner Gäste, etwa die sichere Zuflucht während des Tages. Er brachte Owain sogar eine junge Debütantin aus der Stadt, damit Owain sich ernähren konnte, obwohl Owain nicht sehr hungrig war und nicht nach einer Mahlzeit gefragt hatte. Durch die Jahrhunderte hatte Owain weniger und weniger getrunken, und er konnte sich nicht erinnern, wann er das letzte mal tatsächliches Vergnügen daran gefunden hatte. Ansonsten hielt sich Miguel so weit wie möglich von Owain und Kendall fern.

Widerwillig befolgten sie seine Anweisung, das Haus nicht zu verlassen. Während Owain die Korridore durchschritt und die Räume, die nicht verschlossen waren, untersuchte, fielen ihm immer wieder die Widersprüchlichkeiten ins Auge. Die Ausstattung war durchgängig bescheiden, mit geschmackvollen, aber keineswegs teuren Teppichen, konservativen modernen Möbeln und Gemälden, die man in jedem gehobenen Hotel hätte finden können. Solche Zurückhaltung paßte ganz und gar nicht zu dem El Greco den Owain kannte... oder gekannt hatte. Diese gemütliche, aber kleine Wohnung war so ganz anders als die weitläufigen Räume unter dem El Alcazar, die El Greco bewohnt hatte, als Owain ihn im vierzehnten Jahrhundert zum ersten Mal getroffen hatte. Damals hatte El Greco sich mit unschätzbaren Kunstschätzen umgeben. Er hatte sich demonstrativ nur von den Frauen der mächtigsten Männer der Stadt ernährt, wobei er weder ihre Erinnerung noch ihre Ehre unversehrt zurückließ. Konnte das derselbe Kainit sein, der sich in dieser gemütlichen, fast überfüllten Wohnung wohl fühlte? Bis auf Marias und Ferdinands Räume und ein weiteres abgeschlossenes Zimmer im ersten Stock hatte Owain jeden Raum des Hauses inspiziert. Er hatte sogar unauffällig den Keller nach Gängen oder versteckten Räumen durchsucht, denn diese Tricks hatte El Greco schon früher gerne und mit großem Erfolg angewandt. Aber er konnte nichts ungewöhnliches finden, und am Ende der dritten Nacht kreisten seine Gedanken mehr und mehr um die Frage, was sich hinter der verschlossenen Tür im oberen Geschoß verbarg.

Miguel wohnte nicht mit ihnen im Haus. Er schien irgendwo anders seine Zuflucht zu haben. Am Anfang und gegen Ende jeder Nacht kam er vorbei, um Owain mitzuteilen, daß es keine Nachrichten von El Greco gab und um seine Gäste daran zu erinnern, daß sie das Gebäude nicht verlassen durften. In Atlanta hatte Owain sein Anwesen oft monatelang nicht verlassen, aber dort hatte er auch eine große Villa und einen riesigen Park mit einem Wald, in dem er spazierengehen konnte. Hier in dem kleinen Haus eingeschlossen zu sein, und das nach einer Woche in Flugzeugen und dem Mercedes, trieb ihn fast in den Wahnsinn.

Kendall verbrachte ihre Zeit mit Lesen, Meditieren und Körpertraining. Es war Owain vorher noch nie aufgefallen, wie sie jeden wachen Moment damit verbrachte, ihren Körper und Geist für den Augenblick vorzubereiten, da er sie brauchen würde. Was ihre Fähigkeiten betraf, so schien sie sich nicht nur auf die Vampirvitæ, die sie von ihm bekam, verlassen zu wollen. Owain selbst hatte schon immer lieber vor sich hin gebrütet, als zu meditieren. Er fragte sich, ob Yoga seinem Ghul dabei half, ihre unerschütterliche gelassene Effizienz zu behalten. Auf jeden Fall war er froh, daß er sie gefunden hatte.

In jeder Nacht, die Owain in El Grecos Haus verbrachte, gab es eine kurze Zeit am frühen Morgen, so kurz nach vier, wenn Maria und Ferdinand sich schon zurückgezogen hatten, aber noch vor Miguels zweitem Besuch, in der Owain und Kendall praktisch allein waren. In der zweiten Nacht wanderten Owains Gedanken zu dieser Zeit kurz zu der verschlossenen Tür im oberen Geschoß. In der dritten Nacht dachte er ernsthaft darüber nach, etwas in dieser Richtung zu unternehmen, aber sein guten Manieren hielten ihn zurück. Obwohl er gegen seinen Willen über den Atlantik beordert worden war, war er doch Gast in El Grecos Haus. In der vierten Nacht stand er eine halbe Stunde vor der verschlossenen Tür. Die sterile Umgebung des Hauses langweilte ihn, und er war neugierig, warum er nach all den Jahren nach Spanien zurückgerufen worden war.

In der fünften Nacht rief Owain, kurz nachdem sich Maria und Ferdinand in ihre eigenen Räume zurückgezogen hatten, Kendall zu sich. "Halten Sie oben an der Treppe Wache. Warnen Sie mich, sobald sich einer der Dienstboten rührt oder falls Miguel früher als erwartete eintrifft." Sie nickte ohne eine weitere Frage. Sie wußte, was er vorhatte.

Einfache Schlösser hatten Owain noch nie viel Mühe bereitet, oder zumindest nicht, seit er in die Welt der Untoten eingedrungen war. Es war eine angenehme Überraschung, festzustellen, daß seine Befürchtungen El Greco könnte ein ausgefeiltes Sicherheitssystem haben, völlig unbegründet waren. Eine kleine Bewegung seines Handgelenkes genügte, und die Tür war offen. Und dann betrat Owain den verbotenen Raum.

Die schlichten Möbel, die er in der Dunkelheit sah, führten ihn wieder zu der Frage, ob das Haus tatsächlich El Greco gehörte. Dem El Greco, der stets so extravagant und ausgefallen gewohnt hatte und dem das Gefühl eines aufwendig gearbeiteten Möbelstückes unter seinen Händen mehr Vergnügen und Befriedigung verschaffte als einem Gourmet ein Festmahl. Der Raum war nur bescheiden ausgestattet. Ein massiver, aber unauffälliger Sekretär stand neben einem flachen Schreibtisch, und auf einem einfachen Tisch stand ein Schachspiel, wie man es in jedem beliebigen Geschäft kaufen konnte. Die Anordnung der Figuren kam Owain nicht bekannt vor. Offensichtlich hatte El Greco ein neues Spiel begonnen, denn es handelte sich nicht um die Todesphase in dem Spiel, in dem er Owain vor so kurzer Zeit besiegt hatte. Vielleicht unterhielt El Greco wie Miguel eine weitere Zuflucht in der Stadt, und wenn er zurückkehrte, würde er Owain in seine luxuriösen Gemächer unter dem El Alcazar rufen. In dem Spiel, das Owain vor sich sah, war Weiß in eine Ecke zurückgedrängt und hatte alle Figuren bis auf den König und drei Bauern verloren. Weiß mußte sich schon seit vielen Zügen in einer ausweglosen Situation befinden.

Aber für den Moment war es eher der Sekretär, der Owains Interesse weckte. Ein weiteres Schloß. Sicherlich komplizierter und vermutlich mit einer Falle versehen. Aber zu Owains Überraschung war dies nicht der Fall. Eine weitere Drehung seiner Hand und der Inhalt lag offen vor ihm. Die kleine Fläche unter der Klappe sah eher nach El Greco aus, wie Owain ihn kannte. Papiere breiteten sich in mehreren Schichten über die Schreibfläche. Bei vielen handelte es sich um Skizzen von Personen oder Landschaften. Selbst auf den Rändern der verstreut herumliegenden finanziellen Papiere fanden sich Zeichnungen, wobei manche auch quer über den Text liefen. Es gab offensichtlich stark überarbeitete Gedichtfragmente, die sich teilweise auf Papierfetzen befanden, die zerknüllt und dann wieder geglättet worden waren.

Owain verschaffte sich einen Überblick, wobei er versucht, die Ordnung der Papiere so wenig wie möglich zu stören. *Es besteht kein Grund, daß El Greco erfahren müßte, daß ich seine Papiere durchsucht habe.* Er öffnete die kleinen Schubladen, die mit einem Sammelsurium profaner Gegenstände gefüllt waren. Stifte, Büroklammern, Briefmarken, nichts weiter. Er schloß die Schubladen und untersuchte die Holzverkleidung genauer. Er brauchte nicht lange, um das Geheimfach zu entdecken. Es war nicht besonders gut versteckt, gerade so gut, daß es einem nicht beim ersten Blick ins Auge fiel. Owain wäre von El Greco schwer enttäuscht gewesen, wenn er nicht etwas ähnliches gefunden hätte. Das Briefpapier in der Schublade kam ihm bekannt vor. Er nahm es heraus und sah, daß es dieselbe Elfenbeintönung und dieselbe elegante Struktur hatte, die er selbst bevorzugte. Und dann, als er den Brief genauer betrachtete, mußte er feststellen, daß auch die Handschrift auf dem Papier seine eigene war.

El Greco,

mein Glück hält selbst in Angelegenheiten an, die viel wichtiger als das Schachspiel sind, also verdammt Eure Fähigkeiten nicht zu stark. Während Kainiten auf der ganzen Welt es nicht mehr wagen, das Haus zu verlassen und voller Angst vor den Auswirkungen des Fluchs hinter verschlossenen Türen verharren, habe ich den wahren Grund für den Blutfluch entdeckt. Ich nehme an, daß Euch das interessieren wird.

Owain warf einen genaueren Blick auf das Schreiben. Die Schrift, jede Eigenart der technisch unvollkommenen Schwünge war ganz ohne Zweifel seine eigene. Selbst das Papier und die unregelmäßige Verteilung der Tinte durch seinen antiken Federkiel stimmten vollkommen überein.

Aber Owain hatte diese Worte nie geschrieben.

Und er wagte es kaum, seinen Augen zu trauen, als er weiter las.

Ich meine mich zu erinnern, daß Ihr bei der einen oder anderen Gelegenheit die Bekanntschaft des Bischofs von Madrid, eines gewissen Carlos, gemacht habt. Wäre es nicht sehr unangenehm für ihn, wenn die, die über ihn herrschen, erfahren sollten, daß er für den Ausbruch dieses Fluchs, der unsere Kräfte in den letzten Wochen so sehr geschwächt hat, verantwortlich wäre? Ich bin mir jedoch sicher, daß Euch nichts ferner liegen würde, als einem Gefährten so ein Unglück zu wünschen.

Aber vielleicht ist die Sache für Euch doch nicht von Interesse. Und vielleicht ist es auch gar keine □berraschung für Euch zu erfahren, daß Carlos, wie so viele andere unserer Kameraden, ein Kainit mit überaus hohen Ambitionen ist. Es ist mir zu Ohren gekommen, daß einige seiner Untergebenen nach seinen Anweisungen Experimente mit vampirischer Vitae durchgeführt haben. Es handelte sich hierbei um magische Experimente, in denen sie ihre dunklen Künste zur Transformation und Stärkung des Blutes einzusetzen versuchten. Nun mögt Ihr euch fragen, warum das für sie von Interesse sein sollte?. Nun, es läßt sich kaum bestreiten, daß bei unserer Art eine gewisse Relation zwischen Alter und Macht besteht. Die □lteren von uns sind meist auch weniger Generationen vom Dunklen Vater entfernt und damit der Ursprungsquelle der Macht näher. Je älter die Vitae, desto machtvoller ist sie. Um einen Kainit mächtiger zu machen, muß man also die Kraft seines Blutes steigern. Und genau das ist es, was Carlos mit seinem 'Projekt Angharad' erreichen wollte.

Owain erstarrte. *Angharad.* Schon wieder dieser Name! Seine Liebe, an die ihn zuerst das Lied der Sirene erinnert hatte, dann die Entweihung ihres Namen durch Albert und nun dies. Owain sank auf einen Stuhl. Er fühlte sich schwindelig, elend. Die Nebel wirbelten vor ihm, sein Bewußtsein wurde wieder von den Visionen des lebenden Baums und des Turms überfallen, aber er kämpfte sie nieder. Er zwang sich, den Brief weiterzulesen.

Und genau das ist es, was Carlos mit seinem 'Projekt Angharad' erreichen wollte. Vielleicht wollte er nur unsere Sekte stärken. Aber gibt es nicht auch andere Möglichkeiten?

Wer ist in Gefahr, wenn jüngere Kainiten plötzlich mehr Macht erhalten, insbesondere ohne den Vorteil der Weisheit, die jene von uns aus alter Zeit über die Jahre hinweg erlangt haben? Sind es nicht wir, die sich in der größten Gefahr befinden? Seid es nicht Ihr? Ist es nicht der Erzbischof? Wenn Carlos tatsächlich der Herr über eine solche Macht wäre, hätte er nicht eine Menge zu gewinnen?

Glücklicherweise hat er sein Ziel noch nicht erreicht. Der Fluch ist unser Beweis. Aber wie lange wird es noch dauern, bis er Erfolg hat?

Woher ich all dieses weiß? Weil der Fluch hier in meinem Atlanta den Anfang nahm. Einer von Carlos Untergebenen, ein weiterer ambitionierter Kainit namens Grimsdale, hatte sich mit einer nicht ganz gelungenen Probe des Blutes abgesetzt. Er wollte die Geheimnisse des Blutes in der Neuen Welt verkaufen. Nicht umsonst nennt man es das Land der unbegrenzten Möglichkeiten, mi amigo. Aber Grimsdale wurde von einigen von Carlos Getreuen aufgespürt. Und als die Verfolger sich ihm näherten, trank er das Blut selbst, offensichtlich in der Hoffnung die Kraft des Blutes zur Erhaltung seiner eigenen Existenz einzusetzen. Er hatte keinen Erfolg. Und als sein Blut von seinen Verfolgern gestohlen wurde, nahm der Fluch seinen Anfang.

Ich brauche wohl kaum noch einmal näher auf die Auswirkungen, die der Fluch uns...

"Seid mir gegrüßt, Owain ."

Überrascht wirbelte Owain auf dem Stuhl herum und starrt in Richtung der Stimme zur Tür. Vor ihm stand El Greco. In einem Arm hielt er die leblose Gestalt Kendall Jacksons. Trotz der Dunkelheit konnte Owain das rote Glühen seiner Augen erkennen, und die Schatten, die über seine eingefallenen Gesichtszüge spielten, schienen dunkler als die schwärzeste Nacht.

Als Nicholas früh am nächsten Abend zu der Unterführung zurückkehrte, war Blackfeather nirgendwo zu sehen. Der aufgesprühte Kreis war auf dem nassen Beton noch immer deutlich sichtbar. Nicholas ging unruhig hin und her, dann räumte er den Müll, der in den Kreis geweht war, beiseite, setzte sich und bereitete sich darauf vor zu warten.

Es fiel ihm schwer den nagenden Hunger zu ignorieren. Er raste in seinen Eingeweiden, als wenn er einen Weg nach draußen suchen würde. Fast bedauerte er es, den lästigen Toreador, der ihm gefolgt war, nicht getötet zu haben.

Ohne Zweifel hatte die Witzfigur unterdessen Prinz Benison vollständigen Bericht über Nicholas' Anwesenheit in der Stadt und seine Aktivitäten erstattet. Der Prinz war kein geduldiger Mann und neigte bei der kleinsten Beleidigung zu Wutausbrüchen.

Ganz besonders ärgerten ihn unangemeldete Besucher, die es nicht für nötig hielten, sich offiziell bei ihm vorzustellen. Falls Nicholas noch länger in der Stadt bleiben würde, konnte er ganz sicher damit rechnen, vor den Prinzen bestellt zu werden, um seinen Bruch der Etikette genau zu erklären.

Nicholas war heute nicht schlauer als vor einem Tag, als er sich von Blackfeather getrennt hatte. Er hatte kein Spur von Evans gefunden. Das Anwesen hatte keine offensichtlichen Anzeichen von Bewohnern gezeigt, und es gab auch keinerlei Hinweise darauf, daß sein Besitzer in der nächsten Zeit zurückkehren würde.

Nicholas hatte gehofft, daß er die Spur in der verlassenen Kirche wiederfinden würde, aber auch das war eine Sackgasse gewesen. Allem Anschein nach hatte dort eine Art Auseinandersetzung stattgefunden, und seitdem waren kaum mehr Besucher dort gewesen. Der Dolch hatte zwar nach Evans gerochen, aber die Witterung war schon Wochen alt.

Die Spur war kalt, und Nicholas kehrte zurück, ohne Antworten gefunden zu haben oder seiner Rache auch nur einen Schritt nähergekommen zu sein. Aber er war dem unangenehmen Ende, das er in seinen Adern trug, eine Nacht näher.

"Wenn Liebe blind ist, dann ist Haß stocktaub", hörte er eine nur allzu bekannte Stimme direkt hinter sich. Nicholas kämpfte den Instinkt nieder, sich herumzuwerfen und zuzuschlagen. Es gelang ihm sogar, die wütende Antwort und die Herausforderung zu unterdrükken, die ihm schon auf der Zunge lag.

Nicholas war eigentlich wütender auf sich selbst, als auf den nekkenden Ton in der Stimme des anderen. Er hatte sich überraschen lassen. Doch er beherrschte sich und stand auf, um seinen Freund zu begrüßen.

"Er ist nicht mehr hier", sagte Nicholas einfach. "Und auch ich sollte schon lange von hier fort sein. Der Prinz hat einen Verfolger auf meine Spur gesetzt. Vermutlich nach dem Aufruhr auf dem Anwesen. Ich bin nur überrascht, daß sie nicht..." Sein Stimme verlor sich.

"Sie sind", antwortete Blackfeather die implizite Frage. "Doch dann sahen sie mich und den Kreis und das Feuer und zogen sich für's erste zurück. Falls einer von ihnen mächtig genug ist, wird er heute nacht kommen. Falls nicht", Blackfeather zuckte die Schultern, "werden viele heute nacht kommen."

Nicholas' Blick schweifte über die Schatten, die sie umgaben. Er verfluchte sich für seine vorherige Unaufmerksamkeit. "Dann müssen wir weg von hier. Nicht weit, aber raus aus den Vororten. Weiter werden sie uns nicht folgen."

"Aber wo willst du hin?" Blackfeather musterte ihn aufmerksam.

Nicholas ließ sich Zeit mit seiner Antwort. Blackfeathers Anwesenheit machte ihn nervös und unruhig. Er war sich ganz und gar nicht sicher, ob er ein guter Einfluß war.

"Evans hinterher", sagte er schließlich. "Beide Wege führen letztendlich doch immer zu Evans."

Blackfeather war sich nicht sicher, was mit "beide Wege" gemeint war. Alles, was er in der Zukunft sah, war Tod und Vergeltung.

Aber er hörte die Entschlossenheit in Nicholas' Worten. Es würde kein Argument geben, das den jungen Gangrel von seinem Weg abbringen würde.

"Und wie willst du ihn finden?" entgegnete Blackfeather, und umging damit alle Argumente, die Nicholas sich so vorsichtig zurechtgelegt hatte. "Du mußt selbst zugeben, daß in der ganzen Stadt keine Spur von ihm zu finden ist."

Bei diesen Worten verzog sich Nicholas Gesicht zu einem breiten Grinsen. "Du wirst ihn für mich finden."

Nicholas bemerkte mit Genugtuung, daß es ihm zum ersten Mal gelungen war, Blackfeather zu überraschen. Blackfeather murmelte etwas unverständliches, wandte Nicholas den Rücken zu und trat an den äußersten Rand des Kreises. Doch bevor seine Zehen den Rand berührten, hielt er inne, als würde er von einer unsichtbaren Kraft zurückgehalten.

Nicholas Stimme war sanft, fast wie eine Entschuldigung. "Natürlich. Ich verstehe. Das geht über deine Möglichkeiten. Ich werde mir einen anderen Jäger suchen müssen oder vielleicht einen Seher..."

Doch so einfach ließ sich Blackfeather nicht ködern. "Du bittest mich darum, dein Ende zu beschleunigen. Du versuchst sogar, mir die Entscheidung so leicht wie möglich zu machen." Er drehte sich um und lächelte. "Aber ich werde weiter denken als du", fuhr er, jetzt wieder ernst, fort. "Weiter als deine Blutlinie und die Forderungen deiner Ehre, die dich daran binden. Ich will, daß du an deinen Clan denkst, an dein Volk. Ich spreche mit ihrer Stimme.

Vor zehn Tagen warst du bereit für dein Recht als Anführer bis auf den Tod zu kämpfen. Heute nacht bittest du mich darum, dir dabei zu helfen, deinem Volk den Rücken zu kehren und deine persönliche Vendetta zu verfolgen. Darin liegt keine Ehre.

Kehre mit mir in die Wildnis zurück. Dort unter den Pinien, unter den Sternen, im ungestörten Kreis des Clans wirst du Trost finden."

Doch Nicholas gab keinen Fußbreit nach. Seine Augen funkelten zornig. "Willst du, daß ich wie ein dunkler Wind über sie komme? Wie eine Seuche? Als Schatten des Todes? Nein, ich bin weder für Mensch noch Tier gute Gesellschaft. Laß mich gehen. Schick mich auf meinen Weg."

Blackfeathers Augen ruhten für lange Zeit auf Nicholas. Er wußte, daß er recht hatte. Er konnte niemals zurückkehren. Der Fluch, der in der Stadt tobte, hatte sich in Nicholas verbissen und sich untrennbar mit dem Schatten, der in ihm wuchs, verbunden. "Komm", sagte Blackfeather. "Wir werden um Führung bitten."

Er führte Nicholas zu seinem angestammten Platz nahe den Resten des Feuers der letzten Nacht zurück. Blackfeather zog einen kalten geschwärzten Stock aus dem Feuer. Er strich Nicholas' Haar zurück und zeichnete ihm ein kryptisches Symbol auf die Stirn. Urdun – der Ochse. Das war vielleicht nicht gerade schmeichelhaft, aber die, die Augen zum Sehen hatten, würden wissen, daß sie sich Nicholas besser nicht in den Weg stellen sollten. Der Ochse ließ sich unmöglich von seinem vorbestimmten Weg abbringen, und er machte sich auch nicht allzu viele Gedanken über die, die er dabei zertrampelte.

Dann nahm Blackfeather etwas Ruß und schwärzte seine gesamte freiliegende Haut bis auf seine Hände.

"Räum die Reste des Feuers beiseite."

Während Nicholas der Anweisung Folge leistete, band Blackfeather einen handgearbeiteten Lederbeutel von seinem Gürtel los und legte ihn zwischen sie an die Stelle, an der vorher das Feuer gewesen war. Die Tasche war etwas besonderes. Sie war mit verschlungenen Zeichen oder vielleicht auch Bildern versehen, die Nicholas in der Dunkelheit aber nicht genau erkennen konnte. Es fiel ihm auf, daß er es noch nie gesehen hatte, daß Blackfeather diese bestimmte Tasche geöffnet hatte.

Blackfeather öffnete die Schnalle und zog eine Reihe von seltsamen Gegenständen hervor.

Er murmelte die Namen der Gegenstände leise vor sich hin, während er jedes Stück vor sich hinlegte. In Nicholas Ohren klang diese kleine Zeremonie wie ein ritueller Gesang. Es war eine uralte Formel, die mechanisch, wie auswendig gelernt, erklang. *Busfahrscheine, Theaterkarten, eine American Express Karte, Tarot Karten, die Schlüssel eines zweimal gestohlenen Autos, ein halber Dollar mit dem Bild Kennedys, Camel ohne Filter, eine Rasierklinge, eine Diskette, Kreuzschlitzschrauben, eine leere Tube Pattex, ein Walkman, eine Rolex, AA Batterien, Operationshandschuhe, eine Bordkarte, Zahnseide, dreizehn zueinander passende Schachfiguren, Patronenhülsen, Schnappschüsse, ein Handy...*

Blackfeather zog jeden neuen Schatz aus seiner Tasche, als wäre es der Schlüssel zu einem Sechser im Lotto . Bei einigen Gegenständen hielt er inne, rollte sie zwischen seinen Händen hin und her, genoß es, sie zu berühren und sie so nah bei sich zu haben.

Er bemerkte, daß Nicholas, der immer noch in der Nähe stand, ihn verwirrt und verständnislos anstarrte. Blackfeather bedeutete ihm, sich wieder zu setzen. Dann sprach er.

Seine Worte hatten noch immer denselben mystischen, singenden Klang, aber er sprach ganz offensichtlich zu Nicholas. Geduldig versuchte er, ihm die Sache zu erklären. *"Ich habe diese Dinge und mehr gesammelt und bei mir getragen. Federn und Bärenzähne und andere Symbole, um Erinnerungen und Geschichten heraufzubeschwören. Mit ihnen webe ich einen Mantel um mich, in den ich mich hüllen kann. Sie sind meine Rüstung. Wenn ich sie esse, geben sie mir Mut. Wenn ich sie werfe, enthüllen sie mir Blicke auf die Zukunft."*

Nicholas lauschte gebannt, wie Blackfeather die Geheimnisse, die die seltsame Ansammlung von Gegenständen enthielt, enthüllte. Sein Geist versuchte vergeblich, in den Objekten einen Sinn zu erkennen. Aber seine Assoziationen zu den Gegenständen, zu den Beziehungen von Entfernung und Nähe, den Überschneidungen zwischen ihnen, blieben unverständlich. All das sagte ihm nichts.

Er konnte mit dieser seltsamen Sprache aus Zeichen, Vorahnungen und Weissagungen nichts anfangen. Aber Blackfeather schien etwas von ihm zu erwarten. Zögernd schob er einige der Gegenstände hin und her.

Er hob die Rasierklinge auf, wollte sie auspacken, zögerte dann aber und legte sie schnell wieder an ihren Platz zurück. Blackfeather beobachtete ihn mit unbewegtem Gesichtsausdruck.

"Aber ich kann nicht...", setzte Nicholas an.

Blackfeather griff langsam nach der Schachtel Camels. Nicholas war fast zu überrascht, um die Schachtel aufzufangen, als Blackfeather sie ihm plötzlich zuwarf.

"Du mußt dich entspannen", sagte Blackfeather. "Du versuchst es viel zu stark." Das türkisbesetzte Zippo schnappte auf und eine Flamme sprang hervor.

Nicholas starrte für einen Moment die Flamme an und dachte an den Test in der vorigen Nacht. Dann schien er plötzlich wie aus einem Traum zu erwachen. Er riß das Päckchen Camels auf, steckte sich eine zwischen die Lippen und reichte eine andere an Blackfeather weiter.

Nicholas konnte sich nicht mehr erinnern, wie lange es her war, daß er eine Zigarette geraucht hatte. Er war sich nicht einmal sicher, ob er es überhaupt noch konnte. Schon das Atmen fiel ihm schwer, und er hatte immer das Gefühl, daß die Leute ihn anstarrten, wenn er es versuchte.

Eine bläuliche Flamme tanzte vor seinen Augen, verschwand dann wieder und hinterließ den Geruch brennenden Tabaks. Nicholas nahm langsame Züge. Er fühlte die Nähe der kleinen Flamme. Das war etwas, was er verstehen konnte.

"Schon besser", sagte Blackfeather und machte dann weiter. "Ich lege sie hier vor dir aus, damit nach unserer Trennung Ihre Kraft deine Kraft werde und Ihre Geschichte deine Geschichte. Und damit sie dir in den dunklen Stunden vertraut sein werden."

Nicholas verstand immer noch nicht. Aber wenigstens kämpfte er jetzt nicht mehr. Entschlossen wandte er den Blick von den durcheinander liegenden Gegenständen und sah Blackfeather geradeheraus an. "Also, wo ist er?"

Blackfeather lachte und begann die Gegenstände wieder in seine Tasche zu packen. Für eine lange Zeit glaubte Nicholas, er würde keine Antwort erhalten.

Blackfeather legte den letzten Gegenstand in den Beutel zurück. "Autoschlüssel. Amex. Bordticket." Blackfeather warf jeden Gegenstand vor Nicholas an die Erde.

"Das Auto parkt auf der anderen Straßenseite. Das Schiff legt morgen nacht in Savannah ab. Wenn du dich einschiffst, wird Evans Madrid erreicht haben."

Nicholas steckte Blackfeathers Geschenke ein. Mit einem Seufzer stand er auf. "Ich werde das Auto außerhalb der Stadt zurücklassen, wo du es wiederfinden kannst."

Blackfeather stand auf und befestigte den Beutel wieder an seinem Gürtel. "Nicholas", begann er, hielt dann aber inne. Nach einer sehr langen Pause fuhr er fort. "Es muß nicht mit Blut enden."

Nicholas wußte nicht, ob Blackfeather über die Konfrontation mit Evans sprach oder über den Fluch oder einen noch größeren Kampf.

Aber Nicholas kannte kein anderes Ende. Alles begann mit Blut und es würde auch mit Blut enden müssen. Aber er sprach diese Gedanken nicht aus.

Blackfeather sah ihm für lange Zeit nach. Er hörte den Motor des Autos anspringen und dann in der Ferne verschwinden. Er steckte sich eine weitere Zigarette an, beobachtete wie sich der Qualm himmelwärts schlängelte und ließ seine Gedanken heimwärts wandern.

Kli Kodesh ritt auf einem Strudel aus Gewalt, Verrat und Terror. Es war ihm vage bewußt, daß er sich mit halsbrecherischer Geschwindigkeit ostwärts bewegte – fort von der Stadt der Engel und mitten hinein in die ewigen Weiten des amerikanischen Ödlands.

Die unerträglich gleichförmige Folge von Stadt, Vororten, Stadt, Vororten, die an ihm vorüberzogen, hinterließen keinen bleibenden Eindruck. In seinen Augen war alles eine riesige, endlose Wüste mit wogenden Dünen aus Asphalt, Beton und Fertigbauten, die sich bis zum Horizont erstreckte.

Es gab jedoch auch einige Details, die er nicht übersehen konnte. Das irritierende Aufflackern einer Messerklinge im fluoreszierenden Licht. Das Echo von Schüssen, die einen U-Bahn Tunnel entlang peitschten. Das zerbrechliche Muster von Lebensblut, das sich in einem weiß glänzenden Porzellanwaschbecken fing.

Kli Kodesh reiste mit hoher Geschwindigkeit, und er konnte nicht jeder Grausamkeit und jedem Blutritus, der sich in seinen Bewußtsein drängte, einen Ortsnamen zuordnen. Sie kamen plötzlich und unwiderstehlich zu ihm, wie Blitze in dem Sturm, der ihn vorwärts trug.

Er stellte sich jeden Akt der Gewalt als einzelnen Blutstropfen in einem donnernden Wolkenbruch vor. Die Worte der alten Prophezeiung der Kainiten stahlen sich ungebeten in seine Gedanken:

Auf sein Wort öffnet sich der Himmel, und regnet Blut auf seinen bestellten Acker. Seine Kinder heben voller Erwartung ihre Gesichter gen Himmel, doch sie ersticken und ertrinken in der Flut des sich vergießenden Lebens. Dies ist der Preis ihres Hungers.

Die Worte aus dem *Buch Enoch* rollten wie Donner durch die stillen Korridore seines Geistes. Dieses Buch, eines der ältesten und dunkelsten Vermächtnisse der Kainskinder, vielleicht sogar älter als das Buch Nod - wer konnte solche Dinge schon mit Gewißheit sagen - war eine eklektische Ansammlung von Prophezeiungen, Sagen und Legenden, die alle von der großen Vergeltung handelten, die da kommen sollte, der Endzeit.

Der Vater, der einen blutigen Regen auf seine Kinder regnen lassen würde, war sicher eine Anspielung auf Kain, den Dunklen Vater. Aber gerade diese Passage ließ sich genauso gut als Geschichte und nicht als Prophezeiung lesen.

Andere Passagen waren weniger zweideutig und sprachen direkt von der Zeit des Schnitters, die da kommen würde. Kli Kodesh verlor sich in der Suche nach dem Pfad durch das Labyrinth der gewundenen Verse. Er durchsuchte und sortierte die kryptischen Fragmente der Prophezeiungen, wobei er jede sorgfältig abwog, ihre Zusammengehörigkeit überprüfte und sie sorgsam in Stapel arrangierte. Bald verlor er sich in der systematischen Konstruktion der Zukunft.

Es dauerte einige Zeit bis er bemerkte, daß er nicht mehr dem andauernden Einsturm der Gewalt ausgesetzt war. Anscheinend hatte er die Ostküste nun schon weit hinter sich gelassen und befand sich vermutlich weit draußen auf dem Ozean.

In den Ozeanen fand Kli Kodesh Trost wie nirgendwo sonst, Freiheit von den ständigen Attacken der schrecklichen Verbrechen anderer. Es war wie ein Vorgeschmack auf seine endgültige Erlösung.

Kli Kodesh erlaubte es sich, in süßes Vergessen abzudriften. Leise wiederholte er immer wieder sein neuestes Mantra, das Fragment der Wahrheit, das er vor so kurzer Zeit aus dem trügerischen Sand der Prophezeiungen, Orakel und Aberglauben gesiebt hatte:

Erst dann wird Kain seinen rotäugigen Ochsen, Gehenna genannt, ausspannen, da niemand sein Antlitz ertragen kann, und er wird grasen auf der Ebene von Jesreel.

SECHS

Die Leute, denen William Nen diese Nacht rund ums Little Five Point begegnete, waren ganz und gar nicht das, was er gewöhnt war. Punks mit Haaren in den verschiedensten Neonfarben, Hippies der zweiten Generation in zerrissenen Klamotten, Obdachlose, die auf jeder Parkbank zuhause waren, junge Frauen, deren T-Shirts so eng waren, daß es keinen Zweifel geben konnte, daß sie auf BHs verzichtet hatten. Unwillkürlich fragte Nen sich, wie hoch die Infektionsrate der Piercings war, die ihm hier so zahlreich und aufdringlich präsentiert wurden. Laute Musik drang aus den Clubs an der Moreland Avenue. An einem davon war Nen ganz besonders interessiert. Er zog an seinem Schnurrbart, während er die Adresse prüfte, die auf den Papierfetzen in seiner Hand gekritzelt war. Das Nine Tails war einer der lautesten und lebhaftesten Clubs, und in der benachbarten Gasse waren die Leichen JKL14337 und JKL14338 gefunden worden.

Vergiß es, hatte Nens Vorgesetzte, Dr. Maureen Blake, gesagt. Nen fand es seltsam, daß der Fall sie zwar zunächst fasziniert hatte, sie ihm später aber praktisch befohlen hatte, die Untersuchung zu den Akten zu legen. Aber für Nen war es wichtiger, die Gefahr einer Epidemie einzudämmen. Er hatte die Auswirkungen eines hemorrhagischen Fiebers auf ein Ballungszentrum schon selbst beobachten können. Da also Maureen ihn zwar praktisch, aber nicht tatsächlich angewiesen hatte, die Nachforschungen aufzugeben, hatte er beschlossen, weiterzumachen.

Das hatte ihn hier in die Gasse neben dem Nine Tails getrieben. Als er von der hell erleuchteten Hauptstraße in die Schatten der Gasse trat, kam Nen zum ersten Mal der Gedanke, daß es nicht das geschickteste Vorgehen war, allein in einer dunklen Seitengasse herumzuschnüffeln, zumal, wenn sie in einem nicht sehr vertrauenerweckenden Stadtteil lag. Wer wußte, was dort in den Schatten lauerte? Aber am Tag war es praktisch unmöglich, aus dem Büro zu entkommen. Außerdem fiel es Nen schwer, einen Straßenräuber als Gefahr anzusehen, nachdem er schon mehrere Aufenthalte in den gefährlichsten Seuchengebieten Afrikas überlebt hatte - auch wenn diese Einstellung sicher nicht sehr vernünftig war. Doch als er tiefer in die Gasse vordrang und die Schatten dunkler wurden, fiel es ihm immer schwerer, die Stimme in seinem Hinterkopf zu ignorieren, die ihm sehr klar mitteilte, daß die Tatsache, daß er die gefährlichsten Seuchengebiete Afrikas überlebt hatte, einem Straßenräuber ziemlich egal wäre.

Der Muskel an Nens linkem Auge begann zu zucken. Er konnte die hämmernden Bässe aus dem Club hören. *Die müssen da drin doch schon fast taub sein*, dachte Nen. Als er etwa die Hälfte der Gasse hinter sich hatte, blieb Nen stehen. Er drehte sich um und schaute zur Moreland Avenue zurück. Er konnte die Passanten deutlich erkennen. In der anderen Richtung führte die Gasse zu einer anderen Straße mit Häusern und Wohnblocks. Wahrscheinlich war die Gasse tagsüber ein vielbenutzter Durchgang für die Anwohner. Er war sich sicher, daß es kaum eine Möglichkeit gab, daß zwei Leichen hier über mehrere Wochen hinweg unentdeckt liegen konnten. Doch genau das müßte passiert sein, um das Gewebe so zerfallen zu lassen, wie es bei den Leichen der Fall gewesen war. Es gab immer noch die Möglichkeit, daß jemand die Leichen in der Gasse abgeladen hatte, aber warum hatte er dann frisches Blut über sie gegossen? Nen hatte keine Antwort auf diese Frage, aber er hatte alles gesehen, was es hier zu sehen gab. Wenigstens hatte er jetzt ein Bild vor Augen, wenn er zu rekonstruieren versuchte, was hier passiert war.

Als Nen zur Hauptstraße zurückging, bemerkte er nicht die Gestalt, die rechts von ihm an der Wand lehnte. Sie trug einen konservativen Anzug und eine Krawatte, ihre Haare waren kurz und erst vor kurzem geschnitten und ihre Brille hatte ein teures Metallgestell. All das stand in so krassem Gegensatz zur Aufmachung aller anderen hier rund um das Little Five Points, daß es Nen eigentlich hätte ins Auge springen müssen. Aber die Person, die Nen nicht sah, war Thelonious, der Erstgeborene der Brujah Atlantas, der sich leicht ungesehen unter den Sterblichen bewegen konnte, wenn es ihm gefiel. Schweigend beobachtete er, wie Nen zurück zu seinem Auto ging.

El Greco stand in der Tür. Schatten umgaben ihn. Das einzige, was Owain erkennen konnte, war das Glitzern in den Augen seines Freundes. El Greco war groß, aber etwas gebeugter, als Owain es in Erinnerung hatte. Ohne sich umzudrehen ließ Owain den Brief auf den

Schreibtisch gleiten. El Greco bewegte sich nicht. Er stand völlig reglos und beobachtete den Gast, den er überrascht hatte, als er die persönlichen Besitztümer seines Gastgebers durchsuchte. Nach einiger Zeit konnte Owain mehr von den hageren, fast fragilen Gesichtszügen erkennen. El Grecos Augen und Wangen waren eingesunken, was die Schatten auf seinem Gesicht noch tiefer erscheinen ließ.

Wortlos ließ El Greco Kendall Jacksons reglose Gestalt auf den Boden fallen. Sie fiel hart. "Ich glaube, das gehört dir", sagte er.

Owain konnte weder seinen Tonfall noch seinen Gesichtsausdruck erkennen. War er wütend? Amüsiert? "El Greco", sagte Owain, "darf ich Ihnen Kendall Jackson vorstellen? Ich werde Sie ihr später vorstellen."

"So sieht es aus", antwortete El Greco. Er stieg über Kendall hinweg, trat an den Tisch in der Ecke des Raums und entzündete eine Öllampe.

Das Streichholz warf ein unheimliches rotes Licht und tanzende Schatten auf El Grecos an ein Skelett erinnerndes Gesicht. Ein schmaler Kiefer, eingefallene Wangen, ein spitzes Kinn, ein dünner Schnurrbart und Augen, stechend wie der Tod – für einen Moment hatte Owain den Eindruck, dem Teufel ins Gesicht zu sehen. Tatsächlich hatte El Greco Owain hierher bestellt, wie Satan seine Rechnung dem präsentierte, der ihm seine Seele verkauft hatte.

"Es ist schon einige Zeit her, daß wir uns das letzte Mal gesehen haben", sagte El Greco, während er langsam zu seinem Schreibtisch hinüberging. Vorsichtig zog er den zweiten Stuhl zurück und setzte sich. "Ich mußte unerwartet weg. Du weißt, wie das Geschäft manchmal läuft."

"Sehr richtig", sagte Owain. "In der einen Nacht läuft alles ganz normal. In der nächsten werden plötzlich alte Gefallen eingefordert."

"Ein Gefallen ist eine Sache", widersprach El Greco. "Eine *Pflicht* ist etwas ganz anderes, nicht wahr?"

Owains Tonfall blieb unverbindlich. "Die Unterschiede sind marginal."

"Aber ganz und gar nicht." Die zwei alten Kainiten sahen sich an, die Blicke ineinander verschränkt, jeder auf der Suche, aber nicht gewillt, selbst etwas zu enthüllen. Schließlich seufzte El Greco tief. "Ich weiß es durchaus zu schätzen, daß du und *la señorita* Miguel dabei geholfen habt, das Haus in Ordnung zu halten", sagte er verbindlich, "aber es ist kaum nötig, daß du die Post durchsiehst."

"Ich vermisse eben meine eigenen ermüdenden täglichen Aufgaben", erwiderte Owain trocken. Unnötig darauf hinzuweisen, daß er schon seit über vierzig Jahren seine eigene Post nicht mehr geöffnet hatte.

"*Tägliche* Aufgaben", wiederholte El Greco. "Wie menschlich von dir, Owain."

Wieder saßen sich die beiden schweigend gegenüber und sahen sich an. Owain mußte einräumen, daß sie vor sechshundert Jahren Freunde gewesen waren. Er war gegen Ende des vierzehnten Jahrhunderts nach Spanien gekommen. Zu diesem Zeitpunkt war er noch keine hundert Jahre aus seinem heimatlichen Wales verbannt gewesen, und nachdem er sein Spielchen mit den Templern in Frankreich beendet hatte, war er ohne Aufgabe und Ziel umhergeirrt, und sich nicht sicher gewesen, ob er seine höllische Existenz, seine Verdammung auf der Erde fortsetzen wollte oder nicht. El Grecos Energie und sein Verlangen nach allen lebendigen Dingen hatte ihn damals wiederbelebt und ihn für fünfundsiebzig Jahre aufrecht gehalten, bis der Tod seines langjährigen Ghuls und Gefährten Gwilym unter den Händen der Inquisition Owain in solche Verzweiflung gestürzt hatte, daß er sich freiwillig in die Starre begeben hatte.

Als er zweihundert Jahre später in die Welt der Lebenden zurückkehrte, war die Welt nicht mehr dieselbe. Diejenigen, die den Kampf nicht aufgeben wollten, auch nachdem die Camarilla die Große Anarchenrevolte niedergeschlagen hatte, hatten den Sabbat gegründet, und El Greco war einer der wenigen Toreador, die direkt in diesen Konflikt eingriffen, und einer der Anführer der Bewegung. Sein Enthusiasmus und seine Leidenschaft hatten wie ein Magnet auf Owain gewirkt, der damals so wenig eigenes Feuer gehabt hatte. All die Gespräche über Freiheit, *libertad*, waren wie ein Rausch, und Owain hatte sich dem Sabbat angeschlossen.

Aber das war vor sehr langer Zeit gewesen, und Owain hatte sich in den letzten dreihundert Jahren stark von der Gruppe distanziert. Aber nun saß er El Greco gegenüber, einem der wenigen lebenden oder untoten Lebewesen, die von Owains Verbindungen zu der Gruppe, bei deren Gründung El Greco eine so fundamentale Rolle gespielt hatte, wußten. Owain hatte gewisse Versprechen gegeben, hatte einen Luteid abgelegt, und wenn ihm das nach all der Zeit auch fast nichts mehr bedeuten mochte, so wurde diese Einstellung von El Greco ganz sicher nicht geteilt. El Greco würde Owains Gelübde einfordern. Das war zur Zeit das einzige, dessen er sich ganz sicher sein konnte.

El Greco hatte sich in den letzten hundert Jahren offensichtlich verändert. Die Blässe seines Gesichts war die des Grabes. Selbst für einen Kainiten, die meist ohnehin ausgezehrt und blaß waren, sah er schlecht aus. Das konnte manchmal selbst den Untoten passieren. Die Jahre forderten ihren Tribut. Der Verfall konnte geistig, körperlich oder spirituell sein. Wenn Owain El Greco ansah, sah er einen müden, verfallenen Mann mit gebeugten Schultern und krummem Rücken. Aber die Augen, gefangenen in seinem verfallenden Körper, blitzen noch immer in ihrem alten Feuer. Sie waren sich des Versagens ihres körperlichen Gefängnisses wohl bewußt. Untot ist nicht dasselbe wie unsterblich.

"Du siehst gut aus", sagte El Greco, als wenn er Owains Gedanken gelesen hatte. Doch seine Worte waren nur eine Feststellung, kein Kompliment und ganz sicher kein Anzeichen dafür, daß es ihm irgendwie wichtig wäre. El Greco sprach abrupt. Seine Worte waren so kalt wie seine vorherige Bemerkung. "Wir müssen jetzt reden, Owain, denn morgen abend mußt du mich verlassen, und niemand darf von unserer Verbindung wissen."

Das traf Owain unvorbereitet. Er hatte auf El Grecos Wunsch hin den Atlantik überquert, und nun sollte er fortgeschickt werden? Warum der ganze Aufwand, wollte er fragen. Warum ihn überhaupt aus seiner gewohnten Umgebung herausreißen und schon damit eine Entdeckung riskieren? Aber er behielt seine Fragen für sich. "Das wird Miguel ganz sicher das Herz brechen."

El Greco lachte. Es war ein kaltes, hohles Geräusch, ein schwacher Keim eines Humors, der in den Umschlingungen des Verfalls schon zu oft erstickt worden war. "Du und Miguel hattet schon immer ein ganz besonders inniges Verhältnis, nicht wahr?" Das Lächeln blieb auf seinen Lippen, aber es war kaum warm zu nennen. "Wenigstens ist er loyal." Die Worte waren scharf und geschliffen wie ein Dolch.

"Ihr sagt, wir müssen sprechen", sagte Owain, den die implizite Anschuldigung ärgerte, mochte sie nun wahr sein oder nicht. Er war nicht den ganzen Weg hierhergekommen, um als Zielscheibe für Andeutungen zu dienen. "Also sprecht."

El Greco lachte leise, während seine Finger über die Platte des Schreibtisches strichen. "Die Jahre haben dir weder Geduld noch

Respekt beigebracht, Owain." Er schloß die Augen und sein Kopf sank zurück. "Ah, Freundschaft ist genau wie ein guter Wein, *mi amigo*. Mit den Jahren kann sie immer reicher und gehaltvoller werden", er öffnete seine Augen wieder, "oder sie wird zu Essig."

Owain sagte nichts. Im Moment konnte er durch Zuhören mehr erreichen, als wenn er El Grecos wachsenden Zorn noch anstachelte.

El Grecos Augenbrauen wanderten bei so viel Zurückhaltung in die Höhe, und er lächelte Owain an. "Nun denn, so werde ich also sprechen. Wie ich schon sagte, wurde ich vor einigen Nächten fort gerufen. Sonst wäre ich wie geplant bei deiner Ankunft hier gewesen. Ich wurde zu einem Treffen mit Monçada gerufen." Es folgte eine kurze Pause. "Ich bin mir wohl bewußt, daß du über die Vorgänge im Sabbat nicht auf dem Laufenden bist, aber ich nehme doch an, daß du weißt, wer Monçada ist."

Owain nickte. Er hatte schon von Ambrosio Luis Monçada, dem Sabbat-Erzbischof von Madrid, gehört, in dessen Hand zu einer Zeit vor einigen Jahrhunderten die Fäden der Herrschaft über fast ganz Westeuropa zusammengelaufen waren.

"Gut." El Greco war offensichtlich erfreut. "Ich bin nach Madrid gereist, um mich mit ihm zu treffen. Ich war über die Ehre, die Monçada mir erwies, zunächst hoch erfreut, bis ich erfuhr, daß auch Carlos zu einem Treffen mit Monçada gerufen worden war. Ich weiß, daß du von meinen... Gefühlen gegenüber Carlos weißt."

Bevor er vor wenigen Minuten den mysteriösen Brief gelesen hatte, hatte Owain noch nie von Carlos gehört. Nun kannte er ihn nur als El Grecos Rivalen. Das war alles, von dem er ausgehen konnte. Er nickte wieder.

"Auch Monçada kennt meine Gefühle für Carlos", erklärte El Greco, "wie auch umgekehrt Carlos' Gefühle mir gegenüber, insbesondere seit einige seiner Anhänger, die sich hier in Toledo in meinem Territorium ausbreiten wollten, ein unschönes Ende genommen haben."

Owain hatte keinerlei Schwierigkeiten, sich dieses vorzustellen. Er konnte sich nur allzu gut erinnern, was El Greco im achtzehnten Jahrhundert denen angetan hatte, die es gewagt hatten, sich ihm in den Weg zu stellen.

"Monçada hat gefordert, daß wir unsere Zwistigkeiten beilegen sollen." Ohne Vorwarnung schlug El Grecos Faust auf die Tischplatte.

"Zwistigkeiten!" Sein Gesicht verzog sich zu einem bösartigen Fauchen. Speichel spritzte von seinen entblößten Fängen. "Kann man es fassen? Er nennt es Zwistigkeiten, wenn dieser verräterische Bastard aus Madrid in mein Territorium einfällt!" Für einige Minuten konnte er vor Wut nicht weiter sprechen. Owain blieb ebenfalls still. Es lag durchaus im Bereich des Möglichen, daß sich El Greco in eine Raserei hineinsteigerte, und Owain hatte keinerlei Verlangen danach, auszuprobieren, wie schlecht genau der Zustand des alten Toreador war. Nach einigen Minuten hatte El Greco die Fassung wiedergewonnen. "Es entbehrt nicht einer gewissen Ironie", fuhr er nun wieder im Plauderton fort, "daß Monçada diese Ankündigung so kurz, nachdem ich deinen Brief erhalten habe, macht, nicht wahr?"

"Richtig." Owain konnte unmöglich wissen, wann genau El Greco den gefälschten Brief erhalten hatte, aber es mußte irgendwann in den letzten Wochen gewesen sein, als der Fluch durch die Reihen der Kainiten tobte.

"Hat es dich überrascht, daß Miguel nicht an der Vaulderie teilgenommen und das Blut geteilt hat, als er zuerst in Atlanta eintraf?" fragte El Greco in einem plötzlichen Themenwechsel.

Owain dachte für einen Moment nach. "Eigentlich ist es mir nicht besonders aufgefallen. Es ist schon so lange her, daß ich an den Riten teilgenommen habe. Schon fast ein Jahrhundert..."

"Also bist du auch nicht überrascht, daß ich dir nicht das Blut angeboten habe. *‚Libertad. Lealtad, Inmortal para siempre.‘*"

"Nein."

Plötzlich sah El Greco sehr alt und müde aus. Er lachte halbherzig, als wenn ihm die Geste zu große Mühe machte und seine ganze Konzentration erforderte. "Ach, Owain, du bist zu lange fort gewesen. Ich habe dich zu lange dir selbst überlassen."

"Ganz im Gegenteil, will mir scheinen", erwiderte Owain.

Das Lächeln auf El Grecos Gesicht verschwand. Mit der Wut kehrte auch seine Kraft zurück. "Du ermüdest mich, Owain. Auch meine Geduld hat Grenzen."

Owain erstarrte. Es war schon Jahre her, daß jemand so herablassend mit ihm gesprochen hatte. Benison war wenigstens immer respektvoll gewesen. Owain konnte sich an nur sehr wenige Personen erinnern, die überhaupt je so mit ihm gesprochen hatten, und sie alle hatte ein ähnliches Schicksal ereilt. Aber durch einen Akt höchster Willenskraft hielt er seine Zunge im Zaum.

"Der Blutfluch, Owain", sagte El Greco. "Für die Camarilla mag er hart sein, aber den Sabbat hat er praktisch vernichtet. Die Hälfte unserer Streitkräfte, in manchen Städten sogar zwei Drittel, sind verendet oder in eine wahnsinnige animalische Raserei verfallen." Sein Blick war durchdringend. Seine feuchten Augen schienen fast aus ihren Höhlen zu treten. "Nur die Starken überleben. *Genauso wie es eigentlich auch sein sollte.*"

El Grecos Finger bohrten sich in die Schreibtischplatte, als er sich zu Owain vorbeugte. Aber die Betonung der brutalen, darwinistischen Aussage kam bei dem Ventrue nicht an. Etwas an El Grecos Worten brachte eine Saite in Owain zum Schwingen, und er fühlte sich durch die Jahrhunderte zurückgetragen, bis lange vor die Zeit, als er in dieser alten Stadt gelebt hatte.

Nur die Starken überleben.

Genau diese Worte und noch mehr hatte Owain in den früheren Zeiten und an einem anderen Ort auch gesprochen. *Nur die Starken überleben. Nur die Starken herrschen.* Er hatte zu seinem Neffen Morgan gesprochen. Sein Neffe und sein Ghul. Owain hatte schon die Zeit von drei sterblichen Leben hinter sich gebracht, aber er war immer noch jung genug gewesen, sich für unbesiegbar zu halten. Er hatte die Worte gesprochen, und Morgan dann in den Tod geschickt.

Owain schauderte. Er kehrte mit einem Ruck in die Gegenwart zurück und sah, daß El Greco ihn mit einem spöttischen Lächeln auf den Lippen genau beobachtete. Owain war sprachlos. Seine Konzentration war unter dem unerwünschten Ansturm der siebenhundert Jahre alten Erinnerungen aus Wales zusammengebrochen.

El Greco hingegen war ganz und gar nicht sprachlos. "Die Jahre sind auch an dir nicht spurlos vorbeigegangen, nicht wahr, Owain?" Der gebeugte Toreador schien daraus eine selbstgefällige Befriedigung zu ziehen. "Du magst noch immer keinen Tag älter aussehen, als damals, als der Kuß an dich weitergegeben wurde, aber die Jahrhunderte lassen auf jedem ihre Narben zurück? Nur daß man manche Narben nicht sehen kann."

Die zwei Vampire saßen sich schweigend gegenüber. Die Flammen der Öllampe tanzten friedlich in der einen Ecke des Raumes und waren sich nicht des Gesprächs bewußt, das sie in Licht und Schatten tauchten. Owain konnte in El Greco noch immer die Reste der Leidenschaft erkennen, die ihn einst so unwiderstehlich gemacht hatten. Aber in seinem spöttischen Lächeln war auch Grausamkeit. Das hatte er vor sechshundert Jahren nicht sehen können. Aber seit damals hatte Owain viel Übung darin bekommen, Grausamkeit zu erkennen. Er konnte es in sich selbst wie auch in anderen sehen. Grausamkeit war die öffentliche Manifestation von Kontrolle, von Macht. Owain hatte zu lange Zeit damit verbracht, seine eigene Unabhängigkeit zu pflegen. Schon in seinen Tagen als Sterblicher hatte er sich nie einem anderen Willen als seinem eigenen fügen wollen. Als er nun wieder aktiv in die Welt der Kainiten eintrat, sah er sich wieder der Herausforderung derer gegenüber, die ihn kontrollieren wollten. Er würde sich nicht Prinz Benison in Atlanta fügen. Und er würde sich nicht El Greco in Toledo fügen. Eher würde er sie vernichten. Eher würde er sich selbst vernichten.

Owain waren die beobachtenden, bohrenden Blicke El Grecos unangenehm. Was machte es schon, fragte sich Owain, wenn seine Gedanken manchmal abschweiften. Wer, sei es Sterblicher oder Untoter, konnte schon von sich behaupten, daß die Zeit keinerlei Bedauern oder Schmerz bei ihm zurückgelassen hätte? War das bei El Greco anders? "Ihr habt von der Vaulderie gesprochen?"

El Greco lachte höflich. Ihm war nur allzu bewußt, daß Owain das Gespräch in eine andere Richtung lenken und gleichzeitig andeuten wollte, daß es El Grecos Gedanken waren, die wanderten, daß es der Toreador war, der seine Gedankengänge nicht zu Ende brachte. Er nickte Owain zu, als wenn er *Touché* sagen wollte. "Ich habe tatsächlich von der Vaulderie gesprochen. Ich habe meine Anhänger angewiesen, die Riten, solange der Blutfluch tobt, nicht mehr durchzuführen."

"Ihr sagt das so, als wenn Ihr glaubtet, daß der Fluch vorübergehen wird", sagte Owain.

"Alle Dinge gehen vorüber."

"Vielleicht ist es die Zeit der Kainiten, die zu Ende ist."

"Die Endzeit?" El Grecos Augenbrauen hoben sich, dann lachte er abschätzig. "An jeder Straßenecke stehen Vampire, die das predigen, Owain. Und weißt du, was sie alle verbindet? Es sind die, die nichts haben. Sie haben beim Ende der Welt nichts zu verlieren und alles zu gewinnen. Sie mögen ja Recht haben, aber wenn es so ist, dann gibt es wenig, was ich oder irgend jemand sonst dagegen tun kann. Also werde ich weiter davon ausgehen, daß sie nicht Recht haben.” Er lehnte sich in seinen Stuhl zurück. ”Aber wegen der Vaulderie, und du siehst, daß du mich schon wieder abgelenkt hast, ich habe meine Anhänger angewiesen, auf die Riten zu verzichten.”

”Warum?”

”Weil, wie du in deinem Brief so richtig bemerkt hast, der Fluch von magischer Art ist, und nur die mächtigsten Zauber sind von Dauer.”

Der Brief. Owain dachte daran, was er gelesen hatte, was er angeblich geschrieben haben sollte. Er hatte das Mißverständnis bis jetzt noch nicht aufgeklärt und würde auch noch einige Zeit brauchen, bevor er bereit war, zuzugeben, daß er nicht der Autor war. Leider hatte er nicht den ganzen Brief lesen können, bevor El Greco erschienen war, also mußte er vorsichtig sein. Er konnte es sich nicht leisten, eine Frage zu stellen, die in ”seinem eigenen” Brief beantwortet wurde. Sonst hätte er sicherlich Gegenargumente zu El Grecos Worten gefunden. Vielleicht erhielt sich der Fluch selbst. Vielleicht ernährte er sich von dem Blut jeden Vampirs, den er befiel. Es war unmöglich, sicher zu sein. Wie konnte El Greco sein Vorgehen auf so einer unsicheren Theorie aufbauen?

”Es wird vorübergehen”, wiederholte El Greco. ”In der Übergabe der Vitæ steckt eine Kraft, eine Energie. Wir haben es alle gefühlt, Owain, als wir den Kuß erhalten haben, und während der Vaulderie. Ich glaube, daß es diese Kraft ist, die dem Fluch seine Kraft verleiht.” Verwunderung zeigte sich auf El Grecos Zügen. ”Aus den Andeutungen in deinem Brief entnehme ich, daß du zu demselben Schluß gekommen bist.”

Owains Kehle zog sich zusammen. Er hatte keine Antwort. Verzweifelt durchsuchte er sein Gehirn nach allen Fakten oder auch nur Gerüchten, die er über den Fluch gehört hatte, nur für den Fall, daß El Greco eine konkretere Frage stellen würde.

El Greco zuckte mit den Schultern. ”Aber wie du es dir schon gedacht hast, bin ich doch einigermaßen von deiner Vermutung fasziniert, daß Carlos, möge seine Seele verdammt sein, für der Fluch verantwortlich ist. Du weißt, daß ich Monçada nicht nur Gerüchte bringen und dann erwarten kann, daß er danach handelt. Sag mir, wie du Beweise für deine Anschuldigungen bekommen willst.”

Beweise. Owain versucht zu rekonstruieren, was er gelesen hatte. *Beweise, daß Carlos unabsichtlich den Fluch verursacht hatte. Projekt Angharad. Grimsdale. Die Kraft der Vitæ erhöhen. Beweise!* Owain hatte natürlich von dem Fluch gewußt, aber er hatte Prinz Benisons leidenschaftlichen Ausführungen nie viel Aufmerksamkeit geschenkt. Er hatte sich mehr mit persönlichen Angelegenheiten beschäftigt. Die Sirene, seine neuerwachten Verlangen, aber sie alle waren vom Fluch berührt worden. Vielleicht sogar durch ihn hervorgerufen worden? Er wußte nicht genug. Was sollte er antworten? El Greco sah ihn erwartungsvoll an. "Ich habe gehört...", sagte Owain langsam, während er versuchte, die Worte, die ihm über die Zunge krochen, möglichst in eine kohärente Reihenfolge zu bringen, "daß... einige der vom Fluch Befallenen praktisch verhungert sind... obwohl sie sich regelmäßig ernährt haben... und ihre Körper voll mit Blut waren."

"Ja?" Offensichtlich wußte El Greco dies schon und fragte sich, in welche Richtung Owain mit diesen Ausführungen gehen wollte.

Unglücklicherweise wußte Owain dies selbst noch nicht. Wie konnte er hoffen, irgend etwas über diesen Fluch herauszufinden, wenn es ganzen Horden der zauberkundigen Tremere nicht gelungen war, etwas herauszufinden? Ihm fiel absolut nichts ein, was er hätte sagen können. "Andere...", fuhr er, immer noch verzweifelt bemüht, Zeit zu gewinnen, fort, "sind wahnsinnig geworden... schnell."

"Ja?" El Greco beugte sich in seinem Stuhl vor. "Und dein Plan?"

Aus Richtung der Tür, wo Kendall Jackson auf dem Boden lag, kam ein leises Stöhnen. Für Owain kam es wie eine Erlösung. Er trat um den Schreibtisch herum, wobei er versuchte, sich seine Erleichterung nicht allzu deutlich anmerken zu lassen, und ging neben Kendall in die Hocke. Mit jedem Schritt versuchte er fieberhaft, sich einen Plan einfallen zu lassen, den er El Greco vor die Füße werfen konnte, der ihn für den Moment zufrieden stellen würde. Wenigstens so lange, bis Owain entschieden hatte, was er in der ganzen Sache zu unternehmen gedachte. Vorsichtig stützte er Kendalls Kopf und Nacken, während er ihr in eine sitzende Position half. "Ms. Jackson. Geht es Ihnen gut?"

Sie hob eine Hand an den Kopf, und dann öffneten sich ihre Lider. Sie stöhnte wieder und dann fanden ihre Augen schließlich Owain. Fast sofort war sie auf den Beinen und griff nach der .45 Magnum, die in ihrem Hosenbund steckte. Sie erstarrte, als sie El Greco keine drei Meter von sich entfernt sitzen sah. Er sah etwas ärgerlich aus, schien aber im Moment keine unmittelbare Bedrohung darzustellen.

"Ms. Jackson", sagte Owain förmlich, "darf ich Ihnen El Greco, einen Priscus des Sabbat und den Herren von Toledo vorstellen."

"Herr, ich..." Wieder schien sie verwirrt.

"Wären Sie bitte so freundlich, unten zu warten, Ms. Jackson?" fragte El Greco.

Owain nickte ihr zustimmend zu und Kendall zog sich vorsichtig zur Tür zurück, wobei sie ihre Augen keinen Moment von El Greco abwandte. Owain sah zu, wie sie das Zimmer verließ. Er stand mit dem Rücken zu El Greco und versuchte, sich zu überlegen, was er als nächstes sagen könnte. Als vermeintlicher Verfasser des Briefes faßte er hastig einen Plan, der für den Moment reichen mußte.

"Sie ist bewundernswert gehorsam, Owain", sagte El Greco, "und nicht unattraktiv."

Zum zweiten Mal innerhalb einer Stunde wurden Owains Gedanken in die ferne Vergangenheit geschleudert. *Blodwen ist keine unattraktive Frau.* Owain hatte auch diese Worte zu Morgan gesagt, kurz bevor Morgan seinen eigenen Bruder getötet hatte, bevor Morgan der König von Rhufoniog geworden war. Diesmal kehrte Owain schneller aus seiner Träumerei zurück. Er stand immer noch mit dem Rücken zu El Greco, so daß sein Gastgeber diesmal vielleicht nicht bemerkt hatte, daß er schon wieder den Boden unter den Füßen verloren hatte. Machte der alte Toreador das mit Absicht, oder konnte es tatsächlich ein Zufall sein? War ihre Vergangenheit so miteinander verknüpft, daß jeder Satz ein Tor zu besser vergessenen Erinnerungen war?

"Um auf deinen Plan zurückzukommen, Owain..."

Owain drehte sich langsam um. "Wie Ihr schon bemerkt habt", sagte er, als wenn er seinen Plan schon seit Wochen und nicht erst seit Minuten im Kopf hätte, "wird Erzbischof Monçada Beweise fordern. Er wird nicht nur aufgrund von Gerüchten und Hörensagen gegen Carlos vorgehen."

Während Owains Erklärung, erhob sich El Greco steif und offensichtlich unter Schmerzen von seinem Platz und schritt um den Schreibtisch herum zu seinem rechtmäßigen Stuhl. Wie hatte er nur Ms. Jackson besiegen können, fragte sich Owain, ohne das sie auch nur einen Laut hatte von sich geben können? Aber er hatte jetzt keine

Zeit, um über diese Frage nachzudenken, da El Greco zunehmend ungeduldiger wurde.

"Und Indizienbeweise dürften für den Erzbischof in einer so wichtigen Sache kaum ausreichend sein", fuhr Owain fort. "Selbst wenn Ihr das Fläschchen mit dem verdorbenen Blut hättet, das Grimsdale gestohlen hat..." Owain machte eine kleine Pause, da er sich plötzlich sicher war, daß er den Namen aus dem Brief falsch behalten hatte, aber El Greco zeigte keine auffällige Reaktion, "wäre das nicht Beweis genug. Ihr müßt das Laboratorium finden, in dem Carlos Untergebene ihre magischen Experimente durchgeführt haben. Ihr müßt es finden, und Ihr müßt es dem Erzbischof präsentieren können."

El Greco dachte für einen Moment nach, dann nickte er langsam. "Du hast recht. Du hast absolut *recht*!" Sein plötzlicher Ausbruch von Enthusiasmus verschwand so schnell wie er gekommen war. "Ich bin zu dem gleichen Schluß gekommen. Aber nach der letzten Empfehlung *Seiner Heiligkeit*, des Erzbischofs", El Greco spie den Ehrentitel aus wie zu Essig gewordenen Wein, "sind mir die Hände gebunden. Und unabhängig davon könnte ich Carlos' Territorium genausowenig betreten, wie Hitler einen Spaziergang durch Jerusalem machen könnte."

"Ihr habt Diener", rief ihm Owain in Erinnerung.

Dies brachte ein echtes Lächeln auf El Grecos eingefallene, aschfarbene Züge. "Das habe ich tatsächlich." El Greco lächelte etwas zu breit für Owains Geschmack.

Owain konnte sich denken, wohin dies führen würde, und er verstand plötzlich, warum El Greco ihn nach Spanien eingeladen hatte. Owain lächelte verbindlich. "Ich bin so froh, daß ich Euch in dieser Sache behilflich sein konnte." Er zog seine Taschenuhr aus der Weste und sah auf die Zeiger, die sich schon seit dreißig Jahren nicht mehr bewegt hatten. "Ich fürchte, ich muß Euch jetzt verlassen. Es gibt so viel, um das ich mich in Atlanta kümmern muß." Er hatte noch kaum einen halben Schritt getan, als El Greco seinen halbherzigen Versuch eines Bluffs vernichtete.

"Owain", El Greco zeigte auf den Stuhl, auf dem er vor kurzem noch selbst gesessen hatte, "Bitte setz dich."

Owain fühlte sich durch alte Bündnisse gebunden, Eide, die er geschworen hatte, bevor er so völlig abgestumpft war. Ob er es nun wollte oder nicht, er gehörte dem Sabbat an, und El Greco war sein *Herr*, die Person, die ihn in die Sekte eingeführt hatte. Dieser Gedanke ärgerte Owain unermeßlich. Während er durch den Raum auf den ihm angebotenen Stuhl zuging, rasten seine Gedanken auf der Suche nach einem Ausweg aus den Verpflichtungen gegenüber El Greco und dem Sabbat. Owain war klar, daß dies eine Sache war, die viel Überlegung erforderte, denn El Greco berief sich nun auf die alten, ungebrochenen Eide, auch wenn er Owain für gut hundertfünfzig Jahre in Ruhe gelassen hatte. El Greco würde nicht vergessen. Also mußte Owain einen Weg finden, die Stricke, die ihn banden, zu durchtrennen.

Während Owain sich setzte, bemerkte er, wie alt und müde sein ehemaliger Freund aussah. Die Ringe unter El Grecos Augen waren groß und dunkel. Sein schmales Gesicht schien im flackernden Licht der Lampe fast zerbrechlich.

"Der Sonnenaufgang naht", sagte El Greco, "also werde ich offen sprechen. Du wirst das Labor finden, und jeden anderen Beweis, der nötig ist, Monçada davon zu überzeugen, daß Carlos für den Fluch verantwortlich ist, der so viele Anhänger des Sabbat vernichtet hat. Du wirst noch heute nacht anfangen. Miguel wird bald hier sein. Er wird dir erzählen, was du wissen mußt. Deine Verbindung zu mir muß natürlich geheim bleiben, und solltest du versagen, werde ich jegliche Kenntnis deiner Anwesenheit in Spanien oder deiner Aufgabe leugnen."

Genau das hatte Owain befürchtet. "Und wenn ich mich weigere?" fragte er wie im Scherz.

El Greco konnte die Frage ganz und gar nicht komisch finden. "Dann werde ich deinen Camarillabrüdern deine Verbindungen zum Sabbat offenlegen, und danach wirst du jede weitere Nacht deines Unlebens als Verräter auf der Flucht sowohl vor unserer *Gotcha* als auch vor dem Justikar verbringen, und der einzige Friede, der dir noch bleiben wird, wird jener sein, den du findest, nachdem du gepfählt die Morgensonne begrüßt hast."

Owain nickte langsam. "Ich verstehe." *Soviel also zu den Banden der Freundschaft*, dachte er. *Drohungen sind doch soviel überzeugender*. Er verließ den Raum ohne El Greco noch einmal angesehen oder mit ihm gesprochen zu haben. Es gab keinerlei Zweifel in Owains Kopf, daß er sich irgendwann von diesem lästigen Kainiten befreien mußte. Die einzigen Fragen, die noch blieben, waren nur wann und wie.

SIEBEN

Der eisige Wind peitschte durch die Straßen Kreuzbergs, aber für Wilhelm war er nicht mehr als eine Sommerbrise. Er trug nur ein leichtes Jackett über seinem Rollkragenpullover. Henriette, die sich bei ihm eingehakt hatte, zog in ihrem dünnen, engen Pullover die Blikke der Passanten auf sich, als sie und ihr Erzeuger die Berliner Galerie verließen. Wilhelm konnte den Passanten ihre neugierigen Blicke kaum übelnehmen. Sein Kind war ein wunderschönes Geschöpf. Von Anfang an hatte ihre körperliche Perfektion ihn genauso angezogen wie die Tiefe ihrer Seele, die aus ihren hellen blauen Augen strahlte. Er genoß den Neid, den sie bei anderen hervorrief. Sie war der fast greifbare Beweis seines Erfolgs, des Status‘ und des Prestiges, das er erreicht hatte. Jetzt, da er sich mit den Verwüstungen des Fluchs beschäftigen mußte, gab es nur wenige Gelegenheiten, in denen er aus seiner Position irgendeine Art von Befriedigung ziehen konnte.

Wilhelm hatte Henriette im Museum die maßstabsgetreuen Modelle gezeigt, die das sich verändernde und wachsende Berlin von seinen Anfängen als bescheidene Stadt im sechzehnten Jahrhundert bis zu der Metropole, die es heute war, zeigten. Wilhelm konnte sich noch erinnern, wie die Stadt vor sogar noch längerer Zeit ausgesehen hatte, und er hatte Henriette auf die kleinen Ungenauigkeiten der Modelle hingewiesen. Der Besuch hatte Wilhelm daran erinnert, daß er der Prinz einer großen Stadt war. Welche Herausforderung auch immer an ihn heran getragen werden würde, er würde sich ihr stellen. Genau wie der Geist des deutschen Volkes konnte er nicht gebrochen werden.

Zur Zeit wurde er von allen Seiten bedroht. Als wenn der Fluch nicht schon genug wäre, gebärdete sich Gustav genauso widerspenstig und aufreizend wie immer. Wilhelm strich beschützend über die makellose Haut auf Henriettes Arm. Die Narben, die sie unter Gustavs Folter davongetragen hatte, waren mit dem bloßen Auge nicht sichtbar, aber Wilhelm konnte sie in ihrem Gesicht als Zweifel und Angst in ihren Augen entdecken. *Wie habe ich sie nur jemals in Gefahr bringen können? Warum habe ich sie als Botin geschickt?* fragte er sich selbst. Aber wenn Gustav sich nur dieses eine Mal einsichtig und vernünftig gezeigt hätte, hätte er damit die Stadt retten können, und Wilhelm wußte, genauso wie Henriette, daß er immer wieder dieselbe Entscheidung treffen würde. Und genau das war der Grund für den Schmerz in ihren Augen.

Zweifellos fragten sich einige der Passanten, die den Prinzen und sein Kind das Museum verlassen sahen, wie sie sich noch so spät in der Nacht in dem Gebäude hatten aufhalten können, aber Macht machte alles möglich, wie Wilhelm wußte. Henriettes Schönheit und Wilhelms charmantes Lächeln würde die Passanten so gefangen nehmen, daß wahrscheinlich nur wenige die Anwesenheit von Peter Kleist einige Schritte hinter dem Paar, das er so kompetent beschützte, bemerkten. Ohne die Aufmerksamkeit auf sich zu ziehen, behielt Kleist die Umgebung immer im Auge. Keiner, der sich dem Prinz näherte, entging seiner Aufmerksamkeit. Ab und zu begab er sich auf die eine oder andere Seite oder vor die beiden, und seine Anwesenheit allein zog eine subtile Mauer zwischen das Paar und potentiell aggressive oder aufdringliche Sterbliche. Die Kainskinder von Berlin wußten es ohnehin besser und würden keine Annäherung wagen, während er Wache hielt.

Als Henriette und Wilhelm die Straße vor dem Museum überquerten, drückte sie liebevoll den Arm ihres Erzeugers. "Es ist schon lange her, daß wir einen so angenehmen Abend verbracht haben."

Wilhelm tätschelte ihr sanft die Hand. Es war schon so lange her, daß er *irgend etwas* angenehmes hatte tun können, aber in Anwesenheit seines schönen Kindes gelang es ihm beinahe, seine übermächtige Verantwortung zu vergessen. Er hatte gerade die Lippen zu einer Antwort geöffnet, als Kleist an ihm vorbei huschte. Im selben Moment bemerkte Wilhelm, wie sich die Aufmerksamkeit der Sterblichen dem nächsten Häuserblock zuwandte. Ein Mann kam um die Ecke gerannt. Kein Jogger oder jemand, der sich zu einer Verabredung verspätet hatte. Es war ein Türke, wie Wilhelm erkannte, in Freizeitkleidung, aber ganz sicher nicht angemessen für einen Sprint gekleidet. Der Mann lief unter Wilhelms und Henriettes Blick an Kleist vorbei, der sich zwischen sie und den flüchtenden Türken gebracht hatte.

"Er hat Todesangst", sagte Henriette.

"Ich frage mich nur, wovor", entgegnete Wilhelm.

Auch die Sterblichen beobachteten neugierig und etwas verwirrt den Mann, der kopflos und atemlos weiter hastete, ohne auch nur einen

Laut von sich zu geben. Sie alle teilten den Gedanken, daß, wenn der Türke rannte, ihn jemand verfolgen mußte. Die Polizei vielleicht? Oder ein eifersüchtiger Ehemann? Keiner wußte es.

Wilhelm war mehr neugierig als beunruhigt. Er war ein Raubtier in seiner Stadt, nicht die Beute.

"Da kommen sie." Kleist war der erste, der einen Blick auf den Mob, der um die gleiche Ecke wie der Türke kam, erhaschte. Sie waren jung, die meisten mit heller Haut, viele mit Kampfstiefeln an den Füßen und alle wütend und laut schreiend. Sie schwangen Knüppel oder Bierflaschen, und sie schwärmten aus und nahmen die ganze Straßenbreite ein. Der Verkehr kam zum Stillstand. Die Mitglieder des Mobs fanden ihren Weg um und über die Autos. Wenn der Fahrer auch nur annähernd dunkle Haut hatte, zogen sie ihn oder sie aus dem Wagen und begannen auf ihn einzuschlagen und zu treten.

Wilhelms erste Reaktion war Verärgerung. Sein Instinkt drängte ihn, sich in die Menge zu stürzen und ihrer rassistischen Gewalt ein Ende zu bereiten. Er machte sich weniger Gedanken um die Gesundheit der einzelnen Opfer als um das Image der Stadt. Solche Aufstände schadeten nur dem Ansehen Berlins in der ganzen Welt.

Aber die Gruppe war zu groß. Viele trugen Armbinden oder Tätowierungen mit Hakenkreuzen. Wilhelm sah, wie zwei Neonazis eine Windschutzscheibe zertrümmerten. In der Nähe zersplitterte ein Schaufenster. Der Pöbel wälzte sich die Straße herunter und schien alles, was sich ihm in den Weg stellte, seien es Autos, seien es Fußgänger, zu verschlingen. Die Sterblichen, die sich in Wilhelms Nähe befanden, begannen aus ihrem Schock aufzuwachen und sich ängstlich umzusehen. Dann drehten sie sich einer nach dem anderen um und flüchteten.

"Hier entlang!" Kleist griff Wilhelm am Arm. Sie waren schon zu weit vom Museum entfernt, also zog Kleist sie in eine nahe Seitenstraße. Einmal in Bewegung brauchten Henriette und Wilhelm keine weitere Ermutigung, die Hauptstraße zu räumen. Nach etwa zehn Metern blieben sie in der Mitte der kleinen Gasse stehen und drehten sich um, um einen Blick zurückzuwerfen.

"Verdammt!" murmelte Wilhelm. Es war nicht seine Art, offen Kritik zu üben. Das war keine gute Politik. Selbst für die, die er nicht mochte, konnten ihm immer noch nützlich sein. Jeder Feind hatte eine potentielle Verwendung, aber diese Krawalle, diese Akte sinnloser Gewalt und Zerstörung schadeten der Stadt. Es gab in der deutschen Gesellschaft Elemente, die die Einwanderer, die Wilhelm wegen ihrer unterschiedlichsten Fertigkeiten, die sie mitbrachten, mit offenen Armen empfangen hatte, verabscheuten. *Sollen die Unzufriedenen doch über das Thema diskutieren, statt mit so einem barbarischen Gemetzel zu antworten! Wie war es den Deutschen nur gelungen, den Gipfel der Weltzivilisation zu erklimmen, wenn sie solche Kretins unter ihren Landsleuten hatten?*

Die Spitze der Gruppe schob sich an der Gasse, in der Wilhelm, Henriette und Kleist Schutz gesucht hatten, vorbei. Das Geräusch von splitterndem Glas erfüllte die Luft. Die rassistischen Sprechchöre des Mobs nahmen einen rhythmischen, fieberhaften Klang an. Türken, Juden, Pakistani – sie alle waren die Zielscheibe des entfesselten Hasses.

Wilhelms Wut wuchs, je länger er zuschaute. Er war der festen Überzeugung, daß die Mehrheit der Deutschen, genau wie er selbst, liberale Einwanderungsgesetze bevorzugte, aber die Mehrheit demonstrierte nicht, und erhob auch nicht so laut und insistierend ihre Stimme.

"Großer Gott!" rief Henriette.

Während sich Wilhelms Wut in sozio-politischen Theorien erging, hatte sich ein Teil des Mobs plötzlich von der Hauptmacht entfernt und kam die Gasse herunter gelaufen. Entweder hatten sie die Spur des Türken verloren oder, was wahrscheinlicher war, der Krawall hatte seinen eigentlichen Ausgangspunkt, eine bestimmte Person einzufangen, verloren, und diese Leute wollten nur noch zerstören, was immer ihnen in die Hände fiel. Der erste Rowdy hatte die Distanz, die Wilhelm und die anderen von dem Wahnsinn trennte, erstaunlich schnell zurückgelegt.

"Hier entlang!" rief Kleist wieder und schob Wilhelm und Henriette an den Straßenrand. Sie stellten sich mit den Rücken an die Häuserwand. Mit ihrer vampirischen Kontrolle über den Geist Sterblicher sollte es ihnen nicht schwerfallen, in der Menge zu verschwinden, doch obwohl die ersten Schläger an ihnen vorbeiliefen, ohne sie zu bemerken, schloß sich schnell ein Ring aus den folgenden Rowdys um den Prinzen, sein Kind und ihren Leibwächter.

"Das sollte normalerweise nicht passieren", sagte Kleist.

"Nicht, wenn dies ein normaler Mob wäre", stimmt ihm Wilhelm zu, aber schon während er die Worte sprach, fühlte er die Anwesenheit mehrerer Ghuls unter denen, die sie umringten, und wenigstens eines Vampirs, vermutlich ein Anarch, wenn man nach der Schwäche der Aura ging. Aber hier konnte zahlenmäßige Überlegenheit sehr wohl über einfache Stärke siegen.

Nach einem kurzen Zögern schlug die Bande zu. Kleist zog eine Luger unter seinem Jackett hervor und eröffnete das Feuer. Auch Wilhelm machte keine Gefangenen. Er schlug dem ersten Skinhead, der sich auf ihn stürzte, den Schädel ein. Der Prinz wurde leicht durch die Sorge um sein Kind abgelenkt, aber ein kurzer Blick zu ihr sagte ihm, daß sie zumindest für den Moment durchaus in der Lage war, für sich selbst zu sorgen, indem sie den großen Männern, die sie zu Fall bringen wollten, einfach auswich. Sie wehrte sich mit Tritten und Klauen, die einem Gegner die Kniescheiben, einem anderen die Augen kosteten. Sie war ganz und gar nicht wehrlos.

Ganz Kreuzberg versank im Chaos. Die Aufrührer zerstörten Autos und setzten Häuser in Brand. Kleist feuerte sein Magazin leer und wurde dann von einer Welle Sterblicher und Ghule verschluckt, die sich auf ihn stürzte. Wilhelm wehrte die Schläge ab, so gut er konnte, aber die Masse der Angreifer, die ihn bedrängten, behinderten seine Bewegungsfreiheit und die Effektivität seiner eigenen Schläge. Ein Knüppel schlug mit genug Wucht auf seinen Hinterkopf, um einen Sterblichen zu töten, und er wußte, daß er blutete. Jemand schlug nach seinen Knien. Der Prinz taumelte und stolperte. Und dann lag er an der Erde und wurde unter einem großen Haufen von Körpern begraben, deren volles Gewicht auf ihm lastete. Er hörte und fühlte wie seine Rippen brachen.

Dies war kein zufälliger Mob. Nicht einmal das Letzte Reich, diese Ansammlung von faschistischen Brujahs und Malkavianern, konnte so viel Fußvolk zusammenziehen. Wilhelm konnte die Anwesenheit anderer Vampire in der Menge spüren. Sie kamen näher. Der Geruch des Todes umgab sie in einer dichten Wolke. Dieser Aufstand trug ganz klar Gustavs Handschrift. Er benutze Haß und Angst, um die um ihn herum zu manipulieren.

Wilhelm konnte nicht länger kämpfen. Trotz seiner übernatürlichen Kraft wurden seine Bewegungen durch die Menschenmasse, die auf ihm lag, so eingeschränkt, daß er keine wirksame Verteidigung mehr aufbauen konnte. Er hatte keine Ahnung, ob es Kleist oder Henriette besser erging.

Als der Kopf des Prinzen zur Seite getreten wurde, sah er wie sich der Ring der Aufständischen teilte. Ein Mann in Naziuniform trat vor und warf etwas. Die Welt explodierte in einem Blitz aus Feuer und Schmerz. Ein Molotow-Cocktail. Die Flammen verbrannten Wilhelms Haut. Die Luft füllte sich mit unmenschlichen Schreien und dem Geruch nach Benzin und brennendem Fleisch.

Kli Kodeshs Augen öffneten sich einem Bild des Aufruhrs. Seine Augen waren glänzend schwarz und ausdruckslos. Es schien, als wenn der Künstler, der die marmornen Züge gemeißelt hatte, nachträglich zwei schwarze Farbkleckse in die glatten Höhlen gemalt hätte.

Kli Kodesh erfaßte mit einem Blick die gegen sich selbst kämpfende Stadt. Das auffälligste Merkmal war die frische rote Narbe, die die Stadt in zwei Hälften teilte. Es schien als wenn sich die Stadt um eine große schorfige Wunde herum gebildet hatte, an der sie immer wieder kratzte, bis sie aufbrach und blutete.

Berlin.

Er brauchte keinen Atlas, um diesem Ort oder seinen Bewohnern einen Namen zu geben. Unter den cleveren jungen Geschäftsleuten erkannte er viele Gesichter, die er mit brennenden Fackeln an den letzten Tagen der Republik im Forum gesehen hatte.

Es wunderte ihn, daß jene, die die Schätze Roms verbrannt hatten, sich nun an der Spitze der europäischen Wirtschaft befanden. Völker bewegen sich genau wie Städte kontinuierlich durch die Zeit. Ihre Ziele wiederum waren unverständlich.

Er verbannte die Mutmaßungen aus seinem Gehirn. Gedanken an die Stadt der Sieben Hügel versetzten ihn immer in schlechte Laune. Bilder von Cäsar, in Silber geprägt, störten oft seine Ruhe.

Um die hartnäckigen Gedanken zu verbannen, stürzte er sich in seine Arbeit. Die Gewalt unter ihm breitete sich wie ein Gesicht in einem gesprungenen Spiegel aus. Für die Augen der Sehenden gab es hier genug Hinweise - Spuren eines kaum wahrnehmbaren Musters.

Mit exakter Präzision verfolgte Kli Kodesh die bekannten Linien, die er zum ersten Mal, Tausende von Kilometern entfernt, in der Stadt der Engel entdeckt hatte. Wie die Auguren in der verfluchten Stadt am

Tiber hatte er wenig Schwierigkeiten, ihre Bedeutung aus dem glitzernden Bogen eines Messers, dem Spritzen von Blut und dem Fallen von Eingeweiden zu entschlüsseln.

Niemand konnte sich so lange mit Gewalt beschäftigen, wie er es getan hatte, und dabei nicht ein intimes Wissen der Rituale dieser Verbrechen zu erlangen. Ja, die Vorzeichen waren eindeutig. Ganz eindeutig stand eine große Abrechnung bevor.

Kli Kodesh blinzelte, und sah noch einmal genauer hin. Das Muster hatte sich leicht verändert. Irgendwo im Herzen des wirbelnden Strudels manipulierte jemand die zerbrechlichen Stränge der sich offenbarenden Wahrheit.

Er konzentrierte sich auf das Herz der Störung. Die Anomalie breitete sich in langsamen Kreisen von ihrem Ursprung irgendwo tief unter der Stadt aus. Kli Kodesh konnte jedoch die Macht hinter der Störung nicht genau bestimmen. Sie war fremd, nicht von seiner Art.

Die Kunst, die uralten Prophezeiungen zu weben, war, schon lange bevor Kli Kodesh in diesem Alptraum erwacht war, verloren gegangen. Er konnte nur staunend zusehen, wie sich ein dunkler Faden des Musters verdoppelte und dann noch einmal verdoppelte, dabei an Macht gewann und sich schließlich zum Sprung spannte.

Plötzlich und unauffällig schoß es wie eine rückwärts fallende Sternschnuppe in die Nacht. Kli Kodesh bezweifelte, daß er es bemerkt hätte, wenn er den Faden nicht gerade direkt beobachtet hätte.

Doch sein Geist war in jahrhundertelanger Arbeit für seine Aufgabe geschärft worden. Bevor der neue Stern seinen Zenit erreicht hatte und in der Milchstraße verglühte, hatte er schon seinen genauen Fallwinkel berechnet.

Ohne einen weiteren Gedanken wandte er dem Blutbad, das immer noch in den Straßen Berlins tobte, den Rücken zu. Mit einer kleinen Willensanstrengung fing er den Schwanz des schwindenden Kometen und ritt ihn gen Westen nach Iberien und hin zu dem Mann, der ihn am anderen Ende des Stranges der dunklen Prophezeiung erwartete.

Als er durch die engen, gewundenen Straßen Toledos wanderte, überfluteten Owain Erinnerungen an lange vergangene Zeiten. Nicht am frühen Abend, wenn noch viele Touristen in den Straßen waren, sondern nachdem die Geschäfte und Restaurants, die für die Fremden gedacht waren, geschlossen waren. Dann fiel es ihm schwer zu sagen, ob er sich in einer Stadt des zwanzigsten oder des vierzehnten Jahrhunderts befand. Die maurische Architektur beherrschte in Owains Augen noch immer die Straßen. Die vereinzelten gotischen Bauwerke oder aus Renaissance und Barock stammenden Gebäude stellten in seinen Augen genauso eine Anomalie dar wie die modernen Bauten. Jahrhunderte der Schönfärberei durch Personen, die Toledo zwar bewohnt, aber nie das Herz der Stadt berührt hatten. Die Strenge der Mauren, die einfachen, gerundeten Bögen, die relativ schmucklosen Fassaden – dies waren für Owain jene Merkmale der Stadt, die das Gefühl des verborgenen Brütens, der Intrigen hinter fensterlosen Wänden und der Fallen für die Unvorsichtigen verursachten. Wenn er die Anwesenheit von Automobilen und anderen aufdringlichen Errungenschaften der modernen Zeiten ignorierte, fiel es Owain leicht, sich vorzustellen, daß er sich im Jahr 1380, oder auch 1830, befand, aber selbst dies waren keine goldenen Zeiten voller Legenden gewesen. Intrigen, Politik, Tod. Seit dem Tage seiner Geburt waren sie omnipräsent. Owain konnte sich in zehn Jahrhunderten und zwei Kontinenten an keine Zeit erinnern, in der ihm nicht Schmerz und Leid wie ein Schatten gefolgt wären.

Die meisten anderen Kainiten, die Owain hier gekannt hatte, waren in den vergangenen Jahren vernichtet worden. Alle außer El Greco und Miguel. Owain war nicht überrascht, daß Miguel überlebt hatte. *Eine Kakerlake unter Männern.*

Miguel war in der letzten Nacht kurz vor Sonnenaufgang erschienen und hatte sich mit El Greco beraten, kurz nachdem Owain ihn verlassen hatte. Dann hatte Miguel Owain mitgeteilt, daß er sich noch nicht einmal nach Madrid begeben mußte, um Carlos zu finden. El Grecos Feind war viel näher. "Warum ist er hier in Toledo?" hatte Owain ungläubig gefragt, nachdem er die Neuigkeiten gehört hatte, aber Miguel hatte ihm keine weiteren Erklärungen gegeben.

"Sie werden dieses Haus morgen abend verlassen und nicht wiederkehren", teilte Miguel Owain mit. "Wenn Sie Kontakt zu uns aufnehmen wollen, gibt es gegenüber der *Iglesia de San Nicolas* eine kleine Töpferei. Fragen Sie nach mir. Sie werden dann Anweisungen erhalten."

"Und wenn ich mit El Greco sprechen möchte...?"

"Kontaktieren Sie mich nur, *wenn es sich nicht vermeiden läßt.* Mit El Greco werden Sie erst wieder sprechen, wenn die Angelegenheit erledigt ist", sagte Miguel direkt. "Wir sind schon ein zu großes Risiko eingegangen, Sie überhaupt hier zu behalten." Er gab Owain einen kleinen, versiegelten Umschlag. "Dies ist die Adresse und der Schlüssel zu einem kleinen Haus, wo Sie bleiben können."

Dann näherte sich der Sonnenaufgang, und das Gespräch wurde schnell beendet. *Außerdem,* hatte sich Owain gedacht, *ist die Ewigkeit zu lang, um sie mit Diskussionen mit Miguel zu verbringen.* Owain hatte aber das Zugeständnis erkämpft, daß Kendall Jackson jedenfalls für den Moment bei El Greco bleiben würde. "Bis ich einen Kontakt mit Carlos hergestellt habe, wird sie mir nur hinderlich sein. Hinterher werde ich sie möglicherweise brauchen." Miguel, der vor Tagesanbruch noch in seine Zuflucht zurückkehren mußte, hatte schließlich widerwillig zugestimmt.

Owain gab Kendall knappe Anweisungen. "Halten Sie Augen und Ohren offen. Warten Sie jede Nacht um Mitternacht an der Puerta del Sol. Kommen und gehen Sie auf verschiedenen Routen. Stellen Sie sicher, daß Ihnen niemand folgt. Bleiben Sie nicht länger als fünfzehn Minuten. Falls ich Sie brauche, werde ich Sie dort treffen."

Heute nacht und ohne weitere Vorbereitungen für seine tödliche Mission hatte Owain das farblose Haus verlassen, das El Greco gehörte. Und auf sonderbare Weise auch nicht. *Ich kenne El Greco,* überlegte Owain. *Oder wenigstens kannte ich ihn. Er könnte in so einem Haus niemals zufrieden sein. Ihm fehlten alle Ausstattungen, all die ästhetischen Feinheiten, die ihm so wichtig waren.* Schließlich war es nicht einmal ein Jahrhundert her, daß Owain El Greco zum letzten Mal gesehen hatte. Konnte sich ein Kainit in so einem kurzen Zeitraum tatsächlich so dramatisch verändern?

Owains Wanderung führte ihn östlich an der Kathedrale vorbei und dann südlich bis an das Ufer des Rio Tajo. Der Fluß umschloß Toledo auf drei Seiten. Auf allen bis auf Norden. Die oft steilen und felsigen Ufer bildeten eine natürliche Schutzmauer für die Stadt, die trotzdem in den Jahrhunderten unzählige Male die Herrscher gewechselt hatte. Römer, Westgoten, Mauren, Christen. Die Kämpfe um die Vorherrschaft waren aber in keiner Weise nur auf die Welt der Sterblichen beschränkt gewesen. Die Clans der Unsterblichen hatten hier eine ebenso lange und blutige Geschichte. Junge spanische Brujah hatten sowohl gegen ihre eigenen Ahnen wie auch gegen die Beschränkungen der Hierarchie der Ventrue gekämpft. Die dämonischen Tzimisce hatten sich den Brujah angeschlossen, genauso wie die Lasombra und die gefürchteten Assamiten. Der unter dem Namen Anarchenrevolte bekannt gewordene Aufstand war fehlgeschlagen, aber aus seiner Asche war der Sabbat entstiegen, der seinen Kampf gegen Tyrannei unter den Kainiten bis heute fortsetzte.

Es entbehrte nicht einer gewissen Ironie, dachte Owain, daß es nun der Sabbat mit seiner Doktrin der Freiheit war, der ihn tyrannisierte. Genauso wie bei dem kurzen Experiment der Sowjetunion gab es einen deutlichen Unterschied zwischen Theorie und Praxis. Utopische Ideale waren nicht weniger immun gegen den Mißbrauch durch Korruption und Megalomanie als die anderen gesellschaftlichen Konstrukte. Und auf genau die gleiche Weise war der Sabbat seiner Nemesis, der Camarilla, auf die schlimmste Weise immer ähnlicher geworden. Selbstherrliche Anführer gaben vor, im Interesse der Sekte zu handeln, während sie in Wirklichkeit doch alles dafür taten, ihren persönlichen Machtanspruch zu erhalten. Die unteren Ränge kämpften aggressiv und voller Tücke um einen höheren Platz auf der Leiter von Status und Prestige, nur um einem der regelmäßigen Hausputze der Ahnen zum Opfer zu fallen. Chaos und Gewalt waren an Stelle der Freiheit getreten.

Nichts von alldem war Owain neu. Er hatte den Kreislauf der Zerstörung über eine Zeit hinweg miterlebt, die nur wenigen Kainiten gegeben war. Er war Teil der Charade gewesen. Jahrhunderte vor der Anarchenrevolte und lange bevor der Sabbat seine Blutlust in die Nacht trug und die Camarilla ihre hohle Maskerade begann, hatte Owain angeblich im Namen der Freiheit die niedersten Grausamkeiten begangen. Aber er hatte gelernt, daß die Wege zur Freiheit und zur Macht ähnlichen Straßen folgten und daß, bevor sie sich nicht trennten, der Reisende nicht genau wußte, auf welcher er sich befand. Und vielleicht nicht einmal dann.

Owain folgte dem Fluß in nordwestlicher Richtung. Er fragte sich, ob der Tajo die Stadt beschützte oder sie einengte und ihr den Weg zu Ausdehnung und Wachstum abschnitt. Er konnte diese Frage nicht beantworten. Dann fand sich Owain am Fuß der Puerta del Cambron wieder. Das Tor war schon viele Male verändert worden, seit der

Nacht, in der er auf der Mauer gekauert und zugesehen hatte, wie die Juden aus der Stadt vertrieben wurden. Zwei weitere Türme waren hinzugekommen, und auch an der Fassade hatte es umfangreiche Änderungen gegeben. Das Tor war einst als Judentor bekannt gewesen, aber nachdem das Jüdische Viertel der Stadt geräumt worden war, schien dieser Name eher unpassend.

Owain erkletterte geschmeidig und ohne Schwierigkeiten die Mauer und suchte sich einen bequemen Platz, von dem aus er diese Stadt aus seiner Vergangenheit überblicken konnte. Es fiel ihm schwer zu glauben, daß er sich wirklich die längste Zeit hier aufgehalten hatte, länger als an all seinen Aufenthaltsorten in Amerika, Spanien, Frankreich und seinem heimatlichen Wales, selbst wenn man die zweieinhalb Jahrhunderte der Starre abzog. Dennoch fühlte er sich fremd. Trotz der allgemeinen Vertrautheit und der nostalgischen Erinnerungen hatte er sich doch in Spanien niemals wirklich zu Hause gefühlt. Die Leute, die Sprache, das Land – all das bereitete ihm keine Schwierigkeiten, doch es war dennoch nicht sein geliebtes Wales.

Owain weigerte sich, diesen Gedanken weiter zu folgen. Viel zu schnell neigte er dazu, das, was geschehen war, zu romantisieren. Wie viele Jahre hatte er in Atlanta damit verbracht, über die Vergangenheit nachzudenken? Das Lied der Sirene hatte nicht nur seine Fähigkeit, die Vergangenheit zu fühlen und ihr nicht nur hinterher zu trauern, wiedererweckt, es ermöglichte ihm auch, endlich wieder ganz in der Gegenwart zu leben. Für einen Vampir war das das Geschenk des Lebens. Sich in der Vergangenheit zu verlieren, bedeutete genauso sicher stehenzubleiben, zu verfallen und schließlich zu sterben, wie der Fluch es bedeutete.

Die Realität der Gegenwart war jedoch nicht sehr erfreulich. El Greco hielt alle Trümpfe in der Hand, so schien es zumindest. Falls Owain sich weigerte, El Grecos Bitte oder vielmehr seinem Befehl nachzukommen, würde El Greco Owains Geheimnis enthüllen. Er würde sowohl als Verräter an der Camarilla wie am Sabbat bloßgestellt werden und bis an das Ende seiner Nächte gejagt werden. Nie wieder würde er auch nur einen Moment des Friedens finden. Sein Unleben würde nur noch aus einer unendlichen Flucht von einer zeitweiligen Zuflucht zur anderen bestehen, immer mit der Frage im Hinterkopf, wann sein Glück ihn verlassen würde. Obwohl er dem Aussehen nach ein Sterblicher Anfang zwanzig war, war Owain doch für diese Art der Existenz zu alt. Eher würde er den Endgültigen Tod wählen. Und das könnte, wenn man seine aktuelle Mission in Betracht zog, durchaus eine Option sein.

El Greco hätte ihn nicht zu so einem Vorgehen gezwungen, beschloß Owain, wenn auch nur eine Spur ihrer ehemaligen Freundschaft noch existieren würde. Zusammen hätten sie einen viel vernünftigeren Plan entwickeln können. Aber El Greco hatte schon lange vor Owains Ankunft beschlossen, was zu geschehen hatte. *Ich hätte zugeben können, daß ich den Brief nicht geschrieben habe*, überlegte Owain. *Aber hätte er mir geglaubt?* Es wäre als zu bequeme Lösung erschienen, so als ob Owain nur versuchen würde, der Pflicht, die er vor so vielen Jahren zu erfüllen geschworen hatte, auszuweichen. Und außerdem behielt Owain, indem er nicht zugab, den Brief nicht geschrieben zu haben, einen Informationsvorsprung vor El Greco, wenn er auch im Moment nicht wußte, wie ihm das nutzen sollte. Owain wußte, daß jemand nicht nur perfekt seine Handschrift, sondern auch Wortwahl und Tonfall gefälscht hatte. Als er den Brief las, hätte Owain fast selbst glauben können, daß er ihn geschrieben hatte. *Wer kennt mich so gut?*

Also hatte Owain mitgespielt, und hier war er nun, betraut mit der Aufgabe Carlos' Anhängerschaft zu infiltrieren, das geheime Labor, in dem der Fluch angeblich seinen Ausgang genommen hatte, zu finden, und dann die Beweise zu beschaffen, die jene Vendetta unterstützten, die Erzbischof Monçada ausdrücklich verboten hatte. Owain seufzte. Er sah dem ruhig unter der südlichen Brücke hindurchfließenden Wasser, der Puente de San Martin, nach. Hatte es jemals einen Kainiten gegeben, fragte sich Owain, der Ruhe gefunden hatte? Vielleicht war das das Schlimmste am Fluch des Vampirismus. Denn obwohl auch das Leben der Sterblichen durch Angst und Mühen geprägt war, so gab es für sie doch wenigstens den Trost und die Erlösung des Todes. Für Owain und seinesgleichen gab es im Tod keine Erlösung, nur weitere Angst, weiteren Schmerz.

Ob es nun Angst oder Haß oder beides war, das El Greco motivierte, so war er doch eindeutig darum bemüht, sich seines Feindes zu entledigen. Owain konnte durchaus Verständnis für dieses Verlangen aufbringen, aber die Art und Weise, wie El Greco seine Hilfe in Anspruch genommen hatte, verärgerte ihn. El Greco hätte wenigstens die Möglichkeit in Betracht ziehen können, daß Owain ihm freiwillig zur

Seite gestanden hätte. Soweit Owain den Brief gelesen hatte, war er kein Angebot gewesen, das Problem zu lösen, sondern vielmehr ein Austausch von Informationen. Genau wie bei jeder anderen Begegnung von Kainiten hatte es unter dem offensichtlichen Thema, der Vernichtung von Carlos, ein tiefer liegendes Motiv der Kontrolle gegeben, und Owain hatte schon beschlossen, daß er sich nicht kontrollieren lassen würde. Falls es ihm gelingen sollte, seinen Auftrag auszuführen, falls es ihm gelang, mit Carlos Kontakt aufzunehmen, und er es überleben würde, würde das auf eine Art geschehen müssen, die sicherstellte, daß El Greco nicht länger Kontrolle über ihn ausübte. Owain vermutete, daß es unwahrscheinlich war, daß El Greco ihn aus eigener Herzensgüte aus seinen Verpflichtungen entlassen würde. Also blieben ihm noch Betrug oder Gewalt oder beides, um El Grecos Vorteil zu zerstören.

Owain glaubte, daß er Miguel vermutlich vernichten könnte, und diese Tat hätte gewiß ihren ganz eigenen Reiz. Vielleicht wäre es ihm sogar möglich, El Greco selbst zu vernichten, doch das würde eine sehr viel schwierigere Aufgabe sein. Und selbst wenn sein Verrat gelingen sollte, wie viele von El Grecos Dienern und Verbündeten würden davon wissen? Der Fahrer des Mercedes', die Ghule Maria und Ferdinand - und möglicherweise gab es noch weitere. Würde sie der Tod ihres Herrn erfreuen, oder würden sie Rache nehmen wollen und Owains Vorgehen weitererzählen? Es war unmöglich, dies vorherzusehen, und Owain war niemand, der eine schmutzige Aufgabe nicht bis zum bitteren Ende brachte.

Owain beschloß, zunächst einmal abzuwarten. Er würde versuchen, Carlos zu finden. Owain wußte, daß die perfekte Gelegenheit kommen würde. Er würde wachsam bleiben, und er würde sich von El Greco befreien.

Aber wenn er Carlos finden wollte, erreichte er das kaum, indem er hier auf dem Tor saß und über die Vergangenheit sinnierte. Er mußte etwas unternehmen. Owain sprang von seinem Sitzplatz herab und machte sich auf den Weg zurück ins Herz der alten Stadt. Er hatte bisher keine anderen Kainiten gesehen, aber er war auch nicht sehr aufmerksam gewesen. Er hatte den Touristen gespielt, war durch die Straßen geschlendert und hatte das Ambiente aufgesogen, ohne jedoch viel auf die Einzelheiten zu achten.

Es war nun schon spät, und nur noch wenige Sterbliche befanden sich auf der Straße. Wieder kletterte Owain, diesmal auf die Dächer der niedrigen Gebäude. Wenn er sich weiter auf der Straße aufhielt, wäre er eher der Beobachtete als der Beobachter gewesen. Owain begab sich mit kraftvollen Sprüngen und lautlosen Landungen zurück zur Kathedrale. Kein Sterblicher auf der Straße oder in den Häusern unter ihm würde Owains Weg an ihnen vorbei bemerken. Der Nordwind trug das Geräusch seiner Schritte mit sich fort, die Dunkelheit selbst dämpfte jeden Sprung. Owain war geübt darin, sich selbst unter seinesgleichen unbemerkt durch die Luft zu bewegen. Es war eine seltene Fähigkeit bei einem Ventrue, aber eine, die ihm schon oft von Nutzen gewesen war.

Nach etwa zwei Stunden der Suche hatte Owain das untrügliche Gefühl, das instinktive Bewußtsein, das einen Kainiten auf die Anwesenheit eines anderen seiner Art aufmerksam macht. Er war nicht überrascht, als er den Rand des Daches über einem Geschäft erreichte und vorsichtig, so daß sich seine Silhouette nicht gegen den klaren Nachthimmel abzeichnete, in die Dunkelheit einer schmalen Gasse spähte.

Zuerst sah er nichts als Schatten. Der Stand des Mondes verhinderte es, daß etwas seines reflektierenden Lichts in die Tiefen der Gasse eindrang. Doch die Dunkelheit konnte Owains Vampiraugen nicht standhalten. Im Dunkel der Schatten sah er deutlich die Gestalt, die er wenige Momente zuvor gespürt hatte. Der Kainit war über einen reglosen Körper gebeugt, ganz sicher, um von ihm zu trinken, und es gab kein Anzeichen dafür, daß er Owain gehört hatte. Wegen der merkwürdigen Dichte der Schatten in der Gasse vermutete Owain, daß der Kainit nicht gesehen werden wollte. Aber Owains scharfe Wahrnehmung durchdrang mühelos den Mantel der Verschleierung.

"Seid gegrüßt, mein Freund", sagte Owain von seinem Platz auf dem Dach des Gebäudes aus, sicher in dem Wissen, daß er seinen genauen Aufenthaltsort verbergen konnte.

Der Vampir unter ihm wirbelte herum, Blut spritzte von seinen Fängen. Er starrte umher, dann nach oben, aber seine Augen, die rot durch die Nacht glühten, glitten ohne Zögern über Owain hinweg. Der spanische Kainit schien um die Dreißig zu sein, die wenigen Haare, die ihm noch geblieben waren, für immer in der Zeit eingefroren. Der Junge, von dem er getrunken hatte, war jünger, vielleicht fünfzehn, und hatte einen hohen Preis für die Mißachtung der Ausgangssperre bezahlt. "*Komm her*", sagte der Vampir.

Owain erkannte den Tonfall und fühlte auch die Macht hinter den Worten, doch für jemanden seines Alters war der Befehl eines draufgängerischen Jungspunds nur eine nicht zu beachtende Kleinigkeit. "Ich glaube nicht."

Der Kainit in der Gasse suchte weiter die Umgebung ab. Es war offensichtlich, daß er weit davon entfernt war, Owains Standort genau zu bestimmen. Noch. "Wo bist Du?" fragte der Vampir in herausforderndem Tonfall. Doch er erhielt keine Antwort. "*Wer* bist Du?"

"Spar dir deine Fragen und beantworte lieber meine", entgegnete Owain spöttisch, aber weiterhin bemüht, unentdeckt zu bleiben. "Ich suche Carlos. Kennst du ihn?"

Der Vampir unter ihm lächelte. Er trat über den bewußtlosen Jungen hinweg. Offensichtlich weckte diese körperlose Stimme in der Nacht sein Interesse. "Ob ich ihn kenne?" Der Vampir lachte. Er richtete seine Antworten nun nach oben. Soviel hatte er jetzt über Owains Aufenthaltsort herausgefunden. "Dies ist seine Stadt. Ich diene ihm."

Carlos' Stadt? Das kam unerwartet. *Und was war mit El Greco?* Toledo war für sehr lange Zeit die Domäne des Griechen gewesen. "Du bist nicht von hier", behauptete Owain.

Der Vampir blinzelte offensichtlich überrascht. Er starrte nun sehr aufmerksam auf einen Punkt nicht weit von Owain entfernt. "Carlos erlaubt keine Eindringlinge in seiner Stadt. Wer seid Ihr?"

"Sag Carlos, daß Morgan angekommen ist und einen Handel vorzuschlagen hat."

"Wie ist Euer Name, Freund?"

"Du hast es wohl gehört", antwortete Owain, nun wieder spöttisch, "und du wirst es ihm sagen."

Der Vampir mit dem hohen Haaransatz sprang in die Luft. Seine rasiermesserscharfen Klauen zerschnitten die Luft, als er auf dem Dach landetet, aber Owain war schon drei Häuser weiter. Lautlos ließ sich Owain von dem Gebäude herab und verschwand in den Straßen der Stadt.

Carlos. Dies ist seine Stadt, hatte der Vampir gesagt. Die Worte hallten durch Owains Gehirn. Wie konnte das möglich sein? Davon hatte El Greco ihm nichts gesagt. *Dies ist seine Stadt.*

Fast hätte Nicholas es nicht bemerkt, als die Stadt zum ersten Mal vor ihm auftauchte. Sie schien mit den sanften, wintertrockenen Hügeln zu verschmelzen. Viele der Steingebäude schimmerten in denselben Farben wie der steinige Boden auf beiden Seiten des sich um Toledo windenden Flusses. Nicholas hatte die Stadt noch nie zuvor gesehen. Deutschland kannte er recht gut, genau wie Frankreich und sein heimatliches Rußland, aber in Spanien hatte er nur wenig Zeit verbracht. Doch daß er mit der Gegend nur wenig vertraut war, war nur einer der Gründe, warum die Stadt unvermutet schnell vor ihm aufgetaucht war.

Ablenkung gehörte normalerweise nicht zu den Übeln, die einen Gangrel befielen. Sie waren ein Clan von Jägern, mit der Wildnis vertraut und bekannt für die Aufmerksamkeit, mit der sie ihre Umgebung wahrnahmen, jeden raschelnden Busch bemerkten und jeden Abfall oder Anstieg des Geländes unter sich registrierten. Aber Nicholas Geist war von dem Gedanken nach Vergeltung erfüllt, nein, von mehr als Vergeltung, von purer animalischer Wut. Eine Wut, die ursprünglicher war als alles, was Blackfeather verstehen konnte, brannte tief in Nicholas Brust. Der Cherokee Gangrel hatte davon gesprochen, die innere Wut zu zähmen und die Lektionen, die sie zu geben hatte, zu lernen. Aber das, was in Nicholas wuchs, konnte nicht gezähmt werden. Etwas derartiges zu versuchen, bedeutete, seine eigene Natur abzulehnen und unter dem Mantel der Lüge als Eindringling in den Beschränkungen der menschlichen Gesellschaft zu leben. Nicholas konnte auch das, wenn er keine andere Wahl hatte, aber es wurde schwieriger und schwieriger für ihn.

Die Reise über den Atlantik auf dem Boot war weniger anstrengend, als es Nicholas in Erinnerung gewesen war. Er hatte den Ozean während der Dauer seiner Existenz schon mehrere Male überquert, aber die letzten Male war es im Flugzeug geschehen. Obwohl ihm der Gedanke, in einer von Menschen gemachten Maschine zu fliegen, immer etwas unangenehm war, hatte ihn die Schnelligkeit dieser Transportmöglichkeit letztendlich doch überzeugt. Diese Reise auf dem Ozean selbst war ihm jedoch keineswegs lästig gewesen. Tagsüber hatte er in den Tiefen des Laderaums geschlafen, und bei Nacht war er auf das sich sanft wiegende Deck gekommen, um die Sterne zu beobachten. Der Anblick weckte Erinnerungen an andere, lang zurückliegende Nächte, in denen er dieselben Lichtpunkte hoch über dem Ozean beobachtet hatte. Er hörte wieder das rhythmische Geräusch der ins Wasser tauchenden Ruder und die gleichmäßigen Trommelschläge, während die Ruderer sein Wikingerschiff vorwärtstrieben. Damals war er nach Westen, nicht nach Osten gereist und seine Route war viel weiter nördlich verlaufen. Deutlich erkannte er die veränderten Positionen der bekannten Sternenkonstellationen. *Ragnar*. Nicholas war Gangrel, Weltenwanderer, Geschichtenerzähler. Er kannte die Geschichten seiner Urahnen gut. Aber es waren nicht nur einfach Geschichten, an die er sich erinnerte. Er sah die Sterne, die Ragnar gesehen hatte, fühlte dieselben Wellen des Ozeans den Rumpf des Schiffes heben. Auf der Reise, unterwegs auf dem Schiff, war er zufrieden gewesen. Für einige kurze Nächte fand Nicholas die Ruhe, die seinen Vorfahren erfüllt hatte. Die endlose Ruhe des Ozeans und der purpurschwarze Himmel, der sich ohne Unterbrechung von Horizont zu Horizont spannte, ersetzte die Einsamkeit der offenen weiten Ebenen.

Fast konnte Nicholas vergessen, was ihn vorwärts trieb, obwohl auch Ragnars Blut nach Vergeltung schrie. Als das Schiff in den Lissabonner Hafen einlief, stürmte die moderne Welt wieder auf Nicholas ein. Piere und andere Schiffe drängten sich um ihn, die Geräusche und Gerüche der Menschen vertrieben die Stille des nächtlichen Ozeans. Die Lichter der Stadt am Horizont umschlossen ihn viel zu schnell und weckten erneut seinen Widerwillen, seinen Haß und seine Wut.

Er verließ das Schiff ohne ein weiteres Wort an den Kapitän, einen Freund Blackfeathers, nicht weil er undankbar gewesen wäre, sondern weil ihn die Wut wieder überfallen hatte, und er sie nicht kontrollieren konnte. Unter dem erneuten Gestank und Dreck der Menschen jagte und trank Nicholas. Er ließ den Mann im Straßengraben zurück. Er wußte nicht, ob er noch lebte oder schon tot war. Nicholas konnte es nicht länger über sich bringen, die Maskerade zu akzeptieren. Sie war ein Zugeständnis an die Sterblichen, die die Wildnis zerstört hatten. Er verließ die Stadt schnell in östlicher Richtung, und noch in derselben Nacht war er weit von Lissabon entfernt.

Blackfeather hatte ihm gesagt, daß Evans in Madrid gelandet war, aber Nicholas konnte fühlen, daß sich sein Aufenthaltsort verändert hatte. Das Blut rief ihn nicht mehr aus Madrid, sondern aus Toledo. Die ruhige Zufriedenheit der Seereise verließ ihn zunehmend, als er seinen Weg durch das trockene Binnenland Iberiens fand. Dies war ein Land voll menschlicher Armut, mit kleinen Dörfern, die sich fast abgeschlossen von der Außenwelt zwischen unfruchtbarem Land und zähem Buschwerk drängten. Eine entschlossene Robustheit durchdrang alles, was hier wuchs, und die ungezähmte Wildnis nährte die Blutlust, die in Nicholas wuchs. *Owain Evans. Der den Clan Gangrel beschmutzt hatte. Du mußt das Blut zurückgewinnen.* Dies wurde Nicholas' stummes Mantra. Das Gefühl, wenn schon nicht die Worte, erfüllten ihn bei jedem Schritt. Er konnte schon das Fleisch unter seinen Klauen reißen fühlen, den scharfen Geschmack der zurück gewonnenen Vitæ auf der Zunge schmecken. All das beschäftigte seine Gedanken, als er eine Hügelkuppe erreichte und die Silhouette Toledos in der Ferne fast nicht bemerkte.

Nicholas konnte noch immer die Energie des Rituals, das er und Blackfeather durchgeführt hatten, spüren. Die Kraft des Blutes konnte nicht zum Schweigen gebracht werden, und es rief den Gangrel auch über die Meilen hinweg. Irgendwo in der Stadt vor ihm befand sich der Schänder des Clan Gangrel, und Nicholas hatte ihn fast erreicht.

ACHT

Eleanor hatte vorher noch nie einen Fuß in Hannahs privates Büro gesetzt, und die Frau des Prinzen vermutete stark, daß die sich darin befindliche Unordnung ein Resultat der Krise war, die die Welt der Kainskinder zur Zeit fest in ihrem Griff hatte. Vielen anderen wäre die Unordnung vielleicht gar nicht aufgefallen – Notizen und Papiere, die sich über den Schreibtisch ausbreiteten, offene Bücher, die sich auf den verschiedenen Tischen im Raum übereinander stapelten, mehrere herumliegende Glasbehälter, die bis auf Reste dunklen Bluts leer waren – aber Eleanor kannte die normalerweise makellose Ordnung, in der Hannah ihr Gildehaus führte. Die einzige Sache, die noch überraschender als der Zustand des Büros war, war die Tatsache, daß Eleanor es so zu Gesicht bekam. Eine der Neugeborenen hatte sie hierher geführt, um auf Hannah zu warten.

Nach einigen Minuten betrat Hannah mit forschen Schritten und einem Arm voll alter, ledergebundener Bücher den Raum. Als sie Eleanor sah, entglitten die Bücher fast ihren Griff. "*Eleanor!*" Schnell fand Hannah die Fassung wieder. "Was für eine angenehme Überraschung." Eleanor glaubte eher die *Überraschung*, als das *angenehm*. "Hat Kathleen Euch hier herein geführt?"

"Ja. Sie ist so ein Schatz." Eleanor war nur zu bewußt, wie peinlich es war, auf diese eine Art überrascht zu werden. Es war also nicht mit Absicht geschehen, daß sie dieses innere Heiligtum zu Gesicht bekam. Ohne Zweifel sollte Kathleen Gäste vielmehr in eines der gemütlicheren und aufgeräumteren Zimmer führen. Eleanor war sich sicher, daß Hannah so einen Fehler nicht ungestraft lassen würde. "Ich habe Ihre Nachricht erhalten, daß Sie die Experimente abgeschlossen haben."

Hannah legte die Bücher, die sie noch immer im Arm hielt, auf einen der kleinsten Buchstapel, den sie finden konnte. "Ich verstehe", sagte sie. "Ich habe nicht damit gerechnet, daß Ihr so schnell hier erscheinen würdet."

"Dies ist eine wichtige Angelegenheit", erklärte Eleanor süßlich.

"Ich verstehe", wiederholte Hannah. Sie öffnete ein Kabinett hinter ihrem Schreibtisch und entnahm ihm ein mit einem weißen Seidentuch bedecktes Kissen. Sie legte das Kissen vor Eleanor auf den Schreibtisch und zog das Tuch beiseite. Auf dem roten Samt des Kissens lag in funkelndem Stahl und Gold der Dolch, den Pierre gefunden hatte, als er dem Gangrel gefolgt war. Da Pierre ja die Aufgabe niedergelegt hatte, und der Gangrel nicht für eine Befragung zur Verfügung stand, hatte Eleanor den Dolch hier in das Gildehaus der Tremere gebracht. Falls ihr irgend jemand helfen konnte, hatte sich Eleanor gesagt, dann war das die Regentin von Atlanta. Und wenn sich die Aufgabe als zu schwer erwiesen hätte, dann hätte Eleanor wenigstens etwas in der Hand gehabt, was sie in Zukunft gegen Hannah würde einsetzen können.

"Haben Sie etwas herausfinden können?" fragte Eleanor unschuldig.

Hannahs Erschöpfung war unübersehbar. Sie wirkte gehetzt und stand sichtlich unter Streß. Vor dem Fluch hatte es immer einige Neugeborene gegeben, die durch das große Gildehaus an der Ponce de Leon Avenue geeilt waren. Heute hatte Eleanor nur Kathleen kurz gesehen, sonst war alles ruhig gewesen. Hannah verbrachte ohne Zweifel die meiste Zeit damit, den schrecklichen Fluch zu untersuchen. Sie versuchte sowohl ihren Prinzen Benison als auch ihre Vorgesetzten innerhalb der Tremere, die auch mit der Aufgabe, das Geheimnis des Fluchs zu lüften, beschäftigt waren, zufrieden zu stellen. Und als wenn das alles nicht genug wäre, hatte Eleanor nun Hannah auch noch um einen persönlichen Gefallen gebeten: *Untersuchen Sie den Dolch. Berichten Sie mir alles, was Sie herausfinden können.*

Eleanor war nicht spezifischer geworden. Ihr war bewußt, daß es hilfreich hätte sein können, wenn Hannah mehr Informationen zur Verfügung gestanden hätten, aber die Chance, daß der Dolch irgend etwas wesentliches beweisen konnte, war minimal. Nur weil Pierre irgendeinem fremden Gangrel zu der ausgebrannten Kirche gefolgt war und dort den Dolch gefunden hatte, bedeutete das nicht, daß er sich auch als hilfreich erweisen würde. Es war nur Eleanors Traum, daß der Dolch auf irgendeine Weise mit Owain Evans in Zusammenhang zu bringen war, und gerade in der letzten Zeit waren schon zu viele ihrer Träume unerfüllt geblieben. Es gab immer noch die Möglichkeit, daß Pierre in dem Versuch wenigstens ein Fünkchen Würde zu behalten, nicht ganz die Wahrheit darüber, wie er an den Dolch gekommen war, gesagt hatte. Eleanor hatte nicht vor, Owain zu belasten, oder gar den eigentlichen Grund für ihr Streben nach Gerechtigkeit zu enthüllen, solange noch die Gefahr eines Mißerfolgs bestand.

Hannah ließ den Dolch einige Minuten kommentarlos zwischen ihnen auf dem Kissen liegen. Sie rieb sich mit der linken Hand über die Augen und massierte dann ihren Nasenrücken. "Ich habe die Auren, die mit dem Dolch in Berührung gekommen sind, untersucht", erklärte sie schließlich. "Normalerweise sollte ich daraus allgemeine Informationen über die Person erhalten können, der dieser Dolch gehört hat." Hannah schaute auf, um sicher zu sein, daß Eleanor bis jetzt alles verstanden hatte. "Je stärker die Bindung an das Objekt oder je intensiver das Gefühl, das mit dem Objekt verbunden ist, desto genauer ist das Bild, das ich von der betreffenden Person erhalten kann."

Eleanor nickte. Noch wagte sie zu hoffen, doch zur gleichen Zeit stellte sie sich schon auf eine Enttäuschung ein.

"Zeit", fuhr Hannah fort, "schwächt die Bindung an das Objekt und verdunkelt die Auren. Deshalb kann eine Untersuchung nur die letzte stark gefühlsgeladene Situation, die mit dem Objekt verbunden ist, erfassen."

Eleanor nickte noch immer höflich. Ihre Geduld näherte sich ihrem Ende. Sie brauchte keinen Exkurs über die geheimen Praktiken der Tremere. "Ich verstehe."

Hannah machte eine Pause. Sie sah den Dolch lange Zeit an. Schließlich hob sie ihn von dem Kissen und umschloß die Klinge und den Griff vorsichtig mit ihren Fingerspitzen. "Bei meiner Untersuchung habe ich verschiedene Auren auf dem Dolch gefunden." Eleanor rutschte auf ihrem Sessel nach vorne. "Die erste war, obwohl sie die neueste war, sehr schwach", sagte Hannah. "Außer Angst konnte ich kaum etwas spüren. Diese Person war ganz sicher ein Kainit; ich tippe auf Toreador, aber sicher bin ich mir nicht."

Eleanor nickte wissend. *Ohne Zweifel Pierre.*

"Davor gibt es eine stärkere Aura", sagte Hannah. "Nicht unbedingt stark mit dem Dolch verbunden, aber sehr animalisch, raubtierhaft."

Eleanor wußte, daß diese Beschreibung auf Tausende von Kainskindern zutraf, aber bisher paßte sie gut zu Pierres Geschichte von dem

Gangrel. Bis jetzt schien Hannah mit ihrer magischen Detektivarbeit richtig zu liegen, aber sie hatte Eleanor noch nichts erzählt, was sie nicht schon gewußt hätte.

Wieder machte Hannah eine Pause. Dann fuhr sie zögernd fort. "Bevor ich weiter rede, Eleanor, möchte ich Euch bitten, daran zu denken, daß ich, obwohl ich Informationen enthüllen werde, die Euch oder dem Prinz mißfallen könnten, doch nichts mit dieser Information zu tun habe und nur der Bote bin. Ich möchte nicht die Verantwortung für irgendwelche unangenehmen Auskünfte tragen müssen, die meine Untersuchung vielleicht ans Licht bringen wird."

"Ja, ja." Eleanor wischte Hannahs Befürchtungen mit einer Handbewegung beiseite. "Das ist nur zu verständlich. Der Prinz kann manchmal etwas... abrupt in seinem Urteil sein, aber indem Sie mir diesen Gefallen tun, haben Sie meine Unterstützung gewonnen, und ich werde es nicht erlauben, daß Sie ungerechtfertigter Kritik ausgesetzt werden." Obwohl sie etwas beruhigt schien, zögerte Hannah noch immer. "Ich gebe Ihnen mein Wort darauf", fügte Eleanor hinzu. Eleanor wußte, daß es, würde Hannah weiter zögern oder verhandeln wollen, gleichbedeutend damit wäre, daß Wort des ehemaligen Archonten des Clan Ventrue und der Ehefrau des Prinzen anzuzweifeln.

Da Hannah nun keine Wahl mehr hatte, fuhr sie fort. "Die dritte Aura, die ich feststellen konnte, war die stärkste, die ich je gespürt habe..."

Eleanor saugte jedes Wort, jede Nuance und Andeutung in Hannahs Beschreibung auf. Sie erlaubte der Leiterin des Gildehauses der Tremere mit ihrer Beschreibung ohne Unterbrechung fortzufahren, und bat sie dann, das ganze noch einmal zu wiederholen. Erst dann, nach der zweiten Beschreibung, stellte sie ihre Fragen. Sie verlangte Ausführungen sowohl über Details, die Hannah hatte herausfinden können, als auch über ihre Gewißheit zu der Verläßlichkeit jedes einzelnen Punktes. Die zwei Frauen redeten bis tief in die Nacht hinein, und zum ersten Mal, seit Eleanor Benjamins sanfte Berührung gespürt hatte, wärmte sich ihr Herz in Vorfreude. Benjamin und sie würden wieder zusammen kommen. Sie würde triumphieren.

Und Owain Evans würde untergehen.

Owain stand bewegungslos in den Schatten nahe der Iglesia de San Nicholas. Möglicherweise befand er sich zu nah an dem Viertel der Stadt, in dem El Greco residierte, aber Owains Beute hatte ihn hierher geführt, und wenn man bedachte, welch eine Bürde El Greco für ihn geworden war, fühlte sich Owain nicht verpflichtet, seinen ehemaligen Freund um jeden Preis zu beschützen. Hätte es nicht die mysteriöse Nennung von Angharads Namen gegeben, hätte er diese Mission möglicherweise nie angenommen, Verrat hin oder her. Aber ihr Name *war* aufgetaucht. Es gab absolut keine Möglichkeit, daß eine sterbliche Frau, die vor über achthundert Jahren gestorben war, in irgend einem Zusammenhang mit den Verwüstungen stand, die über die Welt der Kainiten hereingebrochen waren. Das versuchte Owain sich zumindest einzureden. Trotzdem hatte er das Gefühl, daß es sich hier nicht nur um einen Zufall handeln konnte.

Aus seinem Versteck konnte Owain auf der gegenüberliegenden Straßenseite die Töpferstube sehen, die Miguel als Anlaufstelle für eine Kontaktaufnahme bezeichnet hatte. Owain schnaubte verächtlich. *Glaubt Miguel tatsächlich, daß ich weiter bei seinen kleinen Spielchen mitspiele?*

Genau genommen hatte Owains Beute ihn gar nicht an diesen Ort geführt. Eigentlich hatte Owain auf der Lauer gelegen. Für lange Zeit war Owain dem Kontakt mit anderen Kainiten ausgewichen, vor allem denen, die unter ihm standen, die erst vor kurzem den Kuß empfangen hatten und deren vampirische Vitæ durch die Zeit und die Entfernung zum Dunklen Vater dünn geworden war. In den letzten paar Nächten hatte Owain überrascht festgestellt, wie leicht es ihm fiel, diesen Welpen auszuweichen. In den vergangenen drei Nächten hatte er wie in der Nacht zuvor, Kontakt zu den Vampiren in der Stadt aufgenommen. Er hatte sich jedes Mal vor ihnen verborgen gehalten, und jedes Mal waren sie stolz und prahlerisch gewesen. Sie gehörten dem Sabbat an. Sie waren Carlos' Anhänger. Owain war nicht einem einzigen Kainiten begegnet, der El Greco seine Treue geschworen hatte. Diese jungen Narren sprachen nicht mit der Vorsicht von Eindringlingen in ein fremdes Territorium, sondern eher mit dem Stolz von Siegern. *Carlos. Dies ist seine Stadt.* Owain hatte bei jedem der Neugeborenen, die er ansprach, Variationen desselben Themas gehört. Und jedes Mal war diese Aussage nicht nur als Prahlerei gemeint gewesen, sondern vielmehr eine einfache Darstellung der Tatsachen.

Nicht einen einzigen Anhänger El Grecos hatte Owain finden können. *Ganz sicher hätte El Greco doch etwas so wesentliches wie den Verlust der Stadt erwähnt*, dachte sich Owain. Wie hätte er jemandem, der eine Mission zu erfüllen hatte, eine so lebenswichtige Information vorenthalten können? Owain wußte, daß El Greco arrogant war, aber er war immer ein passabler Taktiker und Stratege gewesen. Es mußte eine Erklärung geben, auch wenn Owain sie jetzt noch nicht durchschauen konnte. Er hatte verschiedene Viertel der Stadt erkundet, nur für den Fall, daß verschiedene Gebiete verschiedenen Herren gehörten, aber er war stets nur auf Anzeichen für Carlos‘ und nie für El Grecos Einfluß gestoßen.

Owains Aufmerksamkeit richtete sich auf näherkommende Schritte. Schritte, die ein Sterblicher höchstwahrscheinlich nicht gehört hätte, aber Owain war in vielerlei Hinsicht diesem Fußvolk des Sabbat so weit überlegen, wie ein Vampir es gegenüber einem Sterblichen war.

"*Buenas noches, Señor Brillante.*" Herr Strahlend. Diesen Spitznamen hatte Owain dem fast glatzköpfigen Vampir verpaßt, dem er vor vier Nächten zum ersten Mal begegnet war.

Brillante stoppte mitten in der Bewegung und fauchte leise, während seine Augen unauffällig die Umgebung absuchten. Heute nacht war er ganz in schwarz gekleidet – Hemd, Krawatte, Lederjacke, Hose. Da es ihm nicht gelang, Owain ausfindig zu machen, streckte er den Nacken und rollte seine Schultern nach hinten. "Ihr seid also immer noch hier, Señor Morgan." Der ätzende Tonfall seiner Worten stand in direktem Widerspruch zu seinem entwaffnenden Lächeln. "Ich habe es schon gehört. Ihr müßt wissen, daß in Toledo selbst die Straßen Ohren haben."

"Aber hat auch Carlos Ohren?"

Brillantes Muskeln spannten sich. Er legte den Kopf zur Seite, und Owain wußte, daß er ein weiteres Mal versuchte, seine Stimme durch die Dunkelheit zu verfolgen. "Er hat Ohren, *Señor*. Und er hat Klauen und Fänge."

Owain antwortete nicht. Er hatte nicht vor, seine Position unnötig früh preiszugeben. Mit jedem Wort, das er von sich gab, war es wahrscheinlicher, daß der Sabbatlakai sein Versteck entdecken würde. Denn alles, was ihn verhüllte, war ein Mantel aus der Dunkelheit und den Schatten der Nacht, und die leichte Verwirrung, die er über den Geist des jüngeren Vampirs gelegt hatte.

"Kommt heraus!" fauchte Brillante, aber dann wurde sein Tonfall sofort wieder sanfter. "Damit wir reden können. Von Angesicht zu Angesicht." Es lag keine verborgene Macht in der Herausforderung. Er erinnerte sich vermutlich daran, daß sein übernatürlicher Befehl, der für jeden Sterblichen Gesetz gewesen wäre, auch schon beim ersten Mal wirkungslos geblieben war. "Oder seid Ihr etwa ein Nosferatu, der mir einen Gefallen tut, wenn er sein Gesicht verbirgt."

Seltsamerweise fiel es Owain schwerer, der offene Herausforderung des anderen Kainiten zu widerstehen als jeder vampirische Macht. Brillante war vollkommen davon überzeugt, daß er es mit jedem aufnehmen konnte, und sein ungetrübtes Selbstbewußtsein forderte Owain heraus. In den letzten Nächten hatte Owain die, die ihm unterlegen waren, aus den Schatten heraus angesprochen. Aber obwohl er ein Wesen war, das an Jahre der Langeweile gewöhnt war und Pläne geschmiedet hatte, die sich über Jahrzehnte hinweg entfalteten, war seine Geduld eine eher flüchtige Tugend, wenn er mit Unterlegenen umging. Jetzt war sie am Ende. Impulsiv machte er einen Schritt nach vorne. Und dann noch einen. Selbst die Bewegung zerstörte Owains Illusion nicht vollkommen. Erst als sie nur noch wenige Schritten von einander entfernt waren, erschrak Brillante über Owains plötzliches Auftauchen.

"Nun können wir reden", sagte Owain. "Von Angesicht zu Angesicht."

Brillante hatte sich schnell wieder gefangen. Wieder lächelte er. "Das ist schon viel besser. Nun können wir uns richtig unterhalten." Ohne Warnung durchschnitten seine Klauen die Luft.

Owain fing den Schlag Zentimeter vor seinem Gesicht ab. Er ließ Brillantes Handgelenk nicht los, sondern hielt die klauenbewehrte Hand vor sich in der Luft. "Das ist also deine Art, zu kommunizieren?" Brillante versuchte, seine Hand Owains Griff zu entziehen, aber es wollte ihm nicht gelingen. Owain konnte Stärke in dem anderen fühlen, aber nichts, womit er nicht fertig werden würde. Während er seinen Angreifer niederstarrte, hielt er jedoch seine Ohren offen. Möglicherweise würden andere versuchen sich von hinten zu nähern. Der Sabbat zog normalerweise in Rudeln umher, und vier oder fünf dieser Welpen waren schon eine durchaus ernstzunehmende Aufgabe. ”Hast du Carlos meine Nachricht überbracht?” fragte Owain.

Brillante gab es auf, seine Hand zurückziehen zu wollen. ”Ihr bedeutet Carlos nichts.”

Owains Griff wurde fester. Er wußte, daß der Schmerz durch Brillantes Arm schießen mußte, doch Brillante ließ sich nichts anmerken. ”Du hast es ihm gesagt”, sagte Owain selbstgefällig. ”Und auch die anderen haben es ihm gesagt.” Er wußte, daß es gefährlich war, diese gewaltbereiten Kainiten ködern zu wollen, aber er wußte auch, daß man sie leicht dazu bringen konnte, etwas zu tun. ”Sag ihm noch einmal, daß ich ihm einen Handel anbiete, und sagt ihm, daß ich über Angharad reden will.”

Brillante reagierte nicht auf den Namen. Er bedeutete ihm nichts. Oder vielleicht war er auch nur zu sehr auf den Schmerz in seinem Handgelenk konzentriert, oder auf seinen brennenden Haß auf Owain, der mit jeder Erniedrigung an Stärke gewann. Owains Daumen und seine rasiermesserscharfen Nägel schnitten in Brillantes Fleisch. Blut quoll hervor und rann ihre erhobenen Arme herunter.

”Ich werde es ihm sagen”, sagte Brillante noch immer mit einem herausfordernden Ton in der Stimme. ”Ich werde es ihm sagen, Señor Morgan. Oder soll ich Euch lieber Owain Evans nennen?”

Owains Griff wurde noch härter, aber ansonsten verbarg er seine Überraschung.

”Ihr seid nicht der einzige Fremde in der Stadt. Jemand hat Fragen über Euch gestellt”, sagte Brillante in selbstgefälligen Ton.

”Wer?”

Brillante zuckte mit den Schultern. ”Irgendein Gangrel. Einige meiner *hermanos* haben mir erzählt, wie sie genau wie ich mit dem unsichtbaren Morgan gesprochen haben, und dann taucht auf einmal dieser fremde Gangrel mit dreckigen Haaren auf und will wissen, wo Owain Evans ist.”

Owain versuchte sich an alle Gangrel, die er kannte, was nicht viele waren, zu erinnern. Wer von ihnen konnte herausgefunden haben, daß er sich in Toledo aufhielt?

"Ihr müßt mir nicht bestätigen, daß ihr Owain Evans seid, wenn ihr lieber weiter Versteck spielen wollte, *Señor Morgan*. Ich fand es nur merkwürdig, daß wir so viele Fremde auf einmal in unserer ruhigen Stadt haben sollen. Aber hier kriegen wir zwei zum Preis von einem, scheint mir?"

Owain ließ Brillantes Hand los und trat einen Schritt zurück. "Sag es Carlos."

"Ich werde es ihm sagen", sagte Brillante, der vorsichtig seine verletzte Hand bewegte, während Owain um die Ecke von San Nicholas trat. "Und ich werde Eurem Gangrel-Freund sagen, daß ich mit Euch gesprochen habe. Ich glaube nicht, daß er sehr glücklich über Euch ist."

Als er außer Sichtweite war, schlug Owain ein paar schnelle Haken, nur für den Fall, daß Brillante ihm folgen sollte, und kletterte dann auf ein niedriges Dach, um dort abzuwarten und Ausschau zu halten. *Jemand, der mich sucht*, dachte Owain. *Ein Gangrel*. Ihm fiel aus dem Stehgreif kein Gangrel ein, der ihn finden wollte oder mußte. Das war ganz sicher etwas, dem er nachgehen mußte. *Und soviel dann auch dazu, geheim zu halten, wer ich bin*. Es war zwar nicht das Ende der Welt, daß seine Identität enthüllt worden war, aber er hätte es vorgezogen, anonym zu bleiben.

Die Minuten vergingen. Owain sah keine Zeichen einer Verfolgung. Offensichtlich hatte Brillante nicht die Nerven für eine Jagd. Vielleicht versorgte er seine verletzte Hand. Owain wußte, daß seine Klauen tief, möglicherweise bis auf den Knochen, in Fleisch und Muskeln eingedrungen waren. Es mußte extrem schmerzhaft gewesen sein. Jedenfalls hoffte er das.

Nen konnte gerade noch aufhören, bevor Blut floß. Er legte die Bürste, mit der er seine Hände bearbeitet hatte, beiseite, tupfte sie vorsichtig mit einem sauberen weißen Handtuch trocken und verteilte dann die Handcreme, wobei er darauf achtete, seinen Ehering hinterher wieder abzuwischen. *Ich sollte wirklich nach Hause gehen*, dachte er nach einem Blick auf die Uhr. Aber er war jetzt endlich soweit, mit seinem Bericht anzufangen, und Leigh würde das verstehen.

Eine weitere Leiche war eingetroffen, diesmal von dem Leichenbeschauer in Chicago. Wieder fand sich frisches Blut, aber die Gewebeproben ließen keinen Zweifel daran, daß die Person schon seit Wochen tot war. Nen hatte in den letzten Wochen genug gesehen, um sich sicher zu sein, daß es sich hierbei nicht um einen örtlich begrenzten Kult handelte. Das Blut war nicht von jemandem zurückgelassen worden. Jedesmal waren die inneren Organe und viele der Muskeln atrophiert, aber das Blut war nur wenige Stunden alt. Hinzu kam, daß mehrere Blutgruppen in einer einzigen Leiche zu finden waren.

Wochenlang war das alles, womit Nen arbeiten konnte. Er hatte die Laborergebnisse geprüft, Fallgeschichten studiert und die Fundorte der Leichen besucht. Er hatte den Rat seiner Vorgesetzten Dr. Blake ignoriert, den Fall zu den Akten zu legen, und war sogar soweit gegangen, einen befreundeten Pathologen, Martin Raimes, um Hilfe zu bitten. Nun hatte Nen den Bericht, den Raimes ihm geschickt hatte, nachdem er die Blutproben, die Nen ihm von den Fällen JKL14337 und JKL14338 hatte zukommen lassen, untersucht. Nen blätterte zum wahrscheinlich zwanzigsten Mal durch die Zusammenfassung.

Er war sich nicht sicher, was Dr. Blake gegen seine Nachforschungen hatte. Die Situation schien Nen sehr ernst. Von Anfang an, schon bevor seine Untersuchungen diese alarmierenden Ergebnisse erbracht hatten, war er der Meinung gewesen, daß schon die vage Möglichkeit einer seltsamen neuen Seuche Grund genug für das Zentrum für Seuchenkontrolle und –vermeidung sei, um den rätselhaften Fällen, die immer wieder auftauchten, seine Aufmerksamkeit zu schenken.

Noch immer kam es zu den beunruhigenden Todesfällen, und es schienen sogar mehr zu werden, obwohl es auch sein konnte, daß Nen nun einfach wußte, wonach er Ausschau halten mußte. Bei der Suche durch neuere Autopsieberichte war er auf eine weitere beunruhigende Tendenz gestoßen: Selbst in Fällen, wo die seltsame Vermischung von Blutgruppen und die Anomalie in der Gewebezersetzung nicht vorhanden war, gab es einen unerklärten, massiven Anstieg von hemorrhagischem Fieber. *Es ist, als wenn eine Epidemie hochansteckenden hemorraghischen Fiebers ausgebrochen ist*, vermutete Nen, und das war das fehlende Stück des Puzzles, das Martin Raimes Daten ergeben hatten. *Maureen Blake oder nicht*, beschloß Nen, *das hier muß weiter verfolgt werden, und wenn sie das nicht einsehen will, dann muß ich es ohne ihre Einwilligung tun.*

Nen öffnete die Computerdatei, an der er gearbeitet hatte und begann zu tippen. Er wußte nicht, daß er beobachtet wurde, daß eine Gestalt an der Wand vor seinem Fenster hing und jedes Wort las, das er schrieb.

☥

Owain verließ das Haus, in dem er wohnte, spät. Er wollte sich nicht zu berechenbar verhalten. Ganz sicher waren Brillante und einige seiner Anhänger des unwillkommenen Fremden in ihrer Mitte müde geworden, und nun da Owain seine Maske hatte fallen lassen, mußte er noch vorsichtiger auf den Straßen sein, um nicht erkannt zu werden.

Nicht ein einziges Mal war Owain bei seinen Kontakten auf einen Anhänger El Grecos gestoßen. Es war verwirrend. Keines der Sabbatmitglieder, das Owain belästigt hatte, hatte El Greco auch nur erwähnt. Nicht nur, daß niemand Owain vorgeworfen hätte, mit ihrem Rivalen unter einer Decke zu stecken, sie schienen sich noch nicht mal der Existenz eines Rivalen bewußt zu sein, als ob El Greco noch nicht einmal ein Faktor in der Gleichung war. Owain konnte es sich einfach nicht erklären.

Vielleicht ist es der Fluch, sagte sich Owain. *Vielleicht waren mehr von El Grecos Anhängern vernichtet worden, oder vielleicht hatte er sie von den Straßen weg beordert.* Es gab viele Möglichkeiten, aber Owain schien keine wirklich plausibel zu sein. Er warf einen Blick auf die Uhr auf dem Bücherbord. In einigen Minuten würde er aufbrechen, um sich mit Kendall zu treffen. Vielleicht konnte sie ihm wertvolle Informationen liefern.

Owain lief unruhig durch das kleine Haus, das El Greco ihm zur Verfügung gestellt hatte. Die Rastlosigkeit, ein Gefühl von zielloser Aktivität, war in der letzten Zeit immer stärker geworden. In Atlanta waren Jahrzehnte unbemerkt an ihm vorbeigegangen, in denen er Jahre vertrödelte als wären sie nur Minuten, aber nun trieb ihn schon der Gedanke, noch eine Viertelstunde warten zu müssen, fast in den Wahnsinn. So viel hatte sich geändert, seit die Sirene in sein Leben getreten und dann wieder herausgerissen worden war. Oder waren es die Visionen, die ihn verändert hatten? Oder der Fluch? Es gab keine Möglichkeit, es mit Sicherheit zu sagen.

Die Einrichtung und Ausstattung des Hauses trug nicht gerade zur Beruhigung seiner Nerven bei. In ihrer vagen Unpersönlichkeit glichen sie dem, was er in El Grecos Haus vorgefunden hatte. Sie schienen für niemand besonderen und nur wegen ihrer Unauffälligkeit ausgesucht worden zu sein. So unauffällig wie El Greco es nun in dieser Stadt, die er einst beherrscht hatte, war. Als er die Küche durchschritt, warf Owain einen Stuhl um und ließ ihn absichtlich am Boden liegen. Das war wenigstens ein Zeichen, daß irgend jemand, egal wer, aber eine tatsächliche Person, diesen Ort bewohnte.

Endlich war es Zeit. Owain verließ das Haus und wandte sich nach Nordnordwest, wobei er sich in den ihn willig aufnehmenden Schatten hielt. Die Straßen waren ruhig. Außer den Touristen auf der Plaza und einigen seltenen Fußgängern oder Autofahrern war niemand zu sehen, ein Umstand, der Owain sehr auffällig gemacht hätte, doch er hatte Vorsichtsmaßnahmen getroffen. Er hielt sich von den breiten Durchgangsstraßen fern, wobei sie breit nur im Vergleich zu den anderen Straßen zu nennen waren, und bevorzugte statt dessen die nur schwach beleuchteten, schmalen Durchgänge zwischen den strengen Gebäudefassaden. Owain erinnerten sie immer wieder an das Gefühl aus früheren Jahren, daß hier mehr vor sich ging, als man je erblikken würde, daß hinter den nichtssagenden Fassaden Intrigen erdacht und ausgeführt wurden. Jetzt war er sogar noch sensibler für diesen Eindruck. Damals war er ungestüm und draufgängerisch gewesen, und so sicher, daß er die Hand des Schicksals, der Autor des Stückes war.

Nun war er sich dessen nicht mehr so sicher. In den letzten Jahren wollte er meist einfach nur in Ruhe gelassen werden. Er hatte sich nur aus seiner relativen Zurückgezogenheit begeben, um einigen inspirierenden Erinnerungen an eine bessere Zeit nachzulaufen, eine Zeit, die vielleicht nicht ruhig oder gar glücklich gewesen war, ihm doch wenigstens die Fähigkeit zu Gefühlen zugestanden hatte. Eine Zeit in der er gefühlt und gelebt hatte. Aber das Lied, das ihm diese Erinnerungen gebracht hatte, war ihm entrissen worden. Er hatte nur zuhören wollen, aber der Fluch hatte Benison über jene Klippe gestoßen, an deren Rand er als Malkavianer schon immer viel zu nahe gestanden hatte. Und nun war Owain durch einen zum Tyrannen verkommenen Freund nach Spanien zurückgebracht worden und hatte sich, verführt durch den Namen einer lange toten Geliebten, auf eine

Kamikaze-Aktion begeben. Als Owain zu der dreifach gekrönten Spitze des Kirchturms der Kathedrale von Toledo aufschaute, fühlte er nur allzu deutlich, daß ein boshafter Gott auf ihn herab schaute und lachte. *Es hat dir nicht gereicht, sie mir nur einfach wegzunehmen*, klagte er den dunklen Himmel an, *und mich aus dem Land, das ich so liebte zu vertreiben. Sie waren alles, was mir je wichtig war, und du hast mir beides genommen. Und nun verhöhnst du mich auch noch durch sie.* Owain hatte sich schon oft gewünscht, daß er, wenn ihn der Endgültige Tod eines Tages ereilen würde, er wenigstens einen Blick auf das Paradies werfen dürfte, nur aus der Entfernung, denn die Straßen aus Gold würden ihm ganz sicher verwehrt sein, nur damit er in die Richtung des Allmächtigen spucken könnte. Vielleicht hätte er Glück, und seinem Speichel würde es gelingen, den Saum von Petrus' Gewand zu treffen, aber Owain wagte es nicht, so einen überwältigenden Erfolg zu erhoffen.

Als er sich der Puerta del Sol näherte, sah er Kendall, die sich in den Schatten des Tores zurückgezogen hatte. Ihre dunkle Kleidung und ihr Haar machten sie für weniger aufmerksame Augen praktisch unsichtbar. Owain überprüfte nochmals, daß er nicht verfolgt wurde, und ging dann die letzten Schritte zu ihr hinüber.

"Was haben Sie herausgefunden?" fragte er sie ohne ein Wort der Begrüßung. Owain kannte seinen Ghul gut genug, um zu wissen, daß sie in den letzten Tagen nicht untätig geblieben war. Aber er war an ungefilterter Information interessiert, also stellte er keine genaueren Fragen, die ihre Aufmerksamkeit möglicherweise in eine bestimmte Richtung gelenkt hätten. Später würde noch Zeit genug sein, spezifischere Fragen zu stellen.

"Ich habe El Greco seit der ersten Nacht, in der er auftauchte, nicht wieder gesehen", fing Kendall an zu berichten. "Er könnte ohne mein Wissen ein und aus gegangen sein", sie zog eine Grimasse, wahrscheinlich weil sie sich daran erinnerte, wie der Vampirahn sie überrascht hatte, "aber ich habe ihn nicht wieder gesehen."

Owain unterbrach sie nicht, also fuhr sie fort. "Unser Freund Miguel andererseits hat seine regelmäßigen Besuche beibehalten, einmal am frühen Abend und einmal kurz vor Sonnenaufgang. Manchmal kommt er mit seinem Ghul-Chauffeur, manchmal ohne ihn."

"Mit wem redet er? Was macht er?" fragte Owain.

"Er ignoriert mich oder versucht es wenigstens."

Das war das, was man erwarten konnte. Miguel war alles andere als froh darüber gewesen, daß Owain darauf bestanden hatte, daß Kendall in El Grecos Haus bleiben sollte, aber es hatte wichtigere Dinge gegeben, um die er sich hatte kümmern müssen, und Owain hatte auf seinem Standpunkt beharrt.

"Hauptsächlich kommandiert er Maria und Ferdinand herum", erklärte Kendall. "Die wären beide froh, ihn loszuwerden, auch wenn sie das nie offen zugeben würden. Ansonsten hat es nur einen Besucher gegeben, einen Kainiten, Javier. So wie es sich anhörte, scheint er Miguels Kind zu sein. Ich habe versucht, die beiden zu belauschen, aber Miguel ist sehr vorsichtig. Alles, was ich gehört habe, war irgend etwas über einen Gangrel."

Ich werde Eurem Gangrel-Freund sagen, daß ich mit Euch gesprochen habe. Ich glaube nicht, daß er sehr glücklich über Euch ist. Owain gingen Brillantes Worte aus der letzten Nacht durch den Kopf. Wer auch immer dieser Gangrel war, er störte Owains Pläne. Er hatte schon Owains Identität verraten. Wer wußte schon, auf welche Art er die Mission noch gefährden könnte. "Sonst noch etwas?" fragte Owain.

Kendall schüttelte den Kopf. "Nein. Das war alles, was ich gehört habe, und sonst ist nichts passiert."

"Fällt Ihnen an dieser Stadt irgend etwas besonders Seltsames auf?" beharrte Owain.

"Es ist zu verdammt still." Kendall dachte für einen Moment nach. "Ich meine, es ist Sabbatterritorium, und ich hätte mit mehr Aktivität gerechnet. New York, Miami – in diesen Städten herrscht Chaos. Die Sabbatrudel laufen Amok. Für die Sterblichen scheint an diesen Orten die Gesellschaft zu zerbrechen. Hier...", Kendalls Armbewegung schloß die ganze Umgebung ein, "nichts."

Owain lächelte. "Die neue Welt ist ein ungestümes, junges Ding, Ms. Jackson, genau wie es der Sabbat dort ist. In diesem Teil der Welt ist unsere Art etwas gesetzter. Hier gibt es noch immer die Erinnerung an die Inquisition und an Sterbliche, die sich in Angst und Wut gegen uns erhoben haben." Owain versuchte, nicht an seinen ersten Ghul und Begleiter, Gwilym, zu denken, der so lange überlebt hatte, nur um dann in dieser Stadt der Inquisition zum Opfer zu fallen.

"Aber verwechseln Sie Vorsicht nicht mit Untätigkeit. Toledo ist über die Jahrhunderte hinweg durch viele Hände gegangen. Heute ein König, morgen ein Aussätziger. Es ist sicherer, seine Bündnisse nicht zu offen vor sich her zu tragen. Lassen Sie sich von der vorsichtigen Art nicht einlullen."

Kendall nahm Owains Worte in sich auf. Owain hatte festgestellt, daß sie eine gute Schülerin war. *Vielleicht sogar wert, den Kuß zu empfangen.* Mit mehr Macht konnte sie noch nützlicher sein. Aber konnte Owain diesen Fluch an einen anderen weitergeben? In all den Jahren hatte er eine Vielzahl von Ghulen gehabt, aber nie hatte er einen Nachkommen erschaffen.

"Haben Sie von irgendeinem Anhänger El Grecos gehört oder einen gesehen?" fragte Owain.

Kendall dachte einen Moment lang nach. "Nur Miguel und den Chauffeur, Maria und Ferdinand, und nun Javier. Sonst niemanden."

"Ich verstehe."

Kendall wartete schweigend auf weitere Fragen, während Owain über das nachdachte, was sie gesagt und er selbst gesehen hatte. "Ich habe niemanden getroffen, der loyal zu El Greco steht. Ich weiß nicht, ob sie vernichtet worden sind oder ob sie sich verstecken oder ob sie einfach gar nicht existieren, aber jeder Kainit, mit dem ich gesprochen habe, gehörte in Carlos' Lager." El Greco hatte Owain bei seiner Aufgabe keine Hilfe angeboten, vielleicht hatte der alte Toreador einfach keine, die er anbieten konnte. "Halten Sie weiter ihre Ohren offen. Es muß noch andere Kainiten als Carlos' Anhänger geben. Vielleicht können wir uns an sie wenden, wenn wir sie finden können."

Vielleicht wollen sie El Greco genauso dringend loswerden wie ich, dachte Owain, *falls sie überhaupt existieren.* Mehr und mehr begann er mit dem Gedanken zu spielen El Greco zu eliminieren, seine geheime Verbindung zum Sabbat endgültig abzuschütteln und zu seinem Unleben nach Atlanta zurückzukehren. Warum, fragte sich Owain, ließ er sich überhaupt noch von diesen alten Schwüren binden? Falls es keine anderen mehr gab, über die El Greco befehlen konnte, wäre es für ihn durchaus möglich, ihn herauszufordern.

Aber das würde Owains Fragen über Angharad, und wie ihr Name mit dem Blutfluch in Verbindung kommen konnte, nicht beantworten. Es gab also noch immer genug Gründe, seinen ursprünglichen Plan weiter zu verfolgen. Und außerdem gab es im Moment dringendere Probleme.

"Wie lange ist es her, seit Sie getrunken haben?" fragte Owain.

"Schon einige Zeit." Kendall schien noch nicht verzweifelt zu sein. Owain vermutete, daß sie, ohne mit der Wimper zu zucken, sterben würde, wenn ihr Herr entscheiden würde, daß er ihrer Dienste nicht mehr bedurfte. Sie war nicht der Typ, Forderungen zu stellen. Sie würde ihren Status als Ghul nie als etwas ansehen, auf das sie Anspruch hatte, sondern immer als Privileg.

Privileg oder Fluch? Da war sich Owain ganz und gar nicht sicher. Die Existenz eines Ghuls schien weniger unnatürlich als die eines Vampirs, war aber tückischer und viel zerbrechlicher. Im Moment brauchte er jedoch ihre Dienste. Mit einer Drehung seinen Handgelenks lag das Stilett, das er in einer Armscheide trug, in seiner Hand. Schnell zog Owain die Klinge über seine Handfläche. Als das Blut hervor floß, reichte er seine Hand Kendall, und sie trank.

Sie nahm nicht viel, aber Owain konnte fühlen, wie seine Kraft in sie floß, konnte fühlen wie ihre Muskeln und ihr Fleisch erneuert und gestärkt wurden. Für einige Kainiten konnte das Teilen des Blutes emotionale Verwicklungen mit sich führen. Für Owain war das schon seit vielen Jahrhunderten nicht mehr der Fall gewesen, und er hatte nie entscheiden können, ob dies ein Verlust oder eine Bürde weniger auf seinen Schultern war. Als Kendall trank, beobachtete er, wie ihre Lippen an seiner Haut lagen, und er fühlte, wie ihre Zunge über die Wunde strich. Ob sie ihm mit der Zeit mehr bedeuten würde als die Reihe der Diener, die über die Jahre gekommen und gegangen waren? Die Sirene hatte etwas in ihm erweckt, bestimmte Impulse, eine Fähigkeit Gefühle zu haben. Als Kendall seine Hand losließ, schob Owain diese Gedanken beiseite. Wie immer würde auch hier letztendlich die Zeit entscheiden.

Der Schatten der Zeit ist nicht so lang, daß du unter ihm Schutz suchen könntest.

Die Worte aus seiner Vision drängten sich Owain ungewollt auf. Doch auch sie verdrängte er. Er würde ihnen keine Bedeutung zugestehen, indem er ihnen auch nur den kleinsten Gedanken widmete. Jedenfalls nicht jetzt.

Owain verließ seine Dienerin ohne ein weiteres Wort.

Er konnte sich den Luxus der Selbstreflexion nicht erlauben. Er hatte schon zu viele Jahre mit Brüten und Trauern verbracht, und nun war das Pendel zurück geschwungen. Nun war es Zeit zu handeln. Er mußte Kontakt mit Carlos aufnehmen, und dann war da das Problem mit dem Gangrel, der ihn suchte. Er entschied, daß es das erste war, um das er sich kümmern mußte. Es gab zwar einige Gangrel, die in der Stadt lebten, aber es waren nur sehr wenige. Die meisten Mitglieder dieses Clans zogen es vor, die Wildnis zu durchstreifen, und wagten sich nur in städtische Gebiete, wenn es sich nicht vermeiden ließ, beispielsweise um feindlichen Wolflingen zu entkommen.

Owain begann seine Suche im nördlichen Teil der Stadt. Er ging bis zur Puente de Alcantara und hielt sich dann in den Schatten, während er einen Bogen nach Westen schlug. Es war noch nicht so spät, daß die Straßen verlassen dagelegen hätten, aber dieser Teil der Stadt war sehr ruhig. Die Häuser aus Lehmziegeln bewahrten ihre Geheimnisse genauso gut wie immer. Es waren nicht mehr viele Sethskinder unterwegs, und auch keine Kainiten. Als Owain schließlich bei der Puerta de Cambron ankam, hatte er zwei Vampire gesehen, die die Straßen nach Nahrung oder vielleicht auch nach Owain selbst durchsuchten. Die erste war Mitglied des Sabbat. Owain hatte sie ein paar Nächte zuvor getroffen, und ihr seine Nachricht an Carlos mitgegeben. Der zweite war ein Fremder, aber kein Gangrel. Owain ging beiden aus dem Weg. Owain dachte sich, daß der Sabbat, wenn auch vielleicht nicht Carlos selbst, leicht genug zu finden sein würde, wenn er erst einmal diesen Gangrel gefunden hätte und mit ihm fertig wäre.

Owain folgte der alten Stadtmauer bis zur Puente de San Martin. Als er über die Brücke in die hinter ihr liegende Landschaft blickte, fiel ihm die Friedlichkeit der Szenerie ins Auge, zugleich beruhigend und verlassen. Keine Zeichen der Zivilisation, keine Geheimnisse und Intrigen. Er zwang sich weiterzugehen und wandte sich nach Osten zurück. Selbst wenn er systematisch vorging, würde seine blinde Suche durch die Stadt mehrere Nächte in Anspruch nehmen, und selbst wenn er jeden Quadratzentimeter Toledos absuchte, konnte er doch nicht erwarten, genau zur richtigen Zeit am richtigen Ort zu sein, um dem fremden Gangrel zu begegnen. Owain dachte gerade über die zugegebenermaßen etwas riskante Möglichkeit nach, lieber weiter zu versuchen, Carlos zu finden und den Gangrel einfach zu ignorieren, oder zu warten, bis der Gangrel ihn fände, als ihn ein ungewohntes Verlangen überfiel.

Ohne es eigentlich zu wollen, hatte er sich gen Süden gewandt, und mit jedem Schritt wurde er unwiderstehlicher vorangetrieben. Er ging zügiger. Er bewegte sich jetzt sehr schnell, verbarg sich aber immer noch vor den Augen zufälliger Beobachter. Irgend etwas Wichtiges lag vor ihm. Er wußte nicht, was es war, und er wußte auch nicht, was ihn vorwärts trieb, aber *irgend etwas* war dort. Er war sich ganz sicher.

Owain umrundete die nächste Ecke und blieb wie angewurzelt stehen. Eine Bewegung fiel ihm ins Auge, als er einen langen, offenen Platz betrat. Am anderen Ende des Platzes war eine Person, ein Sterblicher, nach seiner Uniform zu urteilen ein *agente de policía*. Der Polizist schlenderte an den Ladenfronten vorbei, überprüfte, ob die Türen verschlossen waren, und leuchtete mit seiner Taschenlampe in die schmalen Gassen zwischen den Häusern. Während er den Polizisten beobachtete, fragte sich Owain, welcher Impuls ihn hierher geführt haben mochte. Aber dann bemerkte er eine Bewegung auf der anderen Seite.

Einige Meter hinter dem Polizisten schlich eine andere Gestalt. Tief gebückt und immer nur einen Schritt zur Zeit zurücklegend, hatte der Jäger die Gestalt eines Menschen, aber seine Bewegungen waren instinktiver, glichen denen eines tückischen und gefährlichen Raubtiers. Nun da Owain es entdeckt hatte, konnte er das lange, ungezähmte Haar und die zerrissenen Kleider erkennen, und je genauer er es beobachtete, desto mehr bemerkte er das wölfische Gebaren. *Gangrel.*

Der Gangrel verringerte mit trügerischer Geschwindigkeit die Distanz zu dem ahnungslosen Polizisten. Owain wußte, daß er den Jäger in der Wildnis vermutlich nie gesehen hätte, bis es seine Beute angefallen hätte, aber hier in der Stadt machte der Gangrel denselben Fehler wie viele Kainiten, indem er sich so in die Jagd versenkte, daß er nicht mehr auf seine Umgebung oder das Nahen anderer Raubtiere achtete.

Owain hätte warten können, bis der Gangrel zuschlug, aber er entschloß sich sofort dagegen. "Hey!" rief er über den Platz. Seine Stimme hallte von den kalten Steinmauern wieder, nahm einen tieferen, drohenderen Ton an.

Der Polizist zuckte zusammen, und seine Hand wanderte zu der Waffe an seiner Seite. Owain bemerkte mit Befriedigung, daß auch der Gangrel zusammengezuckt war, aber der Polizist war sich noch immer nicht der in der Nähe lauernden Gefahr bewußt. Owain machte sich auf den Weg über den Marktplatz, wobei er seine Schritte ganz bewußt in klickendem Stakkato über den gepflasterten Platz hallen ließ. Den Gangrel ignorierte er für den Moment, behielt nur seine Position im Auge. Auf halbem Weg zu dem Polizisten blieb Owain stehen. Er starrte ihn an, bis er sicher war, daß seine tiefschwarzen Augen den Blick des Polizisten gefangen hatten. Owain deutete nach Westen, weg von dem Platz. "*Geh.*"

Die Hand des Polizisten fiel vom Pistolenholster. Er richtete sich auf und verließ den Platz mit schnellen Schritten.

Owain wandte sich dem Gangrel zu. "Ich hoffe, Ihr wart nicht zu hungrig. Wir müssen sprechen."

Der Gangrel, der sich seit Owains ersten Worten nicht merkbar bewegt hatte, trat nun langsam ein paar Schritte vor. Ein dunkles Knurren kam tief aus seiner Kehle. Owain wich keinen Schritt. Der Gangrel kam ihm vage bekannt vor. Er war fast bis auf Sprungdistanz heran gekommen. *Ich habe ihn schon einmal gesehen*, dachte Owain. *Aber wo? Und wann?*

Der Gangrel kam noch näher. Sein Knurren wurde lauter.

Owain wußte nur allzu gut, daß er sich in Gefahr begab, aber er wußte auch, daß er den Gangrel schon einmal getroffen hatte. *Noch bevor ich Atlanta verlassen habe...* Und dann fiel es ihm wieder ein.

"Der Bote." Der Gangrel hatte den letzten Schachzug überbracht. Er war der seltsame Typ, der in seinem Studierzimmer fast so etwas wie einen hysterischen Anfall gehabt hatte. "Ich erinnere mich nicht mehr an deinen Namen." Es klang fast wie eine Entschuldigung. Er war sich sicher, daß es nicht zu einer gewalttätigen Auseinandersetzung kommen mußte.

"Ihr habt nie nach meinem Namen gefragt", fauchte der Gangrel. Er war jetzt nur noch wenige Meter von Owain entfernt und zum Sprung bereit. "Genau wie ihr nie den Erzeuger des Erzeugers des Erzeugers meines Erzeugers nach seinem Namen gefragt habt."

Für Owain hörte sich das sehr nach einer Art von Anklage an, auch wenn er nicht genau wußte, wessen er angeklagt wurde. Es gab unzählige Sünden, deren man ihn rechtmäßig anklagen konnte. "Ich frage jetzt."

Der Gangrel verharrte nun völlig bewegungslos vor ihm und war dennoch auf den Absprung vorbereitet. Langsam begann er seine Klauen wie in Vorfreude zu bewegen. "Ich heiße Nicholas." In seinen Augen blitzte ein animalischer Glanz. "Und der Name meines Ururahnen war Blaidd."

Blaidd. Wolf. Der Klang seiner walisischen Muttersprache trug Owain sofort durch die Jahrhunderte zurück, zurück zu den Tagen, in denen er seinen Neffen Morgan zu seinem Ghul gemacht hatte. Das war vierzig Jahre nachdem er den Kuß empfangen hatte gewesen. Owain war gerade aus England zurückgekehrt, sein Herz erfüllt von schwarzem Haß, sein Kopf voll von großartigen Plänen, von denen einige sogar verwirklicht worden waren.

Blaidd. Wolf.

Nicholas sprang. Owain war mit einem Schlag zurück in der Gegenwart, gerade noch rechtzeitig, um dem Gangrel auszuweichen. Nicholas Klauen durchschnitten die Luft, wo noch ein Moment vorher Owains Kehle gewesen war.

Owains kam hart auf, rollte sich jedoch ab und war innerhalb von Sekunden wieder auf den Füßen. Nur die Reflexe eines alten Kainiten hatten ihn gerettet. Auch Nicholas hatte sich schnell wieder gefangen. Er machte einen Finte, und sprang dann wieder.

Nicht einmal Owains Schnelligkeit konnte ihn der vollen Wucht von Nicholas Wut ausweichen lassen. Er tauchte unter dem Gangrel hinweg und blockte einen Schlag ab, aber Nicholas Klauen schnitten durch Owains Mantel und rissen seinen Arm bis auf die Knochen auf. Owain taumelte zurück. Schmerz raste durch seinen ganzen Körper. Er konnte einen Schmerzenslaut nicht unterdrücken.

Nicholas hielt kurz in seinem Angriff inne und hob seine Hand an sein Gesicht. Er schnüffelte an seinen Klauen und leckte dann ein bißchen der duftenden Vitæ ab. Eine Mischung aus Seufzen und Fauchen kam von seinen Lippen, und Owain konnte sehen, wie seine Augen matt wurden. Er sah zwar immer noch Owain an, aber wie aus weiter Ferne und durch einen Schleier. Als er sprach, waren seine Worte tief und kehlig, und seine Stimme unterschied sich deutlich von der, mit der Nicholas vorher gesprochen hatte. "*Eindringling. Schänder. Mörder.*"

Während Owain seinen verwundeten Arm hielt, sah er plötzlich in die Augen des Gangrel, den er vor so vielen Jahren gepfählt hatte. Er sah den Haß, die gefangene Wut. Owain schüttelte heftig seinen Kopf. Er hatte jetzt keine Zeit für die Erinnerungen, die sich ihm aufdrängten. *Der Schmerz. Halt dich am Schmerz fest*, sagte er sich selbst. Er würde ihn im Hier und Jetzt halten. Mit einer schnellen Drehung des Handgelenks hielt er sein Stilett, an dem früher am Abend sein eigenes Blut geklebt hatte, in der Hand. Er würde nicht länger die Zielscheibe für die rasende Wut dieses Gangrel abgeben. Er würde ihn in Stücke schneiden und die Teile für die Ratten in der Nacht zurücklassen.

Nicholas griff wieder an. Er verzichtete auf raffinierte Tricks und sprang tief, direkt in Owains Klinge. Sie bohrte sich tief in die Schulter des Gangrel. Nicholas versuchte Owain die Beine wegzuschlagen, um ihn zu Boden zu werfen, aber Owain war zu schnell. Er sprang zur Seite, zog sein Stilett kräftig nach oben und zur Seite. Es glitt durch Muskeln und Sehnen und hinterließ eine tiefe, klaffende Wunde.

Auf der Erde vermischte sich das Blut des Gangrel mit dem des Ventrue und machte das unebene Pflaster gefährlich rutschig. Nicholas beugte seinen Arm und seine Hand, um festzustellen, wieviel Schaden entstanden war. Owain war sich sicher, daß er die Wunde spüren mußte, aber er war noch nicht annähernd geschwächt genug. Owain wünschte sich, daß er sein Schwert bei sich hätte.

Bevor Nicholas ein weiteres Mal angreifen konnte, hallte ein Schuß über den Platz. Owains Kopf wurde zur Seite geschleudert und das nächste, was er wußte, war, daß er am Boden lag. Alles was er fühlen konnte, war das Hämmern in seinem Kopf. Er war gefallen und hatte sich den Kopf angeschlagen. Er war auf dem Blut ausgerutscht. Nein. Mehr als das. Er war angeschossen worden. Owain tastete nach oben und fühlte die blutige Masse seines Haars und Knochensplitter an seiner Schläfe. Mehr Blut. Er konnte es riechen, es schmecken.

Er fühlte sich schwach, matt, und zum ersten Mal seit langer Zeit hungrig. Owain rollte sich zur Seite und begann, sein Blut von den Pflastersteinen zu lecken. Sein Blick verschwamm. Sein Haar, schwer vom Blut an der Erde und aus seiner offenen Wunde, fiel ihm über das Gesicht.

Der Gangrel. Owain hatte ihn ganz vergessen. Wo hatte er eine Waffe herbekommen? Nein, es war nicht der Gangrel, der geschossen hatte. Owain konnte nicht mehr klar denken. Er hatte einen Kopfschuß abbekommen. Er verlor viel Blut... sehr schnell.

Weitere Schüsse. Sie schienen so weit weg zu sein. Aber Owain wußte, daß er Deckung suchen mußte. Er wollte sich bewegen, aber sein Körper gehorchte ihm nicht. Er lag nun in einer Lache sich ausbreitenden Blutes. Seines eigenen Blutes.

Plötzlich bewegte er sich, wenn auch nicht aus eigener Kraft. Hände hoben ihn auf, gingen nicht sehr vorsichtig mit ihm um. Und dann hörte er eine gedämpfte, aber wohlbekannte Stimme. "Er ist es. Das ist Señor Morgan, oder Owain Evans, oder wer auch immer er ist."

Owain war sich nicht sicher, ob seine Augen geschlossen oder mit Blut bedeckt waren. Er hatte das Gefühl, Schemen erkennen zu können, aber vielleicht waren es auch nur die Steine der Plaza unter ihm. Er hob seinen Kopf, oder möglicherweise zog ihn jemand an den Haaren in die Höhe. Für einen Moment sah er eine Gestalt mit einem harten Gesicht und vielen Metallpiercings vor sich. Sie beugte sich vor, kam näher. Aber Owains Blick verschleierte sich. Unnatürliches Grau schien ihn einzuhüllen, ihn in sich hineinzuziehen. *Ich habe ihn gefunden. Carlos. Dies ist seine Stadt.* Und dann wurde das Grau zu Schwarz.

NEUN

Der erste Schuß traf Owain Evans in den Kopf und schleuderte ihn zu Boden. Blaidd stand noch immer über seiner gefallenen Beute, aus seiner verwundeten Schulter strömte Blut. Der Schuß paßte nicht ins Bild. Der Platz drehte sich, das Pflaster unter seinen Füßen verschob sich und floß ineinander, bildete die Innenwand einer Höhle, dann den Rücken eines windgepeitschten Kliffs. Aber dies war weder die Zeit noch das Land von Blaidd, und die Steine wollten sich seinen Erinnerungen nicht anpassen. Er wurde in die Nebel der Zeit zurückgerufen. Er verschwand und ließ einen verwirrten Nicholas über seiner gefallenen Beute zurück.

Verwirrt oder nicht, Kugeln verstand Nicholas, und mehrere flogen in seine Richtung. Er ging in die Hocke. Er hatte jetzt keine Zeit für den Schmerz in seiner Schulter. Sein Arm funktionierte noch, und das war das einzige, was jetzt wichtig war. Geduckt lief er zum Rand des Platzes, um im Schatten der Häuser Schutz zu suchen, wobei er instinktiv alle paar Schritt die Richtung wechselte. Kugeln schlugen um ihn herum ein und prallten von den Steinen ab.

Als er die Häuser, die den Platz säumten, fast erreicht hatte, sprang Nicholas. Er klammerte sich an eine Mauer. Die sonnengetrockneten Ziegel zerfielen unter der Kraft seiner Klauen, aber er grub sie tiefer hinein und zog sich auf das Dach.

Dort wurde er von zwei bewaffneten Kainiten erwartet. Sie schossen auf ihn, aber Nicholas hatte sich schon hoch in die Luft katapultiert. Er landete auf dem Vampir zu seiner Rechten, stieß ihn zu Boden. Seine Klauen gruben sich in sein Gesicht und seine Kehle. Die Pistole des überwältigten Vampirs fiel zu Boden und rutschte über die Dachkante.

Der zweite Kainit hatte seine Fassung schnell wiedergewonnen und schoß mehrere Male auf Nicholas, der nach der Attacke, die ihn nur wenige Sekunden gekostet hatte, in die entgegengesetzte Richtung davon schnellte. Eine Kugel traf ihn von hinten in dieselbe Schulter, die Owain aufgeschlitzt hatte. Die Wucht des Aufpralls brachte ihn aus der Balance. Aus seinem Sprung wurde ein unkontrollierter Fall zur Erde.

Andere Sabbatmitglieder näherten sich schnell von der Plaza her, aber sie hatten unterschätzt, wie schnell Nicholas nach einem Sturz wieder auf den Beinen sein würde. Bevor auch nur einer von ihnen einen weiteren Schuß abgeben konnte, sprintete Nicholas schon die Straße hinunter. Er duckte sich in eine schmale Gasse zu seiner Rechten und raste weiter, immer die Richtung wechselnd, durch gewundene Gassen, deren Namen ihm nichts sagten.

Zuerst waren hinter ihm noch Rufe und einige Schüsse zu hören, doch diese Geräusche verloren sich bald, da Nicholas' Geschwindigkeit ihn schnell aus ihrer Reichweite brachte. Als er seine Verfolger nicht länger hören konnte, macht er eine kurze Pause. Er stahl ein Handtuch von einer Wäscheleine und versuchte damit die Blutung zu stillen, die eine Spur hinterlassen und ihn verraten könnte. Wer, wenn nicht ein Vampir, konnte einer Blutspur folgen?

Nach einigen wenigen Minuten war er wieder unterwegs. Nun, da er sich sicher war, den Sabbat abgehängt zu haben, war er vorsichtiger, da er nicht in wilder Flucht wieder mit ihnen zusammenstoßen wollte. Während er rannte, verfluchte Nicholas den Sabbat, der ihm Owain Evans' Tod gestohlen hatte. Er hatte Evans mehrere Nächte lang gesucht, und dabei die Kainiten, denen er begegnet war, nach ihm befragt. Nicholas wußte, daß der Sabbat nicht jeden Gangrel automatisch für einen Feind hielt, denn die Mitglieder des Clans der Wanderer kamen und gingen und waren nur äußerst selten in größere politische Angelegenheiten verstrickt. Also hatten die meisten Sabbatmitglieder, denen er begegnet war, mit ihm gesprochen, aber sie waren ihm keine große Hilfe gewesen.

Aber offensichtlich war Nicholas ihnen eine große Hilfe gewesen. Sie hatten ihn beschattet, waren ihm gefolgt, was, wenn auch in der Stadt nicht unmöglich, für einen Gangrel dennoch äußerst peinlich war. Nicholas war mit seiner Rache beschäftigt gewesen und mit seinen Visionen, mit seinen Vorfahren, die mehr und mehr in der modernen Welt leben wollten. Ragnar und Blaidd waren nun ganz dicht unter der Oberfläche, und oft konnte Nicholas sie nicht kontrollieren. Oft versuchte er es aber auch gar nicht.

Die Kugel in seiner Schulter und der Schnitt des Messers machten sich jetzt stärker bemerkbar. Aber Nicholas wußte, daß es keine tödlichen Wunden waren, nur schmerzhafte. Vor Infektionen brauchte ein Vampir keine Angst zu haben. Mit Blut würden sie heilen.

Es war ihm beinahe gelungen. Aber er hatte nicht den Atlantik überquert, damit es ihm beinahe gelang. Wenn erst die alte Blutschuld bezahlt wäre, würden sich die Vorfahren vielleicht wieder zur Ruhe begeben. Das war Nicholas Hoffnung, und das war es, was er glauben wollte, ganz egal, was Blackfeather über das Tier in ihm sagte.

Nicholas war immer noch ganz nah dran. Und das nächste Mal würde es ihm gelingen.

"Es ist also so, wie ich vermutet habe. Gustav." Wilhelm rieb sich in der Dunkelheit vorsichtig das Gesicht. Besonders seine Augen waren noch besonders empfindlich. Obwohl der Angriff jetzt schon fast zwei Wochen zurücklag, waren noch immer nicht alle Narben des Angriffs des wütenden Mobs verheilt. Der Molotow-Cocktail hatte Wilhelm schwer verbrannt. Die Lider waren über seinen Augen geschmolzen und hatten ihn blind gemacht, während die Flammen das Fleisch auf seinem Körper verbrannten. Hätte nicht Henriette so viel Entschlußkraft gezeigt und hätten sie nicht viel Glück gehabt, hätte er dort auf der Straße endgültig seinen Tod gefunden.

Die erste Explosion der selbstgemachten Bombe hatte aber auch viele seiner Angreifer getötet oder zumindest von ihm weg gerissen. Henriette hatte ihn brennend aus dem Gemetzel gezogen und irgendwie in Sicherheit gebracht. Daß es ihr gelungen war, ihn unbemerkt wegzuschaffen, grenzte an ein Wunder. Außerdem hatten sie Glück gehabt, daß sich keiner an ihre Verfolgung gemacht hatte, denn der blinde Prinz und sein verwundetes Kind wären eine leichte Beute gewesen. Das Chaos der aufgebrachten Menge, das sein Untergang hätte sein sollen, hatte letztendlich doch seine Flucht ermöglicht.

Wenn er die Augen schloß, konnte Wilhelm noch immer die Schläge fühlen, mit denen Henriette die Flammen, die ihn wie das Feuer der Sonne selbst verbrannten, löschte. Er konnte noch die sanften Warnungen hören, die sie ihm ins Ohr geflüstert hatte: *Ganz ruhig. Still, mein Herz.*

"Gustav." Wilhelm wiederholte den Namen und genoß den Haß, den er dabei fühlte.

Ellison blieb ruhig stehen und beobachtete – der perfekte Nosferatu. Im Dunkel des Parks, den Ellison als Treffpunkt ausgemacht hatte, gelang es Wilhelm beinahe, die blaue, warzige Haut seines Informanten zu ignorieren, genauso wie die zerfledderten Ohren und den mißgebildeten Arm, die zusammengekrümmte Haltung Ellisons, die ständige Schmerzen auszudrücken schien. Beinahe. Aber was interessierte ihn Ellisons monströses Aussehen? Er versorgte Wilhelm schon seit Jahren mit stets korrekten Informationen, die es ihm ermöglicht hatten, seinem Rivalen immer einen Schritt voraus zu sein. In Berlin passierten nur wenige Dinge, von denen Ellison nicht sehr schnell erfuhr. Außerdem war Wilhelms eigenes Gesicht seit der Attacke auch verunstaltet und entstellt.

"Also waren Dieter Kotlar und das Letzte Reich die Fußtruppen", setzte Wilhelm die Puzzlestücke, die Ellison ihm gegeben hatte, zusammen, "aber Gustav war der General, der die Befehle gegeben hat." Wilhelm war nicht überrascht. "Habt Ihr Beweise dafür?" fragte er.

Ellison trat fast unmerkbar einen Schritt zurück. "Ich handle mit Informationen", sagte der Nosferatu flüsternd. "Nicht mit Beweisen."

Das wußte Wilhelm. Aber er brauchte auch keine Beweise, um zu wissen, daß die Neuigkeiten stimmten. Es paßte zu perfekt, und Ellison hatte vorher auch noch nie fragwürdige Informationen geliefert. Wilhelm konnte nur allzu gut glauben, daß Gustav hinter dem Angriff steckte, aber abgesehen von seiner persönlichen Rache, versuchte Wilhelm einen Fall gegen Gustav aufzubauen, falls die Obersten der Camarilla entscheiden sollten, daß ein Gerichtsverfahren nötig war, um die Maskerade weiter zu erhalten. Sie würden Beweise haben wollen. Wenn allerdings Karl Schrekt, der Justikar der Tremere, mit dem Gustav in der Vergangenheit so erbitterte Auseinandersetzungen geführt hatte, der Richter sein würde, würde er ganz sicher gegen den Prinzen des Ostens der Stadt entscheiden. Aber gegen Gustav zu entscheiden, hieß nicht unbedingt für Wilhelm zu sein. Es wäre viel besser, wenn Wilhelm sich selbst um das Problem kümmern und es ein für allemal aus der Welt schaffen könnte.

"Ich beschaffe Informationen", fuhr Ellison mit kaum hörbarer Stimme fort. "Welchen Glauben Ihr ihnen schenkt, liegt ganz bei Euch."

"Ihr habt Euch immer als verläßlich erwiesen", versicherte Wilhelm dem Nosferatu. Es war ganz und gar nicht in seinem Interesse diesen höchst wertvollen Verbündeten zu verärgern. "Ich stehe in Eurer Schuld."

Es konnte ein Trick der Schatten gewesen sein, aber Wilhelm glaubte, ein schwaches Lächeln über Ellisons groteske Gesichtszüge huschen zu sehen. *Natürlich stehe ich in seiner Schuld*, dachte der Prinz. *Und er erinnert sich an jeden Gefallen, jeden Dienst, jede einzelne Information, die er mir je gegeben hat.* Wilhelm wußte, daß alles seinen Preis hatte, und wenn es nötig war, war Ellison nicht schüchtern, wenn es darum ging, die Gefallen auch einzufordern. *Und er stellt immer sicher, daß man in seiner Schuld steht. Immer.*

"Es ist mir stets eine Freude, dem Prinzen dienen zu können", flüsterte Ellison. Dann war er verschwunden.

Owain fühlte eine große Lethargie, die ihn auch nicht verließ, als er endlich die Augen öffnete. Aber es war nicht die Lethargie eines erschöpften Geistes, die ihn schon einmal für über zweihundert Jahre in Starre hatte fallen lassen, sondern die Lethargie eines geschwächten Körpers. Nur langsam zogen sich die Nebel zurück, und er konnte seine Umgebung erkennen. Er lag unter einem Laken in einem großen Bett. Über ihm wölbten sich dünne Stoffbahnen zu einem großen Betthimmel, und neben ihm lag ein bewußtloser Mann mit nacktem Oberkörper. Owain bemerkte, daß er jung war, vielleicht zwanzig, also etwa in dem Alter, in dem auch er selbst zu sein schien. Die Haut des jungen Mannes war dunkel und samten. Das Geräusch seines durch die Adern pulsierenden Blutes war eine Qual für Owain. Es war ungewöhnlich, daß er Durst hatte, daß es ihn nach Blut verlangte. Er hatte angenommen, daß auch das eine Leidenschaft war, die mit den Jahrhunderten abnahm, ein weiteres Vergnügen, das durch die zunehmende Langeweile zerstört wurde. Aber dann erinnerte sich Owain an sein Blut, das sich in Strömen über die Plaza ergossen hatte, und er fühlte die Schwäche in seinem untoten Körper. Er brauchte Blut, um sich zu heilen, und so drehte er sich mehr aus einem angeborenen Selbsterhaltungstrieb als aus echtem Verlangen zu dem neben ihm liegenden Körper.

Owains Hand wanderte an die Halsschlagader des Mannes. Die direkt unter der Haut fließende Vitæ war eine Liebkosung an seinen Fingerspitzen. Owain neigte den Kopf des Mannes nach hinten und trank. Er war auf die hämmernden Kopfschmerzen und die Übelkeit vorbereitet, die ihn immer überfiel, wenn er von jemandem von unedler Geburt trank. Jedes Mitglied seines Clans hatte eine bestimmte Vorliebe, was seine Nahrung betraf. Owain glaubte, daß es ein Zeichen für den inhärenten Sinn für Ordnung und Normen der Ventrue war, und daß es nur ein weiteres Anzeichen dafür war, daß sein Clan am geeignetsten war, das Schicksal der Rasse der Kainiten zu leiten. Doch zu seiner Überraschung floß die Vitæ des dunklen Spaniers weich und rein durch seine Kehle. Owain trank ausgiebig und konnte fühlen, wie sein untoter Körper sich zu regenerieren begann. Der klaffende Riß auf seinem Unterarm würde einige Zeit zum Heilen brauchen. Die Klauen eines Kainiten hatten eine gewisse übernatürliche Qualität, die hartnäckige Wunden erzeugte, die selbst bei einem anderen Kainiten nur langsam verheilten. Dafür begann der Kopfschuß zu heilen, obwohl er die potentiell tödlichere Wunde war. Schädel, Adern und Haut bildeten neues Gewebe und fingen an, sich wieder zu schließen.

Owain trank noch immer, und das Blut, das auch sein Fluch war, gab ihm Leben. Als er sich langsam erholte, fühlte er, wie nahe er dem endgültigen Tod tatsächlich gekommen war. Der Kopfschuß hätte, wäre er aus näherer Entfernung oder aus einem etwas anderen Winkel abgefeuert worden, durchaus das Ende seiner Existenz sein können. Owain wünschte sich die Zeiten zurück, in denen die Klinge die Waffe der Wahl sowohl für Hochgeborene als auch für den einfachen Mann gewesen war. Eine Konfrontation von Mensch und Kainit war vollendeter, wenn sie sich von Angesicht zu Angesicht gegenüber standen. Es bedurfte keiner Charakterstärke, jemanden aus der Entfernung zu erschießen, aber einem Gegner mit einer Klinge in der Hand gegenüber zu stehen – das war die Art, auf die Männer ihre Meinungsverschiedenheiten regeln sollten.

Seltsamerweise blieben Owains Gedanken, auch während er trank, ziemlich rational. Er verfolgte mit Interesse die Heilung seines Körpers, wobei er genau beobachtete, in welchem Maße sich die klaffende Kopfwunde schon geschlossen hatte und er die Erschöpfung wahrnahm, die sich nur mit viel mehr Blut, als dieser eine Sterbliche ihm bieten konnte, legen würde. Owain konnte sich noch an die rasende Leidenschaft erinnern, mit der er als junger Kainit getrunken hatte. In jenen Tagen war der Biß überwältigend gewesen und hatte ihn mit einem strahlenden Entzücken erfüllt, das ihn mehr als genug für den Verlust jedes Interesses an menschlichen Vergnügen wie Sex oder Völlerei entschädigte, den das Vampirdasein mit sich brachte. Nun trank er leidenschaftslos, nur weil er wußte, daß er es mußte. Wo waren die Vergnügen oder auch nur die geringsten Kitzel seines ausgedehnten Unlebens zu finden? Er fragte sich, warum er sich überhaupt die Mühe machte, seinen beschädigten Körper zu heilen.

Angharad. Nur seine Gefühle für sie waren durch die Zeiten hindurch bestehen geblieben, obwohl selbst sie im letzten Jahrtausend nur sehr selten an die Oberfläche seines Bewußtseins gedrungen waren. Irgendwie war ihr Name in diese Affäre hineingezogen worden, und Owain hatte schon lange aufgehört an Zufälle zu glauben. Mit einem boshaften Gott, dessen Lebensziel es zu sein schien, ihn bis in alle Ewigkeit zu quälen, konnte es keinen Zufall geben.

"Nicht zu viel", kam eine Stimme von jenseits des Bettvorhangs.

Owain hob seine Fangzähne aus der bereitgestellten Mahlzeit. Er fühlte sich schon viel besser, aber bei der Menge an Blut, die er verloren hatte, würde es noch einiger Zeit und weiterer Nahrung bedürfen, bevor seine Kraft wieder ganz hergestellt sein würde. Jetzt, da sein unmittelbares Verlangen gestillt war, blickte Owain durch den Vorhang, aber er konnte nicht mehr als die vage Form der Person, die zu ihm gesprochen hatte, erkennen. Owain zog den Vorhang zur Seite und richtete sich auf, so daß er nackt auf der Bettkante saß.

Vor ihm stand Carlos. Sein dunkles Haar war sehr kurz, sein eckiger Kiefer reckte sich nach vorn, und seine Ohren, Nase und Augenbrauen waren mit mindestens einem Dutzend Ringen und Nieten geschmückt. Es zeigte auf den schlafenden Mann. "Er ist der Sohn einer der angesehensten Familien Toledos. Drogen, Prostitution", Carlos schüttelte mißbilligend seinen Kopf. "Es ist eine traurige Geschichte. Er bedeutet ihnen wenig, und sie würden sich wohl nicht sehr aufregen, wenn er tot aufgefunden werden würde. Aber für mich ist er lebend nützlicher."

Owain schaute kurz zu dem Gefäß zurück, das er beinahe leer getrunken hatte.

"Ich nahm an, daß Ihr Ventrue seid", sagte Carlos. "Alle meine Leute sagten mir, daß Ihr unglaublich arrogant sein würdet, was sollte ich also anderes annehmen?" Er zuckte mit den Schultern. "Ihr murmeltet etwas von Adel, als ich Euch nach Euren Nahrungsvorlieben fragte, also dachte ich mir, dies wäre das richtige für Euch."

Auf einem Stuhl nahe beim Bett lag neue Kleidung – ein frisches weißes Hemd, eine schwarze Hose und Owains eigenen gesäuberten und geputzten Schuhen. Sein Mantel und die andere blutverschmierte Kleidung war verschwunden. Auffällig abwesend waren auch sein Stilett und seine Unterarmscheide. Während Owain sich anzog, fiel ihm auf, daß ihm der Raum sehr vertraut vorkam. Die roh behauenen Steine der Wände und die hohe Decke waren unverwechselbar. Dies waren die Räume unter dem El Alcazar, die El Greco bewohnt hatte, als Owain das letzte Mal in Toledo gewesen war. El Greco hatte verlangt, daß die Ghule, die er als Steinmetze beschäftigte, die Decke auf fünf Meter anhoben, eine unglaubliche Höhe, wenn man bedachte, welche Arbeit dahintersteckte. Die kleine Gruppe von fünf Steinmetzen arbeitete dreieinhalb lange Jahre sorgfältig daran, jeden Raum genau nach El Grecos Vorgaben zu gestalten. Und die Einhaltung dieser Vorgaben überwachte er genauso unnachgiebig wie erbarmungslos. Er hatte hier Kunstwerke seiner Wahl ausgestellt, große Gemälde, die er selbst angefertigt hatte, genauso wie die der Sterblichen, die durch die Jahre unter seinen Einfluß geraten waren. Die Struktur der Wände und Decken, die Brechung des Lichts auf den Oberflächen, alles entsprach ganz genau El Grecos Wünschen. Unabhängig davon, wie unsicher die politische Situation war oder in welchem tödlichen Konflikt sich die Welt der Kainiten befand, El Greco hatte dafür gesorgt, daß diese Räume in einen Schrein für die Kunst verwandelt wurden.

Jetzt schmückten keine Kunstwerke mehr die Wände. Der kalte, nackte Stein starrte Owain ins Gesicht. El Grecos Handschrift war hier, in seinem früheren Palast, genauso wenig zu finden, wie in dem kleinen, anonymen Haus, in dem er nun residierte. Der höhlenartige Raum war zu groß für das Bett und die zwei Stühle, die die einzigen Möbelstücke waren. Carlos saß in dem zweiten Stuhl und sah Owain schweigend dabei zu, wie er sich zu Ende ankleidete und dann seinen Stuhl zu dem Sabbatbischof hinüber trug und sich setzte.

Carlos hatte das Aussehen eines Straßenpunks. Wenn er sprach, konnte man ein Zungenpiercing sehen. Er sah genauso aus wie Brillante oder die anderen Sabbatmitglieder, mit denen Owain gesprochen hatte. Carlos' Gestik und seine Sprache waren jedoch deutlich kultivierter, fast aristokratisch. Owain schloß aus seinem Akzent, daß Spanisch seine Muttersprache war, aber auch sein Englisch war makellos. Er schien Ende dreißig oder Anfang vierzig zu sein, aber das hatte nichts zu bedeuten, Owain selbst war dafür das beste Beispiel.

"Ich habe gehört, daß Ihr nach Toledo gekommen seid, um mir ein Geschäft vorzuschlagen?" sagte Carlos.

Owain antwortete nicht sofort. "Ihr seid schwer zu finden."

"Es freut mich, das zu hören." Carlos wartete geduldig. Er hatte eine Frage gestellt und wollte eine Antwort.

"Eure Freunde sind nicht sehr gastfreundlich", sagte Owain nach einem kurzen Moment.

"Santiago?" Carlos formte mit seinen Fingern eine Pistole und beugte den Daumen, um den fallenden Hammer anzudeuten. "Ja, er ist wohl etwas schnell mit der Waffe bei der Hand."

"Santiago." Owain strich sich über die Stirn, um den schlecht gelaunten, kahl werdenden Kainiten zu bezeichnen. "Brillante."

Carlos lächelte. "*Brillante*. So habt Ihr ihn genannt? Das erklärt, warum er geschossen hat. Aber vielleicht hatte er auch einen weniger guten Grund." Carlos wischte die Sache mit einer Handbewegung beiseite. "Auf jeden Fall ist er nicht mein Freund. Er ist ein Mitarbeiter. Aber nun seid Ihr hier. Ihr wolltet mich sehen." Er öffnete seine Arme vor sich, wie um *Und hier bin ich* zu sagen.

"Ich habe Euch tatsächlich ein Angebot zu machen", fing Owain an. Im Geist war er dieses Gespräch schon Dutzende von Malen durchgegangen, aber trotzdem ließ er sich Zeit. Er wagte sich hier tief in unbekanntes Gebiet, baute nur auf die Annahmen, die er aus den Teilen des Briefes ziehen konnte, den er bei El Greco gelesen hatte. Annahmen, die, sollten sie sich als falsch erweisen, leicht zu seiner Vernichtung führen konnten. *Angharad.* Letztendlich lief es doch immer wieder auf sie hinaus, und dies war für Owain die einzige Möglichkeit, herauszufinden, wieso. Wenn er vorsichtig vorging. Wenn er überlebte. "Ich weiß von Angharad", log er.

Carlos reagierte nicht auf den Namen. Er schien nicht vorzuhaben, Hinweise gleich welcher Art zu geben. Owain fragte sich, ob es ein Zufall sein konnte, daß er, nachdem er vier fruchtlose Nächte lang Sabbatvampire auf der Straße ausgefragt hatte, in der Nacht, nachdem er Angharad erwähnt hatte, Carlos selbst von Angesicht zu Angesicht gegenüber stand.

"Ich weiß vom Blutfluch", sagte Owain. "Ich weiß, wie er angefangen hat. Ich weiß, wie er sich verbreitet hat."

Carlos nickte gedankenvoll. "Sehr interessant. Erklärt mir, was Ihr genau meint."

Genauso wie Carlos vorsichtig war, nicht die Wahrheit zu verraten, mußte Owain sichergehen, nicht zu verraten, was reine Spekulation seinerseits war. Er mußte die Tatsache verbergen, daß alles, was er sagte, nur Vermutungen waren, denn falls sich die Behauptungen des mysteriösen Briefs als falsch erweisen sollten, würde die Enthüllung von Details nur Beweise für sein doppeltes Spiel liefern. Gleichzeit war aber klar, daß er, wenn er nicht genug enthüllen würde, um Carlos zu überzeugen, genauso tot enden würde. Er würde also mit einigen gesicherten Tatsachen pokern müssen. "Sagt Euch der Name Grimsdale etwas?"

Carlos sagte nichts. Kein Muskel seines Körpers bewegte sich.

"Er ist nach Amerika, genauer gesagt nach Atlanta gekommen." Owain wußte, daß er sein Glück überstrapazierte, aber er hatte kaum eine Wahl. "Er hatte das verseuchte Blut bei sich, um es an den höchsten Bieter zu verkaufen. Aber er hatte nie eine Chance, es zu verkaufen, nicht wahr?"

Carlos lehnte sich in seinem Stuhl nach vorne. "Ich finde Eure Geschichte sehr faszinierend. Bitte erzählt doch weiter, Señor Owain Evans aus Atlanta", sagte er, und erinnerte Owain daran, daß er sich nicht mehr hinter seiner Anonymität verstecken konnte, daß es keinen sicheren Ort gab, an dem der Sabbat ihn nicht finden würde.

Owain konnte die Falle förmlich spüren, die Carlos zu legen versuchte. Er wünschte nichts mehr, als daß Owain sich verraten würde. Und wenn das geschehen würde, würde Carlos trotz seiner kultivierten Art großes Vergnügen daran finden, Owain angemessen für seine Unverschämtheit zu bestrafen. "Warum sollte ich meine Zeit damit verschwenden Euch zu erzählen, was Ihr ohnehin schon wißt?" forderte Owain ihn heraus. "Ihr habt das Blut nie zurückerhalten können, und es ist Grimsdale gelungen, den Fluch in die Welt zu setzen. Und mit welch einem vernichtenden Ergebnis. Ihr müßt sehr stolz sein." Owain hielt inne. Er brauchte irgendeine Art von Reaktion von Carlos, eine Andeutung, daß er der Wahrheit nahe gekommen war.

"Und was soll dieser Grimsdale mit mir zu tun haben?" fragte Carlos.

"Er hat das verseuchte Blut aus einem von Euch kontrollierten Laboratorium und vermutlich ohne Eure Zustimmung entwendet. Aber das ist jetzt nur noch von geringer Bedeutung, nicht wahr? Ich würde nicht der Vampir sein wollen, der für die Vernichtung praktisch aller seiner Sabbatbrüder verantwortlich ist. So etwas würde wohl kaum großes Wohlwollen hervorrufen."

Carlos lehnte sich zurück und schlug die Beine übereinander. Seine Miene verriet nichts. "Eure Geschichte würde, wenn sie wahr wäre, kein sehr vorteilhaftes Licht auf mich werfen. Von wem habt Ihr diese Dinge gehört?"

Owain lächelte ungläubig. "Ihr könnt doch nicht wirklich glauben, daß ich Euch das verrate."

"Ihr erhebt schwere Anschuldigungen", erklärte Carlos. "Sollte ich nicht erfahren, wer hier versucht, meinen guten Namen in den Schmutz zu ziehen?"

"Ich nehme an, Ihr wollt sie nur höflich darum bitten, es in Zukunft zu unterlassen, solche Gerüchte zu verbreiten?" Owain schüttelte den Kopf. "Ich kann Euch ihre Namen genauso wenig verraten, wie ich Euch die Namen der Personen nennen kann, denen *ich* diese ‚Geschichte', wie ihr es zu nennen beliebt, erzählt habe. Denn dann wäre ich nicht mehr sicher, und es würde mir auch wenig nützen, Euch zu erzählen, daß ich mindestens ein halbes Dutzend meiner *Mitarbeiter* angewiesen habe, ‚diese Geschichte' weiter zu verbreiten, sollte ich nicht aus Spanien zurückkehren."

Carlos lehnte sich in seinem Stuhl zurück. Er starrte Owain ohne ein einziges Blinzeln an. Das Bett neben ihm und der darin liegende Sterbliche hätten genauso gut auf dem Mond sein können, so viel Beachtung wie er ihnen schenkte. Das Knarren des Stuhls, als Carlos sein Gewicht verlagerte, war das einzige Geräusch, das man hören konnte. Etwas in seinem Gesicht hatte sich verändert. Er sah Owain auf eine andere Weise an. Owain vermutete, daß es eine Mischung aus Zorn und Achtung war. "Ihr habt mir noch immer ein Angebot zu machen", stellte Carlos fest. "Aber ich möchte Euch warnen. Eher lasse ich meinen Ruf durch grundlose Anschuldigungen ruinieren, als daß ich mich erpressen lasse."

"Grundlos?" Owain wußte, daß es gefährlich war, Carlos noch weiter zu reizen. Er sollte zu irgendeiner Art von Übereinkunft mit dem Sabbatbischof kommen, ein Abkommen, das Owain die Gelegenheit geben würde, sich in diesem unterirdischen Gewirr von Räumen und Gängen, das er früher so gut gekannt hatte, umzusehen. Dann wären seine Chancen, das Laboratorium ausfindig zu machen, am größten. Es konnte sehr wohl hier unter dem Alcazar sein. Wahrscheinlicher war jedoch, daß es irgendwo in Madrid war. Dann, wenn er das Laboratorium, in dem das Blut auf magische Weise verändert worden war, gefunden hatte, konnte er die Beweise beschaffen, die El Greco haben wollte.

Owain wußte, daß das genau das war, was er tun sollte.

Aber Carlos‘ kaum verschleierte Drohungen hatten ihn verärgert. Er sah sie als Herausforderung. Es machte ihn wütend, daß dieser vermutlich jüngere Kainit es wagte, seine Position als einer der wichtigsten Offiziellen des europäischen Sabbat zu benutzen, um ihn einzuschüchtern. Erst Benison, dann El Greco und jetzt Carlos, der versuchte, ihn zu kontrollieren. Er hatte davon schon so viel bekommen, wie er nur ertragen konnte, und mehr als das. Also erhöhte Owain den Einsatz seines Bluffs.

"Grundlose Anschuldigungen?" wiederholte er. "Haltet Ihr mich wirklich für so einen Narren, mit nicht mehr als unbeweisbaren Gerüchten hierher zu kommen?" Owain erhob sich. Er trat hinter seinen Stuhl und schaute auf Carlos herab. "Grimsdale mag den Fluch vor seinem Ableben in die Welt gesetzt haben, aber er hat nicht das ganze verseuchte Blut vernichtet. Ich habe einen Teil des Blutes in meinen

Besitz gebracht und, *nein*, ich werde Euch nicht verraten, wie mir das gelungen ist. Aber dies bringt mich zu dem Kern meines Angebots." Carlos saß mit ausdruckslosem Gesicht in seinem Stuhl und hörte zu. Die herablassende Art, in der Owain mit ihm sprach, schien ihn nicht zu stören. Aber Owain wußte nur allzu gut, daß der äußere Anschein täuschen konnte.

"Jeder Tremere auf der ganzen Welt", sagte er, "versucht um jeden Preis, den Fluch zu entschlüsseln und einen Weg zu finden, ihn zu brechen und so der Retter der Rasse der Kainiten zu werden. Jede Nacht wächst die Zahl der Toten, die dem Fluch zum Opfer fallen, und die Entdeckung einer Heilmethode kann sehr leicht die Balance im Konflikt zwischen Camarilla und Sabbat verändern. Wer auch immer das Rätsel des Fluchs zuerst löst, wird diesen Krieg gewinnen. Seine Sekte wird nicht nur überleben, sie wird triumphieren. Sie wird ihren Feind geschlagen und vollkommen vernichtet sehen!"

Carlos sagte nichts dagegen, unterbrach Owain auch nicht.

"Ich bin der festen Überzeugung, daß Eure Zauberer, Tremere oder wer auch immer sie sein mögen, als Urheber dieses Fluchs zuerst einen Schutz gegen ihn entdecken werden." Owains Faust schlug auf die Lehne des Stuhls. "Falls ich die Situation falsch eingeschätzt haben sollte – der Camarilla gehöre ich bereits an. Ich werde überleben. Falls ich jedoch recht habe, will ich Schutz von Euch. Schutz vor dem Fluch, was auch immer Eure Leute herausfinden werden. Schutz vor den Horden des Sabbats, die die früheren Gebiete der Camarilla überrennen werden."

"Eure Loyalität ist überwältigend, Owain Evans", sagte Carlos trokken.

"Meine erste Loyalität gilt dem Überleben."

Es folgte ein langer Moment der Stille. Owain umklammerte noch immer die Lehne seines Stuhls. Carlos beobachtete ihn gedankenvoll. "Ihr habt mir gesagt, was Ihr wollt, aber jeder Handel hat zwei Seiten. Was werde ich bei unserem Geschäft erhalten?"

Owain trat langsam um seinen Stuhl herum und setzte sich wieder. "Ich biete Euch an, das verseuchte Blut nicht an Erzbischof Monçada weiterzugeben und dem Sabbat nicht zu enthüllen, daß Ihr für die Seuche, die sie fast vollkommen vernichtet hat, verantwortlich seid."

"Ihr scheint ein großes Wissen über den Sabbat zu haben", sagte Carlos.

"Ich habe meine Quellen", sagte Owain und wollte es schon fast dabei belassen, aber dann war seine Neugier zu groß. "Aber ich glaube, daß man mich in einem Punkt in die Irre geführt hat. Man hat mir zu verstehen gegeben, daß Ihr einen Rivalen um die Macht hier in Toledo habt. Ist das richtig?" Owain wußte, daß es gefährlich war, sein Unwissen so offen zu zeigen. Aber er konnte es nicht glauben, daß die Situation so völlig anders war, als El Greco sie ihm dargestellt hatte, mochte es im Moment auch so scheinen.

Carlos lachte leise. "Da hat man Euch falsch informiert, es sei denn, Eure Information ist schon fünfzig Jahre alt. Es gibt hier keinen Rivalen für mich." Owain schien es, als wenn die Worte durch den höhlenartigen Raum hallten. *Es gibt hier keinen Rivalen für mich.* Das war keine Prahlerei. Das war das einfach Feststellen einer Tatsache. "Aber um auf Euer Angebot zurückzukommen", fuhr Carlos fort, "wie könnte ich mir jemals sicher sein, daß Ihr Euren Teil der Abmachung einhaltet?"

"Ihr hättet mein Wort", antwortete Owain.

"Ich verstehe." Carlos rieb sich sein stoppeliges Kinn. "Wenn Ihr mir vielleicht dieses angeblich verseuchte Blut zeigen könntet..."

"Dann hätte ich keine Garantie für meine Sicherheit mehr."

"Ihr hättet mein Wort", wiederholte Carlos Owains Worte.

Wieder saßen sich die beiden Kainiten schweigend gegenüber. Carlos schien entspannt und tief in Gedanken. Owain blieb ruhig – was konnte er auch anderes tun? – und fragte sich, ob er das Spiel zu weit über eine unsichtbare Grenze hinaus getrieben hatte, ob er den Bischof des Sabbat zu offen beleidigt hatte.

Carlos entkreuzte seine Beine und setzte sich gerade in seinem Stuhl zurecht. "Ich glaube nicht, daß Ihr tatsächlich etwas von dem Blut, von dem Ihr sprecht, habt, Owain Evans." Owain warf einen schnellen Blick zu den zwei dicken, hölzernen Türen, die auf gegenüberliegenden Seiten des Raums lagen, hinüber, da er jeden Moment erwartete, Carlos' Untergebene mit gezogenen Pistolen hereinstürmen zu sehen. Carlos sah Owains Reaktion und wischte sie mit einer

Handbewegung beiseite. "Falls ich Euren Tod gewünscht hätte, wäre das schon lange geschehen", sagte Carlos. "Nur weil ich Euch nicht glaube, heißt das nicht, daß der Preis, den Ihr verlangt, nicht das Versprechen Eures Schweigens wert ist. Wärt Ihr tot, würdet Ihr natürlich schweigen, das stimmt. Aber es besteht immer noch die Möglichkeit, daß Ihr nicht lügt."

"Warum würde ich mir die Mühe machen, zu Euch zu kommen, wenn ich lügen würde?" fragte Owain.

"Ja, warum?"

Vom Bett aus kam ein Stöhnen von Owains letzter Mahlzeit. Carlos blickte hinüber. Owain überlegte für einen Moment, zur Tür zu rennen und zu versuchen, aus dem Alcazar zu entkommen, bevor Alarm gegeben werden konnte, aber das wäre der sichere Weg zum Mißerfolg, und er würde nie mehr über Angharad erfahren.

Nur ein Moment des Zögerns und die Gelegenheit war verstrichen. Carlos wandte sich wieder Owain zu. "Ich werde eine Nacht lang über Euer Angebot nachdenken. Kehrt morgen um Mitternacht hierher zurück, und ich werde Euch meine Antwort geben." Wie aufs Stichwort öffnete sich die Tür zu Owains Rechten, und Santiago und die Sabbatfrau, die Owain vor einigen Nächten angesprochen hatte, traten ein. "Um meinen guten Willen zu zeigen, garantiere ich Euch freies Geleit für heute und morgen nacht. Und darauf, Owain, *habt Ihr mein Wort.*" Ein mutwilliger Funke glänzte in Carlos Augen. Es war der spöttische Blick eines Siegers, der es sich leisten konnte, großzügig zu sein.

Santiago und die Frau eskortierten Owain durch die grobbehauenen Tunnel, die einst El Greco gehört hatten. Auf ihrem Weg stellte Owain überrascht fest, an wie viele der Ecken und kaum auszumachenden Wegzeichen er sich noch erinnern konnte. Mit jedem Schritt wuchs seine Gewißheit, daß er sich in diesen labyrintähnlichen Gängen immer noch zurechtfinden konnte. Er mußte sich sogar bewußt zurückhalten, damit er seiner Eskorte nicht vorauseilte und so sein Geheimnis verriet.

Der Tunnel, der sie schließlich an die Oberfläche zurückführte, endete, wie Owain es vorhergesehen hatte, ganz in der Nähe der Iglesia de San Miguel. Es gab vermutlich ein Dutzend Eingänge in die Katakomben unter dem Alcazar, an die er sich noch erinnerte, und es war durchaus möglich, daß den derzeitigen Bewohnern nicht alle dieser Tunnel bekannt waren. Heute nacht würde er noch nicht versuchen, zurück zu schleichen, denn möglicherweise würde er morgen Nacht doch zu einer Einigung mit Carlos kommen, aber falls dies nicht der Fall sein sollte, würde er nicht aufgeben. Er würde das Laboratorium finden, sei es hier oder in Madrid oder anderswo. Er würde den Geburtsort des Projekts Angharad finden.

ZEHN

"Um Himmels Willen, Bill. Es ist Samstag. Wochenende. Du erinnerst dich? Diese komische, kleine Idee, daß es zwei Tage gibt, die die eine Woche von der anderen trennen?" Leigh war etwas aufgebracht gewesen. Sie hatte einen Tisch bei Dante's Down the Hatch reserviert – dampfendes Fondue auf dem alten Schiff in der Mitte des Restaurants. Es sollte eine Überraschung für ihren Mann sein.

Aber Nen war nur noch wenige Stunden von der Vollendung der Aufgabe, die in letzter Zeit jede seiner wachen Stunden und auch viele seiner schlafenden in Anspruch nahm, entfernt.

Als er an diesem Nachmittag in seinem Mantel geschlüpft war, hatte Leigh mit in die Hüften gestemmten Händen vor ihm gestanden. "Wir müssen hier um viertel nach sieben weg." Das war alles, was sie gesagt hatte. William hatte genickt.

An jeder roten Ampel auf dem Weg zu seinem Büro hatte er die Leute in den Autos neben sich beobachtet. Egal, ob sie hellhäutig oder dunkelhäutig oder irgend etwas dazwischen waren, Nen hatte doch immer wieder nur einen von Hunderten Sudanesen gesehen, wie er sie vor über zwanzig Jahren gesehen hatte – mit geröteter Haut und eingesunkenen und doch vorstehenden Augen, wenige Augenblicke vor dem letzten Blutsturz. Der Tod kam schnell. Das war der einzige Trost.

Nen beschloß, daß er nur bis halb sieben arbeiten würde. Dann hätte er noch mehr als genug Zeit, nach Hause zu fahren und sich umzuziehen. Er mußte nur noch die Zusammenfassung seines Berichts beenden, und es gab immer noch Sonntag nachmittag und abend, denn er wollte seinen Bericht auf jeden Fall gleich Montag morgen sowohl Maureen als auch ihrem Vorgesetzten Dr. Andrew McArthur, dem Leiter der Forschungsabteilung, vorlegen. Es stimmte, daß Nen mehr Fragen aufgeworfen als beantwortet hatte, aber ganz sicher würde die Leitung des Zentrums nicht abstreiten können, daß die Dinge, die er untersucht hatte, nähere Aufmerksamkeit, vielleicht sogar die höchste Dringlichkeitsstufe verdienten. Die Information der Öffentlichkeit war eines der Hauptwerkzeuge, wenn man eine Seuche abwenden wollte, und in einer Gesellschaft, die eine so hohe Durchsetzung mit Print- und anderen Medien hatte, gab es keine Entschuldigung dafür, daß die Öffentlichkeit nicht auf eine potentielle Gefahr hingewiesen wurde. Die Information mußte natürlich so präsentiert werden, daß keine Panik ausbrach, aber die Verbreitung der Fakten war von größter Wichtigkeit, und manchmal konnte Angst durchaus vorteilhaft sein.

Zu Nens großer Verärgerung hatte er mit dem Abschluß seines Berichts größere Schwierigkeiten, als er gedacht hatte. Was kaum mehr als zwei Stunden hätte in Anspruch nehmen sollen, dauerte jetzt schon über drei, und an diesem Punkt beschloß er, daß er einen falschen Ansatz gewählt hatte, und begann noch einmal von vorne. Schon war es fünf Uhr. Er fragte sich, warum er nicht schon früher am Morgen ins Büro gekommen war? Warum hatte er sein Zeit damit verschwendet, Leighs Erwartungen, daß er mehr Zeit zu Hause verbringen sollte, zu genügen? Er könnte jetzt schon fertig sein.

Schließlich begannen die Worte zu fließen. Eine Idee führte ganz natürlich zur nächsten. Die richtigen Details fanden sich, um seine Argumentation zu stützen. Aber immer noch gab es Fakten, die er überprüfen mußte. Nen hatte in seinen Notizen zwei Zahlen miteinander vertauscht, was er auch in seinen Bericht übertragen und dadurch einige Berechnungen verfälscht hatte. Genauigkeit war in solch einem Fall das wichtigste. Ein ohnehin skeptischer Vorgesetzter würde sich nur allzu gerne beim ersten Anzeichen von unkorrekten Daten abwenden, auch wenn die ursprüngliche Hypothese dadurch nicht berührt werden würde.

Als Nen das nächste Mal einen Blick auf seine Uhr warf, mußte er entsetzt feststellen, daß er die Zeit von halb sieben, die er sich selbst gesetzt hatte, schon um eine halbe Stunde überschritten hatte. Aber er war jetzt fast fertig. Ganz sicher konnten Leigh und er etwas später zu ihrer Reservierung kommen, ohne daß etwas dramatisches geschehen würde. So könnte er jetzt fertig werden und dann den ganzen Sonntag mit ihr verbringen. Er entschloß sich, sie nicht anzurufen. Die Erklärung würde nur viel Zeit in Anspruch nehmen, und es würde noch später werden. Außerdem haßte er es, eine Pause zu machen, wenn er einen produktiven Arbeitsrhythmus gefunden hatte. Besser, es jetzt schnell zu Ende zu bringen.

Aber Nen mußte feststellen, daß *schnell* leider nicht den tatsächlichen Umständen der Realität entsprach. Als er endlich den letzten Ausdruck seines Berichts fertig machen konnte, mußte er entsetzt feststellen, daß es schon viertel nach acht war. Der Laserdrucker summte leise im Hintergrund, als er zu Hause anrief. "Kann ich dich dort treffen?"

"Ich habe die Reservierung storniert", sagte Leigh.

Nen versuchte, ihre Stimmung einzuschätzen, was er noch nie besonders gut gekonnt hatte. "Morgen. Morgen mache ich alles wieder gut."

"Toll." Sie legte auf.

Toll. William wußte, daß sie das Wort diametral entgegengesetzt zu seiner eigentlichen Bedeutung benutzt hatte. Vor langer Zeit, noch ganz am Anfang ihrer Ehe, hatte er geglaubt, daß Leigh als Psychologin offener und gradliniger in dem, was sie ihm über ihre Gedanken sagen würde, wäre. Unterdessen hatte er jedoch feststellen müssen, daß ihr beruflicher Hintergrund nur dafür sorgte, daß sie die sinnlosen Jagden, auf die sie ihn durch das Labyrinth des weiblichen Gehirns schickte, noch bewußter einsetzen konnte.

Der Drucker war wieder in stoisches Schweigen verfallen. Nen entnahm den Ausdruck, der durch die angehängten Daten ziemlich dick geworden war. Schon beim Durchblättern sah er, daß er das Layout an einigen Stellen ändern mußte. Am besten würde er noch heute nacht die Arbeit durchlesen, und die Änderungen für morgen markieren. Leigh würde ihm den Morgen gönnen, das hoffte er jedenfalls. Er steckte den Bericht in einen Ordner und dann alles in seine Aktentasche.

Die Luft draußen war frisch. Die sanfte Wärme des Nachmittags war schon lange vergangen. Nen knöpfte den obersten Knopf seines Mantels zu. Auch Atlanta hatte seine Wintertage, aber wahrscheinlich würde es schon nächste Woche wieder fast zwanzig Grad warm sein. Obwohl der Parkplatz des Zentrums relativ gut überschaubar war, bemerkte Nen den Mann, der sich ihm näherte, zunächst nicht.

"Dr. Nen?"

Überrascht sah Nen den gutgekleideten Afroamerikaner vor sich an. Sein Tweedjackett konnte kaum genug Schutz gegen die Kälte bieten, aber der Mann schien sich nicht unwohl zu fühlen. Nen fragte sich, ob er sich an den Mann erinnern müßte und ob er ihn vielleicht schon vorher einmal gesehen hatte. Es wäre nicht das erste Mal, daß ihm so etwas passiert wäre, aber er konnte sich wirklich nicht an das Gesicht erinnern.

"Dr. William Nen?"

"Ja?" Nen war sich jetzt sicher, daß er diese Person noch nie getroffen hatte.

"Es ist mir eine große Ehre, Sie zu treffen, Dr. Nen. Mein Name ist Thelonious. Ich habe über ihre Arbeit in Zaire gelesen." Er streckte ihm seine Hand entgegen.

Erleichterung durchflutete Nen, als sich der Verdacht, daß er den Mann noch nie gesehen hatte, bestätigte. Und er konnte sich auch nicht erinnern, daß ihn schon jemals zuvor jemand auf der Straße angesprochen hätte und sich anerkennend über seine Arbeit geäußert hätte. Es war eine Situation, mit der er nicht umgehen konnte. "Äh...Vielen Dank", stotterte er. Sein Atem hing als Wolke zwischen ihnen, als sie sich die Hände schüttelten.

Thelonious lächelte warm. "*Ich würde es sehr schätzen, wenn ich einen Blick auf den Bericht werfen könnte, an dem Sie gearbeitet haben.*"

Nen legte für einen Moment den Kopf zur Seite und griff dann in seine Aktentasche. "Natürlich. Das ist überhaupt kein Problem. Er ist aber noch nicht ganz fertig. Es gibt einige Details des Layouts, die ich noch überarbeiten will, aber der Inhalt ist vollständig."

Thelonious griff nach dem Bericht, der ihm entgegengestreckt wurde und ließ ihn unter sein Jackett gleiten. "Ich bin mir sicher, daß Ihre gelungene Analyse diesen Mangel an stilistischer Perfektion mehr als wett macht, Dr. Nen."

Das unerwartete Kompliment brachte ein strahlendes Lächeln auf Nens Gesicht. *So ein kluger und wohlerzogener junger Mann*, dachte Nen.

"Und noch eine Sache, Dr. Nen", fuhr Thelonious fort, "*Sie haben sich entschlossen, den Rest der Nacht und auch den morgigen Tag frei zu nehmen. Ihre Frau würde gern einige Zeit mit Ihnen verbringen.*"

"Natürlich", stimmte Nen ihm zu. "Ich nehme an, ich sollte jetzt gehen."

"Ja." Thelonious nickte. "Und nochmals vielen Dank, Dr. Nen. Sie waren mir eine große Hilfe."

"Es war mir ein Vergnügen." Dr. Nen ging zu seinem Auto weiter, und freute sich darauf, den Rest des Wochenendes mit seiner Frau zu verbringen.

Owain riß die Vordertür des kleinen Hauses, in dem El Greco wohnte, auf. Er würde seine Antworten bekommen. Maria floh erschreckt vor seinem gewaltsamen Eintreten aus dem Vorderzimmer. Genauso schnell, wie sie verschwand, eilte Miguel ins Zimmer, eine kurzläufige Pistole in der Hand und zum Schuß bereit. Ein zweiter bewaffneter Kainit, kleiner und gedrungener als Miguel, folgte ihm auf dem Fuße. Als er sah, daß Owain der Eindringling war, hob Miguel eine Hand. "Nicht schießen, Javier." Aber Miguels Wut war geweckt. "Owain! Was in Gottes Namen..."

Owain versetzte ihm rückhändig einen Schlag, der Miguel direkt auf die eine Seite seines Gesichts traf und ihn gegen die Wand stolpern ließ. Drei kraftvolle Schritte trugen Owain an Miguel und dem überraschten Javier vorbei und die Treppe hinauf. Einen Moment später stand er vor der Tür zu El Grecos Arbeitszimmer. Ohne auch nur eine Sekunde zu zögern, trat er die Tür ein. Das obere Scharnier wurde aus der Wand gerissen. Splitterndes Holz flog durch den Raum.

Owain betrat den leeren Raum. Der Schreibtisch, auf dem er den Brief, den er nicht wirklich geschrieben hatte, gefunden hatte, stand vor ihm. "Verdammt sollt Ihr sein! Wo seid Ihr, El Greco?" brüllte er.

Nur wenige Schritte hinter Owain trat Miguel durch die Überreste der Tür. Er hatte seine Waffe jetzt wieder auf Owain gerichtet.

"Wo seid Ihr?" brüllte Owain nochmals. Er warf einen verächtlichen Blick auf Miguel und seine Waffe. "Ich bin schon von kleinen Mädchen mit größeren Pistolen bedroht worden. An Ihrer Stelle wäre ich vorsichtig, nicht selbst verletzt zu werden. Wo ist El Greco?"

Miguels Pistole blieb fest auf ihr Ziel gerichtet. "Was soll das bedeuten? Sind Sie wahnsinnig geworden?"

"Es tut mir ja so leid", sagte Owain sarkastisch. "Hätte ich in die Bäckerei gehen und nach Ihnen fragen sollen?"

"Töpferei", korrigierte Miguel ihn kurz.

"Sie und Ihr verfluchter Laden sind mir verdammt noch mal egal, Miguel. Wo ist El Greco?"

"Sie Idiot", fauchte Miguel in Owains Richtung. "Wie viele unserer Feinde haben Sie zu uns geführt?"

"Glauben Sie, sie wissen nicht, wo Sie sind? Glauben Sie, daß es sie auch nur im geringsten interessiert?" fragte Owain. "In Toledo ist *jeder* Ihr Feind. Sie hätten euch schon lange getötet, wenn sie es der Mühe Wert gefunden hätten." Owain trat nach dem Stuhl. Er knallte gegen den Sekretär. "Kommt und redet mit mir, El Greco, Ihr wahnsinniger, verlogener Bastard!" schrie er.

"Sie müssen gehen", zischte Miguel. "Jetzt! Und hören Sie auf zu schreien", fügte er hinzu. "Sonst weiß bald die halbe Stadt..."

Miguel verstummte abrupt, als er und Owain einen Riß in der Dekke entdeckten. Unter ihren ungläubigen Blicken öffnete sich eine Falltür, die bevor sie sich senkte, nicht auszumachen gewesen war, und enthüllte Stufen, die zu einem verborgenen Dachboden heinaufführten. El Greco kam langsam die Stufen herunter. Zuerst erschienen seine Stiefel, dann sein Beine. Sein dunkler Mantel war eng um ihn geschlungen. Er trat von der letzten Stufe, und die Falltür schloß sich lautlos hinter ihm. "Hallo Owain. Ich habe nicht erwartet, dich so bald wieder zu sehen."

"Er hat meine Anweisungen mißachtet...", stotterte Miguel, aber El Greco brachte ihn mit einem erhobenen Finger zum Schweigen.

"Geh", sagte der alte Toreador, den weder die Bestürzung seines Dieners noch Owains Zorn aus der Ruhe zu bringen schien.

Verunsichert senkte Miguel die Pistole, die er noch immer auf Owain gerichtet hatte, und schlich aus dem Raum. El Greco hob langsam den Stuhl auf, den Owain umgetreten hatte, und setzte sich. Er bedeutete Owain, dasselbe zu tun, aber Owain lehnte ab.

"Was ist mit Euch passiert?" fragte Owain mit Abscheu in der Stimme.

"Nichts, was nicht auch dir passiert wäre, Owain." El Greco kratzte sein spitzes Kinn.

Das war nicht das, was Owain hören wollte. Er glich in nichts der mitleiderregenden Gestalt, die hier vor ihm saß. "Ihr phantasiert", wies er ihn zurecht. "Ihr seid ein zittriger, irrer Narr. Ihr habt mich auf diese Jagd nach Carlos geschickt, als wenn er Euer Rivale wäre, als wenn ihr euch ebenbürtig wärt. Aber Ihr seid nichts! Ihr habt mir keinerlei Informationen gegeben, die mir hätten helfen können. Ihr wart bereit, meine Vernichtung in Kauf zu nehmen, weil Ihr es nicht ertragen könnt, der Wahrheit ins Angesicht zu schauen."

"Und welche Wahrheit sollte das sein?" fragte El Greco ruhig.

Owain begann, durch den Raum zu tigern. "Die Wahrheit, daß Toledo nicht länger Eure Stadt ist. Und das, wie ich annehmen muß, schon seit Jahren nicht mehr. Die Wahrheit, daß Carlos nicht in Euer Territorium hier eingedrungen ist, sondern daß er hier der Herr ist." Während er sprach, sah Owain, daß El Grecos Gesicht sich verfärbte, und er bemerkte die Spannung in seinen alten, ausgezehrten Fäusten. "Was war der wahre Grund, warum Monçada Euch nach Madrid beordert hat? Ganz sicher nicht, um einen Frieden zwischen Euch und Carlos zu verlangen, denn dieser Krieg ist schon vor langer Zeit ausgefochten worden, und Ihr habt ihn verloren. Hat er Carlos gebeten, Eure Anwesenheit zu dulden? War es eine Rückzahlung alter Schulden an Euch, der Ihr vor Jahrhunderten sein treuer Lakai wart?"

Mit einem fürchterlichen Schrei schoß El Greco auf die Füße und griff den Stuhl mit beiden Händen. Er schmetterte ihn auf seinen Schreibtisch. Der Stuhl zersplitterte in zahllose Teile, und die Abdekkung des Sekretärs barst unter dem Schlag. "Dies ist meine Stadt!"

Die zwei alten Freunde standen sich schweigend gegenüber. Wilde Verzweiflung schien aus El Grecos Augen. Mochte sein Körper auch verfallen, er hatte immer noch Kraft in sich. Er hielt immer noch die Lehne des zerstörten Stuhls in seinen Händen. Owain bemerkte die spitzen Enden des Holzes.

Wie tief war El Greco gesunken, dachte Owain. Einst war der Toreador wahrhaft der einflußreichste Kainit der Stadt gewesen. Während die sterblichen Herrscher kamen und gingen, hatte El Greco überlebt, indem er jede neue Besetzungsmacht anerkannte und jede Schönheit, die sie ihm bieten konnten, in sich aufnahm. Das war vielleicht sein größtes Erbe – seine Freundschaft zu dem menschlichen Künstler, der am ehesten mit Toledo in Verbindung gebracht wurde, Domenicos Theotocoulos. Der Maler, der zufälligerweise ganz aus der Nähe der Heimat des Toreadors stammte, hatte schließlich voller Zuneigung den *nom de guerre* seines Mentors angenommen, El Greco.

Dieses Erbe würde weiterbestehen, aber im Moment bedeutete das nur wenig für den vampirischen Namensvetter des berühmten Künstlers. Owain sah die Verzweiflung in El Grecos Augen, als er sich endlich der Realität seiner jetzigen Situation stellen mußte, und all seine Fragen waren mit diesem einen Blick beantwortet.

"Ja", sagte Owain leise. "Dies ist Eure Stadt." El Greco hatte nicht, wie Owain vermutete hatte, seine Informationen aus purer Bosheit zurückgehalten. El Greco konnte sich der Wahrheit einfach nicht stellen, sie nicht begreifen. So war es für ihn auch unmöglich, sie einem anderen zu vermitteln. Er war ein Relikt vergangener Tage, ganz genau wie Owain es nur allzu leicht selbst hätte werden können, wenn ihn nicht die Sirene durch eine Wiederbelebung seiner Gefühle aus der Vergangenheit in die Gegenwart zurückgebracht hätte. Was war mit El Greco geschehen? *Nichts, was nicht auch dir passiert wäre, Owain.*

"Die Träume, Owain", sagte El Greco, und seine Augen waren voller Trauer und Sorge. Owain redete sich ein, daß er eine Spur von Klarheit die Oberfläche durchbrechen sehen konnte. "Die Träume sind das Schlimmste. Ich sehe, wie es war." Er ließ die Überreste des Stuhls zu Boden fallen und starrte voller Entsetzen auf seine Hände. Er drehte sie hin und her, um jeden Knochen, jede Ader zu inspizieren. "Es ist der Fluch. Er bringt die Träume. Sie tragen mich zurück." Er blickte Owain flehend an, aber kein weiteres Wort kam über seine Lippen.

Owain sah auf seine eigenen Hände. *Der Fluch bringt Träume.* Owain hatte unter seinen eigenen Träumen zu leiden. Er hatte sich schon gefragt, ob der Fluch etwas mit ihnen zu tun haben könnte, aber jedesmal, wenn dieser Gedanke aufgetaucht war, hatte er ihn schnell beiseite geschoben. *Der Fluch bringt Träume.* Es konnte sehr gut möglich sein. War Wahnsinn denn irgend etwas anderes als ein Wachtraum? Owain konnte die Erkenntnis der mitleiderregenden Kreatur vor ihm nicht so einfach abtun. El Greco hatte schon zu oft die Kraft seiner Intuition bewiesen.

Die Träume.

Der Fluch.

Projekt Angharad.

Owain würde herausfinden, ob sie miteinander in Verbindung standen oder nicht. Oder bei dem Versuch vernichtet werden.

"Ich werde einen Weg finden, den Fluch zu beenden", sagte Owain, und diese Worte schienen El Greco etwas zu beruhigen. "Aber wißt dies", fügte er herausfordernd hinzu. "Ich tue dies nicht aus einem Gefühl der Pflicht heraus, oder weil mich ein Eid bindet. Ich habe meine eigenen Gründe." *Für Angharad*, sagt er beinahe. *Und für die alte Freundschaft eines mitleiderregenden Wracks.* Er unterdrückte den Impuls, die Hand nach El Greco auszustrecken und ihn zu berühren, eine Hand auf seinen Arm zu legen. Es war eine Geste, die Owain nicht über sich bringen konnte, eine Geste, die zu... menschlich war. Owain fühlte voller Befriedigung, wie ihn die Sentimentalität verließ. Er wußte, daß er diese Kreatur zerstören konnte, falls es nötig sein sollte. Es war nicht nötig, sich allzu viel Gedanken über das zu machen, womit El Greco ihn zu erpressen versuchte.

"Aber du hast mir gegenüber Verpflichtungen", protestierte El Greco schwach. Er gestikulierte zu dem Schachbrett auf dem Tisch neben dem Schreibtisch hinüber, auf dem die Spielfiguren noch immer in derselben Anordnung standen, in der Owain sie einige Nächte zuvor gesehen hatte. "Ja, auf *diesem* Schlachtfeld hast du mich geschlagen, Owain."

Owain war sich nicht ganz sicher, was das bedeuten sollte. Der Toreador schien zu glauben, daß es das Spiel war, das sie gespielt hatten, und daß Owain gewonnen hatte. *Mehr Phantastereien*, dachte Owain. *Die Verwirrung ist schon weit fortgeschritten.*

El Greco lehnte sich mühsam vor und nahm den fast schutzlosen weißen König in seine knorrige Hand. Seine Faust schloß sich fest um die Figur, und als er den Druck erhöhte, schmolz das billige Plastik unter seinem Griff und tropfte zwischen seinen Fingern hindurch auf seinen Schoß und auf den Boden. "Dies mag nur ein Spiel sein", sagte El Greco. "Aber du hast mir und dem Sabbat Treue geschworen."

"Diese Schwüre sind Jahrhunderte alt", antwortete Owain. "Es sind nur Worte. Kein Versprechen sollte bis in die Ewigkeit gelten."

El Greco runzelte die Stirn. "*Jeder* Schwur sollte bis in die Ewigkeit gelten. Sonst sind es tatsächlich nur Worte."

Owain drehte sich um und verließ seinen alten Freund. Unten saßen Miguel und Javier im Wohnzimmer. Owain trat in den Raum. Miguel und Javier blickten auf. "Miguel", sagte Owain, "wenn Sie mir ein weiteres Mal in die Quere kommen, werde ich Sie töten." Dann verließ er das Haus.

Kli Kodesh lockerte den Griff, mit dem er sich an den sich windenden Strang der Prophezeiung geklammert hatte. Er riß sich von ihm los, und die Reibung brannte einen rohen Striemen in seine marmorweiße Handfläche. Ein einzelner Tropfen dunkelroten Bluts sammelte sich wie Weihwasser in einem Taufbecken in seiner gewölbten Hand.

Das Schwanzende der Prophezeiung schnalzte einmal verächtlich durch die Luft und verschwand dann mit einem Knall wie von einer Peitsche aus seinem Blickfeld.

Kli Kodesh schaute ihm ungerührt hinterher. Er senkte seine Hand und ballte die Faust. Als er sie wieder öffnete, war das Blut verschwunden und die Haut unversehrt. Sie hätte sehr wohl wieder die Oberfläche einer Statue und nicht eines Wesens aus Fleisch und Blut sein können.

Falls Kli Kodesh die wundersame Veränderung auffiel, so ließ er es sich nicht anmerken. Seine Aufmerksamkeit war auf die sich vor ihm ausbreitende Stadt gerichtet. Mit wachsendem Interesse sah er, wie die Stadt langsam vor seinem Auge entstand. Schon der erste Blick auf die maurische Architektur weckte etwas in ihm. Als sich die verschlungenen Wege der Alten Stadt vor ihm ausbreiteten, fühlte er sich voraneilen, während er halbvergessene Wege durch das sich entfaltende Labyrinth der Docks, Gassen und Märkte fand.

Die Stadt traf ihn wie ein Schlag. Natürlich hatte sich seit seinem letzten Aufenthalt hier viel verändert, das war wohl unvermeidlich. Er mußte schon über... auf jeden Fall viel zu lange nicht mehr hier gewesen sein.

Nun breitete sich die ganze Stadt vor ihm aus. Er saugte den Anblick in sich ein. Sie trug die Erinnerungen an ihre blutige Vergangenheit offen und unverschleiert.

Toledo, die Stadt des Schwertes.

Die Stadt selbst war eine Halbinsel, von drei Seiten von Wasser belagert. Aber das einzigartige an Toledo, überlegte Kli Kodesh, war nicht seine geographische Lage als Halbinsel, sondern vielmehr, daß es eine Halbinsel in der Zeit war. Durch seine turbulente Geschichte war Toledo, das durch das Mittelalter hindurch ständig den Besitzer gewechselt hatte, während Mauren, Kreuzfahrer und Juden um die Vorherrschaft rangen, von drei miteinander im Konflikt liegenden Kulturen umgeben gewesen. Kli Kodesh kehrte wieder und wieder in die vertrauten Grenzen dieses Ortes zurück.

Das geübte Auge konnte noch immer leicht das Muster der Stadt-die-einst-war dicht unter dem dünnen Lack der modernen Stadt erkennen. Für Kli Kodesh war es fast wie eine Heimkehr.

Er hatte nicht erwartet, daß ihn die Prophezeiung so schnell so weit tragen würde. Es schien ihm erst wenige Nächte her, daß er tropfend aus dem Meer in den Neonglanz der Stadt der Engel getreten war. Und dort hatte er auch die ersten Spuren des schwachen Musters bemerkt, die ganz bestimmt das Endgültige Muster bildeten.

Seit dieser Zeit konnte er die Überzeugung nicht abschütteln, daß seine Handlungen auf irgendeine Art von einer höheren Macht gelenkt wurden, fast als wären sie vorbestimmt. Und so war er dem sich erschließenden Muster weiter gefolgt, bis es ihn zu dem dunkel gewebten Netz der Omen in der Stadt der Narbe geführt hatte.

Im Herz des Netzes, tief unter den Straßen der Stadt, fühlte er eine brütende, dunkle Präsenz. Eine fremde Macht lauerte dort – eine schwarze Witwe, die an den zerbrechlichen Strängen der Prophezeiung zupfte. Kli Kodesh fühlte die sanft trommelnde Botschaft, die sie aussandte. Sie rief die Ihren nach Hause zurück.

Es war nicht schwierig dem Ruf dieses vibrierenden Strangs zu folgen. Er hatte ihn hierher geführt – in die Stadt des Schwertes. Er wußte, daß er irgendwo in diesem uralten Labyrinth, mitten unter dem Druck der drei widerstreitenden Glauben, den einen finden würde, für den diese Botschaft, dieses Omen, bestimmt war.

Er wußte nur wenig über den, den er suchte. Sein einziger Hinweis war ein alter Name, ein Titel, der den Gang der Jahrhunderte versiegelt in einer alten Prophezeiung wie ein modernes Schriftstück in einem beinernen Etui überstanden hatte.

Unerschrocken stieg Kli Kodesh in die Stadt herab, um den einen zu finden, den die alten Lieder den Brudermörder nannten.

ELF

J. Benison Hodge, der Prinz von Atlanta, saß bewegungslos an seinem Konferenztisch in Rhodes Hall. Sein Offizierssäbel hatte sich tief in das Holz der Tischplatte vor ihm gegraben, wobei er die dicke Sonntagszeitung sauber in zwei Teile geschnitten hatte. Jedes Ticken der Uhr hinter ihm hallte ihm wie ein Donnerschlag in den Ohren. Benison brauchte jedes Quentchen seiner Energie, um nicht die Kontrolle über sich zu verlieren. Nur ein Akt höchster Willenskraft verhinderte, daß er aufsprang und den gesamten Raum zerstörte, einen Berserkergang durch das ganze Haus machte und alles, was ihm unter die Augen kam, zerschmetterte – ein Akt höchster Willenskraft und der Gedanke an den extremen Unwillen, den die Beschädigung weiterer Möbelstücke bei Eleanor hervorrufen würde.

Ein Prinz muß sein Temperament kontrollieren können, sagte er sich selbst wieder und wieder. *Ich muß mich der Ehre würdig erweisen, die strahlende Stadt, den Primus, anzuführen und dies ist eine der Prüfungen.* Seine Hand zitterte, während er darum kämpfte, nicht den Säbel aus dem Tisch zu reißen und damit die Bücherregale in Stücke zu hauen. Am liebsten hätte er das Haus bis auf die Fundamente niedergerissen.

Ein Prinz muß sein Temperament kontrollieren können.

Ein Prinz muß sein Temperament kontrollieren können.

Aber er konnte es nicht verhindern, daß sein Auge wieder auf die Schlagzeile fiel, die ihm heute abend, nachdem er sich erhoben hatte, entgegengesprungen war: ZENTRUM FÜR SEUCHENKONTROLLE BEFÜRCHTET WELTWEITE EPIDEMIE. Seine Hand zitterte jetzt stärker. Der Prinz hatte die Augen geschlossen und nahm einen tiefen, beruhigenden Atemzug.

Seit Wochen, seit dem Ausbruch des Fluchs, arbeitete Benison unermüdlich daran, daß die Maskerade gewahrt blieb. Er mußte sicherstellen, daß der Tod und das Chaos der Welt der Kainskinder vor den Augen der Sterblichen verborgen blieb. Die Geschichte war überall im Land, überall auf der Welt dieselbe. Kainiten wurden von einem zornigen Gott geschlagen, und während die existierenden vampirischen Strukturen zerfielen, kämpften die Überlebenden mit allen Mitteln um die Vorherrschaft. Die Sterblichen hatten die Erschütterungen gefühlt, aber sie waren an ein Regime der Angst und Ungewißheit gewöhnt. Sie würden, so lange sie konnten, in die andere Richtung schauen.

Benison öffnete die Augen und funkelte wieder die Schlagzeile an. *Dies* würde ihnen nicht mehr erlauben, in die andere Richtung zu schauen. Nach dem, was er den in dem Artikel genannten Fakten entnehmen konnte, hatte sich die Blutseuche zum Teil sogar unter den Sethskindern verbreitet und Alte und Kranke als Opfer gefordert. Die größte Gefahr für die Kainskinder lag jedoch in einer nur am Rande erwähnten Einzelheit: das Rätsel des frischen Blutes, das in den wochenalten Leichen gefunden worden war. Falls die Ermittler dieser Spur nachgehen sollten...

Die Nachrichten in den Zeitungen – und sie waren im großen und ganzen überall identisch – waren eine Katastrophe, aber was mindestens genauso verstörend war, war die Tatsache, daß die Berichte zuerst im Journal-Constitution in Atlanta erschienen waren und sich von dort zu anderen Agenturen verbreitet hatten. Nicht nur, daß möglicherweise Kainiten auf der ganzen Welt entdeckt und bis zur Ausrottung gejagt werden würden, nun würde es auch noch so aussehen, als sei es Benisons Schuld gewesen! Der letzte Vernichtungsschlag für die Maskerade kam aus der Stadt, die unter seinem Befehl stand. Und Benison wußte genau, wie das passiert war.

Thelonious.

Die dunklen Gedanken des Prinzen wurden durch ein Klopfen an der Tür unterbrochen.

"Herein."

Vermeil öffnete die Tür und führte den riesigen Brujah Xavier Kline herein. Während Benisons Ghul noch die Tür schloß, machte Kline ein paar Schritte in den Raum, wobei er fast verlegen wirkte, was Benison, wäre er auch nur im geringsten dazu in der Stimmung gewesen, sicher amüsiert hätte.

"Nun?" fragte Benison, der die Antwort nur zu gut kannte.

"'tschuldigung?" Kline drehte seinen Kopf zur Seite. Nach der Attacke auf die verfluchte Tochter der Kakophonie war sein Gehör nie wieder ganz zurückgekehrt.

"Was ist passiert?" fragte Benison lauter.

"Keine Spur von Thelonious in seiner Kanzlei oder seiner bekannten Zuflucht", meldete Kline. "Sah so aus, als ob er in Eile gepackt hat."

Benison nickte. Er war nicht überrascht. Unmittelbar nachdem er an diesem Abend die Zeitung gesehen hatte, hatte er Vermeil mit Instruktionen zu Kline geschickt, den Ahnen der Brujah zu finden und ihn ohne Rücksicht auf Thelonious eigene Wünsche zum Prinzen zu bringen. Benison hatte jedoch nicht wirklich erwartete, daß Kline den Brujahprimogen finden würde. Thelonious hatte ohne Zweifel den Bericht des Zentrums für Seuchenkontrolle an sich gebracht, die Geschichte ins Rollen gebracht und dann die Stadt entweder fluchtartig verlassen oder sich versteckt. Kline war bei weitem nicht intelligent genug, um Thelonious zu finden, wenn Thelonious nicht gefunden werden wollte.

"Heißt das, daß ich nun der Erstgeborene der Brujah bin?" fragte Kline.

Benison sah zu dem Brujah mit der großen Statur und offensichtlich ebensolchen Ambitionen hoch. "Das bedeutet", sagte der Prinz, "daß die Brujah keinen Sitz mehr im Rat der Erstgeborenen haben. Thelonious hat bewiesen, daß dein Clan es nicht wert ist. Du hast dich deinem Prinz gegenüber loyal verhalten, aber jeder andere deines Clans, der mir nicht persönlich die Treue schwört, wird entweder aus der Stadt verbannt oder vernichtet. Verbreite das in der Stadt."

Kline trat einen Schritt zurück, als wenn ihn diese Ankündigung gegen seinen Clan wie ein Schlag getroffen hätte.

"Aber ich werde dir folgendes sagen, Xavier", fügte der Prinz hinzu. "Finde Thelonious. Bring' ihn mir, und sein früherer Sitz im Rat der Erstgeborenen wird dir gehören."

Wie Benison erwartet hatte, begannen Klines Augen bei dieser Ankündigung zu strahlen. *Ich könnte genauso gut eine zweihundert Pfund schwere Taube dressieren*, dachte der Prinz. Kline entschuldigte sich und verließ rückwärts den Raum. Benison, der sich über seine nächsten Schritte noch immer nicht ganz im klaren war, kehrte zu seinem Säbel und den Gedanken, was er mit ihm anfangen konnte, zurück.

☥

Eleanor steckte den Kopf aus der Wohnzimmertür, als sie Xavier Kline durch die Halle und aus der Eingangstür stapfen hörte. Vielleicht war jetzt der richtige Zeitpunkt, Benison zu erzählen, was sie herausgefunden hatte. Früher am Abend hatte Vermeil angedeutet, daß der Prinz möglicherweise nicht in der zugänglichsten Stimmung sei, aber das war nun schon Stunden her, und sie hatte keinerlei Geschrei gehört, während Benison mit Kline gesprochen hatte. *Wenn J. Benison mit diesem Lohnkiller sprechen kann, dann kann er doch ganz bestimmt auch mit seiner Frau sprechen*, dachte sie sich.

Eleanor wandte sich wieder Hannah und Tante Bedelia zu, die alles, bis auf ein letztes Bluttörtchen, verzehrt hatten. Wie immer wollte niemand das letzte Stück nehmen. "Es ist soweit, meine Damen." Eleanor und Hannah hatten ihren gestrigen Bridgeabend damit verbracht, Bedelia ihren Plan zu erklären. Es war ein sehr langes und ziemlich unzusammenhängendes Gespräch gewesen, das zum größten Teil aus Wiederholungen bestanden hatte, um sicherzustellen, daß die gute Alte die wesentlichen Fakten auch tatsächlich in ihrem siebähnlichen Gehirn behalten würde. Zu einem großen Teil konnte das, was Bedelia letztendlich tatsächlich sagen würde, nur Spekulation bleiben, aber Eleanor war sich so sicher, wie es nur möglich war, daß die Erzeugerin des Prinzen mit ihr einer Meinung war. Und Benison würde niemals gegen Bedelias Wünsche handeln.

Hannah stand auf und rollte Bedelia in die Halle. Eleanor nahm das Päckchen von seinem Platz auf der Couch. Sie hielt den in zerknüllte Seide gehüllten, vergoldeten Dolch in der Hand. Mit Hilfe ihres Ehemanns würde sie Benjamin zurückbekommen, und Owain Evans würde zur Rechenschaft gezogen werden.

☥

Es hätte verdammt nochmal klappen müssen! Dieter ist ein Idiot, ein Versager. Selbst nach zwei Wochen war Gustav noch verärgert darüber, daß der Aufruhr, den er angezettelt hatte, nicht die erwarteten Opfer gefordert hatte. Wilhelm spazierte noch immer durch die Straßen Berlins. *Ich nehme Dieters mitleiderregendes kleines Letztes Reich und gebe ihnen ein Ziel und Macht, und sie sind immer noch unfähig!* Ein außer Kontrolle geratener Mob war ein so indirektes Angriffsmittel, daß Wilhelm es unmöglich vorhergesehen oder sich darauf vorbereitet haben konnte. Und nach allem, was er gehört hatte, waren der Prinz der westlichen Hälfte der Stadt, sein Kind und sein

Leibwächter Kleist von einer wahren Legion von Skinheads überwältigt und ruhiggestellt worden. Und dennoch waren die drei Kainskinder entkommen.

Verrat! war Gustavs erster Gedanke gewesen. Wie sonst konnte es sein, daß ein so exzellenter Plan schief ging? In den vergangenen zwei Wochen hatte er viel Zeit damit verbracht, alle Beteiligten zu befragen, um herauszufinden, wer Schuld war, und den Überläufer zu finden. Alles vergeblich. Er hatte keinerlei Anzeichen für Verrat gefunden, dafür um so mehr für Unfähigkeit. Aber dennoch ließ sich der Verdacht nicht so einfach abschütteln. Es nagte unablässig an ihm. Sein Gehirn neigte dazu, sich an solche verstörenden Möglichkeiten zu klammern und sie ganze Nächte hindurch wieder und wieder durchzuspielen. Gustav lebte schon zu lange, um nicht zu wissen, daß Paranoia durchaus ihren angemessenen Platz hatte. Er tat die Möglichkeit, verraten worden zu sein, nicht leichtfertig ab, und während er in das tiefste Kellergeschoß des Berliner Palastes der Republik hinabstieg, wußte er, daß er heute nacht die Wahrheit erfahren würde.

Der Keller war ein Labyrinth von Leitern und Tunneln, von dampfenden und aus ihren jahrzehntealten Dichtungen leckenden Rohren. Man konnte dem Geräusch tropfenden Wassers und dem unbestimmten Geruch nach Kanalisation unmöglich entgehen. Gustav wußte, daß wenigstens eines der Rohre, das durch den Palast über ihm lief, leer war, denn wann immer er eine bestimmte Person treffen wollte, hinterließ er eine Nachricht in dieser Röhre. Und dann war es nur noch eine Frage der Zeit.

Ich werde herausfinden, wer mich betrogen hat, und sie werden dafür bezahlen! war das stumme Versprechen, das sich Gustav selbst gab, als er eine weitere Leiter hinunterstieg. Die alte Glühbirne, die in der Nähe installiert war, flackerte unberechenbar, und die nebelfeuchte Luft dämpfte ihr trübes Licht noch mehr.

"Gustav."

Der Prinz des östlichen Teils der Stadt hörte das Flüstern, und als er sich umdrehte, konnte er eine undeutliche Form in den Schatten erkennen. "Ihr habt Neuigkeiten für mich?"

"Wie Ihr es befohlen habt." Ellison machte einen Schritt nach vorne, aber statt ins Licht zu treten, schien es vielmehr, als wenn die Schatten sich mit ihm bewegten. Gustav konnte die Umrisse des verkrüppelten Nosferatu nur mit Mühe erkennen. "Ihr sucht jene, die Euch verraten haben, jene, die Euren Plan, Berlin von Wilhelm zu befreien, vereitelt haben."

"Ja", antwortete Gustav knapp. Er haßte dieses übertriebene Gefühl von Heimlichkeit und Dramatik, das Ellison so zu mögen schien. *Sag mir einfach, was ich wissen will, du wandelnde Mißgeburt!* Aber die Informationen waren stets korrekt.

"Ihr seid betrogen worden", sagte Ellison.

"Ich *wußte* es." Gustav schlug eine Faust in seine Handfläche und stellte sich vor, es seien die Verräter, die er gerade zermalmte.

"Ihr wurdet von der Unfähigkeit jener betrogen, die Ihr als Eure Helfer ausgewählt hattet", erklärte Ellison. Die Worte wurden fast unhörbar leise gesprochen, und dennoch hallten sie in Gustavs Ohren wie ein Hammerschlag gegen die Heizungsrohre. "Es gab keinen Verräter, niemand der Euren Plan mutwillig vereitelt hat."

Gustav konnte nicht glauben, was er da hörte. Er wollte es nicht glauben. Er wollte unbedingt einen Namen haben, jemanden den er in die Unterwürfigkeit prügeln konnte, jemanden, den er persönlich strecken, vierteilen und gepfählt in die Sonne legen konnte. Aber Ellison sagte ihm gerade, daß ihm seine persönliche Genugtuung verwehrt bleiben würde. "Seid Ihr Euch sicher?" Ellisons einzige Antwort war beleidigtes Schweigen, bis Gustav bewußt wurde, was er da gerade gesagt hatte. "Aber was sage ich da? Natürlich seid Ihr Euch sicher. Ihr ‚beschafft Informationen...' " Gustav wiederholte Ellisons typische Antwort, auf jede Frage in diese Richtung, und lachte. "Ihr sagt mir, was Ihr wißt und nicht, was ich hören will. Ihr seid nicht wie die anderen."

Aber dann wurde Gustav plötzlich bewußt, daß seine einzigen Zuhörer die leere Dunkelheit und der Dampf waren. Ellison war verschwunden. *Eines Tages wirst du zu weit gehen, du lahmer Volltrottel, und ich werde dich vernichten und deine ganze kranke Blutlinie aus meiner Stadt jagen. Eines Tages.*

Bevor Gustav auch nur bemerkte, daß er verschwunden war, schlüpfte Ellison aus dem untersten Geschoß des Palastes der Republik und in die Sturmkanäle, die in einem Gewirr unter ganz Berlin verliefen. Diese Verbindungsgänge hoben die Teilung in Ost und West zumindest für die Nosferatu praktisch auf.

Ellison war sich bewußt, daß es möglicherweise unklug war, Gustav zu verärgern, indem er sich so aus dem Staub machte, aber gerade der Prinz des Ostteils des Stadt mußte unablässig daran erinnert werden, daß die Nosferatu es nicht nötig hatten, sich ständigem Mißtrauen oder Beschimpfungen auszusetzen. Ellison erbrachte eine Dienstleistung. Es war nicht seine Pflicht, einen der beiden Prinzen mit Informationen zu versorgen, und solange die Feindschaft zwischen Gustav und Wilhelm anhielt, brauchten beide den Nosferatu mehr als er. Falls ein Prinz schließlich als Sieger hervorgehen sollte, oder falls einer der beiden herausfinden sollte, daß Ellison nicht ihm allein seine Dienste anbot, würde die Situation des Nosferatu sehr plötzlich eine viel schwierigere werden.

Ellison bewegte sich sicherer und schneller durch die Kanalisation, als es irgendein anderer Kainit für möglich gehalten hätte. Der Nutzen, den er dadurch hatte, daß seine körperlichen Mißbildungen andere ablenkten und ihn ungefährlicher erscheinen ließen, wog die wenigen Einschränkungen, die die Deformation tatsächlich mit sich brachte, leicht auf. Es mochte ihm an der gewissen Anmut fehlen, die jenen zu eigen war, die sich über der Oberfläche bewegten, aber sein verdorrter Arm und seine verdrehten Beine behinderten seine Bewegungen nicht wirklich.

Während er tiefer und tiefer in die Tunnel, die ihm als Zuflucht dienten, vordrang, preßte seine Hand das Medaillon, das an einem Band um seinen Hals hing, gegen seine Brust. Das Medaillon war aus wunderschönem Gold gearbeitet. Ellison putzte es jede Nacht und trug es unter seiner dreckigen Kleidung, gegen seine Brust gepreßt, immer bei sich. Falls es nötig sein sollte, würde er, ohne auch nur eine Sekunde zu zögern, das Wohlwollen beider Prinzen für die Sicherheit seines größten Schatzes eintauschen.

Schließlich kroch er in eine schmale Nische, nicht größer als ein Sarg. Es war nur eine von mehreren überall in der Kanalisation verteilten Ausbuchtungen, die er zu seiner Zuflucht gemacht hatte. Nachdem er sich in die Lumpen und das zerknüllte Papier eingewühlt hatte, öffnete er das Medaillon. Er ging ganz vorsichtig zu Werke, damit sich das Bild nicht aus seinem Rahmen löste, obwohl das in all den vielen Jahren, in denen es schon in seinem Besitz war, noch nie geschehen war. Das Bild war eine einfache schwarze Tintenzeichnung, aber dennoch gelang es ihm, den Kern seines Modells einzufangen – Ellisons verlorene Liebe, Melitta. *Doch nur für den Moment verloren*, erinnerte er sich selbst. Während der letzten Tage des zweiten Weltkriegs, als die alliierten Streitkräfte vordrangen, um die Stadt einzunehmen, war einer der Kanalisationstunnel detoniert und über ihr zusammengebrochen. Melitta war zwar unter den Trümmern hervorgekrochen, dann aber in Starre verfallen und bisher noch nicht wieder erwacht.

Ellison preßte das Medaillon gegen seine Brust, an sein Herz, und als er das tat, konnte er ihre Anwesenheit fühlen. Er wußte, daß noch immer eine geringe Spur des Bluts des Unlebens durch ihre schlafenden Adern floß. Wärme strömte durch seinen Körper, als wenn er gerade drei Sterbliche getrunken hätte. Sie würde zu ihm zurückkehren. Er mußte nur geduldig warten. Ihr Körper war tief unter der Stadt verborgen, noch viel tiefer als sein jetziger Ruheplatz. Er selbst hatte für ihre Sicherheit gesorgt und erlaubte sich nur einen Besuch im Jahr. Obwohl die Gefahr nur verschwindend gering war, bestand doch immer die Möglichkeit, daß ihm jemand folgen würde, und das war ein Risiko, das er auch aus Sehnsucht nicht eingehen wollte.

Also würde er warten. Er würde das Medaillon gegen seinen Körper pressen; er würde das Bild wie eine Ikone aus dem Osten anbeten, und er würde den Göttern dafür danken, das Isabella es ihm gegeben hatte. Der Preis, den sie dafür gefordert hatte, war so gering gewesen. Er hätte ihr gerne so viel mehr gegeben. Anfangs hatte er gedacht, daß das Medaillon ein einfacher Anhänger war, daß das Bild nur ein sentimentales Abbild ihrer Erscheinung war. Aber er hatte schnell herausgefunden, wieviel mehr es wirklich war.

Wenn er die Augen schloß, konnte sich Ellison vorstellen, daß seine geliebte Melitta hier neben ihm lag, daß sie die Hand ausstreckte, um seine Wange zu streicheln... auch wenn es nur seine eigene Hand war, die sein Gesicht berührte. Aber er konnte ihren Geist berühren, konnte *beinahe* ihre Gedanken erahnen. Das Medaillon brachte ihn ihr so nahe. Es war fast unerträglich.

Nur noch einige Minuten länger. Er würde sich selbst nur noch ein kleines Bißchen mehr Zeit mit seiner Geliebten zugestehen, und dann mußte er sich wieder um andere Dinge kümmern. *Komm zurück zu mir, mein Herz.* Es waren diese kurzen Augenblicke, die Ellisons Nächten Bedeutung verliehen. Ansonsten war er ganz allein auf der Welt. Die anderen Nosferatu waren vielleicht so etwas wie entfernte Verwandte, aber es war Melitta für die er ein sicheres Heim aufbauen wollte. *Komm zurück.*

☥

Owain trat aus El Grecos Haus, und die Welt schlug über ihm zusammen. Was als klarer Abend begonnen hatte, war jetzt Düsternis. Von Westen waren bewegte Wolken herangerollt, und sie hingen jetzt so tief über der Stadt, als wollten sie jeden Moment niederstoßen und sie verschlingen. Die gesichtslosen Gebäude Toledos rückten bedrohlich näher, schienen sich vorzubeugen, als wenn sie zu Boden fallen und Owain unter sich begraben würden, wenn der tobende Wind auch nur einen Moment inne hielt. Risse öffneten sich in den Straßen, um seine Schritte zu hindern, und einzelne Pflastersteine hoben sich aus dem Pflaster, um ihn ins Stolpern zu bringen.

Wieder hatte Owain alle Sicherheit verlassen. Nur vor wenigen Stunden noch hatte ihm sein Haß auf El Greco Sicherheit gegeben, ein Haß, den er, seit dem Moment, in dem er einen Fuß auf spanische Erde gesetzt hatte, kultiviert hatte. Wie konnte es sein einstiger Freund wagen, ihn über den Atlantik zu sich zu bestellen und zu versuchen, ihn unter seine Kontrolle zu bringen? Es konnte kein schlimmeres Verbrechen geben. Owain hatte fast ein Jahrtausend damit verbracht, sicherzustellen, daß niemand Kontrolle über ihn ausüben konnte, daß er selbst der Herr seines Schicksals war. El Greco hatte die Mauer der Isolation durchbrochen, die Owains Wut in seiner Seele verschlossen hatte, und Owain, der irgendwelche tyrannischen Pläne hinter El Grecos Forderungen vermutet hatte, war bereit gewesen, den alten Toreador zu vernichten. Was den Lauf von Owains wachsendem Haß aufgehalten hatte, war Überraschung gewesen – Überraschung darüber, daß keiner der Vampire, mit denen er gesprochen hatte, El Grecos Existenz auch nur wahrzunehmen schien.

Selbst noch heute abend, als er in El Grecos Wohnstatt gekommen war, war der Ventrue bereit gewesen, das Todesurteil über seinen alten Freund zu fällen. Nichts so voreiliges wie eine persönliche Attakke, aber Owain war bereit gewesen, die Entscheidung zu treffen, daß

El Greco ein für alle mal entfernt werden müßte. Zuerst hätte Owain genüßlich Miguel getötet und dann herausgefunden, auf welche Unterstützung El Greco sonst noch zählen konnte, ob es mehr waren, als die, die er bisher gesehen hatte, und dann hätte er sich auch um sie gekümmert. El Greco hätte sich Owain bis ganz zum Schluß aufgehoben. Es hätte keine losen Enden mehr gegeben. Owain hätte seine Charade mit Carlos weiterspielen und herausfinden können, welch seltsamer Zufall hinter dem Auftauchen von Angharads Namen stand. Aber wenigstens hätte er dann ganz zweifellos nur aus eigenem Antrieb gehandelt.

Aber natürlich mußte es wieder Komplikationen geben, dachte er, während in der Ferne dumpfer Winterdonner über den Himmel rollte. Die Wolken schienen jetzt, falls das überhaupt möglich sein sollte, noch näher zu sein, fast so nah, daß sie beinahe die Turmspitzen des Alcazar berührten. Es waren ungewöhnlich viele Menschen auf der Straße. Vielleicht fühlten auch die Sethskinder die nur mühsam kontrollierte Wut des stürmischen Himmels. Owain hätte leere Straßen vorgezogen. Er erinnerte sich noch gut an sein letztes Treffen auf offener Straße, und mit so vielen Sterblichen auf den Straßen gab es für einen Spion oder den lauernden Sabbat viel mehr Möglichkeiten sich zu verbergen. Es war durchaus möglich, daß die Nachricht, daß Owain und Carlos mitten in Verhandlungen steckten, noch nicht bis in die untersten Ränge durchgesickert war, und irgendein Sabbatlakai sich berufen fühlte, seinem Groll gegen den ungebetenen Gast in der Stadt Luft zu machen. Und dann war da auch noch der Gangrel Nicholas, der ihm in den Straßen auflauern konnte. Owain hatte vergessen, Carlos zu fragen, was mit der Bestie auf der Plaza geschehen war, aber andererseits – welchen Grund sollte Carlos haben, ihm etwas darüber zu sagen? Es war besser, daß Owain das Thema gar nicht erst zur Sprache gebracht hatte, als ein weiteres mal eingestehen zu müssen, daß er etwas nicht wußte.

Jede Menge Komplikationen. Es wäre so viel einfacher gewesen, El Greco einfach komplett zu vergessen, Pläne zu machen und ihn dann einfach zerstört zu haben. Aber genauso wie die Stadt und jetzt der Himmel selbst sich gegen Owain verschworen hatten, hatten sich seine Gefühle gegen ihn gewendet. Er hatte seinen alten Freund nach all den Jahren verfallen und ohnmächtig vor sich gesehen, und er war von seinem eigenen Mitleid überrascht worden. Das war ihm noch nie zuvor passiert, weder als Sterblicher noch als Kainskind. Er war sich sicher, daß er El Greco leicht genug beeinflussen konnte. Nachdem er gesehen hatte, wie tief der Toreador tatsächlich gesunken war und wie flüchtig seine Verbindung zur Realität war, fühlte Owain sich nicht mehr bedroht. Doch anstatt Abscheu für diesen Kainiten zu empfinden, der nur ein blasses Abbild des alten El Greco war, fühlte er jetzt nur noch Mitleid.

Blitze zuckten durch die schwarzen Wolken. Von einer weit entfernten Turmuhr schlug es Mitternacht, doch selbst zu dieser späten Stunde drängten sich noch immer die Sterblichen auf den Straßen. Einige sahen voller Ehrfurcht zum Himmel empor. Als Owain jedoch einen näheren Blick auf die Menschen warf, sah er, daß die meisten von ihnen Kleiderbündel und Haushaltsgegenstände bei sich trugen – alte Töpfe, einen Spiegel, ein Huhn. Dieselben Personen trugen nicht moderne Kleidung, sondern Kittel und Kniehosen, die Owain vor fünfhundert Jahren gesehen hatte... als er das letzte Mal in Toledo residiert hatte und als die Juden aus Spanien verbannt worden waren.

Er setzte seinen Weg fort. Er war schon jetzt zu spät für seine Verabredung mit Carlos. Er sah mehr und mehr der dunkelhaarigen Besucher aus der Vergangenheit. Die Menschen, mit den wenigen Überresten ihres Lebens auf dem Rücken zusammengeschnürt, boten ein bedrückendes Bild. Sie waren sich der rollenden Dynamik des Sturms über sich nicht bewußt. Owain hielt inne und sah sich um. Für einen Moment war er sich nicht sicher, wer hier nicht hingehörte – die Juden aus dem fünfzehnten Jahrhundert, die aus ihren Häusern flohen, oder die jungen Leute des zwanzigsten Jahrhunderts mit ihrem guten Aussehen und ihren Weinflaschen. Als endlich der Regen fiel und der Sturm wirklich zuschlug, blieben bald nur noch die dunklen Gestalten zurück, die sich unter dem peitschenden Regen zusammenduckten. Die modernen Einwohner der Stadt liefen schnell auseinander und suchten den Schutz, der ihren Gegenstücken aus der Vergangenheit damals wie heute verwehrt blieb.

Owain bewegte wie in einem Traum. Er konnte den Anfang der Vision fühlen, war sich auch bewußt, daß er schon dabei war, in sie hinein zu treten, aber dennoch wehrte er sich. *Ich habe keine Zeit*, sagte er sich. Genauso wie er keine Zeit hatte, seinen alten Freund zu bemitleiden, fehlte ihm die Zeit, diesen unglücklichen Besuchern aus einer anderen Zeit genauer nachzugehen, mochten sie nun geisterhafte Projektionen seines eigenen Gehirns oder der Stadt selbst sein.

Er näherte sich der Iglesia de San Miguel und dem verborgenen Tunnel, aus dem er die letzte Nacht geführt worden war. Dort wurde Owain von jemandem begrüßt, der ganz sicher keine geisterhafte Erscheinung war. Aus den Schatten trat Santiago, und hinter ihm folgte der weibliche Kainit mit ebenfalls dunkler, spanischer Haut. Owain, dessen Geist noch von den Dingen aufgewühlt war, die er in der letzten Stunde gesehen und gefühlt hatte, lieferte sich diesmal keinen Wettstreit der Worte mit ihnen, und Santiago schien darüber nicht allzu traurig zu sein. Er drehte sich um und führte Owain in die Tiefen der Erde. Die Frau folgte ihm.

Der Tunnel, der nur von einigen wenigen Fackeln erhellt wurde und über lange Strecken in Dunkelheit lag, war Owain nun noch vertrauter. Viele seiner Jahre in Toledo hatte er mehr oder weniger hier bei El Greco verbracht. Bevor er und seine Eskorte noch die nächste Ecke umrundeten, wußte Owain, daß es einen Gang zu seiner Linken geben würde und nur wenige Meter weiter einen weiteren zu seiner Rechten. Nur zweimal hatte er eine Ecke falsch in Erinnerung oder sagte einen Gang falsch voraus. Die Erscheinungen folgten ihm nicht unter die Erdoberfläche. Keine Wesen aus der Vergangenheit begrüßten ihn hier. Der einzige, der unerwartet aus der Dunkelheit auftauchte, war Carlos. Die Silberringe in seiner Nase und den Augenbrauen schimmerten im Licht der Fackeln.

"Ihr seid spät, Owain Evans", sagte Carlos. "Ich hatte schon befürchtet, daß ihr Euer Angebot zurückziehen wolltet." Er sprach fast spielerisch, als wenn er Owain nicht gejagt und zur Strecke gebracht hätte, wenn der Ventrue in dieser Nacht nicht zurückgekehrt wäre. "Kommt. Geht ein Stück mit mir." Carlos legte seinen Arm um Owains Schulter und führte ihn tiefer in den Tunnel hinein. Santiago und die Frau blieben zurück.

"Ihr seid ein faszinierendes Individuum", sagte Carlos. "Ihr lebt in Atlanta in den Vereinigten Staaten und das schon seit über fünfundsiebzig Jahren. Nie habt ihr dort Aufmerksamkeit auf Euch gezogen. Ihr wart ein wohlerzogener Ahn der Camarilla. Und nun plötzlich seid Ihr in Toledo und versucht einen Bischof des Sabbat zu erpressen." Carlos drückte gutgelaunt Owains Schulter.

"'Erpressung' ist ein so häßliches Wort", bemerkte Owain. "Ich ziehe es vor, anzunehmen, daß wir zu einem für beide Seiten vorteilhaften Abkommen kommen können."

"Nennt es wie Ihr wollt. Was auch immer Euer Gewissen beruhigt."

Sie wanderten für einige Zeit schweigend durch die Gänge. Carlos Arm ruhte noch immer auf Owains Schulter. Carlos sagte kein Wort und gab andererseits auch Owain nicht zu verstehen, daß er erwartete, daß er ihm irgendwelche Informationen anbieten sollte. Owain versuchte, ihren Weg im Kopf zu behalten, aber sie waren jetzt sehr tief in das Tunnelsystem eingedrungen, in jene Gänge, die El Grecos Gebiet gewesen waren, als Owain zum letzten Mal dagewesen war, und noch immer stiegen sie weiter hinab.

"Es war sehr unklug von Euch, so mit mir Kontakt aufzunehmen, wie Ihr es getan habt", sagte Carlos schließlich. "Jeder junge, ungestüme Gauner in der Stadt hat gesehen, wie Ihr Euer Publikum herausfordertet. Sie sehen es als eine Beleidigung meiner Autorität. Außerdem", er drückte wieder Owains Schulter, "ein Ahn der Camarilla, der einen Sabbatbischof trifft. Was werden die Leute sagen?"

Dagegen konnte Owain nichts sagen. Er war nicht besonders dezent vorgegangen. Vielleicht war es eine Reaktion auf Miguels extreme Vorsicht, als er ihn nach Toledo hineingeschmuggelt hatte, gewesen. Owain war seiner Aufgabe mit der Zurückhaltung eines durch die Straßen Pamplonas rasenden Stiers nachgekommen. Aber wenn man bedachte, mit welcher plumpen Drohung er vor einigen Monaten seinen Clansbruder Benjamin erpreßt hatte, wurde er vielleicht auch einfach unvorsichtig, geradezu schlampig. Das konnte nach neunhundert oder tausend Jahren leicht passieren – ein Ahn der Kainiten, der der ausgefeilten Vorsichtsmaßnahmen und Ränke müde geworden war, ohne die er längst nicht ein so reifes, hohes Alter erreicht hätte. Vielleicht waren ihm die Konsequenzen eines Fehltritts auch egal, sei es aus Unverwundbarkeit oder aus Langeweile.

"Ah, aber Euch ist das egal", sagte Carlos, schlug Owain auf die Schulter und ließ ihn endlich los. "Ihr tut in jedem Fall, was Ihr tun wollt, und wenn Ihr dafür sterben solltet... ist das eben das Ende. Fürchtet Ihr den Fluch so sehr?" Carlos' Worte folgten Owains Gedanken, kamen dann aber zu einem anderen Schluß. "Ihr denkt Euch, wenn der Fluch mich ohnehin wie ein gigantischer, vom Himmel herabstoßender Adler trifft, warum dann noch einen anderen Tod fürchten. Warum sich noch große Mühe geben, hm?"

Als Carlos Owain um eine letzte Ecke führte, zuckte ein plötzlicher Blitz des Erkennens durch Owains Gehirn. Er wußte genau, wo in den labyrinthischen Gängen unter dem Alcazar er sich befand, und Angst folgte der Erkenntnis auf dem Fuße. Sie gingen einen langen geraden Gang hinunter. Der Boden senkte sich weiter, während die Decke gerade blieb, so daß dieser Teil des Korridors gut doppelt so hoch wie der Rest der engen Tunnel wurde, durch die sie gekommen waren. Der Gang endete vor einer massiven Steintür, in deren Oberfläche Symbole gemeißelt waren, die älter als das Alcazar, ja älter als der Sabbat selbst waren. Owain hatte die Macht dieser alten Schutzsymbole schon zu spüren bekommen, auch wenn er nicht die Rituale kannte, mit denen sie erschaffen worden waren.

Carlos berührte die Tür nur sanft, und sie schwang verblüffend leicht um einen unsichtbaren Drehpunkt herum auf. "Diese Gänge sind schon sehr alt", sagte Carlos, dessen Stimme eine für ein Sabbatmitglied, von denen die meisten von Gewalt und Zerstörung lebten, ungewöhnliche Ehrerbietung angenommen hatte. "Älter als der Staat Spanien. Vielleicht so alt wie die Welt."

Ein feiner Sand aus uralten Tagen bedeckte den Boden des kleinen Raumes, der hinter der Tür lag. Die Wände waren mit weiteren Runen bedeckt, genau wie der Steinsarkophag, der den meisten Platz des Raumes einnahm. Owains Knie gaben nach, als ihn wieder das verschobene Zeitgefühl, das er schon auf der Straße gehabt hatte, überfiel. Die Visionen griffen nach ihm, aber er konnte sich ihnen nicht unterwerfen. Nicht hier, nicht jetzt. Nicht in der Anwesenheit von Carlos. Owain sah wie die gemeißelten Symbole im Licht der Macht schimmerten, genau wie damals, als sie von einem Tremere namens Tanzani, der El Greco gedient hatte, aktiviert worden waren. Der Deckel des reich verzierten Sarkophags stand neben ihm auf dem Boden. Der Sarkophag war geöffnet, aber Owain konnte sich nicht dazu überwinden, einen Blick hinein zu werfen. Er hatte plötzlich Angst, daß er sich in der fernen Zeit befand, daß er in den verzierten Sarg blicken und sich selbst sehen würde, denn spät eines Nachts war er hineingekrochen und für über zweihundert Jahre nicht mehr aufgestanden.

"Findet Ihr nicht auch?" fragte ihn Carlos etwas. Owain hatte nicht alle Worte verstanden, aber Carlos und er waren im Hier und Jetzt der

Gegenwart. Er klammerte sich an Carlos' Anwesenheit und zwang sich zu einem Nicken. Vorsichtig schaute er über den Rand des Sarkophags und sah, daß er leer war. Die Visionen zogen sich zurück. Die Symbole waren von mattem Grau, leblos, ohne Macht.

Owain sah zu Carlos hinüber. Die Miene des Sabbatbischofs verriet nur wenig. Er schien leicht amüsiert zu sein, so wie er es fast vom ersten Moment an, an dem Owain ihn gesehen hatte, gewesen war. Warum hatte Carlos Owain hierher gebracht? Hatte der Bischof von Owains Verbindung zu dem früheren Herrn dieser Hallen erfahren? Wußte Carlos, daß Owain in genau diesem Raum Jahrhunderte der Starre verbracht hatte?

Carlos lächelte. "Ich mag diesen Ort." Er ging langsam um den Sarkophag herum, liebkoste den alten Stein und ließ seine Fingerspitzen über die Einkerbungen der Runen gleiten. "Ich mag ihn, weil er so still wie der Tod ist." Er hielt inne und hob seinen Kopf, als wenn er der Leere lauschen wollte. "Viele meiner Gefolgsleute wissen nichts von der Stille, Owain. Diese Grabesstille..." wieder hielt er inne. "Es ist der Klang des Sieges, nachdem deine Gegner überwältigt worden sind, wenn sie gepfählt zu deinen Füßen liegen, ihr Blut auf deinen Lippen, bevor die Sonne ihr Fleisch verbrennt. Könnt Ihr es hören?" Wieder hob er den Kopf. "Haut, Muskeln, Fett – es brutzelt, als wenn sie auf einem Grill liegen würden."

Wieder verfiel Carlos in Schweigen, und Owain fühlte das Gewicht der Stille schwerer als all die Tonnen Erde, die sie von dem Sturm über ihnen trennten. Einst hatte Owain sich hier den Tod gewünscht, aber er war ein zu großer Feigling gewesen, um irgend etwas anderes zu tun, als sich vor der Welt zu verstecken. Vielleicht würde sein Verlangen nun eine verspätete Erfüllung erfahren. Vielleicht war es Carlos Plan, daß Owain diese Gruft nie wieder verlassen sollte. In Zeiten des Schwertes, des Kampfes von Stahl gegen Stahl, hätte Owain sich wenig Sorgen um sein Entkommen gemacht. Es war für einen überlegenen Schwertkämpfer, insbesondere für einen Kainiten, leicht möglich, sich gegen eine riesige Übermacht zu verteidigen. Aber Feuerwaffen hatten die Waage in Richtung der ungelernten Massen ausschlagen lassen. Ein Schuß aus der Ferne oder eine Salve eines Maschinengewehrs konnten den Schädel des geübtesten Schwertkämpfers zertrümmern.

"Ihr habt von Dingen gesprochen", brach Carlos das Schweigen, wobei er beide Arme auf den Sarkophag stützte, "von denen niemand wissen sollte. Ihr habt von Geheimnissen gesprochen und gedroht, sie ins Licht des Tages zu ziehen. Ihr sprecht auch von für beide Seiten vorteilhaften Abkommen. Ich biete Euch ein Abkommen."

Owain hörte genau zu. Ganz offensichtlich wußte Carlos nicht, was dieser Raum für Owain bedeutete. Statt dessen waren sie hier aus rein symbolischen Gründen zusammengekommen. Owain stellte fest, daß ihm das Raubtier, das sich dort vor ihm auf seine ehemalige Ruhestätte lehnte, auf eine seltsame Weise sympathisch war. Wie eine sich sonnende Schlange schien Carlos entwaffnend, und doch war Owain sich sicher, daß er innerhalb eines einzigen Augenblickes zum Sprung bereit und absolut tödlich sein konnte.

"Wie Ihr schon sagtet", fuhr Carlos fort, "ist ‚Erpressung' ein so häßliches Wort. Ich würde dies gern als eine Gelegenheit für uns ansehen, Gefallen auszutauschen, und möglicherweise ein Fundament für eine für beide Seiten vorteilhafte Beziehung zu schaffen. Habt Ihr Einwände gegen diese Sichtweise auf unsere... unsere Situation?"

Owain schüttelte den Kopf. Er versuchte Carlos' Worte abzuwägen und zu erkennen, was hinter ihnen steckte. Konnte dies ein ernsthaftes Angebot sein, oder war es nur eine List, um herauszufinden, was Owain wußte, und ihn dann zu vernichten?

"Gut." Carlos schlug die Hände zusammen. "Dies ist mein Angebot: Erstens werde ich Euch nicht töten, zweitens biete ich Euch, wie Ihr es gewünscht habt, meinen Schutz an, wenn der Sabbat die Herrschaft übernehmen sollte. In Gegenzug erwarte ich zwei Gefallen von Euch: Als erstes werdet Ihr mir das Fläschchen Blut, das ihr zu haben behauptet, übergeben. Außerdem gibt es noch diese Reihe von Personen, denen Ihr Euer Wissen mitgeteilt habt. Es ist einfacher für mich, Euer und ihr Schweigen zu kaufen, als Euch zu foltern, herauszufinden, wer sie sind, und euch dann alle zu töten. Ihr seht sicher, daß das die Wahrheit ist. Eure Sicherheit kauft ihr Schweigen, denn mit Eurem Tod würden sie das Geheimnis ganz sicher verbreiten. Zweitens werdet Ihr Euch bereiterklären, mir gewisse Informationen zu beschaffen, wenn ich Euch darum bitten werde."

Das Abkommen hörte sich überraschend gerecht an, obwohl Owain zwei Punkte ins Auge sprangen. Was auch immer er jetzt sagen mochte, Carlos würde ohne Zweifel versuchen, die Identität derer, denen

Owain angeblich das Geheimnis des Ursprungs des Fluches anvertraut hatte, zu finden. Es würde ein langsamer, mühevoller Prozeß sein, aber Carlos würde sicher alles versuchen, um es herauszufinden, natürlich mit dem Gedanken im Hinterkopf, sie dann alle, inklusive Owain, seinen jetzigen Verbündeten, zu töten. Was aber noch viel wichtiger war, war, daß Owain, auch wenn er auf den Handel eingehen wollte, das Blut, das Carlos von ihm wollte, nicht hatte. Owains Gedanken überschlugen sich. Er mußte Zugang zu den magischen Laboratorien haben, und er mußte alles über Projekt Angharad herausfinden, aber er konnte das Blut nicht übergeben.

"Das hört sich sehr großzügig an", sagte Owain, "und ich werde Euren Bedingungen zustimmen. Aber ich werde das Blut behalten."

Carlos lachte auf. "Ah, Ihr fühlt euch nicht sicher." Der freundschaftliche Ton, in dem er gesprochen hatte, verschwand ganz plötzlich. "Ihr kommt hier her", seine Geste umfaßte den Raum, "in mein Versteck, weil ihr glaubt, daß Euch der Besitz des Blutes schützt." Carlos trat um den Sarkophag herum zu Owain, der sich nicht weit von der einzigen Tür des Raumes weg bewegt hatte. "Ihr solltet die Macht dieses Schutzschildes nicht überschätzen. Sicher, es wäre... unbequem für mich, direkt mit dem Fluch in Verbindung gebracht zu werden, und selbst ein geringer Beweis meiner Schuld könnte problematisch sein. Ich würde so eine Situation lieber vermeiden. Es wäre lästig... aber nicht aussichtslos. Das Blut macht Euch nicht unantastbar. Ich hätte Euch letzte Nacht töten können... genauso leicht könnte ich Euch jetzt töten. Ich beuge mich jedoch den Umständen, die Ihr geschaffen habt, wenn auch nur bis zu einem gewissen Grad. Daß ich Euch erlaubt habe, gestern nacht zu gehen, sollte Euch Beweis genug sein, daß ich bereit bin, mehr als zugänglich zu sein. Die Anonymität Eurer Vertrauten wird Euch genauso gut schützen, wie jedes Fläschchen Blut es nur könnte. Für mich allerdings", und hier kehrte seine freundschaftliche Art wieder, "ist es ein loses Ende, das ich nicht einfach vergessen werde. Dies ist kein Punkt, über den weiter verhandelt werden kann."

Owain nickte langsam. Seine Übersetzung dieser Rede war ganz einfach: *Gebt mir das Blut oder sterbt.* Das brachte ihn in eine recht heikle Situation. Owain lächelte Carlos freundlich an. "Ihr seid sehr überzeugend." Carlos schien sehr zufrieden mit sich selbst. "Ich stimme Eurem Angebot zu", sagte Owain, "unter einer weiteren Bedingung."

Skepsis zeigte sich in Carlos' Lächeln. "Und die wäre?"

"Ich werde Euch das Fläschchen geben, aber vorher will ich das Laboratorium sehen, aus dem es kam. Ich will mit den Hexenmeistern sprechen, die diesen Fluch über uns gebracht haben." Owain wußte, daß es nur ein schwacher Bluff war, aber, wenn er überhaupt noch etwas weiteres herausfinden wollte, mußte er unbedingt das Laboratorium finden. Daß er das Fläschchen nicht hatte, war nur ein unwesentliches Detail, um das er sich später kümmern würde.

"Und was sollte das bringen?" Carlos wischte die Idee sofort beiseite.

"Ich setze auf die Möglichkeit, daß Eure Anhänger die Geheimnisse des Fluchs lüften werden", erklärte Owain. "Es steht mir zu, daß ich direkt mit ihnen in Kontakt kommen und mit ihnen sprechen kann."

"Es *steht* Euch *zu*?" wiederholte Carlos ungläubig. Er nahm einen tiefen Atemzug. Seine Hände ballten sich zu Fäusten. "Ihr solltet Eure Worte mit Bedacht wählen. Euch *steht* gar nichts *zu*! Und Ihr könntet sehr schnell ohne irgendein Abkommen dastehen."

Ohne Warnung war Carlos Geduld zu einem Ende gekommen. Owain fühlte, wie ihm die Verhandlungen entglitten, aber ohne dieses eine Zugeständnis, wären die ganzen Gefahren, die er überlebt hatte, umsonst gewesen. Schnell versuchte er einen anderen Weg einzuschlagen. Er zuckte entwaffnend mit den Schultern. "Was kann es schon schaden? Es würde mich beruhigen... und Ihr hättet das Blut."

"Ihr glaubt, daß Ihr genug Wissen habt, um sie und ihre Arbeit einschätzen zu können?" fragte Carlos spöttisch.

"Ihr wärt überrascht über die Dinge, die ich weiß", antwortete Owain.

Carlos trat einen Schritt zurück. Das Lächeln kehrte auf seine Züge zurück. "Ich bin es schon jetzt." Er griff hinüber und wischte den Staub von Owains Schulter. "Ich schätze Eure Kühnheit, Owain Evans. Sie zeugt von Offenheit – entweder das, oder Ihr seid der größte Narr, der mir je begegnet ist." Carlos' Finger schlossen sich um Owains Revers, und er lehnte sich so weit herüber, daß ihre Gesichter nur wenige Zentimeter voneinander entfernt waren. "Ich werde Euren letzten Wunsch erfüllen."

Letzter Wunsch. Diese Bezeichnung gefiel Owain ganz und gar nicht.

"Aber macht nicht den Fehler meine Güte als Schwäche auszulegen," fügte Carlos hinzu. "Es wird keine weiteren Gefallen mehr geben. Sollltet Ihr Eure Seite des Abkommens nicht erfüllen oder solltet Ihr eine neue Bedingung stellen – irgend etwas in der Art, und Ihr werdet sterben. Blut oder kein Blut. Ich werde mit den Konsequenzen fertig werden." Er trat einen Schritt zurück und strich Owains Revers glatt. "Damit ist unser Abkommen beschlossen."

Owain nickte, aber jede Bemerkung, die er hätte machen können, ging in dem Geräusch vieler Füße in dem Gang hinter der Tür unter. Carlos blickte mit einer fragend gehobenen Augenbraue in diese Richtung. "Wir haben Gäste."

Santiago trat halb in den Raum. "Ich bitte vielmals um Entschuldigung", sagte er zu Carlos, "aber es gibt wichtige Neuigkeiten."

"Ich verstehe." Carlos wandte sich Owain zu. "Ihr entschuldigt mich für einen Moment?" Er folgte Carlos, ohne eine Antwort abzuwarten.

Nach einem Moment hörte Owain eine geflüsterte Unterhaltung aus dem Gang. Außer seinem angeborenen Mißtrauen, das ihm zu seinem hohen Alter verholfen hatte, hatte er keine Hinweise, daß sie sich um ihn drehte. Owains Blick glitt zur Tür hinüber. Er stellte erleichtert fest, daß sie trotz der vielen vergangenen Jahre nicht verändert worden war. Er konnte in diesem Raum nicht eingeschlossen werden. Der massive hölzerne Balken und die eisernen Riegel waren dazu gedacht, andere *draußen* zu halten, wie er sich noch gut erinnern konnte. Wenn die Runen aktiviert waren, war der Raum uneinnehmbar, aber das nützte Owain wenig, da er nicht das Wissen hatte, um ihnen ihre Macht zu verleihen.

Da es ihm nicht schwer viel, Santiago eine böse Absicht zu unterstellen, trat Owain näher an die Tür. Sie stand noch immer halb offen, und er konnte Carlos, Santiago und einen dritten Kainiten einige Meter von der Tür entfernt sehen. Sie sprachen leise, und auch die Akustik der Steintunnel trug dazu bei, daß ihr Gespräch für ihn nicht zu verstehen war. Santiagos Blick verfinsterte sich während der Erklärungen des Fremden, während Carlos interessiert zuhörte.

Es war der dritte Kainit, der Owains Interesse weckte. Sein Gesicht schien ihm bekannt vorzukommen. Owain hatte ihn schon vorher einmal gesehen... keiner der Sabbatanhänger, durch die er Carlos hatte erreichen wollen...

Und dann wußte Owain es wieder.

Genau in dem Moment, in dem er sich daran erinnerte, wo er den dritten Kainiten schon einmal gesehen hatte, blickte Javier auf. Seine Augen trafen Owains, und er lächelte. Javier zeigte durch die halboffene Tür auf Owain und sagte laut genug, daß Owain es hören konnte: "Ja, das ist er."

Die Tür wurde direkt vor Owains Gesicht aufgerissen. Die Frau, die schon früher bei Santiago gewesen war, schob ihm den Lauf eines großen Revolvers ins Gesicht. Über ihre Schulter konnte Owain die anderen den Gang herunter laufen sehen.

Mit übernatürlicher Geschwindigkeit griff er das Handgelenk der Frau und drehte die Pistole weg von seinem Gesicht. Da die einzige andere Wahl, die sie hatte, darin bestand, sich den Arm brechen zu lassen, drehte sie sich, wobei sie Owain, der nun ihr Handgelenk hielt und den Revolver auf das angreifende Sabbattrio richtete, den Rücken zuwandte.

Die Frau kämpfte, aber ihr Blut war nicht stark, nicht so alt und schwer wie Owains. Er preßte seinen Finger über ihren auf den Abzug, wobei er sie immer noch wie einen Schild gegen die Waffe, die Santiago gezogen hatte, vor sich hielt. Owain feuerte zwei betäubende, laut hallende Schüsse den Gang herunter. Carlos, Santiago und Javier sprangen in Deckung.

Die Spanierin versuchte, sich von Owain loszureißen, aber sein linker Arm lag fest um ihren Hals. Er zog sie in den Raum zurück und gab der Tür einen Schubs. Aber schon war Santiago wieder auf den Beinen und sprang nach vorne. Er knallte in die Tür, bevor sie ganz geschlossen war und bevor Owain den hölzernen Balken an seinen Platz schieben konnte.

Alles, was Owain tun konnte, war die Frau festzuhalten und sich mit dem Rücken gegen die Tür, gegen die Santiago wütend anrannte, zu stemmen. In einem Moment würden Carlos und Javier ihm mit ihrer Kraft zu Hilfe kommen, und die Tür würde aufschwingen. Die Steintür wog zwar mehrere Tonnen, aber sie war auf ihrem Drehpunkt gut ausbalanciert. Wenn sie einmal begonnen hatte, sich zu bewegen, würde er sie nicht mehr aufhalten können. Seine Zeit lief ab.

ZWÖLF

Alles, was Owain tun konnte, war sich weiter gegen die Steintür zu stemmen und den Griff um seine Gefangene nicht zu lockern. Die Sabbatvampirin wollte ihren Revolver nicht loslassen. Mit ihrer linken Hand griff sie über ihre Schulter. Ihre Klauen suchten nach Owains Augen und gruben sich tief in sein Gesicht. Er versuchte, seinen Kopf von ihr wegzudrehen. Sie wandte ihren Kopf zur Seite und fauchte ihn an.

Owain hörte und fühlte den Aufprall eines Körpers gegen die Tür hinter ihm. Entweder Carlos oder Javier hatten sich Santiago angeschlossen, und ganz sicher folgte der eine dem anderen auf dem Fuße.

Wieder verdrehte Owain das Handgelenk der Frau. Sie knurrte vor Schmerz und Wut, konnte aber wenig tun, außer Owain weiterhin so sehr wie möglich zu behindern. Die gewaltige Masse der Tür hinter ihm war jetzt in Bewegung gekommen. Jede Sekunde, die er durch ihre Einmischung verlor, konnte eine Sekunde zu viel sein.

Langsam, sehr langsam, zwang er ihre Hand herum. Nun zielte der Revolver auf ihre Schulter. Owain drückte ihn noch weiter. Sie schrie voller Wut, als das letzte bißchen ihrer Kraft sie verließ. Ihr Gesicht verzog sich unter der Anspannung, als Owain den Lauf der Pistole in ihren Mund zwang. Er drückte ihren Kopf zur Seite und preßte ihren eigenen Finger auf den Abzug.

Owain versuchte, den Knall, der beinahe seine Trommelfelle zerfetzte, zu ignorieren. Er versuchte auch, die Knochensplitter, das blutige Haar und das Gehirn, das über sein Gesicht spritzte, zu ignorieren. Er mußte all seine Energie auf das Schließen der Tür konzentrieren, die immer weiter gegen ihn aufschwang. Die Leiche der Frau sackte vor ihm auf den Boden.

Ohne weitere Ablenkung stemmte sich Owain gegen die Tür. Jeder Muskel war gespannt und von der Kraft seiner uralten vampirischen Vitæ erfüllt. Die Tür kam langsam zum Stillstand und bewegte sich dann im Zeitlupentempo wieder in die andere Richtung. Sie war nie weit genug geöffnet gewesen, daß Santiago oder einer der anderen, einen Arm hätte hereinstecken können, um sie zu blockieren, und in Anbetracht der Masse der Tür wäre das vermutlich auch nur ein sicherer Weg zur Amputation gewesen.

Owain griff mit seiner rechten Hand nach oben und versuchte den Holzbalken über die Tür zu ziehen, aber noch immer war die Türkante einige Zentimeter im Weg. Owain drückte schon jetzt mit all seiner Kraft gegen die Tür. Er konnte unmöglich noch mehr geben.

Dann fühlte er, wie ihm die Füße weg rutschten. Er verlor den Halt auf dem Blut, das unter ihm eine Lache gebildet hatte. Als er fiel, benutzte er im letzten Moment sein Körpergewicht, um den Balken endlich vor die Tür zu ziehen. Mit dumpfem Krachen fiel der Balken in seine Halterung, und Owain landete im Blut auf dem Boden.

Er konnte die Stimmen und das Hämmern auf der anderen Seite der Tür nur noch schwach hören. Der Stein war so massiv, daß ein Durchbruch oder ein Aufzwingen des Balkens eine sehr schwierige Aufgabe sein würde. Aber es war nicht unmöglich. Und Owain wußte nicht, welche Ressourcen Carlos und seinen Sabbatbrüdern zur Verfügung standen. Die schwarze Kunst der Tremere konnte dort ausreichen, wo die Kraft von zwanzig anderen Kainiten fehlschlagen mußte. Owain wußte nicht, wieviel Zeit ihm noch blieb.

Schnell untersuchte er den Raum, in dem er in vergangenen Tagen so viel Zeit verbracht hatte. Hätte nicht die Leiche am Boden gelegen, wäre es ihm leichtgefallen sich vorzustellen, daß er gerade aus der Starre erwacht wäre. Und dann waren da noch jene, die an die andere Seite der Tür hämmerten und ihn an seine mißliche Lage erinnerten. Javier war unter ihnen, einer der wenigen Anhänger El Grecos und Miguels, und ganz offensichtlich einer von Carlos' Spionen. Aber darüber konnte Owain sich jetzt keine Gedanken machen. Er schob all das tief in die hintersten Winkel seines Gehirns zurück.

Schnell glitt sein Blick durch den kleinen Raum, der einst seine Gruft gewesen war. Außer dem Sarkophag, der verriegelten Tür und den in die Wand gemeißelten Runen gab es hier nichts. Der Raum war auf jeder Seite nur wenig breiter als der Sarkophag selbst. Owain trat um den verzierten Sarg herum und suchte an der Wand nach einer bestimmten Rune, an die er sich noch erinnern konnte. Nach nur wenigen Momenten hatte er sie gefunden, und als er seine Finger in die tiefsten Rillen drückte und den Kreis im Zentrum der Rune drehte, füllte das schleifende Geräusch von Stein auf Stein den Raum. Ein Teil der Wand glitt nach hinten und enthüllte einen Gang, der von der Gruft weg nach oben führte.

In dem plötzlich enthüllten Gang gab es keine Fackeln. Owain hoffte, daß das bedeutete, daß Carlos und seine Anhänger diese Passage nie entdeckt hatten. Es war sehr gut möglich, daß sie die Katakomben eines nachts mit Gewalt von El Greco übernommen hatten, und dann hatte sicher niemand eine Führung für sie veranstaltet.

Bevor er seinen Aufstieg begann, überprüfte Owain noch einmal ob er Geräusche der Wut oder andere Vorgänge jenseits der Tür hören konnte, aber jetzt schien alles still zu sein. Wahrscheinlich waren seine Ohren noch immer durch den Knall des Revolvers halb taub, und die Tür war dick genug, um die leiseren Geräusche abzuschirmen.

Der Revolver.

Er nahm ihn vom Boden, wo er neben dem Körper der spanischen Kainitin lag. Er war kein Experte, was moderne Feuerwaffen betraf, aber die Waffe konnte sich durchaus als nützlich erweisen. Er warf einen letzten Blick durch den Raum. Es war ein seltsames Gefühl, wieder hier zu sein, und diesmal auf der Flucht, wo dies doch früher seine sichere Zuflucht gewesen war.

Die Tür schloß sich hinter ihm und das Licht aus dem Raum war verschwunden. Owain fand sich in tieferer Dunkelheit wieder, als selbst er sie zu seinem Schutz hätte heraufbeschwören können. Sogar ihm mit seinen übernatürlich scharfen Augen fiel es schwer, in dieser Dunkelheit etwas auszumachen. Nur das Gefühl der rauhen Steinwand unter seinen Fingerspitzen verriet ihm, daß es um ihn herum noch eine Umwelt gab. Ansonsten hätte er genauso gut im Nichts der Starre treiben können, wie schon einmal zuvor.

Während er sich seinen Weg durch den unbeleuchteten Gang suchte, lauschte er aufmerksam auf irgendwelche Verfolger. Nicht nur, daß er keine hören konnte, sondern als er kurz innehielt, und das Geräusch seiner eigenen hallenden Schritte verstummte, war die allumfassende Stille fast unheimlich. *Wenn ich bereit wäre, aufzugeben,* dachte er, *könnte ich mich hier niederlegen und würde nie mehr gestört werden.* Er dachte für einen Moment ernsthaft über diese Möglichkeit nach. Schließlich hatte er versagt. Carlos war bereit gewesen, ihm die Laboratorien zu zeigen. Was Owain danach hätte tun wollen, wußte er auch nicht, genauso wenig wie er wußte, wie er das Fläschchen mit verseuchtem Blut hätte fälschen sollen, von dem er behauptete es in seinem Besitz zu haben. Aber er war sich sicher, daß ihm etwas eingefallen wäre. Aber dieser Weg war nun versperrt. Wie sollte er nun mehr darüber herausfinden, wie Angharads Name mit dem Fluch in Verbindung stand?

Es schien, daß Carlos auf den Handel eingegangen und Owain sogar unter seinen Schutz gestellt hätte. Aber dem hatte Javier ein Ende gemacht. Der eine Kainit in Toledo, der außer Owain für El Greco arbeitete, war in Wirklichkeit einer von Carlos' Spionen. *Wie passend.* Es war eine gewisse Vollkommenheit in der Art und Weise, in der Carlos El Greco als Herren von Toledo ersetzt hatte. El Grecos kranker Geist war der einzige Ort, an dem der Wechsel noch nicht stattgefunden hatte.

Javier soll verdammt sein. Aber hatte nicht auch Owain selbst unter falschen Voraussetzungen mit Carlos Geschäfte machen wollen? Owain verfluchte nicht die Tatsache, daß Javier gelogen hatte, sondern daß er offensichtlich ziemlich gut gelogen hatte. Vielleicht wäre Owain vorsichtiger gewesen, wenn El Greco und Miguel offener über die Situation in der Stadt mit ihm gesprochen hätten. Aber auch sie spielten nur ihre Rolle. El Greco war offensichtlich unfähig, die Situation realistisch einzuschätzen. Miguel teilte entweder die Illusionen seines Herrn oder er folgte Anweisungen, denen er sich nicht zu widersetzen wagte. Es war nur noch von geringer Bedeutung, was hier der Fall war.

Geh weiter, sagte sich Owain. Wieder hallten seine Schritte durch die Dunkelheit und bestätigten seine Anwesenheit in diesem großen Nichts. Owain mußte annehmen, daß Carlos und seine Anhänger tatsächlich nichts von diesem speziellen Gang wußten. Ganz sicher waren sie jetzt schon in die Gruft vorgedrungen. Es machte mehr Sinn, daß Carlos diesen Raum für ein Treffen gewählt hatte, wenn er nichts von dem geheimen Fluchtweg gewußt hätte. Als Owain aus seiner zweihundertfünfzigjährigen Ruhe erwacht war, hatte er keinen Grund zur Flucht gehabt, aber seine Sicherheitsmaßnahmen und vor allem der geheime Tunnel hatten sich nun als sehr nützlich erwiesen.

Der geheime Gang war weniger sorgfältig in den Stein gehauen als die anderen unter dem Alcazar verlaufenden Tunnel. Der Boden war nicht glatt und an einigen Stellen nicht einmal vorhersehbar. Die Wände und die Decke hoben und senkten sich, als wenn die schon lange toten Minenarbeiter versucht hatten, eine bestimmte Richtung einzuhalten, ohne sich direkt durch jede massive Steinwand, die sich vor ihnen erhob, zu bohren. Als er plötzlich auf seitliche Nebengänge stieß, begann Owain an seiner Erinnerung an den Weg zu zweifeln. Er konnte sich nicht an seitliche Tunnel erinnern. Zuerst ging er an ihnen vorbei, aber als er etwa ein halbes Dutzend hinter sich gelassen hatte, begann er sich zu fragen, ob es wohl möglich sei, daß der Weg, an den er sich erinnerte, einem der jetzigen Seitengänge gefolgt war, und daß das, was sich so gerade vor ihm ausstreckte, in Wirklichkeit der neuere Teil war.

Während er noch darüber nachdachte, hörte er plötzlich Stimmen. Wären es wütende Rufe oder das Bellen von Bluthunden gewesen, wäre er einfach in die entgegengesetzte Richtung geflohen, aber was er hörte war... schwer einzuordnen, so fehl am Platz war der Klang. Aber nach einigen weiteren Augenblicken war er sich ganz sicher. Er hörte Gelächter, in das sich der Klang leiser Musik mischte.

Owain stolperte auf der Flucht vor den Geräuschen, die hier nicht hingehörten, durch die Dunkelheit, aber die Stimmen blieben bei ihm. Es war das freundliche Geplauder und fröhliche Lachen einer Gesellschaft und die sanft gezupften Töne eines Saiteninstruments, vielleicht einer Mandoline, ein Instrument, das El Greco, als er noch diese Hallen bewohnte, sehr geliebt hatte.

Eine unerklärliche Angst ergriff Besitz von Owain. Er fürchtete die Musik mehr, als er die Pistolenschüsse des verfolgenden Sabbat gefürchtet hätte. Das Gelächter und die Musik konnten nicht hier sein. Sie kamen aus einer anderen Zeit. Wie die Geister der Juden, die ihre Heimat flohen, waren auch diese Geräusche real für Owain, aber sie konnten nicht hier sein. Die Welt seiner Erinnerung vermischte sich mit der Welt vor seinen Sinnen, und in diesem nachtdunklen, totenstillen Tunnel gewann die Welt der Erinnerung die Überhand.

Owain eilte durch die Dunkelheit und versuchte, einen Weg zu finden, der ihn von den Geräuschen wegbrachte, die nicht sein konnten, aber sie blieben bei ihm. Er stolperte über die unebenen Böden und rannte gegen Wände, wenn der Gang plötzlich seine Richtung änderte. Das Lachen wurde lauter. Er begann blind voran zu stürmen, sein Körper rannte gegen Stein undprallte immer wieder gegen unsichtbare Mauern. Die Vergangenheit streckte ihre Finger nach ihm aus, um ihn einzufangen und zurück in die Starre zu zerren, und zum ersten Mal seit vielen Jahren, versetzte dieser Gedanke Owain in Panik. Er konnte vage Verbindungen zwischen seiner Vergangenheit und der Gegenwart erahnen. Verbindungen, die er noch entdecken mußte. Verbindungen, die sich direkt außerhalb seines Sichtfeldes verbargen. Er konnte den Gedanken, in diesen dunklen Gängen eingeschlossen zu sein, nicht ertragen, nicht nachdem er endlich seinem selbsterrichteten Gefängnis der Langeweile entkommen war. Das Lachen wurde wieder lauter. Es machte sich über seine Angst lustig.

Der uneben behauene Boden nutzte Owains Ablenkung aus, und ein unsichtbares Hindernis ergriff seinen Fuß. Owain stolperte und fiel. Er stürzte zu Boden und lag still. Auch um ihn herum herrschte nur dunkles Schweigen. Erst nach einigen Momenten der Stille bemerkte er, daß die Stimmen verschwunden waren. Das Gelächter war verstummt.

Owain kam wieder auf die Füße. Vor ihm stand eine Gestalt aus reinem Schatten, die vor sich ein Schachbrett hielt, auf dem die Figuren genau wie in der letzten Phase eines Spiels angeordnet waren. Owain fragte sich einen Moment lang, wieso er jetzt sehen konnte. Aber der Schatten bewegte seinen Arm und griff nach einer Figur auf dem Brett. Owain konnte der dunklen Hand und dem wallenden Ärmel nur schwer folgen, aber er sah, daß der Schatten nach einem Springer griff und ihn ein Feld zur Seite bewegte und dann ein Feld und noch eins nach vorne. Als die Figur zum dritten Mal das Brett berührte, war die schattenhafte Gestalt verschwunden, und an ihre Stelle war ein echter Ritter getreten, ein gerüsteter Mann in mittelalterlicher Kleidung mit einem Schwert an seiner Seite. Obwohl er nur wenige Meter von Owain entfernt stand, blieb sein Gesicht in Schatten gehüllt.

Owain hatte kein Geräusch gehört, als sich der Ritter genähert hatte. Genauso wenig, wie er bemerkt hatte, daß sich die dunkle Gestalt genähert oder entfernt hatte. Der Ritter war genau wie jene ausgerüstet, die Owain aus seinen frühen Jahren des Unlebens kannte.

Plötzlich bemerkte Owain ein Buch, von dem er sicher war, daß es vor einem Moment noch nicht in den Händen des Ritters gelegen hatte. Als der Ritter den Band öffnete und in den steifen Pergamentseiten blätterte, erkannte Owain, daß es sich um sein eigenes Kollektaneenbuch handelte. Jenes eine Buch, das ihm so am Herzen lag. Doch diesmal war der Einband nicht das glatte, ungeschmückte Leder, in das Owain es vor Jahren hatte binden lassen. Dieses Buch war in den ursprünglich bestickten Einband geschlagen, geschmückt mit dem Wappen des Hauses Rhufoniog, einem walisischen Moorhuhn, wie an dem Tag, an dem Angharad es ihm gegeben hatte.

Die Erkenntnis traf Owain wie ein Schlag, aber nun sprach der Ritter mit einer rauhen, grollenden Stimme, die von unsichtbaren Lippen zu ihm drang: "*Hüte die Nächte, die dir gewährt wurden. Ich sage dir, es wird dir nichts nützen.*"

Owain taumelte unter den Worten des Ritters. Dies waren die Worte aus seinen Visionen, die Worte, die ihn verfolgten, und die er mittlerweile nur allzu gut kannte.

"Dies ist die Endzeit. Dies ist die Zeit des dünnen Blutes. Dies ist die Zeit des Schnitters."

Die Worte trafen ihn wie ein Schlag. Owain fiel auf die Knie. Er wollte dem Ritter das Buch aus den Händen reißen, die Worte, die die Stimme sprach, beenden, aber Owain war machtlos im Angesicht der Prophezeiung. Er konnte seinen Körper weder zu Bewegung noch zu Sprache zwingen.

"Der Schatten der Zeit ist nicht so lang, daß du unter ihm Schutz suchen könntest."

So plötzlich wie das Buch in seiner Hand erschienen war, war nun ein Schwert in der Hand des Ritters, und während Owain vor Entsetzen erstarrt zusah, hob der Ritter die Klinge zu einem gewaltigen Schlag. "*So soll es sein. Dein Wille geschehe.*"

Der Schlag des Ritters war gewaltig. Owain preßte sich in dem verzweifelten Versuch, ihm auszuweichen, auf den Boden, aber er wußte, daß er zu nahe war. Er lag mit Körper und Gesicht gegen den kalten Stein gepreßt, aber das Schwert traf ihn nicht. Owain wagte einen Blick vom Boden nach oben. Er hätte hier in zwei Hälften getrennt liegen müssen. Doch er sah nichts als Dunkelheit. Keine Spur eines Ritters, Schwertes oder Buches, oder eines schattenhaften Schachmeisters. Schweigen umgab ihn. Welcher schicksalhafte Moment es ihm auch immer erlaubt hatte, seine Besucher zu sehen, nun war er vorüber.

Dies ist die Endzeit.

Dies ist die Zeit des dünnen Blutes.

Dies ist die Zeit des Schnitters.

Owain kam auf die Füße. Die Worte seiner Vision klangen ihm in den Ohren. Er schüttelte den Kopf. Später würde noch Zeit genug sein, um das, was hier geschehen war, zu verstehen. Auf wackligen Beinen setzte Owain seinen Weg fort, wobei er sich nicht sicher war, ob er die richtige Richtung einschlug.

Es drangen keine weiteren Geräusche wie Stimmen oder Gelächter an Owains Ohren. Soweit er es beurteilen konnte, wurde er auch nicht verfolgt. Noch zwei weitere Male stieß er auf Gänge, die nach rechts abgingen, aber er blieb auf dem geraden Weg, und nach kurzer Zeit wurde der Boden unter ihm merklich steiler. Owain beugte sich vor, um weiter hinauf zu steigen, so daß er jetzt auf allen Vieren weiterkletterte. Bald verlief der Tunnel beinahe senkrecht. In der Dunkelheit konnte Owain die gemeißelten Handgriffe einer rauh gehauenen Leiter ertasten. Dann konnte er vor sich Licht erkennen. Obwohl es nur das schwache Licht des Nachthimmels war, schien es Owain fast so hell wie die Mittagssonne, als er aus der völligen und unnatürlichen Dunkelheit stieg.

Owain trat von der Leiter und öffnete eine vor ihm liegende Tür. Er trat aus der Mauer der Puerta del Sol, dem Tor der Sonne. Die drohenden Wolken, die den Himmel am früheren Abend bedeckt hatten, hingen nun direkt über der Stadt. Owain konnte sich nicht erinnern, daß er schon je ein so tiefhängendes Unwetter gesehen hatte. Die Blitze, die den Himmel erhellten, schienen nur wenige Meter über den niedrigen Gebäuden zu zucken. Als sich die Tür hinter ihm schloß, konnte Owain die Umrisse des Durchgangs nur noch erkennen, weil er genau wußte, wonach er Ausschau hielt. Er fragte sich, wie viele Jahre dieser Gang und die Tür der Aufmerksamkeit von Carlos und seinen Anhängern entgangen war.

Nun da Owain nicht mehr in unmittelbaren Gefahr war, wandten sich seine Gedanken auf das, was vor ihm lag. Sein Versuch, den Ursprung des Fluchs über Carlos zurückzuverfolgen und herauszufinden, was Angharads Name mit ihm zu tun hatte, war fehlgeschlagen. Und wegen Javier wußte Carlos jetzt von der Beziehung zwischen Owain und El Greco. Es schien, daß er in Toledo nichts mehr erreichen konnte. Owains Verbindungen zum Sabbat konnten wohl als praktisch zerstört angesehen werden. El Greco war kein aktiver Spieler mehr. Owain mußte auf seine Forderungen in Zukunft nicht mehr reagieren. Die einzige Gefahr war, wie Owain klar wurde, daß El Greco Beweise für seine Verbindung zum Sabbat hatte. Die wenigen Male, in denen Owain seine Sabbatverbindungen benutzt hatte, zum Beispiel als er den Angriff auf Prinz Benison und sich selbst vor dem Cyclorama organisiert hatte, so daß er seine Loyalität beweisen konnte, indem er den Prinzen beschütze, hatte er nur anonym Kontakt aufgenommen. Vielleicht aber gab es noch Briefe aus den frühen Tagen, die Owain in seinem anfänglichen Enthusiasmus an El Greco geschrieben hatte. Das war zwar nicht sehr wahrscheinlich, aber durchaus möglich.

Owain dachte noch einige Minuten länger über dieses Problem nach. Mitternacht war schon seit einigen Stunden vorbei. Falls er die Stadt noch heute verlassen und sich auf den Weg nach Madrid machen wollte, um dort möglicherweise zum Clan Giovanni Kontakt aufzunehmen, mußte er sich bald auf den Weg machen. Um die Vergangenheit jedoch völlig auszulöschen, mußte er sicherstellen, daß El Greco nichts in der Hand hatte, was er später gegen Owain verwenden konnte. Und dann war da noch Kendall Jackson. Sie hatte den verabredeten Treffpunkt hier am Tor vermutlich schon vor Stunden wieder verlassen.

Owain traf seine Entscheidung und machte sich dann, während der Sturm an seinem Haar und seiner Kleidung zerrte, auf den Weg durch die verlassenen Straßen nach Süden. Er würde Ms. Jackson so schnell wie möglich holen und Toledo dann verlassen, um noch vor Sonnenaufgang nach Madrid zu reisen. Dort zu versuchen, herauszufinden welche Beweise gegen ihn tatsächlich existierten und sie dann zu finden und zu zerstören, würde vermutlich zuviel Zeit in Anspruch nehmen. Insbesondere, da El Greco sich in dieser Sache wohl kaum kooperativ zeigen würde. Nein, Owain würde seinen alten, verwirrten Freund einfach zurücklassen, und ihn der Vergessenheit anheimfallen lassen. Es war anzunehmen, daß El Greco kaum einen koordinierten Versuch unternehmen würde, sich zu rächen. Und falls Miguel noch einmal auf seiner Türschwelle in Atlanta auftauchen sollte, würde Owain ihn töten.

Owain bewegte sich weiter nach Süden, wobei er sich in den schmalen Seitengassen hielt. Falls Carlos seine Männer auf die Suche nach seinem entkommenen Gast durch die Stadt geschickt haben sollte, hüllte er sich in Schatten. Die Blitze, die unablässig über ihm durch den Himmel rasten, erschwerten seine Versuche, unsichtbar zu bleiben. Owain wußte, daß er bei seiner Flucht unglaubliches Glück gehabt hatte. Falls sein Glück anhielt, würde er Ms. Jackson abholen können, ohne noch einmal mit Miguel oder El Greco zusammenzustoßen. Dann würden er und sein Ghul sich irgendein Fahrzeug beschaffen und die Stadt verlassen, die Owain niemals wiederzusehen hoffte.

Aber das Glück war nie ein zuverlässiger Begleiter gewesen. Statt dessen hatte er sich daran gewöhnt, sich auf sein Mißtrauen zu verlassen. Er war jetzt El Grecos Haus schon sehr nahe und wurde langsam nervös. Er trat gerade aus dem Schutz einer dunklen Gasse, als ein Blitz eine einsame Gestalt enthüllte, die nur wenige Meter von ihm entfernt stand.

Bevor der Blitz vorüber war, hatte sich Owain in die Schatten der Gasse zurückgezogen. Nun beobachtete er seine Umgebung äußerst aufmerksam. Seine Augen richteten sich auf den Ort, an dem er nur wenige Augenblicke zuvor den anderen gesehen hatte. Die Gestalt hatte sich nicht bewegt.

Owain wartete geduldig, wobei er die Straße vor sich nach Hinweisen auf Aktivitäten absuchte, aber es waren keine zu sehen. Er mußte nicht lange warten. Der nächste Blitz folgte kurz auf den letzten, und war ganz nah.

Die Gestalt bewegte sich nicht. Owain war sich dessen ganz sicher.

In dem kurzen Moment der Helligkeit konnte Owain nur wenig der statuenhaften Gestalt erkennen. Sein Kopf war ungebeugt unter dem strömenden Regen. Seine Gesichtszüge waren fahl und sahen wie gemeißelt aus, obwohl das auch eine Täuschung des Lichts hätte sein können, das tiefe Schatten auf die Ebenen des Gesichts malte. Die Gestalt schien Owain starr anzublicken.

Die Minuten vergingen, aber Owain konnte nicht die kleinste Andeutung einer Bewegung erkennen. Die Gestalt hätte eine Statue auf der Plaza sein können, aber sie stand mitten auf der dunklen Straße, und zudem zwischen Owain und El Grecos Domizil.

"Ich würde nicht dorthin gehen", sagte der Fremde plötzlich. "Die anderen sind schon angekommen."

Seine ganze Gestalt erschien unter den kleinen Rinnsalen von Regen auf seiner Haut wie eingefroren. Wasser strömte über Augen, die nie blinzelten. Den Strähnen langen, weißen Haars entsprangen dünne, tropfende Wasserstrahlen. Sein Gewand klebte an ihm und hing in die Pfützen unter ihm herab.

Owains anfängliche Überraschung wurde schnell durch Wut ersetzt. Wieder wurden seine Pläne aus einer ganz unerwarteten Richtung durchkreuzt. Jedes Mal, wenn er versuchte, die Kontrolle über eine Situation zu ergreifen, schien es, daß ganz unweigerlich sein Griff von einer solchen Einmischung wieder gelockert wurde, und die Stücke ihm wie Regen durch die Finger glitten.

"Ich weiß, was ich tue. Ich gehe, wohin es mir gefällt", sagte Owain.

Das brachte ein Lächeln auf die Lippen des Fremden. Aber seine Gedanken hielt er besser unter Verschluß. "Es gibt solche, die darüber anderer Meinung sind, *Brudermörder*."

Owains Kopf flog bei dem Wort nach oben – die wohlbekannte Anklage. Er hatte diese Herausforderung nur wenige Nächte zuvor auf seinem Flug aus Atlanta gehört. Zu dem Zeitpunkt war er an der Schwelle des Traumes gewesen, und der Ankläger hatte mit der Stimme seines Bruders gesprochen. Der Fremde in jener Nacht hatte auch dieses Wort benutzt. Brudermörder.

Owain fühlte, wie ihm die Situation entglitt. "Wer seid Ihr?" fragte er, wobei seine Worte, seine nicht ausgesprochene Frage jener Nacht im Flugzeug wiederholten. Er konnte sich daran erinnern, daß ihm gegenüber am Schachbrett dieselbe schattenhafte Gestalt gesessen hatte, die er früher heute nacht gesehen hatte, und an seinen Versuch, ihn dazu zu bringen, die Identität seines Königs zu enthüllen.

Doch bevor er seine Antwort bekommen hatte, war eine dritte Partei in ihr Spiel eingedrungen. Die so wichtigen Mittelfelder des Schachbrettes wurden plötzlich auf drei Seiten von kriegführenden Gruppen bedrängt, so daß sie eine gefährlich in das Ungewisse hineinragende Halbinsel bildeten.

"Ich wollte es nur mit eigenen Augen sehen", sagte der alabasterne Fremde. "Euch vor dem prophezeiten Ende sehen. Ihr könnt Euch nicht vorstellen, wie viele Jahre ich gewartet habe."

"Sprecht klarer", fuhr Owain ihn an. "Seid Ihr nur gekommen, um verschleierte Drohungen zu murmeln? Ihr könnt Eurem Herrn sagen, daß ich nicht beeindruckt bin."

Die einzige Antwort des Fremden war ein Lächeln. "Ihr mißversteht mich. Nicht ich bin eine Gefahr für Euch. Aber Ihr, allein Eure Existenz, ist eine Gefahr für alle unserer Art. *Dies ist die Endzeit. Dies ist die Zeit des dünnen Blutes.*"

Als er die Worte sagte, traf Owain ein verirrter Windstoß ins Gesicht. Die Worte aus seiner Vision, die Worte, die der Ritter vor nicht einmal einer Stunde gesprochen hatte, wurden hier von diesem Fremden wiederholt, den Owain noch nie zuvor gesehen hatte, weder im Traum noch im wachen Zustand. Aber die Worte waren dieselben. "Wer seid Ihr?" wiederholte er.

Der Fremde hob seine schwarzen Augen zu dem stürmischen Himmel über ihnen. "Ich bin es, der bleiben wird, wenn die Welt um Euch herum zerfällt, Brudermörder. Ich bin es, der bezeugen wird, daß das Verderben, das Ihr über unser Volk bringt, jenes ist, das vom Anfang der Zeit vorhergesagt worden ist. Wer, wenn nicht ich, wird die heiligen Worte bewahren? Wer, wenn nicht ich, folgt dem Lauf der alten Prophezeiungen? *Dies ist die Zeit des Schnitters, Brudermörder. Der Schatten der Zeit ist nicht so lang, daß du unter ihm Schutz suchen könntest.*"

"Ihr redet Unsinn", sagte Owain, aber das Zittern in seiner Stimme verriet seine Unsicherheit.

"Ihr müßt leben, um den Kampf weiterzuführen", sagte der Fremde. "Ihr müßt diese unsichere Straße bis zu ihrem Ende gehen, wie schrecklich sich dieses Ende auch immer herausstellen mag. Der Weg vor Euch wird Euch ins Herz des Netzes der Spinne führen. Er wird Euch direkt an den Fuß des heiligen Dorns führen. Er wird Euch zu der verborgenen Stätte des heiligen Gefäßes führen. Und dort müßt Ihr die Worte sprechen, die das Verderben über die Kinder Kains bringen werden. Dies ist die Aufgabe, die Euch bestimmt ist. *So soll es sein. Dein Wille geschehe.*"

"Ich werde nicht...", setzte Owain an, aber seine Worte hallten durch eine leere Straße. Der Fremde und sein aufreizendes Lächeln waren verschwunden. Vollkommen verschwunden, als hätte es sie nie gegeben. Hatte ein Blitz eingeschlagen? Hatte Owain geblinzelt?

Nur die Worte blieben zurück. Sie fluteten durch Owains Gehirn.

Dies ist die Zeit des Schnitters.

Owain stand ganz allein und ohne den strömenden Regen wahrzunehmen. Wie oft schon war er selbst einem Sterblichen auf so mysteriöse Weise erschienen und dann wieder, ohne eine Spur zu hinterlassen, verschwunden? Aber er war ein Vampir, und zudem einer, der schon einen Erfahrungsschatz von mehreren Jahrhunderten vorzuweisen hatte. Er sollte durch solche Tricks nicht zu täuschen sein. Aber dennoch war der Fremde verschwunden.

Der Regen begann jetzt noch heftiger zu fallen. In wenigen Momenten war Owains Haar naß und schwer. Wasser tropfte von seiner Nase, wurde vom stürmischen Wind erfaßt und in die Nacht getrieben. *Ich würde nicht dorthin gehen. Die anderen sind schon angekommen.* Von welchen anderen hatte er gesprochen? Owain fragte sich, ob der Fremde irgendwoher wissen konnte, wohin er gehen wollte? *Unmöglich*, dachte er. *Genauso unmöglich, wie daß er zu mir mit den Worten aus meinen Visionen spricht.* Owain wandte sich wieder nach Süden. *Verflucht soll er sein! Er und seine verdammten Worte!* Owain würde sich nicht von einem dahergelaufenen weißhaarigen Eindringling, der genauso gut nur eine Traumgestalt wie aus Fleisch und Blut sein konnte, von seinem Vorhaben abbringen lassen.

Als sich Owain, die Kathedrale im Westen, El Alcazar im Osten, El Grecos Haus näherte, war er fest entschlossen, die Worte des Fremden zu ignorieren. Dennoch entschloß er sich, auf das Dach eines der niedrigen Häuser auf der gegenüberliegenden Straßenseite zu klettern, um sich einen Überblick zu verschaffen, bevor er das Haus betrat. Auf dem Dach des Hauses war Owain der ganzen Macht des Unwetters ausgesetzt. Der Regen prasselte unerbittlich auf ihn herab. Der Wind riß an ihm und versuchte, ihn über die Dachkante zu drücken. Owain widerstand dem Sturm. Er kroch vorwärts, und dann hörte er über dem Geräusch des rasenden Unwetters Pistolenschüsse.

Auf der anderen Straßenseite standen drei offensichtlich in Eile geparkte schwarze Autos vor El Grecos Haus. Wieder hörte er Schüsse, dann Schreie. Er sah, wie Santiago mit der Pistole in der Hand aus der Vordertür trat. Der Sabbatpriester warf einen Blick auf die Straße, sah aber niemanden, der auf die Todesschreie und den Aufruhr im Haus reagierte. Die Nachbarn in der Nähe konnten es entweder über den Geräuschen des Unwetters nicht hören, oder klammerten sich an ihr Unwissen wie verängstigte Kinder.

Santiagos Blick stockte kurz, als er über Owain hinweg glitt. Owain drückte seinen Körper tiefer auf das Dach. Aber scheinbar hatte Santiago ihn nicht gesehen, denn einen Moment später kehrte er ins Haus zurück. Weitere Pistolenschüsse folgten. Owain konnte sich vorstellen, wie El Greco und Miguel von der reinen Übermacht des Sabbats, den Carlos mitgebracht hatte, überwältigt wurden. Sie würden gefoltert und vernichtet werden. Die Aufdeckung von Owains Doppelspiel hatte jeden Waffenstillstand, der existiert hatte, zerstört. Wenn El Greco sich in Carlos‘ Angelegenheiten mischte, war er nicht mehr geschützt, ob dieser Schutz nun ein Zeichen von Carlos gutem Willen oder ein Befehl von Erzbischof Monçada gewesen war. Die Ghule würde ein ähnliches oder schlimmeres Schicksal ereilen. Und Kendall... Owain hatte sie dem hier ausgesetzt.

Während er das Haus weiter beobachtete, drang flackerndes Licht aus den Fenstern. Dann leckten Flammenzungen durch die zerschossenen Scheiben. Owain wurde wieder von einem ungewohnten Gefühl übermannt. Er fühlte Mitleid für den alten Freund, der so sein Ende fand. Aber das war das Schicksal eines Kainiten – bekämpft und vernichtet zu werden von seinen eigenen Leuten. Owain hoffte, daß El Greco ein schnelles Ende finden würde, weniger aus einem Gefühl der Barmherzigkeit heraus, sondern um Carlos davon abzuhalten, noch mehr über Owains Vergangenheit herauszufinden. Trotz seines Mitleids war Owain noch immer verärgert über den Toreador. Er hatte Owain gezwungen, mit Carlos in Verbindung zu treten, und obwohl El Greco jetzt vernichtet war, würde es Carlos doch nicht schwer fallen, Owain ausfindig zu machen, nicht nachdem der verfluchte Gangrel Owains Identität enthüllt hatte.

Owain beschloß, daß El Greco verdiente, was auch immer er bekommen hatte. Es gab kein gütiges und vergebendes Schicksal. Die Mächte des Himmels hatten die Rasse der Kainiten verlassen. Blut und Tod waren ihre einzigen Geburtsrechte und beiden würden sie früher oder später nicht entrinnen können.

Selbst über den Sturm hinweg hörte Owain, daß sich ihm jemand von hinten näherte. Eine Sekunde später hatte er den Revolver aus seinem Hosenbund gezogen und zielte direkt auf das Gesicht Kendall Jacksons. Sie lag vor ihm auf dem Bauch und erstarrte beim Anblick der Mündung, bis Owain sie erkannte, tropfnaß und zerzaust wie sie war, und die Waffe senkte.

Sie nickte in Richtung des Hauses auf der anderen Straßenseite. "Ihr habt es gesehen?"

Owain nickte.

Jackson kroch neben Owain. Sie mußte schreien, um sich trotz des Winds und des peitschenden Regens verständlich zu machen. "Ich habe es fast nicht mehr aus dem Haus geschafft, als sie angriffen."

"El Greco?"

Kendall nickte. "War drinnen. Genau wie Miguel."

Im oberen Stockwerk des Hauses gegenüber brannte das Feuer unterdessen lichterloh. Mehrere Sabbatlakaien schlenderten aus der Vordertür und beobachteten von der Straße aus das brennende Haus. Über die Behörden der Sterblichen schienen sie sich keine Gedanken zu machen. Wahrscheinlich würde das Feuer als Unfall oder als Anschlag baskischer Separatisten in den Zeitungen stehen. Owains einzige Hoffnung war, daß El Greco und Miguel schnell sterben würden, so daß sie gar nicht erst die Gelegenheit haben würden, Informationen an Carlos weiterzugeben.

Und er konnte wenig tun, außer zu hoffen. Owain hatte ganz gewiß nicht vor, an den vielen und gut bewaffneten Sabbatanhängern vorbei, wild um sich schießend in das Haus zu stürmen. Wahrscheinlich wäre jetzt, wo sie ihre Aufmerksamkeit noch auf El Greco konzentrierten, sogar die beste Gelegenheit zur Flucht.

"Ich habe ein Auto", sagte Kendall Jackson, als hätte sie seine Gedanken gelesen.

Es war Owain egal, woher sie es hatte oder wem sie es gestohlen hatte. Es reichte ihm, daß sie Toledo verlassen konnten. Um sie herum tobte zwar immer noch der Sturm, aber trotz der dichten, schwarzen Wolken, würde der Morgen nur allzu schnell kommen. Owain blickte ein letztes Mal auf das brennende Haus auf der anderen Straßenseite. Trotz des Regens griffen die Flammen schnell um sich. Der Dachboden des Hauses, das bald El Grecos Ruhestätte sein würde, war schon ganz in den Flammen versunken. Für einen Moment glaubte Owain, die Schmerzensschreie seines alten Freundes hören zu können, dessen Körper die Flammen verzehrten. Aber Owain hatte in dieser Nacht schon so viel gehört und gesehen. Er war sich nicht länger sicher, was real war und was seinen Visionen und Träumen entsprang, um ihn in seinen wachen Stunden zu quälen.

Schon seit Stunden verbarg sich Nicholas vor dem Unwetter. Es fühlte sich irgendwie falsch an. Nicht unangenehm, aber unnatürlich. Die tiefhängenden Wolken waren von Westen gekommen und hatten den beißenden Wind, den treibenden Regen und die gefährlichen Blitze mit sich gebracht, die schon mehrere Male innerhalb der Mauern der Stadt eingeschlagen waren. Das Unwetter, eine Macht des Chaos und der Zerstörung, raste über der Stadt.

In der letzten Nacht hatte Nicholas von einem jungen Paar, das eine romantische Nacht unter den Sternen verbringen wollte, getrunken. Er hatte sie lebend, aber bewußtlos auf ihrer Decke zurückgelassen. Es würde ihnen kaum geschadet haben.

Den Rest der Nacht hatte er sich ausgeruht. Er fühlte wie die Macht des Blutes die Heilung seiner Wunden beschleunigte. Als er bei Tagesanbruch wieder in die Erde gesunken war, waren die Messerstiche und Schußwunden der letzten Nacht verschwunden. Heute nacht war er mit dem anbrechenden Unwetter aufgewacht und hatte in einem verlassenen Haus Schutz gesucht.

Owain Evans war irgendwo da draußen. Aber wo? Für lange Zeit war Nicholas von dem, was er nur als den Ruf des Blutes bezeichnen konnte, geführt worden. Die Vitæ seiner Vorfahren rief ihn aus den Adern des Mörders, oder vielmehr hatte ihn gerufen. Auch seine Ahnen selbst waren in den letzten zwei Tagen ruhig gewesen, hatten weder um ihren Ausbruch gekämpft, noch Nicholas ihre Erinnerungen aufgedrängt. Er vermutete, daß er dankbar dafür sein sollte, aber er hatte sich an Ragnars oder auch Blaidds Führung gewöhnt und fühlte sich ohne sie verloren. Ihr Zorn schürte seine eigene Wut und trieb ihn voran.

Während der Wind gegen seinen provisorischen Unterschlupf peitschte, tröstete Nicholas sich mit dem Gedanken, daß seine Vorfahren ihn nicht verlassen würden. Die Bande zur Vergangenheit waren stark beim Clan Gangrel, und in ihm rührten sich Kräfte, die sogar noch älter und animalischer als selbst Blaidd waren. Es war in einer solchen Nacht gewesen, daß Blackfeather ihn gefunden und versucht hatte, ihm etwas über den Schleier und das Jenseits zu erzählen. Aber Nicholas fühlte mehr, als er verstand. Er wurde von seinem Instinkt geleitet, und obwohl er Owain Evans im Moment verloren hatte, würde Nicholas seine Rache bekommen. Vielleicht waren seine Vorfahren in ihm tatsächlich durch den Fluch erweckt worden, vielleicht zerfraß der Fluch tatsächlich seine Seele und würde ihn bald zerstören. Aber das vergrößerte nur die Dringlichkeit seiner Jagd. Nicholas wußte, daß er nicht wie Blackfeather ein Jäger spiritueller Dinge war, aber diese Jagd auf eine Kreatur aus Fleisch und gestohlenem Blut, würde Nicholas unbesiegt beenden.

DREIZEHN

Kli Kodesh blickte auf die sieben Hügel der Verfluchten Stadt.

Rom, der Thron der Cäsaren. Die Stadt war sowohl die Krone der westlichen Zivilisation als auch die Mitra von Christus‘ Weltkirche.

Einem anderen Besucher hätte sich eher die schäbige Vielfalt der ununterbrochenen Stadtlandschaft, das unablässige Gewühl der Körper und Autos, das himmelstrebende Babel aus Beton und Glas, aufgedrängt.

Doch für Kli Kodesh war diese Verkommenheit nur die letzte Manifestation der Unwandelbaren Stadt. Er konnte sich noch lebhaft an die wütende Menge erinnern, die auf dem Forum Beleidigungen, Schläge, Bestechungen und heimliche Messerstiche tauschte. Er erinnerte sich an das Stampfen der Legionen, die im Namen der Republik die Vorzüge der Zivilisation mit dem Schwert verbreiteten.

In Palästina hatte Kli Kodesh gelernt, schon den bloßen Anblick des goldenen Adlers zu verabscheuen. Er war nur allzu leicht in das feingesponnene Netz der Verschwörungen hineingezogen worden, das unter der Oberfläche der römischen Besetzung wucherte. Vielleicht war es genau diese rebellische Natur gewesen, die ihn überhaupt zum Meister und seinen gefährlichen Lehren hingezogen hatte.

Nach all den vergangenen Jahrhunderten gab es ganz sicher keinen Mann auf der Welt, der mehr Grund hatte, die Römer und das, was als römisches Recht galt, zu hassen.

Kli Kodesh wünschte, er könnte in das Herz der Verfluchten Stadt hinab schauen und es als die schwärende Wunde sehen, die es war. Vergeblich versuchte er, das Bild einer verwesenden, am Kreuzweg der Zeiten vergessenen Leiche heraufzubeschwören. Er wollte die Stadt zwingen, ihren Makel zu offenbaren und ihn als Abscheulichkeit im Angesicht Gottes und der Menschen enthüllen.

Aber er wußte, daß er auf ein ganz anderes Bild treffen würde, wenn er endlich in die Stadt der Ungerechtigkeit zurückkehren würde. Er hatte es schon immer gewußt. *Es wird gesagt, daß es in den Mauern Roms keine Gerechtigkeit gibt.*

Doch Kli Kodesh würde sein Versprechen halten. Er hatte eine wichtige Verabredung hier, in den Grüften tief unter den stillen Gängen des Vatikans. Etwas altes erwartete ihn dort in diesen Grüften – eine bestimmte Kiste, nicht zu unterscheiden von ihren Nachbarn, ungestört seit der Zeit, als sie hier auf dem Höhepunkt der Macht der Kirche vergraben worden war. Dieses etwas mußte entfesselt werden, damit das prophezeite Ende schnell kommen würde.

Widerwillig faßte sich Kli Kodesh und stellte sich der Stadt, diesem Objekt seines uralten Hasses.

Auf jedem der sieben Hügel stand ein Engel, ernst und schrecklich von Angesicht. Die Sieben brannten mit der gleißenden Helligkeit eines Hochofens, und jeder trug eine goldene Trompete und ein Flammenschwert.

Und während Kli Kodesh zusah, hob der erste Engel seine Trompete an die Lippen, und ihr Ton erschütterte Himmel und Erde. Und er hörte eine große Anzahl von Menschen und Engeln, und sie sangen: *"Ruhm sei Gott in der Höhe. So soll es sein. Dein Wille geschehe."*

Kli Kodesh verbarg sein Gesicht und weinte. *Konnte die Zeit nach all den Jahren tatsächlich gekommen sein?*

Es dauerte eine lange Zeit, bis er sich zwingen konnte, aus dem blendenden Licht und dem Feuer vorwärts in die ihn willkommen heißenden Schatten der Stadt der Ungerechtigkeit zu stolpern.